Première édition janvier 2021
Dépôt légal décembre 2020

71-75 Shelton Street, Covent Garden, Londres, UK.

ISBN 9781801160711

ENVERS ET CONTRE MOI

Léa Perrin

Cherry Publishing

Pour recevoir gratuitement le premier tome de *Sculpt Me*, la saga phénomène de Koko Nhan, et toutes nos parutions, inscrivez-vous à notre Newsletter !
https://mailchi.mp/cherry-publishing/newsletter

Retrouvez-nous sur Instagram :

https://www.instagram.com/ lea.perrin.auteure/
https://www.instagram.com/cherrypublishing/

Playlist

Prologue : *So am I* – Ava Max
Chapitre 1 : *Pretty Hurts* - Beyoncé
Chapitre 2 : *Lie* – Halsey featuring Quavo
Chapitre 3 : *Scars* – Boy Epic
Chapitre 4 : *Who am I* - Bazzi
Chapitre 5 : *True Colors* – Justin Timberlake featuring Anna Kendrick
Chapitre 6 : *Incredible* – James TW
Chapitre 7 : *Dusk till dawn* – Sia featuring Zayn Malik
Chapitre 8 : *Wicked Game* – Daisy Gray
Chapitre 9 : *Lonely* – Justin Bieber
Chapitre 10 : *Royals* - Lorde
Chapitre 11 : *Phantoms & friends* – Old man canyon
Chapitre 12 : *Leave out all the rest* – Linkin Park
Chapitre 13 : *Devil that I know* – Jacob Banks
Chapitre 14 : *Bad advice* - OT
Chapitre 15 : *Demons* – Imagine dragons
Chapitre 16 : *With you* – Tyler Shaw
Chapitre 17 : *Hurt so good* – Astrid S
Chapitre 18 : *That I would be good* – Alanis Morissette
Chapitre 19 : *Thought of you* – Trevor Myall
Chapitre 20 : *21 secondes* – Cian Ducrot
Chapitre 21 : *À la faveur de l'automne* - Tété
Chapitre 22 : *Fear of letting go* - Ruelle
Chapitre 23 : *3 :15* - Bazzi
Chapitre 24 : *Don't let me let you go* – Jamie Lawson
Chapitre 25 : *Against all odds* – Mariah Carey
Chapitre 26 : *Thousand Miles* – Tove Lo
Chapitre 27 : *Best of me* – Corey Harper

Chapitre 28 : *Bad reputation* – Shawn Mendes
Chapitre 29 : *Forever* – Lewis Capaldi
Chapitre 30 : *11 minutes* – Yungblud featuring Halsey
Chapitre 31 : *I know you* – Skylar Grey
Epilogue : *Heaven* – Julia Michaels

Bonus :
Saint Claude – Christine & the Queens :
Mine, Soarin, FTC, Why – Bazzi
Falling like the stars, Impossible, Naked, Say you won't let go – James Arthur
Hollywood, Mercy, Something borrowed – Lewis Capaldi
Delicate – Taylor Swift
Afternoons – Kayden
Don't hate me – Corey Harper
Don't give up on me – Five Feet Apart
Yours, The man who stays – Jake Scott
Tell me that you love me – James Smith
All I want – Kodaline
You and Me – James TW
Answer – Sarah McLachlan
It's You – Ali Gatie
Sad Forever, The Story never ends – Lauv
Tomorrow tonight – Loote
Beautiful Scars – Maximilian
Make it up – Rasmus Hagen
That's us – Anson Seabra
The man who let her go, With You – Tyler Shaw
In my veins – Andrew Belle
You are the reason – Calum Scott

Pieces – Red
Paris – The Chainsmockers

Prologue

So am I – Ava Max

Je jette un dernier coup d'œil à mon reflet dans le miroir de l'entrée avant de quitter mon appartement. Je m'observe des pieds à la tête, me scrute d'un œil critique et avisé, étudiant l'image que je renvoie. Dans la vie de tous les jours, j'essaie de ne pas avoir l'air trop sophistiquée, je fais attention à ne pas arborer les vêtements de luxe que je ne suis pas censée pouvoir me payer et qui traînent dans mon armoire, au milieu des vêtements provenant des enseignes un peu plus standards, les marques de madame Tout-le-monde.

Mes lunettes de soleil vissées sur le dessus de ma tête, je replace quelques mèches de cheveux qui s'échappent de façon tout à fait maîtrisée de mon chignon volontairement un peu flou. Depuis quelques semaines, avec le retour du printemps, j'ai troqué mon châtain foncé naturel contre un auburn chaud et flamboyant. Mais d'ici quelque temps, peut-être qu'avec l'été, j'aurai envie d'éclaircir davantage tout ça…

J'adore jouer avec ma couleur de cheveux. Changer régulièrement au gré des saisons et de mes envies pour modifier légèrement mon aspect extérieur… D'ailleurs, quiconque ferait suffisamment attention à moi pour noter ces variantes — sans pour autant me connaître véritablement — penserait que je suis certainement une fille superficielle, emplie de futilités. S'occuper de son look au point de changer de coiffure ou de nuance plus souvent que ne s'abat la pluie sur Paris paraît certainement un peu surfait et dénote probablement de préoccupations sans grande profondeur.

Mais très sincèrement, je dois bien avouer que si c'est ainsi qu'on me voit, ça m'est parfaitement égal.

Malgré tout, en jouer est probablement une façon inconsciente que j'ai trouvée pour leurrer mon esprit, le laissant croire à une forme de transition vers une version différente de moi... Pourtant quoi que je dise, quoi que je fasse, intérieurement je reste toujours la même. Fidèle à mes convictions et à mes choix depuis maintenant dix ans. Finalement ma coupe de cheveux n'a d'autre espèce d'importance pour moi que de tout maîtriser, en réalité.

Tout est savamment étudié. Chaque vêtement que je porte, chaque accessoire... Que ce soit dans ma vie de tous les jours comme dans ma vie « professionnelle » aucun élément n'est jamais laissé au hasard. Je ne peux pas me le permettre. J'ai développé une véritable obsession de l'image et du contrôle en toute situation. Aujourd'hui j'ai seulement quelques heures de cours dans l'après-midi, c'est un jour où je peux avoir l'air décontractée sans trop en faire. Malgré ça chaque détail a été minutieusement réfléchi, pensé et cadré au millimètre près. Du grand art. Je suis tellement habituée à faire attention à mon apparence dans le cadre dans lequel j'exerce que c'est presque devenu comme une seconde nature. À présent je le fais sans même me poser de question, par habitude, de façon automatique.

Il faut dire que le monde dans lequel j'évolue m'oblige à renvoyer l'image de la perfection. Je suis rémunérée extrêmement cher pour cela. Payée pour être belle, pour être étudiée sous toutes les coutures, bien souvent mise en vitrine. Même si être exhibée n'est pas la plus grosse part du job.

Je défroisse ma chemise *boyfriend* d'un geste vif, et tourne légèrement sur moi-même pour vérifier qu'elle tombe parfaitement sur ma chute de reins, recouvrant un peu mon jean *slim*. Même habillée ainsi, de façon pourtant relax, je sais déjà que plusieurs hommes se retourneront sur moi dans la rue. Je suis belle et je le sais. C'est d'ailleurs mon fonds de commerce. C'est aussi ce qui m'a perdue à une époque.

J'attrape mes clés sur la console de l'entrée, prête à partir et passe la bretelle de mon sac sur mon épaule. Mais alors que je pose la main sur la poignée de porte pour sortir, la vibration de mon portable attire mon attention. Reposant rapidement ma besace sur le petit meuble pour le trouver dans tout mon fatras, je m'en saisis à la hâte pour ne pas rater l'appel et je jette un rapide coup d'œil à l'écran avant de décrocher. C'est le boulot. Glissant rapidement mon doigt sur l'écran pour le déverrouiller, je prends la communication en saluant ma patronne directement :

— Bonjour Ekaterina.

Je sais déjà pourquoi elle m'appelle. Sinon elle ne m'appellerait pas. Tout simplement. Directement, elle entre dans le vif du sujet et aborde l'élément central de sa sollicitation. Elle ne s'encombre pas de fioritures du genre « Comment vas-tu ? » ou d'autres questions sans intérêt. Elle va droit au but, et déjà sa voix grave, habillée de son rude accent russe, déverse les paroles qu'elle me sert à chaque fois :

— Bonjour Beauté. J'ai un dossier complet pour toi.

Ma patronne et moi nous tutoyons. Parce que finalement, nous avons plus un rapport d'associées qu'une relation hiérarchique. Je réponds sans attendre :

— Très bien. Envoie. Je l'étudie rapidement et, s'il me convient sur le papier, tu prévois un rendez-vous pour un premier entretien, comme d'habitude.

À m'entendre parler, on pourrait croire que je vais étudier la candidature de quelqu'un pour un job. Pourtant on en est bien loin. C'est même tout le contraire puisque c'est l'autre partie qui paie et moi qui fournis la prestation. Malgré tout, ça reste moi qui sélectionne celui à qui je la rends. Une véritable liberté que je peux m'offrir, contrairement à d'autres. Un vrai luxe parmi tous ceux que je me permets dans le cadre de mon activité.

Ekaterina me prévient :

— Je dois te dire que c'est un néophyte. Il n'a jamais fait appel à nos services auparavant, ni à aucune autre agence.

Je soupire presque silencieusement comme pour moi-même et déjà les rouages de mon cerveau s'activent : *ai-je vraiment envie de consulter ce fichier ? Suis-je prête à envisager d'aller plus loin ?*

La boss sent mon hésitation. Elle sait que je n'aime pas « les inconnus », même si pour moi ils le sont toujours, forcément, puisque je n'offre jamais ma prestation deux fois au même client. Mais la plupart du temps, ma clientèle est déjà passée par d'autres filles, ou tout du moins par d'autres agences. La voix sévère de ma patronne me tire du trouble de mes pensées lorsqu'elle soulève :

— Je sais que d'ordinaire tu refuses les novices mais celui-ci a l'air particulièrement intéressant, argumente-t-elle. Comme toujours, tout a été passé au peigne fin. Le moindre détail de sa vie a été étudié de sa naissance jusqu'à aujourd'hui. A priori, aucune inquiétude à avoir. Il a fait fortune assez récemment, je pense que c'est pour cela qu'il n'est pas encore coutumier de ce genre de services…

Je ferme les yeux pour ne plus me voir dans le reflet du miroir.

— D'accord…, conclus-je simplement. J'ai cours, je m'apprêtais à partir mais j'aurai le temps de me pencher dessus dans la soirée. J'essaie de te faire part de ma décision au plus vite.

— Pas de souci. Tu sais très bien que tu disposes de tout le temps que tu souhaites, même si je ne doute pas du fait que tu la prendras rapidement.

J'entends ses doigts marteler son clavier d'ordinateur et elle me confirme l'envoi du dossier :

— Voilà, c'est parti !

Je sens mon téléphone vibrer contre mon oreille, signe annonciateur de l'arrivée du mail alors qu'elle me précise :

— Pour ton information, il sera en France la première quinzaine de mai.

Nous sommes mi-avril, ça me laisse du temps pour me pencher sérieusement sur ce cas. Mais pour l'heure, je n'en ai pas vraiment pour y penser. Je dois filer sinon je risque d'arriver en retard et je déteste ça. J'apprécie la ponctualité chez les autres alors la moindre des choses est d'être moi aussi à l'heure, même si le prof ne calcule personne dans l'amphi et qu'il se fout royalement qu'un étudiant arrive après le début du cours, ou ne vienne simplement pas du tout.

Je salue ma patronne pour mettre fin à la communication et pouvoir enfin me mettre en route :

— Merci Ekaterina, à bientôt.

— À très bientôt, Bijou.

Son accent se veut rieur, comme à chaque fois qu'elle m'appelle ainsi. Elle est la seule à utiliser ce surnom. Un petit clin d'œil volontaire au nom que j'utilise dans le milieu.

Je remets mon portable dans mon sac, ferme la porte de chez moi rapidement et me lance d'un pas vif dans la cage d'escalier. Pas le temps de regarder ça maintenant. Je me consacrerai à l'étude de ce profil ce soir.

Je file rapidement jusqu'à la station de métro qui se trouve à deux pas de mon immeuble et m'engouffre dans la bouche. *Cambronne*, ligne 6 direction *Charles de Gaulle/Étoile*. Je descends à *Trocadéro* pour reprendre la 9 direction Pont de Sèvres. Puis enfin *Marcel Sembat*, en vingt-cinq minutes à peine, j'arrive à l'Institut de psychologie.

Chapitre 1

Pretty Hurts – Beyoncé

J'arrive pile à l'heure. Dès que j'entre dans l'amphi, Emma, Kilian, Raphaël et Florine me repèrent et me font signe de les rejoindre. Fort heureusement, ils m'ont gardé une place, l'auditoire est bondé. Je m'assois rapidement en faisant à mon tour un petit geste pour les saluer. Le prof commence déjà son cours magistral, je tente de m'installer aussi discrètement que possible.

Ces quatre-là, unis comme les doigts de la main depuis le début de leurs études de psycho, sont ceux qui s'apparentent le plus pour moi à des amis ici, à l'université.

Si je dis « s'apparentent », ce n'est pas parce que je feins de les apprécier. Non, je les affectionne réellement et les considère vraiment comme tels. C'est juste que nous nous voyons principalement en cours, je ne sors que très rarement avec eux comme ça se fait justement entre amis. Pourtant en réalité, ce n'est pas mon degré d'affection qui est en cause ici, c'est simplement que je ne m'aère que très rarement, la plupart de mes soirées n'ayant pour objet que mes obligations professionnelles. Non seulement nos études le permettent de moins en moins mais je n'en ai tout simplement pas envie. Il faut dire que même lorsque j'étais plus jeune, je menais déjà peu la vie d'une étudiante lambda. Les sorties, les soirées où tout est prétexte à finir en beuverie, ce n'était pas vraiment mon truc. Enfin… J'ai testé ce genre de choses par le passé, évidemment il y a bien longtemps, comme la plupart des jeunes de mon âge. Mais vu comment la dernière « fête » à laquelle j'ai été conviée a dégénéré et la façon dont ma vie a basculé après ça, je n'ai plus jamais eu envie de retenter l'expérience.

Souvent, mes amis me le reprochent, insistent pour que je vienne décompresser avec eux. En bref qu'on fasse autre chose ensemble qu'aller uniquement en cours. La plupart du temps je parviens à esquiver, mon discours et mon panel d'excuses bien rodés. Je mens. Je mens effrontément. Je leur mens pratiquement constamment. Et je ne le fais pas par gaieté de cœur, je le fais parce que je n'ai pas vraiment le choix. Si l'un d'eux venait à découvrir dans quelles conditions financières je vis réellement, il se poserait des questions, chercherait à gratter et toute la vitrine que j'ai mise en place volerait en éclats. Mes mensonges seraient percés à jour. Parce que si quelqu'un se penchait d'un peu trop près sur mon cas, il ne mettrait pas longtemps à deviner d'où me vient tout cet argent qui me fait vivre.

Je n'ai pas une vie d'étudiante ordinaire, je n'en ai pas non plus le niveau de vie. Et n'ayant plus de contacts avec mes parents, il a bien fallu que je compose et que j'échafaude une histoire.

J'aurais pu inventer que ces derniers avaient du blé. Mais parler d'eux régulièrement, et surtout faire croire qu'ils subvenaient à mes besoins et que quelque part, ils se préoccupaient de moi, c'était au-dessus de mes forces. Alors j'ai trouvé autre chose.

Pourquoi suis-je obligée de mentir comme ça ? Parce que je gagne énormément d'argent. Et que cet argent je l'ai investi dans ce qui peut difficilement être dissimulé. Après tout pourquoi vivrais-je dans un taudis ou dans une chambre de bonne de cinq mètres carrés comme beaucoup d'étudiants parisiens sont tristement obligés de le faire, tout ça juste pour que ça puisse coller avec mon statut, alors que j'ai pu louer un super appart ?

Dans le flot des allégories que je leur sers à longueur de temps, j'ai préféré ne pas mentir sur le quartier dans lequel je vis. On ne sait jamais… Je pourrais avoir besoin qu'on me ramène un jour chez moi, qu'on vienne me secourir… Mes cauchemars récurrents sont certainement les raisons qui me poussent à m'imaginer dans de telles situations, me projetant parfois dans des circonstances angoissantes. Pire, je revis régulièrement cette scène dans laquelle j'avais besoin d'aide, la rejoue en boucle pour tenter d'en changer la fin. J'envisage toutes les possibilités. Toutes, sauf ce qui s'est passé en réalité. Et je tente de prétendre que tout s'est déroulé autrement ce soir-là.

Pour servir les besoins de ce personnage que je me suis créé, j'ai inventé toute une histoire et petit à petit, au fur et à mesure, j'ai brodé autour. La version officielle étant que l'appartement dans lequel je vis appartient à l'une de mes tantes, mariée à un mec plein aux as et qui par pitié me le loue moyennant une somme dérisoire pour le quartier. Parce qu'il faut dire que dans le simulacre de ma vie, je ne suis pas franchement aidée.

Mes parents sont censés être morts tous les deux dans un accident de voiture il y a quelques années. À défaut d'être réellement morts, ils le sont en tout cas à mes yeux. Le fait de le dire tout haut ne change pas grand-chose pour moi. Malgré tout, même si cet état de fait est censé susciter l'empathie je me refuse à mentir sur nos véritables relations. J'en suis parfaitement incapable. Jouer l'enfant éplorée par la perte des géniteurs malsains qui lui ont donné la vie serait au-dessus de mes forces et aurait certainement raison du peu de santé mentale dont je parviens à faire preuve. Je distille assez d'impostures comme ça, je me refuse à cacher le fait que je n'ai plus aucun contact avec eux depuis des années. Et ça justifie d'autant plus le comportement de ma tante à mon égard.

Tous ces mensonges feraient le régal de mes professeurs qui verraient là un sujet d'étude plus qu'intéressant. Ou alors ils me feraient carrément enfermer et ils n'auraient pas tort. Je sais parfaitement que si je consultais de nouveau, j'en aurais pour des années ! Mais j'ai l'audace de penser qu'aujourd'hui je peux m'en passer. Ne suis-je pas capable de m'autoanalyser ? De mener ma propre psychothérapie ? Je suis déjà diplômée en psycho et je prépare mon doctorat, le diplôme le plus élevé que l'on puisse obtenir dans le domaine.

J'habite un trois-pièces de 50 mètres carrés, dans un petit immeuble de standing proche du quartier de l'École Militaire et des Invalides. Je reste pour le moment locataire ici, bien que j'aie investi ailleurs qu'à Paris sur les conseils éclairés de mon banquier. Mais il est vrai que pour quelqu'un qui y réfléchirait un minimum, mon petit « chez moi » ne fait pas trop lieu de vie pour étudiante.

L'immeuble en pierre donne sur une charmante petite cour pavée agrémentée d'arbustes et de plantes. Certains habitants du rez-de-chaussée s'y installent même parfois l'été pour prendre leur repas en plein air ou juste un café.

Mon appartement se trouve au cinquième sans ascenseur. Parfois j'avoue bien volontiers en avoir assez de devoir grimper toutes ces marches. Mais dès que je franchis la porte et que je jette un œil par la fenêtre de mon salon et que j'aperçois la Dame de Fer qui domine le Tout-Paris du haut de ses 300 mètres, j'oublie l'effort que je dois fournir pour arriver jusqu'ici.

Dès la première visite, ça avait été le coup de cœur et je ne m'étais posé aucune question. Pire. Ne voulant pas qu'il me passe sous le nez, j'avais fait des pieds et des mains pour être la première à le visiter dès que j'avais appris qu'il serait bientôt disponible à la location et je savais que j'aurais les moyens d'assumer un tel loyer. À peine passé le pas de la porte j'avais immédiatement lancé à l'agent immobilier que je le prenais sans chercher à réfléchir. Bien sûr, la vue avait joué pour beaucoup dans le coup de foudre que j'avais ressenti pour cet endroit. Mais son emplacement, le quartier, et surtout l'appartement lui-même correspondaient tout à fait à ce que je cherchais. Entièrement refait à neuf dans des tons modernes de blanc et de gris, les parquets d'origines, les moulures et la cheminée de marbre avaient été conservés, le charme de l'ancien restant intact tout en se mêlant à la modernité avec goût. Pour parfaire le tout, les deux mètres quatre-vingts sous plafond conféraient à l'endroit une impression de volume extraordinaire.

Desservi par un très long couloir équipé de placards, le trois-pièces représentait un rêve pour une fille et ses vêtements. Le coin cuisine, lui aussi, était tout à fait mon style : meubles noirs, plan de travail en bois, carreaux de ciment… Une déco de style légèrement industriel, tendance et très au goût du jour. L'endroit disposait même d'une cave, d'un local vélo et d'une gardienne pour compléter le tout ! Le montant des charges de 110 euros « seulement » m'avait également semblé acceptable. Je n'avais même pas cherché à comprendre. 50 mètres carrés avec cette vue dans le VIIe arrondissement… l'idéal pour moi ! S'il avait été à vendre j'aurais presque pu convaincre mon banquier de m'accorder un prêt pour en faire l'acquisition.

J'apprécie énormément mon banquier. Peut-être parce que ma relation avec lui ne repose pas sur des mensonges et des faux-semblants, contrairement à celle que j'entretiens avec la plupart des personnes de mon entourage. Puisque mon salaire tombe honnêtement il sait donc parfaitement d'où il provient et il s'en fiche. Tout ce qu'il voit, c'est que j'ai de l'argent. Beaucoup d'argent et il m'aide à faire fructifier les sommes qui se trouvent sur mon compte, à les placer, à investir… C'est d'ailleurs tout ce que je lui demande. Pour le reste, son avis ne m'intéresse pas. Libre à lui de me juger du moment qu'il tait ce qu'il pense et me trouve des investissements florissants.

Évidemment il se doute que je fournis des « extras », que ce n'est pas « l'accompagnement » qui me rapporte ces sommes folles. Il ferme simplement les yeux pour occulter le fait que c'est immoral mais surtout illégal dans notre pays… Quand on y parvient comme lui et moi savons le faire, alors il n'y a aucun problème. Dans mon cas toutes les sommes que je perçois sont déclarées sous couvert de l'activité principale. Fort heureusement je dirais. Il serait quelque peu difficile d'acheter un bien immobilier, de placer de l'argent ou de m'acquitter de mon loyer si j'étais payée en petites coupures… Ça pourrait finalement laisser supposer pire que ce que je fais en réalité. D'ailleurs je paie mes impôts comme tout le monde. Beaucoup d'impôts, même ! Une vaste hypocrisie quand on sait que l'État ferme les yeux sur la façon dont cet argent est réellement gagné.

L'agence d'Escort d'Ekaterina qui me verse mon salaire est l'agence la plus connue du Tout-Paris, si ce n'est de toute l'Europe. Il n'est d'ailleurs pas difficile d'aller consulter son site internet pour appréhender l'étendue du choix disponible et la diversité des filles — chez elle il n'y a aucun Escort homme — pour « accompagner » ses clients. C'est pourquoi je suis certaine que mon banquier n'est pas dupe. Tout le monde sait ce qu'implique d'être d'Escort, ce qu'induit l'envers du décor…

Certaines filles emploient le terme « métier » pour évoquer de leur activité. Pour ma part je n'y parviens pas, il y a certains mots que j'ai du mal à utiliser, même s'ils sont une réalité. D'ailleurs je n'en parle pas, sauf en de rares occasions avec les quelques autres filles que je peux parfois croiser dans certaines soirées. Trop tabou, même pour moi.

Pourtant, c'est bel et bien cela et uniquement cela qui m'a permis au départ de gagner de l'argent, bien avant les placements juteux. Aujourd'hui, j'ai réalisé assez d'investissements pour vivre confortablement jusqu'à la fin de mes jours. Pas une vie de milliardaire, mais une vie tranquille tout de même ! Et je n'ai que 26 ans. Malgré tout je continue à exercer et à vendre mon corps au plus offrant alors que je pourrais parfaitement arrêter.

Alors pourquoi persister si l'argent n'est pas le nerf de la guerre que je mène ? Tout simplement parce que contrairement à la plupart des Escorts, je n'ai pas choisi d'évoluer dans le milieu pour en gagner. Quand j'évoque le « plus offrant » la satisfaction que j'en retire n'est pas pécuniaire. D'ailleurs aujourd'hui je suis un ovni dans le domaine. La pratique pour raisons financières est presque devenue de l'ordre des idées reçues. Et il est vrai que cette alternative restant un moyen rapide d'en récolter, le fric demeure un élément de poids dans les arguments avancés.

Alors certes, je cache l'activité que j'exerce à mes amis, incapable de m'avouer à moi-même que cela s'apparente à un métier (... « s'apparente », encore une façon détournée de ne pas dire que ça l'est...) et je parviens encore moins à utiliser le mot « prostitution » lorsque je pense à ce que je fais... même si, soyons clairs, c'est bien de cela dont il s'agit. Je ne fais pas toujours qu'accompagner les clients, je me retrouve la plupart du temps entre leurs draps à la fin de la soirée. Mais si je le fais, cela reste encore et toujours par choix. Personne ne m'a jamais poussée ni même forcée à le faire. Et j'ai pris cette décision seule et en toute connaissance de cause, pour des raisons qui ne sont propres qu'à moi.

Il faut savoir que le métier d'Escort est tout à fait légal en plus ! Bien entendu, louer les services d'une personne pour vous accompagner à un évènement quelconque est loin d'être interdit. Il est bien sûr de notoriété publique que cette désignation sert la plupart du temps de couverture à une autre activité, mais si rien n'est prouvé ni surtout le fait que cette autre prestation ait été monnayée, il ne peut rien arriver...

D'ailleurs, la France est l'un des pays les plus récalcitrants au sujet de la prostitution légalisée. Dans beaucoup d'autres, cette activité est aujourd'hui devenue monnaie courante. Moyennant des tarifs abordables suivant la clientèle visée et la prestation fournie, ce genre de services complètement assumé se veut de plus en plus classe, cherchant à entrer dans une certaine normalité, à se banaliser, devenir quelque chose dont il ne faut pas avoir honte, que l'on soit le client ou le prestataire. Mais qu'on ne s'y trompe pas. Que l'on soit sur un trottoir, dans un hôtel de luxe ou dans l'appartement de son client, vendre son corps reste de la prostitution, quelle que soit la personne avec qui on le fait ou même la raison pour laquelle on le fait. Malgré tout de plus en plus de gens ont désormais recours aux services de personnes comme moi et ce pour des raisons diverses et variées : la solitude, le manque de temps pour trouver quelqu'un, ou pas forcément l'envie de s'investir dans une véritable relation… Le fait de prendre du plaisir sexuellement n'étant pas toujours le véritable fondement qui motive la décision des clients. D'ailleurs il y a certainement une raison profonde si on l'appelle « le plus vieux métier du monde ». L'homme a toujours cherché à combler ses vides affectifs par l'acte de copulation.

J'ai moi-même eu dans mes débuts des clients plus que respectables, tels que des médecins, des cadres sup… Non pas que ceux d'aujourd'hui ne le soient pas mais je parle d'hommes pour lesquels faire appel à ce genre de prestation avait un sens différent de celui qu'on s'imagine au premier abord. Ces clients-là étaient presque mes préférés, en comparaison avec ceux que j'accepte aujourd'hui. Beaucoup moins fortunés mais nettement moins imbus d'eux-mêmes et de leur réussite, souvent tendres pour la plupart. J'ai également eu quelques femmes. Je garde de ma toute première un souvenir particulièrement doux.

J'ai commencé à faire ça lorsque j'ai eu vingt ans. Oh, bien sûr, je ne me suis pas levée un matin en me disant « Tiens, si je vendais mon corps pour de l'argent ?! » Non, évidemment. Ce genre de chose est loin d'être une vocation.

Alors comment en suis-je arrivée là ? Comment ai-je choisi à vingt ans de coucher moyennant finance, si ce n'était pas pour l'argent justement ? En fait ça s'explique très facilement et ça se résume en deux mots : me protéger. De quoi ? De qui ? C'est tout aussi facile : de tout. De tout le monde. De moi-même. De l'amour. Ou plutôt du fait d'en avoir tellement donné, mais jamais reçu…

Pour commencer, je n'ai jamais franchement eu de bonnes relations avec mes parents. Enfin moi, je les aimais, inconditionnellement. Comme tout enfant aime ses parents et ne comprend pas que ces derniers ne l'aiment pas en retour.

J'étais un accident. Mais pas un accident qui procure du bonheur à sa découverte même s'il bouleverse les projets et l'ordre établi. Non. J'étais un accident dont on n'avait pas pu se débarrasser parce que découvert trop tard. Et ça, je l'ai entendu tout le long de cette parcelle de vie que j'ai partagée avec mes géniteurs puisqu'à présent je ne peux plus les qualifier que de ça. Ma mère me surnommait d'ailleurs ainsi les jours où sa rage débordait. « L'accident ».

Quand celle-ci a appris sa grossesse, mon père est resté avec elle par obligation et culpabilité, acculé sous le poids des arguments servis par une famille un peu trop conservatrice et coincée qui lui imposait d'endosser ses responsabilités. « *On ne met pas une fille en cloque pour l'abandonner après et ne pas assumer* ».

Mon père n'a jamais aimé sa vie. Je ne sais même pas s'il a ne serait-ce qu'un peu aimé ma mère à un quelconque moment. C'était un coureur de jupons invétéré lorsqu'il l'a rencontrée. Il ne m'a d'ailleurs jamais vraiment aimée non plus, et m'a en quelque sorte toujours fait payer son enfermement dans ce carcan familial qu'il n'avait pas choisi. J'ai vécu ma petite enfance à souffrir de son indifférence, et tout autant de sa sévérité, de ses exigences irréalisables, de ses mots durs et blessants. Je ne sais même plus lequel de ces comportements je préférais qu'il ait à mon égard : l'indifférence ou le mépris.

Quant à ma mère, elle aussi regrettait ma venue. Finalement, là où au début elle y avait vu une façon de retenir mon père auprès d'elle, elle avait rapidement regretté ses actes et se détestait elle-même de s'être laissée entraîner dans cette vie. Plus d'une fois j'ai pleuré, parvenant à me convaincre que j'aurais préféré être abandonnée dès la naissance que de vivre dans ce foyer sans amour d'aucune sorte. Mon père s'était mis à picoler. Il n'était pas seulement exécrable et irritable avec moi. Ma mère aussi ramassait, tout du moins en paroles. Ça le soulageait probablement légèrement. Ça et le fait de la tromper à tout va. Il adorait décharger les regrets qui l'étouffaient de ne pas avoir eu la vie dont il avait rêvé, développant au fil des années de nombreuses façons d'exprimer sa méchanceté. Mais malgré ses violences verbales, je ne pense pas qu'il n'ait jamais porté la main sur ma mère, je crois qu'il déversait simplement sa haine avec des mots. Je n'ai d'ailleurs jamais compris pourquoi à l'heure du divorce de la plupart des parents de mes amis, ils étaient finalement restés ensemble. La force de l'habitude peut-être, autant qu'une certaine résignation. Ou certainement le fait qu'ils aient fini par prendre goût à ce quotidien bardé d'insultes et inondé par la haine. Leur couple n'avait finalement connu ses plus belles heures que le temps d'un été.

Bien évidemment je suis restée enfant unique. Même pas un autre « accident » avec qui partager mon désarroi, personne avec qui échanger sur ma tristesse d'être si malaimée.

J'ai même cru comprendre à une époque que le manque de considération de mes géniteurs envers moi avait mené à de nombreuses disputes avec leurs propres parents. Ces derniers avaient fini par rompre tout contact, me laissant réellement et définitivement seule au sein d'une pseudo-famille dans laquelle je ne pourrais jamais m'épanouir. Mes grands-parents n'avaient pas su me sauver de cet enfer.

Mon père a fini par s'éloigner et ne plus nous calculer, ne rentrant à la maison que quand il avait le temps. Plus il découchait, plus ma mère se vengeait sur moi. Elle aussi avait des mots si durs que j'en passais des nuits à verser toutes les larmes de mon corps.

« *Si j'avais eu d'autres choix jamais tu n'aurais vu le jour ! Pas un seul jour ne s'est passé sans que je ne regrette ta naissance. Tu as déformé mon corps, pourri ma jeunesse, gâché ma vie en anéantissant mon avenir prometteur. Moi qui rêvais de percer dans le mannequinat... Si je ne t'avais pas eue, je serais restée désirable, j'aurais même mené ton père, « ce queutard », à la baguette...* » La grande classe ! Et plus le poids des années s'imposait à son physique, plus elle cherchait à être blessante avec moi. Je comprenais que si le temps lui était de plus en plus défavorable, le fait qu'il me soit au contraire chaque jour un peu plus généreux l'étouffait de jalousie. Je crois même que m'avoir sous les yeux constamment, me voir m'épanouir ne faisait que lui rappeler ce qu'elle avait été. Et ça lui était tout simplement insupportable.

Puis il y a eu lui… Lui que j'ai d'abord pris comme une bouffée d'air, un espoir d'être heureuse… Lui et ses mensonges, lui et ses manipulations, lui et ce que j'ai dû endurer parce que la naïveté et l'amour que je n'avais pu m'empêcher d'éprouver m'avaient aveuglée au point de ne pas comprendre que j'aurais dû me protéger, ne pas tout lui offrir sans retenue. Lui dont je ne prononcerai plus jamais le nom. Je n'avais que seize ans. J'étais si jeune, si innocente et spontanée à cette époque, surtout si inexpérimentée. J'ai toujours été jolie, certains disaient même belle. Mais je n'en ai jamais joué.

Je n'en ressentais ni le besoin ni l'envie, parce que mon cœur avait toujours été à lui… Je n'en avais jamais voulu un autre. Mais il m'a détruite. Mon cœur a été piétiné, mon âme salie, mon corps souillé, ma vie brisée. Je ne m'en suis jamais remise. Et après ça j'ai vécu en conséquence, essayant de rafistoler chaque morceau de mon être. Je me suis forgé une autre personnalité, forcée de m'endurcir et je n'ai pas vu d'autre choix que de me fermer à l'amour. Pour toujours. Parce que les seules personnes que j'avais jamais aimées m'avaient brisée. Mon père, ma mère et lui… Trois personnes seulement. Aucun des trois n'avait été capable d'accepter mon amour et de m'en donner ne serait-ce qu'un peu en retour.

D'aussi loin que je me souvienne, quand j'étais petite le soir dans mon lit, je n'avais pas peur du noir. Non. Je laissais ça à d'autres. Moi j'attendais, simplement. J'attendais que papa ou maman vienne me border, m'embrasser pour me souhaiter une bonne nuit… J'attendais juste qu'ils me montrent un minimum d'affection, qu'ils soient gentils avec moi, me câlinent… Mais ça semblait trop demander, ce n'est jamais arrivé.

Quand les choses ont mal tourné à cause de lui, encore une fois, j'ai attendu, désespérément espéré qu'ils prennent mon parti, qu'ils m'aident et me protègent comme des parents doivent normalement le faire pour leur enfant en de telles circonstances. Mais là encore, rien. La réaction que ces évènements ont suscitée chez eux ne fut pas celle dont j'avais rêvé. Ils m'ont même dramatiquement enfoncée chaque jour un peu plus, laissant s'exprimer leur mépris à mon égard au-delà de l'entendement en reprenant chaque insulte, chaque mot, chaque terme entendu à mon sujet pour appuyer davantage là où ça faisait mal et se conforter dans l'idée que je ne méritais pas qu'ils prennent ma défense.

À cette période, j'ai commencé à complètement partir en vrille. Sans doute une façon inconsciente de lancer un appel au secours. Un cri acharné qui ne fut jamais entendu. En cours j'ai tout lâché et j'ai redoublé mon année de première. Je me suis mise à traîner avec des gens un peu louches. Mais lorsqu'on a commencé à me proposer toutes sortes de drogues et d'alcools, je me suis réveillée, réalisant que je repartais dans un schéma qui ressemblait trait pour trait à celui que je m'efforçais de fuir. J'ai alors compris que je devais me reprendre en main car je plongeais tout droit vers une vie qui me rappellerait sans cesse ce que j'avais vécu de plus traumatisant. Je me suis finalement ressaisie. J'ai pu obtenir de mes parents qu'on me change de lycée, demande à laquelle ils ont fini par céder pour avoir la paix et ne plus entendre parler de mes histoires. Pourtant ça ne m'a jamais empêchée de ressentir le poids de la honte dans la rue face au regard des gens qui savaient. Je me suis fait de nouveaux amis et je suis parvenue à arracher mon bac dans la douleur, certainement plus par chance que véritablement grâce à mon travail.

Après cette histoire, mes relations avec mes parents sont allées de mal en pis. Déjà qu'elles n'étaient pas très réjouissantes... Jusqu'à ce qu'un soir, en rentrant chez moi je ne trouve porte close, ma mère vociférant derrière que j'étais à présent majeure et qu'il était temps que je me prenne en main, qu'elle avait fait son job et qu'à présent elle ne me devait plus rien... Alors je suis partie. Comment pouvais-je faire autrement ? D'ailleurs, n'était-ce pas elle qui avait raison ? Ne valait-il pas mieux que je dégage de ce bled ? Deux années avaient eu beau passer ma réputation me poursuivait, me collant toujours à la peau, incrustée dans mes chairs telle une maladie vénérienne. Le mal était fait, jamais je ne retrouverais un semblant d'honneur en restant ici. J'avais fini par comprendre qu'il demeurerait bafoué tant que je vivrais dans cette ville de merde. Que personne n'oublierait et que jamais on ne cesserait de me mater comme si je me baladais avec une pancarte relatant la version la plus dégueu de l'histoire collée au front. Finalement mes parents avaient peut-être raison de me virer. En restant là, jamais je ne pourrais me défaire de cette image que tout le monde avait de moi…

Aujourd'hui moi à Paris, eux en banlieue nous ne sommes pas si loin pourtant je n'ai plus jamais eu de nouvelles depuis le jour de mon départ. J'ai tout juste réussi à récupérer quelques vêtements mis en boule à la hâte dans un vulgaire sac balancé par la fenêtre du séjour mais désormais j'ai appris à ce que ça me soit égal. À occulter ma souffrance vis-à-vis de ce qui les concerne. Pourtant parfois je me surprends à penser qu'ils pourraient vouloir me retrouver, émettre des regrets sur la façon dont ils m'ont traitée… Puis je me ravise. Depuis toutes ces années, s'ils avaient ne serait-ce que ressenti une once de repentance ils seraient parvenus à me trouver sans peine. Je ne me suis jamais vraiment cachée. Je me suis fait une raison, il est évident qu'ils s'en fichent royalement, savoir ce que je deviens ne les intéresse pas, c'est tout. D'ailleurs, ce sont eux qui ont souhaité que je parte, alors pourquoi chercher à s'enquérir de la façon dont j'ai pu m'en sortir ?

Au départ, je me suis arrangée avec une amie pour dormir quelques nuits chez elle. Puis quand ses parents en ont eu assez de me nourrir et de me loger gratuitement, j'ai dormi quelques nuits dans le garage d'une autre, cette fois-ci en cachette… puis d'autres fois encore, j'ai squatté la voiture d'une nouvelle… Une vie de SDF en version améliorée, mes amies me nourrissant et n'ayant jamais vraiment dormi dehors, bien que voiture et garage n'aient pas toujours été les lieux les plus chauds. Le décor de mon futur semblait déjà planté.

Quand j'y repense, heureusement que j'avais quelques copines généreuses. J'ai réussi à échapper au pire, même si les nuits où j'ai pensé finir par dormir sous un pont et où j'ai vu un avenir des plus sombres se profiler n'ont pas été rares. Je reste persuadée aujourd'hui que quelque part j'avais une bonne étoile. J'aurais peut-être pu implorer l'hospitalité de mes grands-parents. Mais ils m'avaient eux aussi abandonnée, alors je m'y étais ridiculement refusée.

À cette époque, j'étais déjà à la fac et je peinais à suivre. J'avais opté pour psycho. Parce que je voulais les comprendre, tous. Je voulais étudier les comportements humains, savoir comment il était possible d'agir de façon aussi détachée, voire mauvaise, envers autrui… D'ailleurs sans vraiment l'avoir cherché au départ, aujourd'hui mes études me rendent souvent service dans l'exercice de mon activité.

J'ai rapidement obtenu bourse et aides sociales et on m'a finalement attribué une chambre d'étudiant délaissée en cours d'année. Un vrai miracle, compte tenu des listes d'attente. L'endroit était plutôt confortable, eu égard à certains que j'avais pu connaître mais très loin de mon université, ce qui m'obligeait à passer beaucoup de temps dans les transports. Toutefois j'étais ravie, une vie normale m'ouvrait enfin ses portes pour m'accueillir à bras ouverts.

Je cumulais plusieurs jobs dont les horaires s'accommodaient facilement à ceux de mes cours : Mc Do, ménages, promenades de petits chiens, courses aux personnes âgées… Rien de très stable, les contrats étant la plupart du temps de très courte durée et pour un nombre d'heures assez limité mais j'avais le sentiment que je ne m'en sortais pas trop mal, même si le rythme était soutenu et que je ne roulais pas sur l'or, bien au contraire.

Mais voilà, pour moi l'important était ailleurs. Mes courtes nuits sévèrement rognées par le temps passé dans les transports ou à réviser me permettaient d'écarter mes cauchemars. Car une fois plongée dans les bras de Morphée je revivais sans cesse ce fameux soir, il revenait me hanter encore et encore. Si bien que la seule chose qui finit par compter pour moi devint désormais mon besoin d'exorciser, de chasser mes démons.

Aujourd'hui, je peux dire en toute objectivité que je galérais. Bien sûr je n'avais pas d'argent, bien sûr je ne mangeais pas tous les jours à ma faim, bien sûr je n'avais pas mon compte de sommeil... Aujourd'hui en France pour un étudiant, les bourses et les aides sociales plafonnent à peine à 500€ par mois et les petits jobs sont rares, tous sont prêts à se faire exploiter dans l'espoir de gagner quelques euros non superflus. Même chose que pour les locations de chambres de bonnes insalubres. Des visites à la pelle, des candidatures sur liste d'attente et des étudiants qui se battraient pour gagner la chance de payer une fortune pour loger dans un espace où leur lit rentre à peine... Et à Paris, plus spécifiquement, n'en parlons pas !

Alors évidemment, c'est là où on pourrait croire que j'ai cédé à l'appel de l'argent facilement gagné, mon rythme devenu trop soutenu pour parvenir à suivre. Mais non, pas du tout. Même si aujourd'hui je ne peux pas nier que je gagne ma vie plus que de raison en n'exerçant que très peu mon activité, l'argent ne fut pas du tout l'élément déterminant dans le choix de m'y adonner. Bizarrement, c'est en fait mon cursus scolaire qui m'y a poussée...

Chapitre 2

Lie – Halsey/Quavo

— Évidemment, j'insisterais encore sur ce point essentiel pour la soutenance de votre thèse…

Le cours touche à sa fin et la voix du professeur me tire de mes pensées. Je n'ai pas été très attentive aujourd'hui. Je sursaute presque à ces mots qui m'extraient de mes préoccupations :

— Ce sera tout pour aujourd'hui, messieurs dames. On se revoit jeudi prochain.

Quand je relève les yeux de mon carnet de notes, je croise le regard insistant de Raphaël. J'ignore depuis combien de temps il m'observe, mais je décèle quelque chose d'étrange dans ses prunelles grises. Quelques mèches blondes retombent légèrement sur ses yeux, obscurcissant ses pupilles et j'y devine une préoccupation inhabituelle que je ne parviens pas à analyser. J'hésite entre le questionnement et la colère, la perplexité et la déception. Peut-être est-ce même un mélange de tout ça ? Et le fait que ce soit sur moi qu'il darde ce regard exaspéré me laisse à penser que ce qui le chagrine est de mon fait, bien que je ne voie pas ce que j'aie pu dire ou faire qui l'agace au point qu'il me semble tout à coup vouloir me sauter à la gorge. Depuis que nous nous connaissons je l'ai rarement vu ainsi mais Raphaël est quelqu'un de franc. Si quelque chose l'ennuie il m'en parlera, j'en suis certaine.

J'ai fait sa connaissance en même temps que celle de ses amis il y a six ans mais nous nous sommes davantage rapprochés au début de notre doctorat. Emma et Kilian sont en couple, et si j'ai pu penser au début que Florine et Raphaël l'étaient également, j'ai vite été détrompée par le rentre-dedans que ce dernier s'est rapidement évertué à me faire depuis lors.

Ça fait donc deux longues années que je m'efforce de le repousser mais cela s'avère de plus en plus difficile à la longue, j'avoue être parfois à court d'arguments. D'abord parce qu'il est adorable et extrêmement gentil, et aussi parce qu'il est plutôt mignon, intelligent et très intéressant. En bref, c'est pratiquement le mec idéal et si j'étais une fille ordinaire et équilibrée, j'aurais certainement craqué pour lui depuis longtemps et cédé à ses avances, je dois bien l'admettre. Il ne comprend d'ailleurs pas que ce ne soit pas le cas et me poursuit toujours de ses assiduités en espérant que je finisse par céder.

Il est vrai que le discours de ne pas vouloir de petit ami avant la fin de mes études commence à être périmé, le fait de ne pas avoir de temps à accorder à un éventuel copain sonnant vraiment comme une excuse pour une fille qui parvient à conjuguer un doctorat de Sciences humaines - spécialisation Psycho - et un job en plus de ses recherches !

Nous sortons doucement de l'amphi, échangeant sur les dernières paroles du prof, et je scrute discrètement le visage de Raphaël qui ne se départit ni de son air étrangement renfrogné ni de son front plissé alors qu'il reluque continuellement dans ma direction. Kilian ne peut d'ailleurs s'empêcher de le relever :

— Qu'est-ce qui se passe, Raph ? Ça n'a pas l'air d'aller aujourd'hui, tu as l'air de mauvais poil !

Passant vite fait sa main dans ses cheveux dorés comme pour feindre une certaine détente, il répond sèchement à son pote :

— Non, ça va, ne t'en fais pas.

Puis il enchaîne sans attendre en me questionnant à mon tour, étrécissant légèrement les yeux :

— Ça a été Janelle, ton service hier soir ? Tu n'as pas fini trop tard ? me lance-t-il sur un ton bizarrement acide comme si les mots lui brûlaient les lèvres.

Version officielle de ma vie : je suis serveuse dans une pizzeria pour payer mes factures.

Je réponds l'air de rien, sans trop chercher :

— Non, ça a été. À 11 heures j'étais rentrée, il n'y avait pas grand monde.

Mais à cet instant, sans que j'aie le temps d'anticiper quoi que ce soit son visage vire au rouge. Et les paroles qui suivent sont acerbes, le ton acéré. Je n'ai rien vu venir :

— Effectivement, il n'y avait personne ! Pas même toi, dis donc !

Sentant brusquement mon visage blêmir, mon sang ne fait qu'un tour, me glaçant quasiment sur place. Pourtant je ne dois pas lui montrer qu'il m'a prise en flagrant délit de mensonge, je dois m'efforcer de conserver toute l'assurance dont je sais faire preuve à chaque nouveau bobard que je leur sers. Si je ne parviens pas à garder mon sang-froid et que la panique se lit sur mon visage, cette conversation va virer au drame, je le sais. Et pas pour eux, évidemment.

Sans défaillir, Raphaël me fixe droit dans les yeux. Il faut dire que lui n'a clairement rien à se reprocher, contrairement à moi. Les trois autres le dévisagent ébahis, ne semblant pas comprendre où il veut en venir alors qu'il reprend :

— Je voulais essayer de passer un petit moment avec toi…

Je serre les dents mais ne relève pas, sachant très exactement ce qu'il va dire :

— … te surprendre, j'ai pensé que je pourrais dîner là-bas puis attendre que tu aies terminé ton service…

Mes amis semblent de plus en plus perplexes, tout à coup animés par la curiosité alors que Raphaël déroule son histoire :

— … mais quand je suis arrivé à *La Trattoria* et que je t'ai demandée, ils m'ont tout simplement appris que tu n'étais pas là…

Emma fronce les sourcils alors que Florine et Kilian haussent les leurs.

— … et pour cause, puisqu'ils n'ont jamais eu d'employée répondant au doux prénom de Janelle !

Tous les visages se décomposent alors que celui de Raphaël semble étouffé par la colère. Je me suis préparée depuis bien longtemps à l'éventualité que quelqu'un ne découvre un jour que je n'ai jamais travaillé là-bas, pourtant même si je suis prête à devoir débiter un nouveau mensonge, je ne m'en sens pas mieux :

— C'est bon, Raphaël, j'ai menti, OK ? Je ne travaille pas là-bas ! Tu m'as grillée !

Règle numéro 1 : utiliser son prénom, personnaliser l'échange. C'est la base, dès que l'on veut convaincre, amadouer. Et ça marche dans n'importe quel domaine. Quel qu'il soit.

Règle numéro 2 : toujours avouer, surtout quand on est mis au pied du mur et qu'on ne peut plus faire autrement. Et dire la vérité, uniquement la vérité. Ma vérité à moi, dans ce cas précis, ce sera que j'ai menti… Ce sera la seule vérité que je lui concèderai ce soir.

Et règle numéro 3 : faute avouée à demi pardonnée. Toujours compter là-dessus. Et sur mon plus beau sourire. Surtout avec lui. Je suis son point faible. Du moins jusqu'à ce qu'il se lasse et se trouve une nouvelle fille à conquérir. Ce qui n'a pas l'air de vouloir arriver depuis deux longues années…

J'ai conscience que la scène que je vais devoir affronter ne va pas être une partie de plaisir. La rage se lit sur son visage alors qu'il me jette entre ses dents les mâchoires crispées :

— Oui, c'est clair… Maintenant on a bien compris que tu nous mens depuis le début… La question c'est pourquoi. Et sur quoi d'autre tu peux encore nous mentir.

Aïe. Il tape là où ça fait mal.

Car si j'ai réussi à me convaincre que j'assumais totalement mes choix de vie, la vérité c'est que si c'était totalement le cas je ne passerais pas mon temps à mentir, persuadée que je n'ai pas d'autre choix. Pourtant je n'ose m'imaginer que l'un d'entre eux serait capable de comprendre pourquoi j'ai décidé de me livrer à une telle activité. Comment le pourraient-ils ?

Parfois lorsque mon moral baisse dramatiquement au point de friser des délires utopiques, je sombre jusqu'à rêver que je pourrais tout leur avouer… tenter de me confier à Emma de qui je suis la plus proche, déjà… jauger sa réaction et si je la sens réceptive, pourquoi ne pas essayer d'aborder le sujet avec les autres, petit à petit, m'ouvrir lentement... Puis je me ravise. Je me figure déjà le regard de dégoût qu'ils poseront sur moi. Et ce regard-là, je l'ai déjà vu, je n'ai plus envie de le voir, je ne le supporterai pas. Mais pour le moment je n'en suis pas là, tout leur dire n'est absolument pas d'actualité. Pourtant j'ai le sentiment que l'heure du test a sonné, le mensonge que j'ai préparé pour me sauver de la découverte de celui-ci pouvant être parfaitement révélateur de leurs réactions si je décidais un jour de passer aux aveux.

Depuis le premier jour je me suis préparée à cette scène. Je l'ai envisagée, imaginée des centaines de fois. J'ai tout prévu depuis que je leur ai servi cette histoire de job à *la Trattoria*, sachant pertinemment que l'un d'eux me démasquerait à un moment ou à un autre. Alors je sais très exactement ce que je vais raconter maintenant, je n'ai rien laissé au hasard. J'espère simplement que mon jeu d'actrice saura les convaincre et c'est les mains moites et le cœur battant si vite que ma cage thoracique peine à le contenir que je replace mentalement chaque pièce du puzzle que j'ai savamment préparé il y a déjà un moment.

Je suis prise au piège de mes propres mensonges à vouloir dissimuler ce que je suis en réalité à des gens que je côtoie au quotidien m'accule. Victime d'une situation que j'ai provoquée, je n'ai plus d'autre possibilité que les persuader que je leur servirai aujourd'hui la vérité. Une vérité que j'ai voulue suffisamment honteuse pour être crédible. Qui pourra encore s'imaginer derrière tout ça que je puisse avoir d'autres secrets plus avilissants ?

À cet instant précis, alors que tout le monde reste mutique jusqu'à Raphaël lui-même, j'inspire profondément, plantant mon regard dans le sien pour débiter à mon tour la tirade que j'ai préparée il y a longtemps. Je la connais encore par cœur tant je l'ai répétée et je la sers si rapidement sans prendre le temps de réfléchir que cela aura forcément l'air vrai :

— La vérité c'est que le seul job que j'ai pu trouver qui paie assez bien et qui me laisse assez de temps pour bosser ma thèse n'a rien d'aussi reluisant que celui dont je vous ai parlé !

Je leur sers une semi-vérité. Encore une fois c'est mieux que rien, surtout si ça peut me sauver. Ça me déculpabilise également un peu pour tous les mensonges que je leur concocte à côté et je marque une courte pause sans détourner les yeux, continuant fébrilement alors que tous les regards sont rivés sur moi :

— Qu'est-ce que tu voulais que je vous dise ? Que je suis serveuse dans un bouge où le patron passe son temps à me foutre des mains au cul et que si j'ai le malheur de dire quoi que ce soit, il ampute mon salaire ? Que je ne dois pas faire cas des yeux lubriques que certains pervers posent sur mon décolleté, bien au contraire ? Que le boss m'a même formellement interdit de porter un col roulé l'hiver, alors que je me caille les miches pendant que je sers des whiskys à gogo à des gugusses tous plus bourrés les uns que les autres ? Que la dernière fois que j'ai osé le faire malgré ses menaces il m'a tiré les cheveux si fort que j'ai cru être scalpée et que j'ai compris qu'il me virerait sans hésiter ? Qu'est-ce que tu voulais entendre ? Que quand je leur apporte leurs verres je dois prendre sur moi pour faire comme si je ne sentais pas les mains baladeuses alors qu'en réalité ça me fout la gerbe ?

Emma baisse les yeux, tandis que Raphaël me fixe toujours sans ciller et que Florine affiche une mine dégoûtée. Quant à Kilian, toujours aussi attentif, je ne saurais dire avec exactitude ce qu'il pense à ce moment précis et je reprends sans même le chercher :

— C'est ça ce que tu voulais savoir ? Hein ? Bah voilà, maintenant tu sais !

Le ton de ma voix monté involontairement dans les aigus, je cligne des yeux. J'ai parlé si fort que des étudiants se sont retournés vers nous sur leur passage. Aucun de mes amis n'ayant repris la parole, je m'offre le luxe de terminer :

— Ça te va comme explication, Raphaël ? Est-ce que tu conçois que ce soit une raison suffisante pour vous mentir ? Est-ce que la honte que je peux ressentir ne vaut pas un petit embellissement de la vérité ?

Raphaël et moi nous scrutons toujours en chiens de faïence et un lourd silence s'installe enfin. Tout le monde reste comme paralysé, n'osant même plus me jeter un coup d'œil. Je crois que j'ai fait sensation, et pas dans le meilleur sens du terme, pourtant je pense avoir atteint mon but. Je n'en reviens pas ! D'autant que ce mensonge est le plus proche de la vérité que je n'aie jamais dit jusqu'alors. Malgré tout ma poitrine m'oppresse et je ne me sens pas pour autant soulagée. L'espace d'un instant, sur ma lancée, j'aurais presque envie de tout leur balancer et c'est la douce voix d'Emma, qui brise finalement les réticences de chacun à s'exprimer :

— Mais pourquoi tu ne quittes pas ce travail si c'est si horrible que ça ?

Alors que tous les regards se dirigent de nouveau vers moi, je l'avise :

— Vous voulez savoir pourquoi je ne lâche pas ce job de merde ? Eh bien parce que tous ces gros porcs dégueulasses me foutent tellement de biftons entre les nichons juste pour que je les laisse les toucher deux secondes lorsqu'ils les y mettent que ça me permet de bosser deux fois moins que si j'étais vraiment serveuse dans une honorable pizzeria !

Mais Florine, sûre d'elle comme elle sait si bien l'être prend la parole à son tour :

— Il doit bien y avoir une autre solution ! Tu dois bien pouvoir trouver un job qui est…

Affichant une mine de dégoût elle finit sa phrase en pesant ses mots :

— … respectable !

On y est… la notion du job respectable… Et là on ne parle que de celui de serveuse dans un bar miteux, pas du vrai…

Je lui sers un demi-sourire agacé :

— Tu crois que c'est aussi facile que ça ? Qu'il suffit de vouloir quelque chose et de claquer des doigts pour l'obtenir ? Dans ton monde peut-être… crachais-je.

Elle grimace et je continue :

— J'ai cherché. On me demande de travailler deux fois plus pour gagner deux fois moins.

Mais elle ne lâche pas l'affaire et ouvre déjà la bouche pour reprendre. Elle cherche probablement à me servir ses petites certitudes de jeune femme à la vie financièrement dorée à défaut de l'être à tous les niveaux. Florine n'a jamais galéré pour quoi que ce soit. Aujourd'hui encore, alors qu'elle a « pris son indépendance », ses parents restent derrière elle pour subvenir à ses besoins. Je l'apprécie sincèrement mais nous semblons si différentes, diamétralement opposées.

Lorsqu'elle a débuté ses études, elle vivait encore chez ses parents. Puis elle a commencé à se plaindre que les transports en commun bondés de gens sentant la transpiration la fatiguaient. Papa et maman lui ont alors gentiment cherché un appartement proche de la fac et le lui ont meublé. Ils en paient d'ailleurs aujourd'hui le loyer et assument également toutes les factures inhérentes à son fonctionnement. Ils ont apparemment l'intention de continuer à le faire jusqu'à ce qu'elle gagne « suffisamment bien sa vie » pour l'aider à démarrer du bon pied. Petite veinarde qui ne réalise visiblement pas sa chance et ne se projette absolument pas à la place de ceux qui n'ont pas de parents pour les aider… Loin de moi l'idée de la juger, je comprends qu'elle réagisse comme ça, elle a été élevée dans un cocon et si je ne me mettais pas un peu à sa place je réagirais exactement de la façon dont je lui reproche de le faire.

Malgré tout même si je me projette et que je dois mentir une fois encore, elle a visiblement besoin que quelqu'un lui rappelle les choses de la vie, celles qui concernent le commun des mortels :

— Ne le prends pas mal, Florine, je t'aime beaucoup mais il faudrait que tu prennes conscience des salaires pratiqués aujourd'hui en France et de tout ce que les gens normaux ont à payer avec tous les mois.

Elle se vexe et c'est de bonne guerre. Elle déteste qu'on lui rappelle son statut de fille à papa :

— C'est bon, Jan', ne me prends pas pour une imbécile ! Ce n'est pas parce que mes parents paient tout pour moi que je ne me rends pas compte !

Mais je lui rappelle doucement :

— Je doute parfois du fait que tu réalises vraiment à quoi ressemble le quotidien du Français lambda… Mais peu importe… pourquoi t'en soucierais-tu ? la provoqué-je peut-être un peu injustement. Le jour où tu devras subvenir à tes besoins, tu gagneras certainement assez bien ta vie pour ne toujours pas le comprendre…

J'exagère, je le sais, le fait qu'elle soit issue d'une famille où l'argent n'est pas un problème n'implique pas forcément qu'elle doive se soucier constamment de la misère des autres. Mais qu'elle simplifie les choses ainsi parce qu'elles le sont pour elle me défrise. Elle pince légèrement les lèvres tout en plissant les yeux mais ne peut se retenir de me faire comprendre que je la froisse :

— Tu as certainement raison. Mais je ne vois pas pourquoi je devrais avoir honte que ma famille ait de l'argent. Ce n'est quand même pas ma faute si des tas de gens gagnent mal leur vie et galèrent !

Tout le monde fait un peu la moue à ses paroles, même si en soi elle n'a pas tort. Mais sans lui demander de culpabiliser, un peu plus d'empathie serait la bienvenue…

La mâchoire de Kilian se crispe légèrement. Je n'ignore pas que pour lui aussi c'est un peu galère et que même si tous apprécient énormément Florine, ce genre de réaction et de petites phrases bien senties qu'elle sert parfois ont le don de mettre le feu aux poudres dans le groupe d'amis… Raphaël, Emma et lui ne sont pas non plus issus de familles aisées. Loin de vivre dans l'opulence ou d'avoir connu le même style de vie, ils font partie de la classe moyenne et ne rougissent absolument pas des métiers de comptable, de journaliste, de traiteur ou d'esthéticienne qu'exercent leurs parents. Pourtant même s'ils ne se plaignent jamais, je sais que de leur côté ce n'est pas toujours facile.

— Mais je ne comprends pas, ne peut s'empêcher de relever Florine de son air pincé, il me semblait que ta tante te louait son appartement pour une somme dérisoire ?

Une somme dérisoire… C'est ce que représente à ses yeux le montant que je leur ai annoncé. Pour des gens avec un salaire moyen, cela s'élèverait au tiers de celui-ci. Alors même si la somme que je leur ai donnée semble peu élevée pour ce quartier de Paris, ce n'est quand même pas rien et je tente de la remettre à sa place et de lui inculquer la notion des réalités de notre société de la façon la plus douce possible. Même si elle risquait pourtant de s'offusquer pour de bon :

— Parce que tu penses que cette faveur qu'elle me fait suffit et que je n'ai pas besoin d'argent à côté ? Laisse-moi t'expliquer, alors… En plus de cette « somme dérisoire » comme tu dis, je dois payer toutes les autres charges. Ma tante est très sympathique mais ce n'est pas non plus l'Armée du Salut et elle ne me fait pas cadeau du reste ! Et crois-moi, dans un quartier comme celui-ci, ce ne sont pas de petites sommes que je dois débourser !

Emma, Kilian et surtout Raphaël se taisent mais ne ratent pas un mot de l'échange qui se poursuit maintenant seulement entre Florine et moi et je continue :

— Il y a aussi l'électricité, ma carte de transport… entre autres choses. Les assurances, internet, le téléphone… Mince, il me semble que j'en oublie ? Oh ! Oui c'est vrai, une fois que j'ai payé tout ça, je mange, aussi !

Mais Florine a réponse à tout :

— Et bien déménage, dans ce cas ! Trouve-toi un studio qui correspondra un peu plus au standing d'une étudiante !

— Je ne peux pas ! crié-je pratiquement.

— Pourquoi ça ? m'interroge-t-elle en écarquillant les yeux. Si ça peut te permettre de faire autre chose que… enfin… ça !

Elle agite les mains avec dédain mais à cet instant précis, ce que je m'apprête à lui dire n'est pas tout à fait un mensonge parce que je lui confie ce que je ressens à l'état brut du plus profond de mes tripes :

— Ce serait un aveu d'échec ! Mes parents m'ont toujours crue bonne à rien… Si je fais ça, ce sera abandonner tout ce pour quoi j'ai trimé jusqu'à maintenant et ça prouvera qu'ils avaient raison ! Alors tant pis, je ramasse. Certes je fais un job un peu limite mais c'est hors de question de montrer qu'ils avaient vu juste sur mon compte. J'y arriverai, coûte que coûte !

Ses yeux semblent davantage vouloir quitter leurs orbites comme si elle était incapable de comprendre alors que les regards des trois autres s'adoucissent :

— Mais tes parents sont morts, Janelle ! Qu'est-ce que tu en as à faire de ce qu'ils auraient pu penser de leur vivant ?!

Si seulement elle savait… Et si seulement elle avait la moindre idée de ce qu'a été ma vie, de ce qu'elle est aujourd'hui. Moi qui suis bien loin d'avoir des parents aimants comme les siens. Moi dont les géniteurs n'ont jamais été d'aucun soutien…

Baissant les yeux, je cherche à présent à éviter son regard inquisiteur. Non pas que je sois à court d'arguments, mais tout à coup plongée dans des souvenirs douloureux, mon cœur saigne. Pourtant, depuis tout ce temps, ça ne devrait plus rien me faire ! Quand vais-je cesser de revivre chaque scène comme si elle s'était produite hier ? Quand vais-je ne plus sentir chaque meurtrissure comme si elle m'avait été infligée la minute précédente ? Quand ?

Mais comprenant que je suis troublée, Emma vient à ma rescousse :

— Non, mais… Es-tu certaine que tu as fait des études de psychologie, Flo ?

Florine déteste qu'on la surnomme ainsi. Pas assez classe. Je soupçonne Emma de l'avoir fait volontairement pour l'agacer, et cette dernière enchaîne :

— Tu devrais quand même parfaitement comprendre que quand on t'a injustement rabaissée toute ta vie et qu'on a essayé de te convaincre que tu ne valais rien, le but de cette vie devient très exactement de prouver tout le contraire ! D'abord aux autres mais surtout à toi-même !

Des picotements m'agressent le nez alors que je ravale la boule dans ma gorge et que je sens mes pupilles s'embuer légèrement. Pourtant je n'ajoute rien, je n'en ai nul besoin, mon regard trouvant celui d'Emma sans vraiment le chercher. La compassion que j'y lis me souffle que j'ai raison de croire que si un jour je ressens le besoin de me confier elle sera là pour m'écouter. Emma. Douce et adorable Emma. Je sais qu'elle donnerait tout sans conditions, ni restrictions, et lui mentir à elle me peine encore plus qu'aux autres. Et si elle ignore qui je suis réellement, je sais qu'en cas de besoin je pourrais toujours compter sur elle.

Mais tendre et gentille petite Emma. Si seulement tu savais, toi aussi me jugerais-tu ? Tu essaies de me comprendre, tentant d'appliquer à la lettre ce que l'on t'a appris dans tes jolis petits cours théoriques de psychologie. Comme quoi rien ne vaut la pratique. Mais si le patient ne coopère pas, le médecin peut être très doué, il n'obtiendra aucun résultat. Est-ce qu'un jour je parviendrai à tout t'avouer, à toi qui cherches à m'aider sans rien vouloir en retour ? Est-ce qu'un jour je pourrai t'expliquer à quel point tu te trompes ? À quel point parfois, quand on t'a injustement rabaissée toute ta vie, tu finis par avoir toi-même une image dégradée de toi ?

Comment pourrais-je faire comprendre un jour à quelqu'un que, fatiguée de m'être toujours battue pour l'amour de mes parents, quelque chose que j'aurais dû avoir naturellement, j'ai baissé les armes ? Comment puis-je expliquer que j'ai fini par me ranger de leur avis et qu'inconsciemment persuadée que je n'étais bonne qu'à devenir une seule chose, j'ai foncé tout droit dans cette direction ? Comment justifier que lassée de ne pas correspondre à l'image qu'ils me collaient à la peau, même si ça me rebutait, je me suis efforcée de devenir exactement ce dont ils m'accusaient ?

Chapitre 3

Scars – Boy Epic

Emmitouflée dans une grosse couverture, recroquevillée sur moi-même au fond de mon canapé, je lis et relis le dossier qu'Ekaterina m'a envoyé mais j'ai du mal à réellement me concentrer sur les informations qu'il contient.

Je pourrais laisser la douceur du printemps se faufiler dans mon appartement pourtant tout est fermé, je suis frigorifiée. Malgré la douche brûlante que j'ai prise en rentrant et le chocolat chaud qui me réchauffe de l'intérieur, je ne cesse de greloter les nerfs à vif. Le froid a envahi mon corps, tout comme il a gagné encore un peu plus de terrain sur mon cœur, comme à chaque nouveau mensonge. Même si j'essaie de me convaincre du contraire, je sais qu'à chaque fois ce sera ainsi. Dès qu'une fable s'écroulera, je trouverai à me dépêtrer avec une nouvelle…

Depuis que j'ai quitté mes amis tout à l'heure, je ne cesse de me rejouer la scène en boucle, rongée par la culpabilité. Je les apprécie. Vraiment. Et je déteste leur mentir. Je m'imaginais pouvoir m'habituer à le faire, pourtant il y a encore des jours où j'ai un mal fou à me convaincre que je n'ai pas d'autres choix que de continuer…

Je pourrais penser que la discussion ne s'est pas si mal terminée même si cela paraissait mal engagé. Mais il faut dire que si j'ai réussi à m'en sortir c'est parce que j'étais préparée à riposter. Je ne cesse de me demander comment cela se passera le jour où je ne le serai pas…

Chacun a fini par me prendre en pitié et a essayé de me comprendre. Même Florine, qui parvient assez peu d'ordinaire à se mettre à la place des autres. Raphaël, pourtant l'instigateur de la discussion, a semblé éprouver des remords à avoir mis en lumière aux yeux de tous une situation terriblement compliquée et honteuse pour moi. Il a même insisté pour me raccompagner mais j'ai eu beau lire la culpabilité et les regrets au fond de l'azur de ses yeux, je n'ai pas pu me retenir de lui dire qu'il en avait assez fait pour aujourd'hui. Et depuis que nous sommes repartis chacun de notre côté, je revis le moment encore et encore sans discontinuer.

Mon plaid enroulé autour de moi, je cherche à chasser les dernières bribes de scènes qui me hantent pour étudier attentivement la « candidature » de mon éventuel futur client :

Arya Markus Leiner
32 ans
De nationalité autrichienne

Physiquement, il correspond tout à fait au genre d'homme que j'apprécie. Des yeux sombres, des cheveux châtain foncé et bouclés tombant au niveau des épaules. D'ordinaire je ne suis pas spécialement amatrice des cheveux longs, j'ai tendance à trouver que ça donne un air négligé mais cet homme casse mes préjugés, chez lui ce n'est pas absolument pas le cas. Il dégage quelque chose de particulier, un charme indéfinissable que je ne parviens à m'expliquer. Pourtant il ne s'agit que de photos mais déjà son charisme est indéniable, bien au-delà d'une réelle beauté. J'imagine alors que la réalité doit être bien au-dessus de ces clichés.

La patronne connaît mes goûts et mes critères de choix, elle sait toujours quel dossier elle peut m'adresser. Savoureux mélange de

Kit Harrington et de Jackson Harries, si son profil me plaît je pense que je pourrai partager avec lui un excellent moment…

En ce qui concerne mes clients, mon premier critère de choix est qu'ils me plaisent physiquement. Pourquoi ? Eh bien ne nous voilons pas la face. Comme je l'ai dit, si j'exerce cette activité, c'est par choix et soyons clairs, je souhaite avant tout en tirer du plaisir, même si cela peut choquer. J'aime le sexe pour ce qu'il est et je l'assume, aujourd'hui une femme n'a plus à rougir de ses désirs ou à avoir honte de relations sans lendemain là où c'était auparavant le privilège de l'homme.

Mais là où les filles comme moi bousculent les idées reçues, c'est à cause du fait qu'en plus d'assumer notre sexualité nous nous fassions payer pour faire quelque chose que finalement nous apprécions : Non seulement nous retirons du plaisir mais nous gagnons notre vie en le faisant et ça c'est terriblement dérangeant. Pourtant l'argent, s'il n'est pas des moindres détails aux yeux de certaines, n'est qu'un plus que j'en retire finalement. Lorsque j'ai commencé, je n'étais ni dans le besoin ni sous la coupe d'un « maq » qui me forçait à assurer un certain nombre de rendez-vous pour être rentable.

Alors hors de question pour moi de faire ça avec n'importe qui. J'ai besoin que la personne me fasse envie même s'il est question d'argent. Je n'ai pas le temps de développer une quelconque attirance pour quelqu'un qui ne me tente pas au premier regard. De plus je suis vendue comme un produit de luxe d'une exceptionnelle rareté, alors j'estime être en droit d'attendre que mon client soit lui aussi haut de gamme à tous les niveaux.

Un minimum de franchise. Dans la vie, lorsqu'on tisse une relation, on peut finir par être attiré par quelqu'un qui n'a pas forcément un physique à tomber… On apprend à se découvrir, il se passe quelque chose d'autre, une alchimie psychique peut se développer et de là naît le désir… Mais pour finir directement dans un lit sans passer par la case « connexion de l'esprit », ça peut s'avérer compliqué si l'on n'éprouve pas une once d'envie.

Certains pensent certainement : « Mais comment font les autres prostitués ? » Certes, tous ceux qui vendent leur corps n'éprouvent pas une attirance pour leurs clients, restons honnêtes ! Ce fait est indéniable. Et j'avoue sincèrement être en admiration devant ceux qui parviennent à enchaîner les « passes », peu importe les atouts de la clientèle ! Comment font-ils pour parvenir à faire taire la voix intérieure qui leur souffle probablement que la plupart d'entre eux ne trouveraient pas grâce à leurs yeux en temps normal ? Ceux-là ont du mérite, je n'y serais jamais parvenue. Pouvoir choisir a été l'une des conditions sine qua non à ma décision de pratiquer cette activité.

Alors oui, cela peut paraître étrange, voire même inconcevable que ce soit moi qui aie mes petites exigences et fasse mon choix parmi les clients et non le contraire. Ce n'est effectivement pas comme cela que ça se passe habituellement mais je me suis arrangée pour sortir du lot dès le départ. Et aujourd'hui je récolte ce que j'ai semé : le pouvoir. Le pouvoir de décider. Le pouvoir de faire ce que je veux avec qui je veux. Même celui de refuser des clients.

Pourtant je ne crois pas être la seule Escort à me permettre d'être regardante mais je suis sans nul doute celle qui fait les choix les plus drastiques. Peut-être parce que je suis celle qui peut le plus se le permettre. Aujourd'hui je suis la plus renommée de toutes. Comment en suis-je arrivée là ? Simplement en menant ma barque un peu plus intelligemment que les autres, et en faisant preuve de patience. De beaucoup de patience. C'est tout.

Alors effectivement, je bouleverse les codes dans le domaine. Je me paie le luxe d'avoir des critères élevés pour choisir ceux à qui je vais accorder mes faveurs moyennant, malgré tout, une petite fortune ! Mais pour moi le physique c'est très important, voire même capital. Le client s'attend à ce qu'une Escort soit jolie, il me choisit parce que je lui plais. Alors j'ai décidé que je pouvais moi aussi exiger la même chose de lui.

Tout cela repose sur quelque chose d'animal et de très subjectif, j'ai besoin de les trouver séduisants, attrayants mais s'il ne s'agissait que de ça, ce serait tellement plus facile ! Ceci n'est que la partie visible de mon iceberg car une fois rempli ce premier critère de l'apparence, tout se corse. J'ai aussi besoin que mes clients soient bien plus qu'agréables à regarder… Et je n'hésite pas à employer le mot « besoin » plutôt que le mot « envie ».

C'est pourquoi je demande un dossier complet et détaillé sur chacun des candidats. Je veux pouvoir tout connaître, tout étudier de leur vie, tout savoir de leur famille, de leurs femmes s'ils en ont, de leurs enfants éventuels, de leurs parents… Évidemment je veux qu'on épluche leur vie professionnelle, connaître l'origine de leur fortune, savoir où ils ont fait leurs études… En bref je veux que le moindre élément soit passé au peigne fin, que les informateurs de l'agence déterrent les cadavres s'il y en a parce que je ne suis pas dupe. Les hommes riches en ont souvent. Et je ne veux pas avoir de mauvaises surprises.

Après cela, si le dossier me convient, je demande ensuite à les rencontrer et je passe un long moment à m'entretenir avec eux. Qu'est-ce que j'attends d'eux, puisque je ne les reverrai jamais ? Je veux qu'ils me séduisent. J'ai besoin qu'ils soient intelligents, gentils, cultivés, qu'ils aient de la discussion…

Tout ça pour finir au lit ? Je pourrais effectivement me moquer de tous ces détails puisqu'il ne s'agit que d'un échange physique, mais ce n'est pas le cas… Je veux pouvoir aller au-delà de ce qui est superficiel et ne repose que sur une relation charnelle, même si cela n'est que pour une journée, pour un soir, pour une nuit. Je veux leur en donner pour leur argent. Les séduire autant par mon apparence que par ma conversation en les charmant sur leurs terrains de prédilection. Je veux leur offrir ce que je n'offrirai plus jamais à un autre gratuitement. Ce petit bout de moi qui lui aussi aime plaire et séduire, mais que désormais je cache. Je ne suis pas idiote et n'oublions pas que je suis psy ! Je sais que quelque part inconsciemment, je ne fais pas que jouer un rôle, bien que je me complaise à le croire. Que je cherche à vivre par « Jewel » ce que je me refuse à moi, Janelle. Que ce que je simule lors de ces rendez-vous c'est la recherche du potentiel homme de ma vie, ces scènes que personnellement je ne vivrai plus jamais parce que j'ai choisi de tirer un trait sur les relations amoureuses l'année de mes seize ans et qu'à présent, les seules que je m'autorise sont uniquement physiques, sexuelles. Plus d'attaches. Pas de sentiments. En bref, la facilité…

Encore un cas d'école pour psychothérapeute. Je cherche celui qui aurait pu représenter mon idéal dans les profils des hommes qui me paient pour coucher avec moi. Des hommes dont je n'entendrai plus jamais parler une fois que ce sera fait, même si le moment a été parfois intense…

Pourquoi n'en reverrai-je aucun ? À cause d'une de mes règles : JAMAIS DEUX FOIS LE MÊME CLIENT. JAMAIS. Pour moi cela représenterait un trop gros risque : celui d'en apprécier vraiment un, et de finir par m'attacher d'une certaine façon. Alors hors de question de biaiser la transaction. Elle reste unique. De cette façon, il n'y a aucune équivoque.

Il m'est arrivé, parfois, de recroiser l'un d'entre eux au hasard d'une soirée à défaut de me retrouver encore dans leurs draps. Certains au bras de leur épouse ou à celui d'une autre Escort… Je dois dire que j'ai adoré ces moments : deviner dans leurs yeux le désir à peine voilé de convoiter ce qu'ils aimeraient avoir de nouveau alors qu'ils savent pertinemment qu'ils ne peuvent qu'en rêver…

Surprendre leur langue effleurer leurs lèvres en repensant à nos ébats, savoir qu'ils me désirent à tel point que même devant leurs femmes ils ne parviennent à le masquer... Lire dans leurs yeux l'effet que je leur fais... quelle satisfaction. Je savoure chaque fois le pouvoir que je possède sur eux à présent.

Pourtant je ne peux pas dire que je ne souffre pas parfois de mes choix. Ce serait encore mentir de dire que je ne ressens jamais la solitude. Mais lorsque ça m'arrive, je me remémore mon expérience de l'amour et ça me vaccine, ça me balance de nouveau au visage pourquoi j'en suis arrivée à décider de vendre mon corps. Je me souviens qu'après tout ce qui m'est arrivé, me fermer à tout sentiment amoureux et ne viser que le plaisir de la chair me sont apparus comme étant les meilleures solutions. Une évidence presque. L'amour et moi n'avons jamais fait bon ménage. Juste du sexe sans sentiment et en gagnant de l'argent par-dessus le marché, c'était véritablement l'option idéale.

D'ailleurs pour moi, si on omet que je dois mentir à mon petit groupe d'amis, tout est plus simple. J'aurais pu tout leur dire dès le premier jour, qu'aurais-je eu à craindre du jugement de ces gens qui n'étaient alors pratiquement que des inconnus ? La vérité c'est que lorsque nous avons commencé à nous rapprocher je n'avais pas encore plongé dans ce monde et quand j'ai finalement décidé de m'y enfoncer, ne sachant pas exactement dans quoi je m'embarquais — même si je cherchais à me convaincre que j'étais sûre de mes choix —j'avoue ne pas avoir immédiatement assumé. Puis le jour où j'ai compris que j'y avais pris goût, j'avoue avoir eu peur de les décevoir (*putains de sentiments*) et je suis finalement rentrée dans l'engrenage du mensonge, l'un entraînant l'autre.

Pourtant du fait que je me refuse à toute relation d'ordre amoureux ma vie s'en trouve nettement facilitée. Pas besoin de mentir davantage ou de gérer les états d'âme jaloux d'un compagnon par rapport à mon activité. Dire que certains parviennent à être en couple en la pratiquant et disent réussir à conjuguer les deux sans aucun souci ! Ceux-là je ne les envie pas, tout ça je leur laisse.

Aujourd'hui, loin des clichés sur les filles comme moi, je revendique mon propre plaisir. Je ne peux pas dire que j'ai aimé ça tout de suite. Ce serait mentir encore une fois. Il a fallu que j'apprenne à faire taire ma tête avant que cela n'arrive. Évidemment. J'ai dû m'entraîner à couper le flot de pensées qui m'étreignaient systématiquement, à chaque fois, les premiers temps pour ne me focaliser que sur l'acte lui-même, sans réfléchir, et n'écouter que le bien-être physique... Alors comment, et pourquoi avais-je pu être envahie de sentiments contradictoires, puisque personne ne m'imposait rien de tout cela ? Eh bien tout simplement parce que même pour moi, au départ, je dois bien avouer que la prostitution était un sujet sensible, presque aussi tabou que pour les autres. D'ailleurs quand j'y repense, parfois, je m'étonne encore du cheminement que j'ai pu suivre pour en arriver jusque-là. Quelques années avant de sauter le pas, j'étais même à mille lieues d'envisager d'entrer dans un monde tel que celui-ci. Pire ! Je vivais depuis si longtemps dans l'abstraction de mes désirs, justement parce qu'ils m'avaient conduite bien trop loin, que leur laisser de nouveau une place m'avait soudain paru presque anormal.

Mais plus que toute autre chose, il m'a fallu prendre conscience, accepter qu'une fois encore je méprisais la morale et les convenances que ce monde cherchait à imposer... Sauf que j'étais devenue une adulte qui mesurait à présent les conséquences de ses actes et que tout ce dans quoi je m'engageais, cette fois je le faisais sciemment.

Alors certes, cela n'a pas été évident, j'ai même cru que jamais je n'y parviendrais, j'ai pensé abandonner... Mais finalement j'y suis arrivée.

Et contrairement à ce que l'on pourrait penser, comme je choisis mes partenaires, je parviens à avoir une sexualité épanouie, bien que je doive prendre certaines précautions. On pourrait croire que toutes les personnes qui s'adressent à une agence pour obtenir les services d'une Escort sont bourrées de perversions et ont des besoins sexuels différents du commun des mortels mais ce n'est pas vrai, là encore c'est une idée reçue. Et je dois bien avouer que cela me facilite grandement les choses.

Mes relations avec mes clients sont bien souvent d'une simplicité étonnante. Lorsqu'une certaine confiance parvient à s'installer entre eux et moi, certains se confient sur leur vie, sur leurs déceptions, sur leurs problèmes de couple parfois, se montrant pour certains vulnérables, d'une sincérité désarmante alors qu'ils font figure de requins aux yeux du reste du monde.

Ce qui permet la rapidité et l'étroitesse de nos échanges, c'est justement le fait qu'ils savent que je ne les juge pas, et qu'on ne se reverra probablement jamais. J'occulte leur vie, à tous autant qu'ils sont. Je me fiche de qui ils sont vraiment et du pouvoir qu'ils possèdent dans « le monde du dehors ». Même si c'est ce pouvoir et leur argent qui les a menés jusqu'à moi. Au moment où nous nous retrouvons au lit ensemble, nous ne restons qu'un homme et une femme dans le plus simple appareil. Ils sont libres de tromper leur épouse s'ils en ont une, cela ne me regarde pas. Je les laisse assumer leurs choix comme j'assume les miens, et les éventuelles conséquences de leurs actes.

C'est pour cela que, contrairement à d'autres filles, je me permets de porter du parfum, du rouge à lèvres. Si leur épouse le sent ensuite sur leurs vêtements, ce n'est pas mon problème et ça ne me regarde absolument pas. Le parfum est pour moi un élément essentiel pour séduire un homme. Alors encore une fois, je me différencie et je leur impose de s'adapter, et non l'inverse. De toute façon, la plupart des épouses ne sont clairement pas dupes !

Si certains font appel à moi parce qu'ils sont malheureux en couple, d'autres le font simplement parce que dans ce monde-là ça se fait, la fidélité étant semble-t-il un concept dépassé. Encore une fois je ne juge pas. D'autres, célibataires, cherchent le côté pratique : ils sont attirés par la rapidité et la simplicité de la relation. Pas besoin de réel rapport de séduction, les choses sont claires dès le départ, aucune attente d'un engagement quelconque, pas besoin de se poser de questions sur la suite des évènements… Quand c'est terminé on se quitte, on se dit au revoir et on repart chacun de son côté. Peu importe ce qui les motive pour arriver jusqu'à moi, je m'en moque. Je ne suis pas là pour donner mon avis tout comme ils n'ont pas à juger de ce que je fais. Si les gens se jugeaient moins dans ce monde la tolérance coulerait des jours heureux.

Je choisis mes clients entre trente et quarante ans, les refusant plus jeunes. J'ai besoin d'être certaine que tous mesurent ce que ça peut impliquer dans leur esprit d'avoir une relation tarifée. Non pas que l'âge soit forcément un gage de sûreté mais j'ose m'imaginer limiter la casse, je n'aimerais pas être la source d'un traumatisme. Commencer par payer des femmes à vingt ans me semble si triste et je n'aimerais pas ressentir l'envie d'analyser ce qui pousse un jeune fils de millionnaire à recourir à une prostituée. Même si, soyons lucides, si moi je refuse bien d'autres acceptent ces clients sans se poser autant de questions ni se fixer toutes ces limites. C'est simplement ainsi que j'ai choisi de fonctionner.

Je me considère aujourd'hui comme une privilégiée. Il faut simplement ne pas gratter sous la surface pour réaliser que derrière les apparences, je vis dans une cage aux allures dorées dont j'ai moi-même dessiné les barreaux et avalé la clé.

Je dîne régulièrement à des tables étoilées où le champagne coule à flots, je fréquente les soirées mondaines, porte de la haute couture et il m'arrive de dormir dans des palaces parisiens dont la renommée n'est plus à faire dès que je décide qu'un client me convient. À vingt-six ans, j'ai déjà investi dans plusieurs biens immobiliers, et je suis à l'abri du besoin pour mes vieux jours. Je mène donc mon activité de main de maître, choisissant qui je vois et quand, tout comme je déciderai jusqu'à quand je le ferai. Et si un jour il en a été autrement, à présent je suis la seule et unique maîtresse de ma vie.

Pourtant si j'avais de l'humour je me ferais presque sourire moi-même, consciente que je régalerais mes collègues psys. Un cabinet pourrait pratiquement tourner avec moi pour seule cliente pendant des années ! Rien de compliqué, toutes les filles qui se vendent ont vécu des abus sexuels et connaissent la drogue, l'alcoolisme… Je pourrais me targuer d'échapper à la règle, de déjouer toutes les théories ?! Pourtant non, je suis bien de celles qui ont subi ces traumatismes mais là où je me démarque peut-être par rapport à d'autres, c'est que bien que je l'accepte et que j'ai appris à vivre avec, je ne laisserai plus jamais une chose similaire m'arriver. JAMAIS. Accepter, et m'adapter pour que cela n'arrive plus. C'est de cette façon que je survis, que je trouve la force d'avancer encore dans cette vie qui ne m'a offert jusqu'ici que tristesse et déception. Et le sentiment de contrôle que tout cela me procure aujourd'hui m'insuffle désormais la force que je n'avais pas hier. C'est la seule thérapie dont j'ai besoin pour guérir mes blessures.

Chapitre 4

Who am I – Bazzi

Je prends mon téléphone et fais glisser mon doigt vers le haut de l'écran pour composer son numéro. C'est la dernière à m'avoir appelée, il se trouve tout en haut de la page, facile à trouver. Elle décroche dès la première sonnerie :

— Bonjour mon bijou. Tu as fait vite !

— Je te l'avais promis.

— Hummm… J'imagine que c'est mauvais signe si tu me rappelles déjà pour me faire part de ta décision… Je sais bien que tu n'aimes pas les novices mais je pensais que celui-ci te conviendrait. Il avait l'air vraiment très bien…

Je pouffe doucement :

— Tu me connais trop bien… et je suis bien trop prévisible ! Je m'ennuierais presque moi-même parfois ! soupiré-je.

Et alors qu'elle se gausse également je la coupe dans son élan :

— … C'est pourquoi j'ai décidé d'accepter de le rencontrer !

Son rire stoppé net, je n'entends plus rien dans le combiné et tandis que je continue, elle reste sans voix n'en revenant toujours pas :

— Tu as raison, il a l'air parfait ! Tellement parfait que ça pique vraiment ma curiosité. J'aimerais véritablement savoir pourquoi un type comme lui a besoin de faire appel à une fille comme moi.

Elle se marre encore, plus franchement cette fois et sa voix grave fend de nouveau le silence, son accent qui m'amuse tant agressant chaque mot pour se moquer de moi :

— Tu dis ça à chaque fois ! Et au final tu leur trouves toujours une bonne raison parmi toutes les salades qu'ils peuvent te débiter.

— Pas toujours, arrête ! Tu me crois si crédule ? Pourquoi crois-tu que j'en élimine neuf sur dix ? Mais je suis dans une mauvaise passe, la lassitude menace. Mes clients de ces deux dernières années m'ont semblé être tous les mêmes. Si ça continue comme ça, je vais finir par refuser tout le monde et mes sex-toys vont devenir les seuls à visiter mon temple ! déploré-je.

— Alors révise tes critères !

— Exactement ! Tu vois c'est ce que je fais ! J'espère avoir une agréable surprise avec celui-ci. D'après son dossier il a l'air différent de ma clientèle habituelle, ça pourrait me distraire un peu…

— Je l'espère ! répond-elle. Tu sais que ton bien-être m'importe particulièrement.

Comme chaque fois ses paroles me touchent. Ekaterina et moi avons véritablement une relation à part.

— En parlant de bien-être… plaisanté-je encore, je crois que j'ai besoin de trouver un nouveau sujet pour ma thèse, j'ai l'impression de n'avancer à rien ces derniers temps alors qui sait ? Je pourrais rencontrer un cas intéressant ?

Son rire s'élève davantage :

— Si écrire ta thèse t'aide à te sentir bien, alors ! se moque-t-elle. Je connais justement un cas parfait si tu veux !

— Vraiment ? feins-je de la croire. Tu as un client qui pourrait me convenir comme sujet d'étude ?

— Un client non, mais toi tu ferais un excellent sujet, je te l'ai déjà dit ! suggère-t-elle. Y as-tu déjà songé ?

Je l'accompagne dans son délire, comme souvent. Elle et moi sommes parvenues à nous comprendre si étroitement que je la laisse parfois me railler sans m'offusquer, forte de l'intensité des liens que nous avons tissés dès le premier jour :

— Effectivement, je pourrais… D'ailleurs tu sais ce qu'on dit ? Que les psys sont eux aussi un peu tarés ! Dommage, j'ai un mal fou à m'auto-analyser !

Nous continuons à blaguer ensemble de bon cœur, puis elle reprend plus sérieusement :

— Bon, très bien alors, je réserve une table dans l'endroit habituel et je te donne la date exacte suivant ses disponi...

— Non ! m'écrié-je coupant court à son élan.

Un silence plane de nouveau, mais Ekaterina ne le laisse pas s'éterniser, m'interrogeant rapidement :

— Attends, tu viens de me dire…

— Oui je sais…

— Tu as déjà changé d'avis ?

— Non simplement… Laisse-le choisir l'endroit où nous nous rencontrerons.

— Oh, mais… que de changements ! note-t-elle. Jewel se renouvelle ! Et qu'est-ce qui vaut autant de grâces à ce tout nouveau client ?

— Je te l'ai dit, je m'ennuie, j'ai besoin d'un peu d'innovation alors nouveau client, nouvelle Jewel !

— D'accord mais ne change pas trop non plus ! ironise-t-elle. Ils s'attendent tous à quelque chose de particulier lorsqu'ils te demandent, il ne s'agirait pas de ne plus être à la hauteur de ta réputation.

— Rassure-toi et fais-moi confiance comme tu l'as toujours fait jusqu'à présent. Je ne ferai rien qui puisse nuire à notre business, patronne !

Elle éclate d'un rire gras :

— Patronne ! J'adore quand tu m'appelles ainsi ! Tu sais que tu es la seule à oser le faire ? Toutes les autres trembleraient presque juste à l'idée de me parler !

Je m'amuse du ton détendu de la conversation malgré sa finalité sérieuse. Nous avons rarement l'occasion de nous le permettre, autant en profiter :

— As-tu besoin que je tremble devant toi… patronne ? insisté-je après une courte pause.

— Uniquement devant elles ! Moi aussi j'ai une réputation à tenir figure-toi !

— Ce sera fait, alors ! réponds-je le sourire toujours vissé aux lèvres. Maintenant je vais devoir te laisser, il faut que je m'entraîne à simuler la peur !

Elle éclate de rire, approuvant mes récentes paroles :

— Tu as raison, tu es complètement folle !

Je ricane tout en lui précisant avant de raccrocher :

— Hey, boss !

— Oui mon bijou ?

— Je ne te décevrai pas.

Elle me rassure plus sérieuse que la seconde précédente :

— Tu ne me décevras jamais… quoi que tu fasses.

Nous nous quittons sur ce nouveau coup au cœur que me portent ses paroles. Ekaterina m'offre sa confiance plus que personne ne l'a jamais fait dans ma vie et j'en suis chaque fois touchée plus que je ne suis capable de le dire.

J'étudie une fois encore le dossier de ce tout nouveau client que je viens d'accepter de rencontrer. Suite à notre discussion, Ekaterina va gérer, je n'ai désormais plus qu'à patienter jusqu'à ce qu'elle me communique les modalités du rendez-vous.

Habituellement, tout est réglé comme du papier à musique. Je n'ai rien changé depuis six longues années mais comme je viens de le lui dire, je commence à me lasser de certaines choses. Alors pourquoi pas un peu de changement, si dans les grandes lignes, tout reste à l'identique ?

D'après le dossier, cet homme n'a jamais fait appel à une Escort de sa vie. C'est la toute première fois que j'accepte de rencontrer un éventuel client qui n'a encore jamais goûté au sexe payant jusqu'à maintenant.

Mon regard se perd une fois encore. Je me remémore mon échange avec la patronne, ça me fait sourire…

Ekaterina Kitaëv. 43 ans. Russe. Ancienne prostituée aujourd'hui à la tête de l'agence d'Escorts la plus connue et surtout la plus réputée de toute l'Europe. Les plus belles filles, mais aussi les plus chères. Je contribue d'ailleurs à la flambée des prix. Une simple soirée avec moi juste pour un « accompagnement » coûte dix fois celle d'une autre et pour la nuit entière avec prestation, il faut envisager de débourser minimum cent fois plus.

La « patronne » et moi avons donc une relation particulière. Comment en sommes-nous parvenues à cette relation ? Je ne le sais pas exactement. Aujourd'hui, je crois tout simplement que ma démarche a piqué sa curiosité. Elle était différente de celle de toutes les autres filles. Plutôt rentre dedans. J'aurais pu choisir d'exercer de façon indépendante, ouvrir mon site internet comme le font tant d'autres, gérer moi-même mon business… Mais ce n'était pas ce que je voulais, alors je suis venue lui proposer un partenariat qui pouvait s'avérer gagnant pour toutes les deux. Dès le départ j'ai visé le sommet et rien d'autre. Et pour parvenir à mon but, j'avais décidé de travailler avec la meilleure dans le domaine. Coûte que coûte, même s'il me fallait des années pour la convaincre. J'étais venue à elle confiante et sereine, lui exposant de quelle façon nous allions révolutionner les pratiques et les tarifs des Escorts parisiennes. À ma façon je lui avais proposé de vendre quelque chose d'identique tout en le faisant différemment, de nous démarquer.

Pourtant dès le départ, elle a tout simplement su déceler mes failles. Peut-être parce qu'elle et moi sommes faites du même bois.

Elle-même a vécu plus qu'il n'est possible de supporter dans une seule vie. Bien que je me targue d'être forte, elle avait décelé les craquelures sous la couche de vernis mais elle avait également su voir en moi cette dose de volonté suffisante, cette rage de vraiment m'en sortir, ce désir impérieux de contrôler les choses mais aussi bizarrement, celui de viser le plaisir au-delà de toutes mes souffrances, d'en faire ce qui compte avant tout. Elle avait compris que j'avais du potentiel. Dès le premier jour, j'avais affiché cet optimisme vertigineux et irréel pour une fille sur le point se vendre pour la première fois alors que tant le font par dépit et désespoir, cette folle détermination d'aller jusqu'au bout, cette capacité à parvenir à un réel abandon, à défaut d'une véritable abnégation. Évidemment, elle n'avait certainement pas été dupe de mes peurs. Mais peut-être aussi qu'elle était parvenue à deviner que j'étais suffisamment aliénée pour faire ce choix totalement dérangeant alors que rien ne m'y obligeait en apparence et que finalement j'avais cette force en moi pour tout supporter, cet acharnement à aller jusqu'au bout quoi qu'il arrive comme si mon salut en dépendait.

Je lui assurais que je lui en ferais gagner des rivières et qu'il coulerait à flots pour elle sans effort si elle me prenait sous son aile. Aujourd'hui je pense que le résultat a dépassé tout ce qu'elle a pu s'imaginer alors…

Je crois qu'Ekaterina m'a toujours comprise, finalement, même si elle ne connaît pas véritablement mon histoire. Elle aussi a vécu son lot de souffrances. Vendue très jeune par ses parents à un réseau de prostitution, elle n'a pratiquement connu que cela depuis le début de sa vie. Je ne sais même pas si à ce stade elle se rappelle avoir eu un jour une vie de petite fille normale, ni même une véritable enfance en somme.

Sur ce point on se rejoint un peu je crois, même si moi, ce ne sont pas mes parents qui m'ont mise sur un trottoir. Enfin… pas directement en tous cas. Puis n'oublions pas que moi je ne suis pas dehors dans le froid à arpenter le pavé pour ferrer le client mais dans des suites de luxe. Et ça, c'est une différence tout à fait notable et non négligeable.

La vie d'Ekaterina est connue de tous dans le milieu et sa réputation n'est plus à faire. Rendue dépendante à toutes sortes de drogues par son proxénète, elle est tombée enceinte à quatorze ans. On l'a obligée à avoir des relations sexuelles même dans cet état, et on lui a arraché son enfant à la naissance. Elle n'a jamais su ce qu'il était devenu, ni même s'il est encore vivant. Quelques années plus tard, lorsqu'elle est tombée de nouveau enceinte, elle a cette fois été avortée par un charcutier, et a failli y passer. Aujourd'hui, elle ne pourra plus jamais porter la vie et personne ne sait si elle n'a pas à cette époque contracté de maladie telle que le virus du sida. Aujourd'hui les traitements par trithérapie sont efficaces et il est impossible de distinguer une personne malade d'une autre.

Elle a fini dans le Quartier rouge d'Amsterdam, et par une « heureuse » fortune, après plusieurs années, elle a réussi à négocier sa liberté avec le maître des lieux. La légende ne raconte pas ce qu'elle a dû faire pour parvenir à l'obtenir, c'est un point de l'histoire qui reste plus que sombre. …

Lorsqu'elle a quitté les Pays-Bas, elle a décidé de monter son agence d'Escorts en se promettant que ses filles ne connaîtraient jamais ce qu'elle-même avait connu. Pour elle, il était possible de pratiquer la prostitution avec classe. Dans son idéal, elle a toujours cherché à donner des lettres de noblesse au plus vieux métier du monde, dans un pays dont l'hypocrisie sur le sujet n'est plus à démontrer.

Depuis de longues années, Igor, son frère l'accompagne. Fidèle comme son ombre, il est son soutien, son pilier indéfectible. Je pense qu'il tuerait pour elle, s'il ne l'a pas déjà fait. Nous savons toutes qu'il n'est pas vraiment son frère mais peu importe.

Alors comment ai-je pu en arriver à foncer de mon propre chef jusqu'à mettre à exécution des projets si particuliers ? Ce qui m'a amené à me projeter dans l'Escorting fut finalement quelque chose de complètement inattendu. Peut-être qu'une autre que moi ne serait pas arrivée à penser que ça pouvait représenter une solution à tous ses maux, c'est même pratiquement certain ! Mais mon esprit tordu et surtout mon vécu m'ont probablement conduite à cette extrémité.

Lorsque ça m'est apparu comme une échappatoire, j'étais déjà en 2e année de fac de psycho. On nous imposait une sorte d'étude assez particulière : pratiquer une immersion dans laquelle l'exercice ne serait pas de nous placer du point de vue du psy mais de nous positionner comme le sujet à analyser. Les thèmes divers et variés furent tirés au sort par la main innocente de l'assistante du professeur sans que nous ne les connaissions à l'avance. J'avais découvert mon sujet avec stupeur et perplexité : la prostitution sous toutes ses formes. Mon destin était scellé. J'allais entrer dans un monde qui m'était totalement inconnu et sur lequel régnaient mes préjugés mais j'allais surtout découvrir qu'aujourd'hui loin des clichés certains s'assumaient parfaitement et que le contexte n'était pas toujours aussi glauque qu'on pouvait se le figurer.

Je m'étais plongée dans tout ce que j'avais pu trouver concernant le sujet pour tenter de comprendre les tenants et les aboutissants de cette pratique au-delà de ce que j'en connaissais déjà : Témoignages au travers de blogs, reportages, films, livres, séries télé, articles de journaux ou de magazines… J'avais découvert l'envers du décor.

Puis étaient venues mes rencontres avec des femmes et des hommes du milieu en n'omettant personne dans la chaîne. J'avais alors trouvé un univers aux ramifications insoupçonnablement plus étendues que je n'aurais pu me l'imaginer, touchant tous les âges et milieux sociaux sans exceptions.

Au-delà des préjugés j'étais allée de surprises en surprises, rencontrant des filles de l'Est exerçant dans de vulgaires camionnettes au bord de petites routes, comme celles plus connues du bois de Boulogne mais également à l'heure d'internet des hommes et femmes « à leur compte », sans « maq » pour les exploiter et leur soutirer le fric durement gagné. Je réalisais avec stupéfaction mais avec une curiosité accrue que bien que ce ne soit l'argent vite gagné qui certes motivait, leur plaisir et l'amour du sexe n'étaient en aucune façon laissés de côté.

Bien sûr, nombreux étaient encore ceux qui faisaient ce choix parce qu'à un moment de leur vie, ils s'étaient sentis au pied du mur, acculés par une existence trop difficile, croulant sous le poids des factures, souvent seuls avec parfois un gosse à élever... Étonnamment autant d'hommes que de femmes tombaient dans cet engrenage. Bien sûr, la population d'étudiants à en passer par là pour payer leurs frais de scolarité ne cessait de croître, certains abandonnant finalement leurs études, complètement aveuglées par « la facilité » mais surtout la rapidité avec lesquelles ils voyaient croître leur pouvoir d'achat.

Sur la Toile les sites fleurissaient, toujours plus nombreux et plus alléchants, certaines illustrant leurs tarifs par des « roses » comme pour atténuer la réalité de la transaction tandis que d'autres, pour déguiser leur activité toujours interdite chez nous, se disaient officiellement « Coach en bien-être » ou encore « masseurs ». Mais là où le bât blessait énormément dans le système français, c'était que l'État - qui ne reconnaît toujours pas le métier - persiste encore à le tolérer sous d'autres formes de dénominations qui ne laissaient personne dupe, ne le légalisant pas comme il peut l'être dans d'autres pays, tout en prélevant invariablement ses impôts sur les sommes perçues.

Je creusais le phénomène, en France mais aussi dans les autres pays du monde. En Hollande, la profession avait été légalisée en 2000 et les prostitués y avaient aujourd'hui les mêmes droits et devoirs que tout autre citoyen. Ainsi depuis 2011, l'accès à l'assurance chômage leur était également permis. En Suisse, l'exercice de la profession se tenait dans des « Salons érotiques » et tout en bénéficiant d'un réel statut et de droits comme tout autre salarié, la profession était strictement encadrée. Sur les 3 000 prostitués du canton de Genève, on ne comptait pas moins de 700 Français en recherche d'une vraie reconnaissance de leur métier.

J'avais approfondi mon enquête, me passionnant finalement pour ce qui au départ n'était, autant pour moi que pour les autres, qu'un sujet tabou et surtout un thème imposé. La question captivait bien plus qu'on ne le croyait, de nombreux reportages lui étant régulièrement consacrés.

Je m'étais alors intéressée à l'évolution du métier, la version classe et surtout plus chère… de plus en plus chère, mettant un pied dans le cercle fermé des prostitués de grand luxe, les Escorts des riches de ce monde. Je m'étais presque fait vendre du rêve.

Alors comment devient-on prostitué ? La plupart de ceux que j'avais interrogés m'avaient apporté la même réponse : le destin, la vie, la fatalité.

Mais ce qui fut pour moi le déclencheur fut aussi ce moment de mon enquête qui mit en lumière la banalisation du sexe et des pratiques à risques de nos jours chez les jeunes. On m'évoqua des fêtes alcoolisées, des comportements de plus en plus débridés qui menaient aujourd'hui les ados à dédramatiser le fait d'être sexuellement actif trop jeunes, à peine sortis de l'enfance sans avoir réellement conscience des conséquences de certains actes. Tout un tas de faits qui ne me parlaient que trop. Et surtout une véritable régression, un retour aux sources du comportement humain, pas si éloigné que cela de son origine animale.

On m'avait dépeint cette jeune génération comme celle pour qui l'acte sexuel apparaissait comme un jeu, voire une chose sans importance, parfois même comme un moyen de manipuler un partenaire en s'en servant pour arriver à des fins douteuses… Autant d'interprétations et d'utilisations du sexe qui conduisaient des jeunes qui rêvent d'argent et d'une vie dorée à trouver facilement la prostitution attirante à leurs yeux, n'identifiant pas les pièges.

Tout ce discours aurait dû me faire prendre mes jambes à mon cou, moi qui n'aspirais qu'à refouler les souvenirs de ma propre expérience… Pourtant, au lieu de fuir dans la direction opposée à mesure que les images de mon passé ressurgissaient, se faisant de nouveau aussi nettes qu'au premier jour, j'avais décidé de faire un pied de nez à cette vie en cherchant à maîtriser les rouages de ces pratiques.

Plus jeune je n'avais jamais considéré le sexe comme quelque chose d'anodin, bien au contraire. Je m'étais toujours imaginée ne le pratiquer qu'en présence de sentiments forts, j'avais toujours rêvé ma première fois comme quelque chose de très romantique, avec LE garçon que j'aimais. Lui. Mais ramenée à la réalité de ce que j'avais finalement vécu à l'effondrement de mes idéaux, j'avais brutalement eu ce drôle de sentiment clairvoyant, comme une projection de mon avenir qui pouvait soudain m'apparaître un peu plus radieux.

Alors comment vendre son corps peut-il sembler être un choix de carrière, ou même de vie heureuse ? Il ne s'agissait pas tant de cela. Ce dont il avait été question avant tout pour moi, c'était de me le réapproprier, d'en redevenir la véritable détentrice. Reprendre ce que je lui avais laissé, à lui. J'aurais pu me contenter de sexe auprès de conquêtes sans lendemain. Cela n'aurait été que trop facile et sans saveur. Je voulais que plus aucun homme ne pense qu'il avait le contrôle. Je voulais le pouvoir.

J'avais eu une excellente note à mon exposé, les autres étudiants m'ayant même applaudie, époustouflés. Le devoir terminé nous étions simplement passés à un autre sujet pourtant moi, j'étais restée comme bloquée, complétant davantage mes recherches si cela était encore possible, me concentrant cette fois essentiellement sur l'Escorting et l'idée de m'y adonner avait commencé à germer dans mon esprit. C'est ainsi que j'avais trouvé l'agence d'Ekaterina, la plus réputée d'entre toutes. Si je devais pratiquer cette activité, je prenais conscience que ce ne serait pas à n'importe quelles conditions.

Les semaines étaient passées, le sujet avait cheminé dans mon cerveau jusqu'à ce que cette solution s'impose d'elle-même comme salvatrice. Je l'avais alors contactée et nous nous étions rencontrées. Mon aplomb l'avait impressionnée mais mon projet l'avait tout d'abord fait marrer. Malgré tout, j'avais insisté, déployé les arguments de notre future réussite. Les filles qui triaient sur le volet étaient déjà nombreuses, souvent indépendantes, pourtant moi je faisais le choix de ne pas l'être pour pouvoir viser l'excellence. Accompagnée, je savais que j'irais plus haut, plus vite, le carnet d'adresses d'Ekaterina étant le plus envié.

Cette dernière avait pensé au premier abord que mon histoire de règles si rigides représenterait trop de contraintes pour des clients habitués à tout obtenir grâce à leur argent et qu'étant une sinistre inconnue dans le milieu ce serait me tirer une balle dans le pied, qu'aucun ne serait prêt à débourser des sommes astronomiques pour une poule de luxe dont personne n'avait jamais entendu parler mais têtue, j'avais ma théorie sur le sujet. Certes au départ, il fallait y aller au bluff, nous devions jouer une sorte de poker du sexe, c'est là que résiderait toute la force de mon plan mais si elle y était prête, nous pourrions accomplir de grandes choses. À ce moment-là évidemment, je coupais court à toutes tergiversations sous mon crâne, si je m'étais alors projetée à mon rendez-vous de première transaction, j'aurais très certainement vomi et me serais barrée en courant !

J'avais supplié Ekaterina de me faire confiance et d'être patiente. Pour moi, elle ne perdait rien, elle avait au contraire tout à gagner. Mais je comprenais ses réticences, sa réputation et le sérieux de son agence seraient mis en jeu si elle choisissait de me suivre. Évidemment nous avions volontairement et savamment caché que j'étais nouvelle dans le métier, faisant même croire qu'une certaine réputation me précédait mais que mes clients préféraient garder leur anonymat, ce qui justifiait que certains n'aient jamais eu vent d'une telle perle dans ce monde. Entourée d'une part de mystère le personnage de Jewel se voulait dégager une aura mythique, différente, telle une créature de légende. Il était évident que sans une certaine mise en scène, rien n'aurait pu justifier un tarif dix fois plus élevé que celui des autres filles.

Les semaines étaient passées sans qu'aucun client ne me demande, j'avais dû implorer la patronne d'attendre, puis un jour, c'était arrivé. Comme on dit, « un pigeon se lève tous les matins ». Mon premier, ce fut finalement plus lui qui me choisit que l'inverse mais ça bien entendu, jamais je ne l'ébruiterai.

Il s'appelait Juan Felipe Montilla Àlvarez… Un brun ténébreux pas si beau mais au charisme indéniable, possédant ce côté animal envoûtant, irrésistible, surtout lorsqu'on a passé des années à se faire du bien seule uniquement à l'aide d'objets en tous genres. Piqué par la curiosité, ce médecin - qui commençait tout juste à se faire un nom et qui considérait ne pas avoir de temps à perdre en jouant la séduction - avait décidé de découvrir par lui-même ce joyau pour qui il fallait débourser davantage que pour une autre. Il faut souligner qu'à l'époque mes tarifs restaient abordables pour des hommes tels que lui, pas si fortunés que mes actuels clients... La peur au ventre mais un faux sourire énigmatique vissé aux lèvres, j'avais développé des trésors de sensualité pour faire que sa nuit soit aussi inoubliable qu'il se l'était imaginée, feignant une assurance qu'en mon for intérieur j'étais bien loin d'avoir. La bile n'avait cessé de me brûler l'œsophage même s'il avait su me conquérir et que je l'avais ravi tout autant. Toutes ces heures à composer celle que je voulais être, à façonner ma posture, mes gestes, les expressions de mon visage devant une glace avaient visiblement porté leurs fruits et lorsqu'il avait finalement posé ses mains sur moi, j'étais parvenue à lâcher prise, au prix d'un lourd travail sur moi-même, bâillonnant toutes mes craintes sur l'autel de mes nouvelles certitudes.

J'avais eu le sentiment de n'être qu'une godiche inexpérimentée à de multiples reprises, mais je m'étais arrangée pour jouer le rôle d'une ingénue. Et si j'avais eu un doute sur le fait qu'il ne devine pas qu'il était mon tout premier client, la maladresse de mes gestes m'effarant parfois moi-même, la réputation qu'il avait contribué à me forger ensuite auprès de son cercle privé m'avait détrompée. Le bouche-à-oreille avait fait le reste. Lui y avait vu de la douceur, avait eu cette étrange impression de connexion, oublié qu'il avait eu affaire à une prostituée...

Contre toute attente, j'avais réussi ce pari fou. Mes règles loin d'être rédhibitoires avaient ensuite fait le reste, contribuant irrémédiablement à mon succès : Sélection stricte après enquête rigoureuse. Clients triés sur le volet. Aucun novice en matière de recours à la prostitution. Acceptés seulement à mon bon vouloir. Rapports protégés uniquement. Pas de plans à plusieurs. Pas de pratiques SM. Et surtout... jamais deux fois le même client.

Mes règles étaient strictes. Mais ainsi je gardais le pouvoir, sur tout. Je fixais les limites. Et alors que cela aurait pu être un frein à mon activité, je ne n'avais fait que davantage piquer la curiosité de tous ces hommes habitués à tout avoir en un claquement de doigts et ces règles furent justement ce qui contribua à ce que je devienne la plus demandée. Fidèle au personnage que j'avais monté de toute pièce, j'avais ensuite su jouer du principe de l'offre et de la demande, refusant la plupart des rendez-vous jusqu'à faire flamber les prix. Ils n'ont d'ailleurs jamais cessé de grimper et aujourd'hui, nombreux sont ceux qui, satisfaits, ont déjà tenté de déroger à la règle du « jamais deux fois » pour passer une nouvelle nuit avec moi…

Alors aujourd'hui, je peux dire que Juliette, ma meilleure amie également Escort avait parfaitement raison. Après le flottement des premiers rendez-vous, l'inexpérience s'exprimant pleinement dans les débuts, j'y avais pris goût. Vraiment. Cela était d'ailleurs arrivé bien plus rapidement que je ne l'avais pensé. Mais il faut bien avouer que je m'étais résolue à ne pas courir après l'argent, même si en avoir plus, même beaucoup plus ne me faisait pas de mal. Pourtant, cela me permettait de ne choisir que des clients que je jugeais d'exception.

Dès le premier j'avais appris à séparer parfaitement sexe et sentiments, ce que je n'avais pas su faire lorsque j'avais 16 ans pour mon plus grand désarroi. Il fallait également avouer que l'histoire de Juliette, en plus s'ajouter à mes propres traumatismes m'avait clairement refroidie une bonne fois pour toutes. En réalité avais-je franchement eu besoin de la voir s'effondrer pour parvenir à le faire ? Mon but premier dans cette pratique n'était-il justement pas d'écarter tous sentiments quels qu'ils soient de ma vie ?

J'étais l'un des parfaits stéréotypes de la fille qui vend son corps : détruite par l'amour, le cœur piétiné, les sentiments bafoués, le corps et l'esprit ravagés, j'étais aujourd'hui incapable d'aimer, je m'y refusais. La faille, le traumatisme existaient bel et bien chez moi. Je m'étais reconnue dans tous les reportages, dans tous les témoignages que j'avais recueillis. Mais je revendiquais ma différence jusqu'au bout, l'argent n'ayant jamais été mon but premier.

Pourtant aujourd'hui le constat restait sans appel, amer. Mes parents s'étaient facilement rangés de l'avis commun et n'avaient eu de cesse de me traiter de « salope », de me dire que je n'étais qu' « une traînée », « une petite pute »... Il fallait croire que le bourrage de crâne avait très bien fonctionné sur moi, et que persuadée qu'ils avaient raison, je l'étais réellement devenue. Inconsciemment, ou alors plutôt de façon totalement consciente au contraire, comme pour les défier, j'étais devenue exactement ce dont ils m'avaient accusée. J'avais fini par écarter les jambes et offrir mon corps à des hommes en échange d'argent. La définition même de la pute.

Aujourd'hui je suis considérée comme étant la meilleure dans mon domaine. À croire que la rareté et le mystère paient. Je me suis arrangée pour devenir un produit de luxe parmi les autres, le premier choix, l'excellence, l'Escort parmi les Escorts, celle qui fait la différence, celle qu'ils veulent tous sans jamais m'avoir jamais eue, voire même jamais vue. Pourtant je vis dans un désenchantement immuable et permanent.

Chapitre 5

True Colors – Justin Timberlake/Anna Kendrick

Le choix de notre rendez-vous fixé à la terrasse d'un café de la place du Tertre m'apparaît singulier et intéressant. Révélateur même. En proie aux préjugés, j'avais imaginé à tort que comme tout millionnaire qui se respecte il aurait souhaité me voir dans un palace ou un restau chic et j'avais été agréablement surprise d'autant plus qu'accessoirement, Montmartre est l'un des endroits que préfère à Paris. Je me réjouis que ce soit le lieu qu'il ait élu pour notre rencontre. Pour moi, il est l'un des plus beaux que l'on peut trouver dans la capitale.

Je prends rarement le temps de me balader, mais parfois, lorsqu'il fait beau, j'adore aller devant la basilique du Sacré-Cœur admirer la vue que nous offre la butte. Le panorama y est exceptionnel. Beaucoup semblent d'ailleurs du même avis, les lieux sont toujours blindés de monde quel que soient le jour de la semaine, la saison, le moment de la journée et le touriste n'est certainement pas le seul à s'y promener.

Nous sommes en mai et le soleil daigne aujourd'hui nous faire don de sa présence, ce qui n'est pas toujours gagné à cette époque de l'année. J'ai opté pour une tenue simple. Jean moulant, top de soie orné de dentelle et petite veste, et j'ai pris soin de ne pas choisir de chaussures à talons de façon à pouvoir marcher sans me ridiculiser sur les pavés qui jonchent pratiquement toutes les rues alentour. Mes cheveux dénoués se baladent librement et la brise qui se promène parfois elle aussi sur mon visage les pousse à m'effleurer les lèvres et à me chatouiller le nez.

Lorsque j'approche de *La Bohème*, je le repère immédiatement, mais il en est apparemment de même pour lui car il se lève pour venir à ma rencontre. J'en suis presque interdite, il ne m'a jamais vue, j'aurais pu être n'importe qui. Ma démarche assurée et mon regard déterminé dans sa direction m'ont certainement trahie… Je l'observe rapidement, et je dois avouer qu'au premier abord je ne suis pas déçue. Il est encore mieux que sur les photos que l'on m'a envoyées et je suis une fois de plus agréablement surprise de la décontraction vestimentaire qu'il affiche lui aussi. Un simple pantalon de coton beige et une chemise en lin d'un bleu électrique retroussée sur des avant-bras ciselés que je m'imagine déjà enlacer mon corps fermement.

Rapidement face à face, je devine qu'il tente de ne pas me dévisager, pourtant je jurerais que je le trouble déjà, certainement davantage que ce à quoi il s'attendait. La mythique Jewel ne se dévoile que peu sur les photos proposées par l'agence et mon visage, souvent nimbé par une pénombre qui se veut artistique permet seulement de déceler que mes traits sont harmonieux. La beauté reste évidemment subjective mais jusqu'ici il m'a toujours semblé que mes clients tombaient des nues de la meilleure façon qu'il soit en me découvrant. Ses yeux sombres semblent vouloir me transpercer alors que je remarque qu'ils sont moins obscurs que je l'avais pensé. D'un ambré noisette parsemé de quelques éclats plus foncés, ils ne sont finalement pas totalement noirs et leur nuance me fascine. Pourtant, le noir n'est-il pas censé être noir ? Les cercles de ses iris m'envoûtent et je dois moi aussi cacher que je ne regrette pas de lui avoir laissé sa chance, même s'il dérogeait à l'un de mes critères essentiels. Les cheveux un peu plus courts que sur les portraits, ils restent toutefois globalement assez longs pour un homme mais ne lui ôtent en rien un côté classe indéniable malgré la simplicité de son apparence.

Je relève pour moi-même que ce type me surprend. Généralement les hommes que je rencontre dans ce milieu sont tirés à quatre épingles, fraîchement rasés, leur coupe de cheveux impeccable semblant toujours fraîche de la veille, quant à leurs costumes si outrageusement chers et si stricts, difficiles de ne pas les mentionner. Cet homme bouscule les conventions établies, bouleversant tous les clichés que j'ai pu croiser en six années de pratique de l'Escorting dans ce monde fortuné.

Son dossier faisait état d'une fortune récente et de son appartenance à un milieu modeste et je m'interroge sur le fait qu'il connaisse et maîtrise les codes du milieu auquel il a accès aujourd'hui grâce à son argent et de par ses affaires. Ignore-t-il certaines choses ? Choisit-il volontairement de le faire ?

Ses pupilles se fichent finalement dans les miennes tandis qu'il me tend la main en me servant un « Bonjour madame » dans un français presque sans accent. D'après ce que je sais de lui, il parle allemand, slovène et hongrois, ces trois langues étant parlées par une grande partie de la population en Autriche, mais également anglais et français, le tout couramment. Je lui rends sa poignée de main et alors qu'il me semble la garder en otage un peu plus que nécessaire, des picotements me parcourent l'échine. Chimiquement parlant, pas besoin d'en savoir davantage pour comprendre que je meurs d'envie d'en découvrir plus sur ce qu'il a m'offrir. Effrayant et fascinant mystère de l'attraction hormonale. Pourtant bien que le sujet m'intéresse également sur le plan médical je ne me pencherai pas dessus davantage, j'ai déjà hâte d'entamer la discussion comme s'il pouvait s'agir d'un véritable premier rendez-vous au sens sentimental du terme. Et lorsqu'il m'invite à rejoindre sa table, je ne me fais pas prier, nul besoin de nous présenter davantage :

— Venez…

Alors que je m'installe tout juste, une serveuse se pointe déjà pour prendre ma commande. Elle me sert une occasion de jauger de sa sollicitude, peu se préoccupant finalement de mon bien-être :

— Vous ne prendrez rien d'autre ? m'interroge-t-il poliment.

Et tout en déclinant je remarque qu'il a dégusté une pâtisserie avant mon arrivée, un reste de millefeuille trônant dans une petite assiette que la jeune femme débarrasse à sa demande sans même qu'il l'ait terminé.

— Vous ne finissez pas ? lui demandé-je à mon tour le plus naturellement du monde.

— J'avais copieusement déjeuné, me répond-il dans un sourire. J'ai juste cédé à la gourmandise mais je n'avais déjà plus faim, en réalité.

Son doux et léger accent, pourtant presque inexistant, lui donne ce petit quelque chose en plus qui le rend à mes yeux irrémédiablement attirant. Quant à son sourire, il me transporte déjà ailleurs. Dans un ailleurs où nous serions enlacés l'un à l'autre, et où la décence n'aurait pas sa place, un endroit où le plaisir n'aurait pas de limite. Je suis rarement si subjuguée par l'un de mes éventuels clients et je m'avoue qu'Ekaterina m'a déniché la perle rare et que si je décide de faire affaire, être la première prostituée de toute sa vie sera un vrai plaisir, dans tous les sens du terme. Mais je m'oblige à couper court à ces pensées impures, je dois d'abord apprendre à le découvrir. Je suis là pour ça…

Alors qu'on vient de me servir mon café, je le devine terriblement nerveux, tendu, et ses yeux tout à coup fuyants plongent directement dans le liquide noir que je fais tournoyer à peine servie. Mes doigts crispés sur la petite cuillère semblent soudain l'intéresser davantage que tout dialogue que nous pourrions entamer mais je feins de ne pas le remarquer en jetant moi aussi un œil faussement distrait à ma tasse. Je crois comprendre ce qui le trouble certainement et l'espace d'un instant je suis de nouveau cette jeune fille inexpérimentée qui croyait découvrir l'amour, cette jeune femme désabusée qui a préféré se lancer dans la prostitution plutôt que de se tromper de nouveau, de souffrir encore. Cette nervosité palpable c'est la peur de l'inconnu qui l'étreint, nous l'expérimentons tous à des degrés plus ou moins forts à divers moments de notre vie. Celle qui lui dévore aujourd'hui l'estomac est la même que celle que j'ai traversée lors de ma première fois avec ce riche client espagnol.

Je l'observe, réalisant brutalement que quelque part, moi aussi j'ai peur, tout comme lui. C'est la première fois que je rencontre un homme tel que lui. Je veux dire un homme qui n'a jamais fait appel aux services d'une femme comme moi. Pourtant, même si je parviens aisément à me projeter même si ma première fois était de l'autre côté de la barrière, je tais mes sentiments. Je suis la professionnelle, je dois tout maîtriser jusqu'à mes sentiments.

Commencer par moi n'est d'ailleurs pas réellement la façon idéale de mettre un pied dans cette pratique, pour autant qu'il y en ait une. Je ne suis pas une parmi tant d'autres, je ne représente pas la norme, je suis l'Escort parmi les Escorts, la pression n'en est que plus forte même pour ceux qui sont habitués à consommer du sexe payant. De probables interrogations lui vrillent certainement les neurones pourtant, alors que je m'apprête à briser la glace il rompt le silence, plein d'hésitation :

— Alors… c'est comme ça… que ça se passe ? hésite-t-il, les yeux toujours rivés à ma tasse. Les filles… comme vous… demandent à rencontrer leurs clients avant ?

Soudain gêné il s'arrête, triturant nerveusement ses doigts.

— Pardonnez-moi, je suis maladroit dans ma façon de m'exprimer, je ne veux pas vous offenser…, m'avoue-t-il véritablement mal à l'aise.

Le fait qu'il ne cherche même plus à le cacher m'émeut plus que je ne le voudrais et alors que je relève la tête vers lui il tourne un visage pensif vers la place, faisant mine d'observer les promeneurs et les peintres installés tout autour mais je ne suis pas dupe. Il cherche à paraître détendu et tente de masquer que ma réaction à ses paroles l'inquiète.

J'avoue être réellement intriguée. Pour la toute première fois, je fais face à un client qui semble me montrer sincèrement du respect. Enfin c'est ainsi que j'interprète ses mots. Non pas que les autres me traitent mal, non, ce serait mentir. Mais chaque fois je sens cette distance qui ne s'effacera jamais, car finalement, bien que je cherche à me convaincre du contraire, peu importe que je domine une fois la porte de la suite fermée. À la fin, le véritable maître reste toujours le même : celui qui a payé. Et j'ai beau me voiler la face le véritable pouvoir, ce sont ces hommes qui le détiennent, ils possèdent ce que je veux, moi : le pouvoir de m'aider à me sentir désirée, de me sentir forte face à eux, le pouvoir de me donner l'illusion que je peux décider de tout. Mais surtout et avant tout, le pouvoir de me conduire au plaisir de la chair sans sentiments.

— Vous ne m'offensez pas, lui réponds-je d'une voix douce pour ne pas le brusquer. Restons lucides. Je suis ce que je suis…

Je marque une pause avant de continuer :

— Les filles comme moi ne font pas cela d'ordinaire... Moi, oui.

— Pourquoi le faites-vous ? Qu'attendez-vous de cette rencontre ?

— Le fait que vous souhaitiez vous glisser entre mes jambes demande un certain degré d'intimité, vous ne trouvez pas ? J'ai besoin de faire votre connaissance avant que nous n'en arrivions là, affirmé-je avec assurance remarquant qu'il a rougi au moment où j'ai évoqué le sexe alors qu'il ne regarde toujours pas vers moi.

— Je fonctionne différemment des autres, continué-je. Je sais que vous n'êtes pas au fait des pratiques habituelles, et c'est vrai que les miennes sont particulières, je peux concevoir que cela puisse perturber…

— Je ne suis pas perturbé… je… je suis juste… inexpérimenté dans le domaine. Et curieux.

— Je comprends. Disons que j'ai juste besoin de vous découvrir un peu avant… tenté-je pour le convaincre davantage.

Finalement il lâche la place des yeux pour me demander enfin :

— Est-ce que ça vous dit de vous balader ? J'ai toujours eu envie de me promener dans ce quartier et il fait un temps magnifique aujourd'hui !

— Avec plaisir, lui réponds-je un demi-sourire aux lèvres.

Alors que nous quittons la terrasse, il me propose de faire le tour de la place. Tout en marchant tranquillement, nous parlons de choses et d'autres, et je procède l'air de rien à un véritable interrogatoire dans les règles de mon art. Creuser ce que je sais déjà, connaître leur version, découvrir si certains vont mentir, éluder des faits importants, en exagérer d'autres, c'est la partie que je préfère. En somme je les analyse.

— Vous n'êtes pas marié, il me semble… entré-je rapidement dans le vif du sujet.

Je sais qu'il a été fiancé à une certaine Saskia Winkler, avec qui il a vécu plusieurs années.

L'objet de ma question l'interpelle :

— Est-ce un critère décisif pour vous pour accepter de passer une soirée avec moi ? cherche-t-il à creuser.

— Non. Je fais aussi dans les hommes mariés, tenté-je de répondre avec distance et froideur. Simple curiosité. Je sais que vous avez été fiancé et que vous vous êtes séparés quelques mois seulement avant la date où vous deviez l'épouser…

— Je vois que vous êtes bien renseignée. Je n'en attendais pas moins de quelqu'un qui demande à rencontrer son client avant de passer à l'acte.

— Que s'est-il passé ?

Un lourd soupir dégonfle sa poitrine comme si le poids de cet échec était toujours aussi lourd sur son cœur, mais il m'explique de ce léger accent qui sonne si doux à mon oreille tout en continuant à marcher :

— Nous avons vécu ensemble sept longues années. Nous nous étions rencontrés pendant nos études et étions très amoureux… mais quand j'ai commencé à réussir professionnellement et que nous sommes entrés dans le cercle des gens fortunés, elle n'a pas su trouver sa place…

Il marque une courte pause avant de reprendre :

— Elle a gardé pour elle tout ce qui la gênait sans jamais se confier, et le jour où elle m'a quitté, elle m'a tout balancé au visage et moi je n'ai rien compris, je n'avais rien vu venir. Elle en avait assez de jouer la comédie, de se faire passer pour quelqu'un qu'elle n'était pas pour parvenir à s'intégrer dans un milieu qu'elle détestait, où l'hypocrisie règne en maître et où seul le pouvoir de l'argent compte.

— Mais puisque vous vous aimiez, j'imagine que vous avez cherché à la retenir ?

— J'ai tout tenté…, m'avoue-t-il, poings serrés. Des semaines, des mois. Mais j'étais si accaparé par mon travail à cette époque… Elle m'a reproché de ne plus me soucier réellement d'elle, de n'avoir pensé qu'à ma réussite et de ne pas avoir vu son mal-être… Quelque part, elle n'avait pas vraiment tort, je l'avais fait passer au second plan. J'avais perdu de vue ce qui était vraiment important dans la vie sans même le réaliser. Quand je l'ai compris il était déjà bien trop tard, j'avais mené notre relation à sa perte.

S'arrêtant devant une caricature pour la détailler et tenter de masquer minutieusement son émotion, je l'observe :

— Aujourd'hui elle a quelqu'un d'autre et elle est heureuse. Je ne peux pas lui en vouloir…

J'ai l'habitude que les clients se confient à moi, mais celui-ci n'a visiblement pas envie de s'épancher davantage. Changeant de sujet habilement, il me montre l'artiste qui s'affaire à dessiner une jeune femme prenant difficilement la pause, un rire nerveux la saisissant sous les yeux de son compagnon amusé de voir les traits que le dessinateur choisit d'accentuer :

— C'est amusant, ce genre de portrait… Peut-être que j'aimerais avoir une « carécature » de moi… plaisante-t-il.

La façon dont il a prononcé le mot caricature me fait sourire. C'est pratiquement la première anicroche qu'il fait sur la langue depuis le début et je me garde bien de le reprendre, lui faisant remarquer :

— Je ne sais pas vraiment quel trait de votre visage l'artiste pourrait accentuer… Vos traits sont si… fins, si harmonieux…

— C'est ainsi que vous me voyez ? rit-il.

Sans savoir pourquoi, je me sens soudain embarrassée de lui avoir dit ouvertement que je le trouvais beau et je change moi aussi de sujet, alors que je reprends notre promenade pour qu'il me suive :

— Comment dois-je vous appeler ? Monsieur Leiner ? Arya ? Markus ? Les deux ? Il n'y a pas de trait d'union…

M'emboîtant le pas, il s'empresse de revenir à mon niveau et j'observe son visage agréable et souriant :

— Appelez-moi comme il vous plaira, mais par pitié, pas les deux ! s'amuse-t-il. Seule ma mère le fait, et encore, uniquement quand elle est fâchée après moi !

Il m'explique, toujours un léger rictus aux lèvres :

— Arya et Markus sont les prénoms de mes deux grands-pères… Je suis l'aîné et imaginez-vous : mes parents qui étaient convaincus qu'ils n'auraient peut-être que des filles après moi mais surtout qui ne voulaient pas faire de jaloux ont décidé que je porterais les deux ! C'est d'ailleurs l'ordre alphabétique qui a décidé de celui qui serait mis en premier sur les papiers, continue-t-il attendri.

Puis haussant les épaules il plaisante, me jetant un rapide coup d'œil :

— Aujourd'hui, sachant que j'ai deux frères, mon prénom aurait pu être beaucoup plus léger ! Il nous aurait presque manqué un grand-père finalement !

Ses pupilles rieuses trouvent les miennes et je lui renvoie son sourire chaleureux tout en continuant d'avancer dans le quartier.

— Dans les affaires on m'appelle Markus, reprend-t-il, mais chez moi on m'appelle plutôt Arya.

Puis d'un signe de la main il me propose :

— Allons vers le Sacré-Cœur, si vous le voulez bien ?

J'acquiesce et nous entamons notre ascension vers la basilique. Devant le monument, subjugués par la vue, la tour Eiffel en toile de fond, nous nous arrêtons. La bute Montmartre surplombe la ville, se dressant fièrement et ne laissant personne indifférent à la beauté des lieux. D'ici, quel que soit l'endroit vers lequel on se tourne, Paris a l'air merveilleuse. Pourtant, il suffit de faire seulement quelques centaines de mètres à pied pour atteindre des quartiers un peu moins reluisants comme Barbès…

Accaparée par mes pensées, je ne remarque pas qu'il m'observe et je réalise à peine que j'émets un jugement à voix haute :

— Pour moi, c'est le plus beau point de vue que l'on peut avoir de Paris.

Toujours à ma contemplation de la ville, je distingue dans mon champ de vision son regard se tourner tout comme le mien vers le lointain.

— Humm, je ne sais pas… doute-t-il. J'aimerais aussi voir ce qu'il en est depuis la Dame de Fer. Je suis sûr que c'est tout aussi beau !

J'arque un sourcil :

— Effectivement, ça se discute… La vue y est aussi époustouflante, le choix peut s'avérer complexe.

— Ce quartier est tout à fait exceptionnel ! commente-t-il comme pour lui-même. La place des Artistes, les danseuses de french cancan, ces petites rues sinueuses, pleines de vie… On dirait une ville dans la ville. Sauf qu'on a l'impression de faire un bon dans le temps !

Puis il se tournant vers le monument religieux il continue :

— Et cet édifice extraordinaire…

— C'est vrai, il est magnifique… lui accordé-je tout en lui faisant signe de nous diriger vers l'intérieur.

Notre promenade se poursuit dans un silence religieux, et cette expression prend alors tout son sens.

Puis sans nous questionner mutuellement sur notre nouvelle destination, nous marchons encore, continuant à discuter, et alors que je l'interroge sur ses activités professionnelles, il devient presque intarissable, clairement passionné. Et je comprends comment sa fiancée a pu se sentir délaissée au fil des années, il fait preuve d'un tel élan lorsqu'il décrit son métier !

Passionné d'informatique depuis son plus jeune âge, son truc à lui était la création d'applications et de sites internet et tandis qu'il me conte ce que je sais déjà, je l'écoute avec la plus grande attention.

Des études secondaires chez lui, en Autriche, l'université de Stanford, en Californie. Ses parents se sont visiblement saignés pour qu'il y parvienne et aujourd'hui, reconnaissant, il souhaite les faire profiter de tout cet argent qu'il amasse. Ce que visiblement ils refusent catégoriquement…

Aux États-Unis, au gré de ses études et de ses stages, il avait côtoyé un certain Kevin Systrom, le lanceur du futur Instagram. Puis sa route avait croisé celle d'hommes tels que Jeff Bezos, le big boss d'Amazon, aujourd'hui considéré comme l'homme le plus riche du monde, ou bien celle de Sergey Brin, lui aussi diplômé de la célèbre université californienne, et co-fondateur du géant Google, avec son acolyte Larry Page.

Et finalement, ce n'est pas tant la création de sites ou d'applications qui avait conduit mon client à la fortune, mais plutôt ses investissements. Convaincu, au fil de ses rencontres, que certains tenaient des idées florissantes, il avait investi. De toutes petites sommes, à son échelle à lui, au départ. Pour ainsi dire toutes ses économies. Il avait fait le choix judicieux de mettre ses œufs dans plusieurs paniers… tous aussi fructueux les uns que les autres…

Lorsqu'il avait commencé à gagner de l'argent, ce fut évidemment à petite échelle, mais alors que les sommes grossissaient, il réinvestissait, pensant qu'il n'avait rien de plus à perdre que ces maigres sommes pariées dans les débuts. Jusqu'à ce que sa fortune n'explose, en même temps que celle de ces hommes figurant aujourd'hui parmi les plus puissants de ce monde.

Bien sûr, à présent Arya Markus Leiner possédait bien plus que des actions dans les plus grosses sociétés du globe. Il avait lui-même développé son entreprise, aujourd'hui elle aussi cotée en Bourse. Pourtant ce dernier n'en restait pas moins d'une humilité déconcertante face à sa réussite :

— Je n'ai pas de mérite…, argue-t-il sincèrement. J'ai fait fortune facilement, ce sont les autres qui ont tout fait. Je n'ai rien fait de plus que suivre leurs conseils et mon intuition, à un moment qui s'est avéré opportun…

C'est à cet instant que nous arrivons complètement au hasard devant le mur des « Je t'aime ». Il s'arrête et l'observe un long moment, avant de noter, comme émerveillé :

— C'est magnifique…

Mais pour moi ce ne sont que des carreaux de faïence avec des mots que les gens peuvent penser un jour et oublier dès le lendemain. Qu'ils soient dits ou écrits dans une langue ou dans une autre, c'est toujours la même chose. Certains les disent même sans vraiment les penser, alors pourquoi en faire un mur entier ? Et alors que je repars déjà il m'interroge :

— Savez-vous ce que représentent les petits morceaux rouges qui parsèment la fresque ?

— C'est une sorte de puzzle… réponds-je rapidement. Si on assemble les pièces, elles représentent un cœur éclaté…

Je tente une nouvelle fois de m'éloigner, mais il demeure planté devant le mur, pensif :

— J'aimerais revenir ici avec la prochaine femme dont je tomberai amoureux…

— Pour quoi faire ? le questionné-je sarcastique.

Le ton quelque peu agressif de ma voix l'interpelle et surpris, il se tourne légèrement vers moi tout en m'expliquant son idéologie :

— C'est un bel endroit pour avouer à quelqu'un qu'on l'aime, vous ne trouvez pas ?

— Encore faut-il croire en l'amour ! argué-je tout aussi sèchement.

Une nouvelle fois j'ai répondu bien trop vite, sans réfléchir, et son regard perplexe et interrogateur revient sur moi alors qu'une brûlure lance mon estomac et que des pensées acides vrillent mes axones. Sans attendre une nouvelle inquisition, je tourne les talons et reprends la marche, quand je l'entends courir pour me rattraper. Jusqu'à ce que sa main chaude se saisisse de la mienne à m'en faire sursauter.

— Attendez !

Brutalement consciente que j'ai dû avoir l'air d'une vraie folle devant ce pan de mur, j'essaie de paraître de nouveau détendue en lui suggérant doucement :

— Venez, il y a encore d'autres choses à voir de ce côté !

— Je vais devoir y aller à présent, me surprend-il.

Habituellement, je suis celle qui décide de mettre fin à la rencontre. Ma petite scène l'a certainement perturbé davantage que je ne l'imagine. On dirait presque qu'il me fuit, soudain. Pourtant, alors qu'il porte à ses lèvres ma main restée dans la sienne pour l'effleurer très légèrement, mon cœur s'emballe. Un frisson irrépressible me parcourt des pieds à la tête. Et sa voix n'est qu'un souffle lorsqu'il me glisse avant de me quitter :

— Je vous laisse revenir vers moi pour me faire part de votre décision sur une éventuelle prochaine rencontre.

Et tandis qu'il tourne les talons pour repartir dans la direction opposée, je reste là, à le regarder s'éloigner. La seule chose que je suis capable d'analyser à cet instant précis, c'est que ce type bouleverse vraiment toutes mes habitudes.

Chapitre 6

Incredible – James TW

Ce soir j'ai rendez-vous avec Arya, j'en suis ravie. Et je ne pense pas trop me tromper en m'imaginant que la soirée promet d'être exceptionnelle de bien des façons mais pour l'heure, je dois parvenir à me vider la tête. J'ai vraiment passé une sale journée et si je reste aussi tendue, je risque de ne pas savourer l'agréable moment qui m'attend avec mon riche Autrichien. N'oublions pas qu'à chaque rendez-vous je défends cette réputation hors norme que je suis parvenue à me forger, je vise mon plaisir mais également la satisfaction au-delà de l'imagination de celui qui sera dans mon lit.

L'altercation avec mes amis a eu lieu il y a déjà plusieurs semaines et depuis, Raphaël me fatigue. Je sens constamment sur moi son regard de chien battu empli de culpabilité, ça m'est de plus en plus insupportable. Je devine qu'il cherche à m'apitoyer pourtant, au lieu de trouver ça adorable, cela a sur moi l'effet inverse et à ce stade, je ne souhaite plus qu'une chose : qu'il me fiche la paix ! Parfois, j'aimerais presque ne plus le voir du tout. À tel point que je l'ignore la plupart du temps mais son insistance parvient à mettre ma volonté de ne pas m'en soucier à rude épreuve. Surtout lorsqu'il décide de m'attendre pour me dire pour la énième fois à quel point il est navré et me supplier de tout oublier :

— C'est bon, Raphaël, tu en as assez fait maintenant… Je t'ai dit que je te pardonnais, alors arrête de jouer les martyrs, s'il te plaît ! lui lancé-je irritée.

— J'ai besoin de m'excuser de nouveau… J'ai besoin que tu comprennes. J'ai perdu la tête, je… je veux que tu saches à quel point je suis désolé !

— Je le sais déjà, tu ne fais que me le rabâcher !

Les épaules complètement affaissées, il peine à lever les yeux vers moi pourtant il ne cesse de m'implorer :

— La distance que tu t'évertues à mettre entre nous dit tout le contraire ! J'ai l'impression que plus rien ne sera comme avant… et… J'ai besoin que tout redevienne comme avant… à défaut d'avoir plus…

Gonflant ma poitrine dans une grande inspiration pour me donner une fois encore le courage, ma voix n'est qu'un souffle :

— Raphaël… je t'ai déjà dit que…

— Je sais ! me coupe-t-il. Tu m'as déjà expliqué que tu ne voulais personne pour le moment alors j'attends… Je suis patient, tu sais. Je sais que tu vaux la peine que j'attende !

Nouveau soupir :

— Écoute, Raph, je… Je ne veux pas que tu attendes ! m'écrié-je brusquement. Je suis désolée moi aussi parce que je réalise que malgré ce que j'ai pu te dire, tu continues à espérer et ça me peine énormément pour toi. Mais je me dois de faire ce qu'il faut pour que tu ouvres les yeux pour de bon, cette fois ! Toi et moi, ça aurait pu, peut-être, au début, si j'avais été prête pour laisser une place à quelqu'un…

À cet instant l'espoir que je lis dans son regarde ruinerait presque la confiance dont j'ai dû m'armer face à lui et je m'empresse de l'anéantir non sans un pincement au cœur :

— … Mais ça ne pourra plus jamais arriver.

— Pourquoi ça ? s'étonne-t-il sans comprendre.

— Parce que je tiens à toi… à notre amitié…, avoué-je avec sincérité. Je ne veux pas la gâcher. Tenter autre chose, ce serait prendre un trop gros risque si ça ne fonctionnait pas, et je ne suis pas prête à le courir.

Mais visiblement je n'ai pas encore été assez rude pour réellement écraser le bourgeon qui ne demandait qu'à éclore :

— Ça peut marcher ! J'en suis certain ! lance-t-il avec cet optimisme toujours débordant de ses pupilles claires.

— Non Raphaël… tranché-je sèchement. Ça ne marcherait pas… Mais pas à cause de toi. C'est moi qui ne veux rien de tout ça, ni avec toi, ni avec personne, c'est tout.

J'hésite avant de lui avouer le plus sincèrement du monde :

— Je ne suis pas une fille pour toi.

Et c'est sur ce sentiment ambivalent de soulagement d'avoir enfin vidé mon sac et de ne lui avoir laissé aucune perspective, mais rongée par la culpabilité d'avoir blessé quelqu'un que j'aime beaucoup que s'est achevée ma journée de cours. Depuis je rumine, tout en me préparant pour ma soirée.

Cela fait quinze jours que j'ai rencontré Arya Markus Leiner pour la première fois. Depuis notre premier rendez-vous, il est reparti, voyageant probablement d'une ville à l'autre pour ses affaires. Entre-temps, Ekaterina lui a fait part de mon accord pour la suite des évènements et j'ai simplement attendu que d'autres obligations le conduisent à Paris. Ce soir je l'attends dans cet appartement loué par l'agence qui sert de point de « rendez-vous » sans pour autant être le lieu où se tiennent les « échanges ». Constamment gardé, les filles s'y préparent et c'est ici que les clients viennent les chercher.

Lorsqu'Arya me fait prévenir qu'il est en bas, je suis prête depuis un long moment et je me hâte de le rejoindre. Nous devons assister à un gala de charité dont les bénéfices seront reversés à la construction d'écoles dans plusieurs pays d'Afrique. Pour l'occasion, j'arbore une robe de grand couturier qu'il m'a fait livrer auprès d'Ekaterina. Longue, d'un fin tissu de satin noir, on la croirait cousue sur moi. Un col bénitier dévoile la naissance de ma poitrine et une fente presque indécente parcourt ma jambe jusqu'à l'orée de ma hanche. Trois millimètres plus haut, je n'aurais pu porter aucun sous-vêtement. Ce qui aurait été dommage à mon goût, j'adore me délecter de longs préliminaires jusqu'à les retirer. Ce soir jarretelles et string seront mes atouts dans ce cruel jeu de séduction dans lequel je sais que la partie est gagnée d'avance. Cela ne m'empêche pas de la savourer…

J'avoue avoir fait preuve d'un certain étonnement en découvrant ma tenue. Sexy sans être provocante et de très bon goût, je me suis immédiatement imaginée la porter... puis l'ôter… Jusqu'ici, chaque fois qu'un client m'a fait envoyer des vêtements, je ne les ai jamais portés, aucun ne trouvant grâce à mes yeux mais aussi et surtout pour imprimer davantage dans les esprits que celle qui décide, c'est moi. Que même si cela part d'une bonne intention — ou encore de l'envie de m'acheter un peu plus — je décide de tout.

Mais bizarrement, une fois encore Arya me donne envie de bousculer un peu mes habitudes et ce soir je porte la robe qu'il m'a offerte avec grand plaisir, ce qui ne manque pas d'étonner Ekaterina qui me coule un regard amusé. Mes Louboutin claquent contre le marbre du hall d'entrée et alors que j'avance d'un pas décidé, le portier tire le lourd battant de la résidence particulière. Lorsque je découvre que mon client m'attend sur le trottoir à côté de la limousine, mon cœur se soulève légèrement sous le coup d'une certaine surprise. Il est très rare que mes clients se donnent la peine de descendre de voiture pour venir à ma rencontre. Pourtant je ne peux pas me laisser émouvoir, il ne s'agit que d'une transaction, d'un rendez-vous professionnel et jamais je ne l'oublie, même si l'homme est des plus charmants.

Nos regards se trouvent, ses iris me retenant captive alors que sa voix rauque transperce d'un « bonsoir » le silence relatif de la rue, encore très fréquentée par la circulation à cette heure. Son large sourire me séduit bien plus que je ne le voudrais et tandis qu'il porte ma main à ses lèvres, comme lors de notre première rencontre, mon cœur manquerait presque un battement et je réprime ce sursaut inattendu d'enthousiasme, tout en remarquant que je le trouve presque plus beau que la première fois et que le smoking n'y est pour rien.

Son léger accent qui donne à chacun de ses mots une inflexion particulière, me tire de mes pensées :

— Ravi de vous revoir.

— Plaisir partagé, lui réponds-je.

Et en parlant de plaisir, je compte bien vous en donner jusqu'au bout de la nuit, mais que vous m'en procuriez aussi jusqu'à ne plus connaître mon nom, Monsieur Leiner.

Sans se cacher, il me détaille de bas en haut et je le sens sincère lorsqu'il me souffle avec douceur :

— Vous êtes magnifique...

— Merci.

— Dès que j'ai vu cette robe, j'ai su que vous seriez parfaite…

Son teint varie légèrement, il bafouille :

— … enfin, je veux dire… qu'elle serait parfaite sur vous.

— Je vous remercie de me l'avoir envoyée.

D'une main chaude posée au creux de mes reins, il m'invite à pénétrer dans la limousine, la portière restée ouverte et ses doigts fins retrouvent les miens tandis qu'il cherche à m'aider.

— Nous pouvons y aller, Paul, ordonne-t-il au chauffeur depuis l'interphone.

— Très bien, monsieur.

Je note que normalement c'est ledit Paul qui aurait dû m'ouvrir la porte du véhicule. Ce Monsieur Leiner semble vouloir faire les choses différemment. Pourquoi ai-je moi-même éprouvé l'envie d'en faire autant avec lui, poussée par un vent de nouveauté ? Aucune idée. Installée sur la banquette arrière, je l'observe, assis face à moi, détacher le bouton de sa veste de smoking. Il semble terriblement tendu mais, visiblement décidé à ne pas le montrer, il entame déjà la conversation comme si nous nous étions vus la veille :

— Je suis désolé, j'ai changé nos projets pour cette soirée…

— Comment ça ? le questionné-je, sourcil arqué.

Un large sourire assortit l'honnêteté de sa réponse :

— Je n'avais pas envie d'y aller.

— Pourtant c'est certainement très important pour vous d'être vu dans ce genre d'endroit… noté-je plus comme une affirmation que comme une interrogation.

Son soudain éclat de rire, franc et sonore contraste avec la douceur habituelle de sa voix :

— Je crois que tout le monde se fiche de m'y voir. Tout ce qui compte c'est que je donne mon argent pour la bonne cause ! Et pour ça, rassurez-vous j'ai missionné quelqu'un qui donnera énormément d'argent en mon nom. Pendant ce temps, vous et moi pourrons faire autre chose de bien plus plaisant que de serrer des mains et servir des sourires de façade à des hypocrites. Enfin… si vous le voulez bien ? s'enquiert-il tout à coup moins sûr de lui.

— Loin de moi l'idée de vous forcer à subir ! acquiescé-je en plaisantant. Alors dites-moi…

— Je ne vous dirai rien, tranche-t-il le regard enjoué et victorieux, devinant ce que j'étais sur le point de lui demander. Vous saurez bien assez tôt ce que j'ai prévu !

La voiture s'engouffre dans les rues de Paris, avalant la distance qui nous sépare de notre destination à mesure que les lampadaires défilent sous mes yeux et je tente de scruter les immeubles sans parvenir à figer mes pupilles sur aucun d'eux. Dans le silence de l'habitacle je fixe mon client avec curiosité, il m'apparaît une nouvelle fois énigmatique et réservé malgré une certaine assurance. Pourtant je ne crains pas ce changement de plan inattendu. Je sais qu'à la moindre suspicion, au moindre comportement alarmant, Igor me viendra en aide, comme il l'a déjà fait par le passé.

Le pont d'Iéna se profile à l'horizon, la grande Dame en toile de fond et je tais ce que je crois deviner de ses projets, laissant à Arya l'occasion de dérouler les surprises qu'il me réserve. Lorsque la limousine s'arrête effectivement au pied de la tour Eiffel, mon client incline malicieusement la tête vers moi et d'un petit clin d'œil semble vouloir me rappeler que nous avons quelque chose à vérifier. Je réponds dans un demi-sourire, presque hypnotisée par son aura, déjà animée du désir brûlant que ses lèvres se posent sur moi et embrasent chaque centimètre de mon épiderme. Rompant brutalement l'intimité de l'habitacle, le chauffeur ouvre tout à coup la portière, brisant le charme dont j'étais captive et me libérant des iris du bel Autrichien.

Dans un geste de galanterie probablement innée, la main d'Arya trouve la mienne pour m'aider à m'extraire du véhicule et alors que je lève la tête pour admirer la Dame de Fer, illuminée dans la douceur de la nuit, mon client donne à son employé des instructions que j'écoute à peine. Lequel de nos jobs est le plus enviable ? Alors que lui passera sa soirée à nous attendre, sa vie à assouvir les moindres désirs de sa riche clientèle, je dînerai probablement au champagne et terminerai dans des draps de soie. Plaisirs éphémères, certes, mais plaisirs tout de même, bien que je sois là moi aussi pour combler leurs désirs, notre but reste le même. Que le client soit satisfait.

— Nous y allons ? J'ai hâte de savoir qui de vous ou de moi a raison ! me lance-t-il arborant de nouveau un large sourire.

Sortie de ma rêverie par le charmant Autrichien, j'avise le bras qu'il me tend et m'y accroche tandis qu'il adapte son pas à mes talons aiguilles, nous dirigeant sans attendre vers l'un des piliers. Entrée VIP, accueil personnalisé et traitement de faveur, nous ne patientons même pas pour accéder à l'ascenseur qui nous conduit directement au sommet. J'ai beau côtoyer régulièrement le beau monde, je crois que jamais je ne m'habituerai aux portes que l'argent peut ouvrir plus rapidement.

La cabine aux parois vitrées s'élève et je quitte le bras d'Arya. Rapidement parvenus à l'avant-dernière plateforme de la tour mon client attrape une nouvelle fois ma main pour m'entraîner à sa suite alors que les portes s'ouvrent à peine. Sa sollicitude pour m'aider à poursuivre notre ascension jusqu'au niveau supérieur m'étonne encore. Pour un peu j'en trouverais presque tout à coup mes clients précédents froids, distants et égoïstes. Pourtant la différence réside surtout dans le fait que les autres soient davantage dans une sorte de rapport de séduction empreinte d'arrogance et de victoire, sachant que quoi qu'il advienne, je finirai dans leur lit. L'argent change la donne. Les comportements aussi, mais avec Leiner, depuis le départ j'ai le sentiment que c'est légèrement différent et je ne me l'explique pas tout à fait…

Toute à mon observation de la vue des toits parisiens, disséminés dans l'obscurité de la ville, je ne remarque pas mon client me fausser compagnie et lorsque je me retourne pour saisir ses impressions, je le trouve derrière moi tenant deux coupes de champagne. J'accepte sans broncher celle qui m'est destinée, comme à mon habitude je ne souhaite pas susciter les questions. De toute façon, peu sont ceux qui remarquent que je ne bois pas. Ils ne sont pas exactement là pour faire attention à moi, en tout cas pas de cette façon-là.

Au plus près du grillage, à 276 mètres de hauteur, les bruits du boulevard en contrebas disparaissent pratiquement, nous projetant dans une bulle. Seul un léger bourdonnement persiste. À cet instant précis, Paris est à nos pieds, seules les étoiles et les antennes de la tour nous dominent encore.

Une légère brise se lève, nous avons beau être presque en juin les soirées restent parfois fraîches. Le vent me saisit et je tente de réprimer un frisson. Comme une idiote je n'ai rien pris pour me couvrir. Une veste se pose soudain sur mes épaules et alors que je tourne vivement la tête dans un sursaut, mon regard croise celui bienveillant d'Arya. Sa flûte a disparu, je tiens toujours la mienne et ses mains restées posées sur moi sans que j'y prête réellement attention, comme si cela était naturel, glissent lentement jusqu'à ce que ses doigts accrochent le grillage. Ses bras puissants m'encerclent tandis qu'il s'approche davantage dans mon dos. Nos corps se touchent, s'épousent déjà et sans pouvoir le maîtriser, mes battements cardiaques s'accélèrent légèrement, tout comme ma respiration.

Je retire ce que j'ai dit, cet homme sait jouer de son magnétisme animal aussi bien que tous les autres. Est-il lui aussi de ces habiles manipulateurs ? Camoufle-t-il comme tant d'autres sa véritable nature en envoûtant indéniablement les femmes avec une certaine classe ? Est-il empli de perversités, se révélera-t-il sous un jour nouveau une fois entre les draps ? Je n'ose y croire. Pourtant…

Tu m'intrigues, Arya Markus Leiner. Je brûle déjà de savoir ce qui t'habite, de connaître ce qui t'anime profondément… Et je rêve surtout de découvrir pourquoi tu te paies une prostituée alors que les femmes se bousculent certainement à ta porte.

Soudain, sa voix perce le silence et son souffle chaud caresse la peau fine à l'arrière de mon oreille :

— Alors ? Qu'en pensez-vous ?

— Cela faisait longtemps que je n'étais pas venue…, avoué-je, j'avais oublié à quel point la vue que l'on a d'ici est majestueuse.

Il tend le bras sur la gauche et lorsque mon regard tombe, au loin, sur ce qu'il veut me montrer, je souris :

— Regardez ! me lance-t-il aussi excité qu'un gosse.

Amusée, je fixe le Sacré-Cœur qui se dresse sous nos yeux, illuminé lui aussi de l'autre côté de la ville, dominant également Paris. Impression de duel entre les deux monuments. Combat entre grandeur et élégance.

— Je reconnais que le choix est difficile, concédé-je, ne sachant plus trop quelle vue je préfère.

Son regard et le mien fixés au loin, Arya me confie, porté par un soudain élan rêveur :

— New York, Stockholm, Dubaï… J'ai beaucoup voyagé, me suis posté en haut des plus grands édifices, pourtant je crois que je n'ai encore rien trouvé de tel…

— Libre à vous de continuer pour le vérifier, m'amusé-je.

— Plutôt tentant comme projet, effectivement… approuve-t-il. Mais à quoi bon puisque je suis certain qu'aucune vue n'égale celle-ci ?

Je ris de ses certitudes, même si je comprends qu'il plaisante aussi un peu.

— Quand vous aurez trouvé, vous me le direz ! réponds-je sans réfléchir.

Son rire s'élève dans la nuit, doux et léger et ce son à mon oreille est comme un enchantement. Je réalise à peine que j'ai évoqué quelque chose qui ne se fera jamais puisqu'après ce soir, il est peu probable que nous nous revoyions. À moins de nous croiser de façon totalement impromptue…

— Venez maintenant, allons dîner, m'ordonne-t-il avec une telle douceur que je n'ai même pas idée de m'offusquer de sa directivité.

Il reprend la coupe à laquelle je n'ai pas touché, la dépose sur le comptoir du bar à champagne en passant, et alors que nous nous dirigeons pour quitter la plateforme, Arya repère un jeune homme agenouillé devant sa belle, un écrin à la main. Captivé par la scène, il s'arrête, le regard presque aussi ému et attendri que celui de la jeune femme qui reçoit la demande. Pourtant, si mes pupilles restent aimantées, tout comme celles d'Arya, seule l'amertume me lie à la niaiserie du tableau.

« Pauvre Janelle, se diraient certains, si jeune et déjà tellement désabusée. »

Mais ce soir je suis Jewel, une femme forte que la vie a rendue cynique. Je n'envie aucunement ce couple, bien au contraire. Leurs larges sourires qui fendent la pénombre me donneraient presque envie de vomir, quant au fait d'assister à un tel spectacle, je me révèle ravie de ne pas avoir payé ma place au théâtre de la mièvrerie. Pauvres naïfs qui osent encore croire encore à la beauté de l'amour, tels des enfants. Ne vous a-t-on pas expliqué qu'il était comme d'autres mythes auxquels on veut vous faire croire ? Le père Noël n'existe pas plus que cet imbécile de Cupidon censé tirer ses flèches pour faire matcher des imbéciles simplement en proie aux hormones. Réaction chimique qui n'a rien à voir avec les sentiments bien que l'être humain se plaise à le croire, à vivre en se projetant cette illusion… J'aimerais me montrer moins hermétique au bonheur des autres. Pourtant pourquoi y croire encore quand j'assiste à tant de chagrins amoureux ? Comment l'envier alors que tant de couples sont si éphémères ?

Ce qui me laisse aujourd'hui perplexe vis-à-vis de l'amour, c'est que l'être humain a beau en souffrir, il le recherche encore et toujours. Il panse ses blessures, se persuade parfois qu'il ne peut vivre sans l'autre, envisage même le pire, puis espère à nouveau, repartant en quête de cette idéologie, de cette âme qui serait sa moitié ou à défaut la personne avec qui partager quelques années. D'ailleurs, dans quelle autre situation l'homme fonce-t-il de nouveau tête baissée sans apprendre de ses erreurs, sachant pertinemment qu'il finira par souffrir ? La nature même de l'humain n'est-elle pas profondément masochiste, finalement ? Mais cela n'engage que mon avis personnel de psychologue elle-même peut-être un peu dérangée. Pourtant la finalité de tout cela reste inéluctable : quelle qu'en soit la raison, à la fin on perd l'autre. La mort étant la pire des issues.

Le ravissement du jeune Autrichien parviendrait presque à m'attendrir quelque peu, pourtant je ne parviens même pas à esquisser une ébauche de sourire... À quoi bon faire comme si j'y trouvais un quelconque attrait ?

Finalement mon client parvient à détacher ses yeux de la scène pour m'entraîner à sa suite vers les ascenseurs. Lorsque nous atteignons enfin la plateforme du deuxième, j'arque un sourcil pour exprimer silencieusement une question alors que nous passons devant le *Jules Verne* sans y entrer :

— Ce n'est pas ici que je vous emmène dîner, me précise-t-il en s'arrêtant soudain de marcher pour se tourner vers moi.

— Probablement complets des mois à l'avance, j'imagine ! avancé-je sottement à voix haute comme pour moi-même.

Le chef triplement étoilé, Frédéric Anton vient de reprendre les rênes de ce lieu mythique au printemps, après de longs mois de travaux. J'ai déjà eu la chance d'y dîner. Vue exceptionnelle, cuisine raffinée... Tout est à l'image de ce restaurant emblématique. Grandiose et féerique. Des étoiles plein les yeux mais aussi dans l'assiette. Mais le jeune Autrichien justifie, une étrange pointe d'amertume dans la voix :

— Vous n'avez pas idée de ce que l'argent permet d'obtenir ! Si je l'avais vraiment souhaité, j'aurais eu nos entrées à cette une table...

— Comment puis-je l'oublier ? noté-je sarcastique, plantant mes pupilles dans celles de mon client. Cette soirée n'est-elle pas justement le parfait exemple de ce que l'argent peut offrir de plus particulier ?

La dureté de mon ton ne lui échappe pas et alors que le rouge lui monte soudain aux joues, je ressens presque de la culpabilité. J'avoue user bien souvent du sarcasme avec mes clients mais peut-être en abusé-je un peu trop…

— Je suis désolé, avoue-t-il, je ne voulais pas vous offenser avec mes propos. J'ai constamment le sentiment d'être maladroit lorsque je m'adresse à vous.

Voilà pourquoi d'ordinaire je me refuse à prendre pour clients des hommes qui n'ont jamais eu recours à une prostituée. La gêne, la culpabilité, la pudeur, la honte… autant de freins à une soirée idyllique. Je regretterais presque la dureté de mes mots.

— Vous n'avez pas à l'être, cherché-je sincèrement à le rassurer, presque ébranlée par les sentiments qui le défigurent soudain. Vous me payez, c'est une réalité. Et puisque vous et moi sommes d'accord sur le principe, vous n'avez aucune raison d'être troublé lorsque vous évoquez ce que votre argent vous permet d'obtenir.

Malgré mes paroles, je sens encore une certaine morosité s'agripper à ses neurones et tandis qu'il ne semble pas pouvoir s'apaiser, je tente habilement de changer de sujet :

— Alors, dites-moi, Monsieur Leiner, maintenant que nous avons vérifié la théorie de la plus belle vue parisienne, où allons-nous ?

Arya marque une pause de quelques secondes, semblant réfléchir jusqu'à retrouver une certaine sérénité puis reprend, arborant presque un demi-sourire :

— « Monsieur Leiner », plaisante-t-il, comme c'est pompeux…

Mais mon client poursuit, notant tout en faisant de nouveau preuve d'une certaine légèreté :

— Et à ce que je sache, nous n'avons finalement pas encore élu la vue qui l'emporte !

— C'est vrai ! concédé-je tandis qu'il repart et que je lui emboîte le pas.

Et alors que je marche à ses côtés, je lui offre :

— Je vous en laisse juge, votre choix sera le mien, proposé-je.

— Très bien ! approuve-t-il tout en se dirigeant de nouveau vers les ascenseurs, je vous rends mon verdict d'ici la fin de la soirée… Mais en attendant, continue-t-il, j'ai une furieuse envie de m'attaquer à d'autres images qui font la renommée de la plus belle ville du monde.

— Me direz-vous où nous allons, cette fois ? tenté-je.

— Non ! rit-il encore, mais vous allez le découvrir très vite, m'assure-t-il. J'éprouve le besoin de vérifier si tout ce dont j'ai toujours entendu parler au sujet de Paris est tel qu'on me l'a décrit !

M'interrogeant sur notre destination, je fronce les sourcils mais choisis de ne plus poser de question. J'ai bien compris qu'il n'en dirait pas plus et alors que nous retrouvons la terre ferme, je lui tends sa veste :

— Tenez…

— Gardez-la ! insiste-t-il tout en me la retirant des mains, la reposant délicatement sur mes épaules. Je m'en voudrais si vous preniez froid, m'assure-t-il.

Nos iris se trouvent, ses obsidiennes me captent et mon rythme cardiaque se modifie subrepticement alors que ses pupilles semblent se dilater. Mais cela ne dure qu'un instant. Un bref instant où le temps est comme suspendu.

Comme à notre arrivée, il me tend son bras et je pose ma main sur le blanc immaculé de sa chemise pour m'appuyer sur lui. Nous traversons de nouveau l'esplanade et alors que je m'attends à voir le chauffeur, nous traversons la rue et nous rendons à quai. Je comprends alors que nous dînerons sur un bateau-mouche.

La galanterie innée d'Arya toujours de mise, il m'aide à accéder au ponton, s'assurant que je ne fasse pas de faux-pas et nous sommes rapidement installés à une table :

— C'est un thème « bistrot », me prévient-il. La cuisine ne sera certainement pas aussi raffinée qu'au *Jules Verne*, mais je mourrais d'envie de faire cette balade sur la Seine avec vous.

À ces mots, ses iris trouvent les miens et je tente de dissimuler le trouble inconnu qui me saisit :

— Ce sera parfait, lui réponds-je simplement.

Depuis le début, le riche Autrichien bouleverse mes certitudes sur les hommes de ce monde. Il s'avère être resté un homme simple malgré sa fortune et une nouvelle fois je suis agréablement surprise par le choix qu'il fait concernant notre table. Nombreux sont les bateaux-croisières qui proposent des menus hors de prix, pourtant ce n'est pas ce qu'il a privilégié. Et finalement, j'avoue que cela me plaît assez.

Les deux heures quinze de croisière me semblent défiler à la vitesse de la lumière. Captivée par la conversation de mon client, je touche à peine à mon assiette. Les divers monuments qui jonchent les rives de la Seine le subjuguent. Une pensée me traverse : celle qu'il revivra probablement un jour cette soirée avec une véritable conquête, peut-être même avec celle qu'il estimera être la femme de sa vie.

— Quels pays avez-vous déjà visités ? me questionne-t-il tout à coup.

— J'ai eu très peu l'occasion de voyager, jusqu'ici, avoué-je honnêtement.

— Comme c'est regrettable ! Qu'est-ce qui vous en a empêchée ? cherche-t-il à comprendre. Est-ce l'argent ?

Tout à coup, mon visage durcit et l'assimilant, celui de mon riche client blêmit :

— Je... Pardonnez-moi, s'excuse-t-il, j'ai été maladroit, je vous ai offensée... Je réalise que je suis bourré de préjugés !

Sourcils froncés, il semble ne plus savoir où se mettre et je décide d'abréger une nouvelle fois le calvaire dans lequel il semble vouloir s'évertuer à se plonger lui-même :

— L'argent n'est pas la raison, le rassuré-je dans un demi-sourire pour le détendre. Les gens comme vous me paient suffisamment pour qu'il ne soit pas le problème.

— Alors profitez ! m'invite-t-il. Le monde est vaste, vous devriez commencer à l'explorer maintenant ! me suggère-t-il.

Je reste silencieuse, ne sachant pas vraiment où va nous mener cette conversation quand il ose timidement me demander :

— Avez-vous quelqu'un avec qui vous aimeriez voyager ?

Cette fois-ci je ne souris plus :

— Je préfère voyager seule que mal accompagnée ! tranché-je bien plus acide que je ne l'aurais souhaité.

Une fois encore j'ai été brusque dans ma réponse et dans le ton que j'ai employé et alors qu'Arya cherche mes prunelles, je baisse le regard un instant puis relevant les yeux vers lui, j'affiche de nouveau un sourire détendu :

— Mais vous avez raison ! Je vais y songer...

Nous terminons notre repas sur des notes plus légères et je réalise à quel point la soirée est bien plus agréable que tout ce que j'avais espéré.

Chapitre 7

Dusk till dawn – Sia/Zayn Malik

Arya déverrouille la lourde porte de sa carte magnétique et m'invite à entrer. Alors que je pénètre dans la suite je sens son regard se poser sur moi, sur ma chute de reins à présent dégagée. L'intensité de ses iris, leur profondeur si abyssale me brûlerait presque. Si je n'avais pas conscience de mon pouvoir sur les hommes, j'en serais presque troublée.

J'embrasse rapidement la pièce du regard sans vraiment m'attarder à la détailler. Je suis une habituée des palaces, je les connais par cœur, pour moi ce sont tous les mêmes. Décoration ostentatoire, étalage de richesse, rien que le séjour fait au moins dix fois mon appartement mais peu importe le lieu dans lequel mes clients me conduisent. Je suis ici pour une seule et unique raison et je ne la perds jamais de vue.

Alors que j'entends mon riche client refermer la porte derrière moi, j'avance jusqu'à la baie vitrée de l'immense salon. Situé au dernier étage, le fait qu'Arya ait glissé une clé dans la commande de l'ascenseur m'amène à supposer que cet appartement est certainement le seul de l'étage. Je découvre une terrasse offrant une vue prodigieuse sur les toits de Paris et la tour Eiffel en toile de fond m'arrache un sourire. Sachant l'importance que mon client accorde au panorama, j'imagine que cela a été le critère déterminant du riche Autrichien dans le choix du palace, et probablement aussi de la chambre.

Me tournant vers lui, je note légèrement amusée, en référence à notre thème de prédilection :

— La vue depuis votre suite est vraiment spectaculaire !

Il acquiesce avec un sourire, tout en retirant la veste de smoking que je lui ai rendue à peine quelques instants plus tôt, alors que nous étions dans la limousine. Il la jette négligemment sur un fauteuil tout en se dirigeant vers le bar, défait à la hâte le nœud papillon qui enserre son cou et le voir ainsi se précipiter à le faire m'amuse. Plusieurs fois dans la soirée j'ai eu le sentiment qu'il l'étouffait, ses doigts se glissant dans son col à maintes reprises comme pour mieux respirer. Ses boutons de manchettes et ceux du haut de sa chemise ne résistent pas davantage, à peine la porte franchie, il semble ressentir le besoin de se débarrasser de chaque accessoire aussi vite qu'il le peut.

— Mettez-vous à l'aise, m'intime-t-il d'une voix basse.

J'oserais presque un « Déjà ? » ironique, pourrais m'amuser à retirer ma robe sur-le-champ pourtant je n'en fais rien. Le ton qu'Arya emploie chaque fois qu'il s'adresse à moi m'électrise bien plus que je ne le voudrais. Telle une caresse, son timbre rauque et chaud me parcourt l'échine, si je fermais les yeux pour condamner mes sens et me focaliser uniquement sur le son de sa voix, je crois que je pourrais avoir des frissons rien qu'en l'écoutant et son accent qui pourrait donner un air agressif à ses paroles me fait l'effet inverse. Il agirait presque sur moi telle une étreinte langoureuse et soudain, c'est justement cette voix qui me sort de ma torpeur :

— Souhaitez-vous boire quelque chose ? me propose-t-il.

Je sursaute presque tant ses nuances m'envoûtent mais je ne laisse rien paraître, retrouvant le fil de mes pensées. Je dois me reprendre, me maîtriser comme je sais si bien le faire. Je suis celle qui contrôle. J'ai mon code. Je joue selon mes propres règles. Celles que j'ai moi-même établies et auxquelles je n'ai jamais dérogé. Alors je réponds, sûre de moi :

— Ça ira, je vous remercie.

— Vous n'avez rien bu de toute la soirée ! note-t-il. Je vous ai bien regardée, vous avez passé votre temps à simplement tremper le bout des lèvres…

Il a raison. Il est observateur. Jusqu'ici, aucun de mes clients ne l'avait jamais remarqué. Mais Arya Markus Leiner est différent. Lui, il a fait attention. Il m'a observée, vraiment.

Pour ma clientèle, habituellement je ne suis qu'un joyau supplémentaire à s'offrir parmi leurs nombreuses autres dépenses exorbitantes. Certains ont le plaisir d'aller jusqu'à un lit avec moi, s'ils sont capables de payer le prix fort. Mais aucun d'entre eux ne me regarde jamais vraiment, finalement. Pour quoi faire ? Pour me sauter moyennant finance, nul besoin de me considérer d'une quelconque façon. Je leur suis acquise pour la soirée, ils m'arborent fièrement à leur bras, c'est tout. La plupart du temps je leur sers simplement de faire-valoir. Ils m'exhibent comme les pierres les plus précieuses au cou de leurs épouses.

Dans cet univers d'argent, de paillettes et de faux-semblants, tous savent combien coûte une simple soirée avec moi. M'avoir à leur bras est en quelque sorte un étalage de leur opulence. Une fois, il m'est arrivé de laisser l'un d'entre eux semer le doute en société. Moins bien loti que d'autres, ses entreprises se cassaient la gueule une à une et il devenait la risée de ses adversaires qui se riaient de ses échecs successifs. Au plus mal moralement, il ne voulait qu'une compagnie, parler sans se sentir jugé, acculé sous le poids des difficultés, cherchant un certain réconfort dans ce qu'une femme comme moi avait à « offrir ». Il avait su m'attendrir et je l'avais autorisé de façon tacite à laisser penser que de nouveau ses affaires florissaient. Que sa fortune était si indécente, si colossale que notre soirée se poursuivrait jusqu'au petit matin. Pourtant il n'en avait pas les moyens, en réalité. Parfois j'ai une âme de Bon Samaritain, ça me perdra…

Nos regards se trouvent :

— De l'eau, peut-être ? tente-t-il en arquant un sourcil interrogateur.

— Ce sera très bien…, réponds-je pour couper court.

Je n'ingurgite jamais aucun liquide que l'on m'offre, me contentant simplement de tremper les lèvres pour donner l'illusion que je bois… Mais surtout, je ne bois jamais d'alcool. Je veux parvenir à tout maîtriser et l'alcool a cet effet désinhibiteur qui pousse les gens à faire n'importe quoi. Il m'est arrivé d'en boire lorsque j'étais plus jeune. Une fois. Rien qu'une fois. Cette fois-là. La fois de trop. Alors plus jamais.

Je ne suis surtout pas dupe de ce monde dans lequel j'évolue. Certains des hommes à qui j'ai affaire sont des pervers, passés maîtres dans l'art de dissimuler leurs multiples manipulations, jusqu'à la plus infime. Les filles comme moi ne sont que des détails sans importance dans l'engrenage de leurs vies. Jusqu'alors, je peux dire que j'ai été chanceuse et que la plupart de mes clients ont été des amants fabuleux, me faire jouir restant leur objectif premier bien avant leur propre plaisir. Ils y mettent même un point d'honneur, certains me demandant parfois, avant de m'exprimer leurs propres envies, là où se situent mes désirs. L'ego masculin est parfois quelque chose de surprenant.

Pourtant, tout ne se passe pas toujours idéalement. Il m'est également arrivé de me tromper sur le compte de certains malgré une première rencontre prometteuse. Il faut croire que malgré des années d'études de psychologie, certains esprits particulièrement retors parviennent encore à me tromper et me manipuler avec une facilité déconcertante. Je peux même dire que j'ai vécu une très mauvaise expérience. Cruel constat d'un échec dans mon analyse de l'être humain qui mit un sérieux frein à mon activité pendant quelque temps. Je m'étais alors interrogée sérieusement sur le fait de continuer ou non à exercer mais Ekaterina avait alors su me rassurer et durcir les mesures de sécurité autour de moi et de toutes ses autres filles, par la même occasion.

Ce type, un milliardaire norvégien connu de longue date de toutes les agences parisiennes dont la nôtre, avait d'abord insisté pour avoir des rapports non protégés alors que l'une des règles de l'agence oblige catégoriquement l'utilisation de préservatifs. Puis encaissant mon refus, il s'était confié sur ce qu'il aimait par-dessus tout lorsqu'il baisait une femme, les pratiques SM faisant partie de ses préférences. Lorsqu'il avait commencé à m'exposer ses délires de viol j'avais tout simplement paniqué, incapable de discerner la frontière entre ce qu'il tenterait réellement et ce qui resterait de l'ordre d'un fantasme. Son regard dangereusement perfide, à la limite de la folie alors qu'il avait lu la peur dans mes pupilles me hante encore parfois. J'avais pour la première fois appréhendé un côté sombre de mon activité, mon idéal de vie ne l'était pas tant que ça, malgré tout si j'avais pu être clairement secouée, il restait le plus proche de ce qu'il me fallait.

La suite de l'histoire fut malheureusement peu reluisante. J'étais parvenue à m'enfermer dans la salle de bains en récupérant mon sac in extremis et avais immédiatement composé le numéro d'Igor. Ce dernier me servait de garde du corps et s'arrangeait toujours pour se faufiler discrètement dans le couloir, errant à l'étage ou faisant parfois le guet à proximité de la suite que mon client et moi occupions. Il était arrivé immédiatement, menaçant le riche homme d'affaires de prévenir la police et de ruiner sa réputation s'il m'arrivait quoi que ce soit en dehors de mon consentement. Le richissime type avait fini par lui ouvrir et Igor ne s'était pas fait prier pour le jeter à poil hors de sa propre chambre jusqu'à ce que je ne sois complètement rhabillée et prête à partir, en larmes.

Après enquête nous avions découvert que l'homme qui avait déjà fait appel à l'agence n'avait jamais caché ses penchants aux autres filles, visiblement moins exigeantes que moi sur leur clientèle et ce pervers me connaissant de réputation, il s'était lancé pour défi de parvenir à obtenir le Graal du monde des Escorts : Moi. Le pire c'est qu'il y était parvenu sans mal, je n'avais rien vu venir, je l'avais même trouvé particulièrement charmant lors de notre première entrevue et c'est pourquoi j'avais accepté d'aller plus loin. Ce qui m'avait presque remonté le moral avait été la dérouillée que lui avait mise Igor. Il n'avait finalement pas dû se vanter de faire partie du peu d'élus à qui j'avais vendu mes faveurs et si avant lui je m'offrais déjà peu, après lui ce fut pire, la rareté des rendez-vous que je concède désormais faisant que tous me veulent.

Alors certes, il peut parfois arriver quelques expériences malheureuses mais en y étant préparés, les conséquences sont minimisées. Mais malgré les recherches désormais particulièrement approfondies de l'agence, je veux tout de même garder le contrôle en toutes circonstances. Peut-être est-ce illusoire de croire que je le peux ? Pourtant les règles, c'est moi qui les fixe. Hors de question de me retrouver sous le joug d'un de ces pervers narcissiques qui ne jure qu'à coups de biftons et qui pense qu'il peut tout s'acheter, que je ne suis qu'un morceau de chair destiné à assouvir le moindre de ses fantasmes.

Je sais comment la majorité de ces hommes fonctionnent. Et je sais que si je ne prends pas garde, un jour l'un d'eux voudra prendre l'ascendant sur moi. Et ça, je ne peux pas le permettre. Alors je me méfie. Je suis constamment sur mes gardes. Et cela passe par le fait de ne rien boire de toute la soirée. On ne sait jamais ce qui pourrait avoir été mis dans ce que l'on m'offre…

Douce paranoïa. Tendre psychose. Vous me tenez la main depuis si longtemps…

Debout dans le milieu de la pièce, j'attends pour adapter ma stratégie, jaugeant mon client qui avise tous les alcools du bar. Brusquement il relève la tête et nos yeux se harponnent presque automatiquement :

— Puis-je vous poser une question ? quémande-t-il les traits de son visage soudain presque inquiets.

— Si elle n'est pas trop personnelle ou indiscrète… grincé-je.

Alors qu'il grimace légèrement je devine que c'est le cas, pourtant il ose :

— Êtes-vous alcoolique ?

Il est vrai que mon comportement peut prêter à confusion et laisse à le penser. Mais comme ce n'est pas le cas, je n'ai aucun mal à lui répondre sans ciller, le fixant avec aplomb et assurance :

— Je ne le suis pas.

Comme soulagé, il exhale presque si lourdement que j'ai la curieuse sensation qu'il avait cessé de respirer, suspendu à mes lèvres en attendant ma réponse. Puis il baisse les pupilles, se décide pour un bourbon et dépose un verre et une bouteille de Perrier à mon intention sur une table basse. S'asseyant sur un canapé face à moi, son regard reste lourd et ses yeux emplis de perplexité. J'ai tout à coup l'impression qu'il cherche à me comprendre, ses orbes me transperçant comme si cela suffisait à me sonder alors que je reste debout devant lui.

Mais, ses rétines comme brûlées alors que je soutiens son inquisition avec insistance, il rompt le contact visuel pour se perdre dans le vide, puis dans la liqueur ambrée qu'il fait tournoyer nerveusement dans son verre. Il le porte finalement à sa bouche mais à peine l'a-t-il goûté qu'il grimace, la brûlure de l'alcool lui déformant presque le visage et le pose sur une console juste à côté de lui. Un long soupir l'étreint et il appuie sa tête sur le dossier du canapé. L'espace d'un instant, j'ai presque l'impression qu'il oublie ma présence alors que quelques secondes auparavant plus rien d'autre que moi ne semblait exister pour lui entre ces murs. D'habitude ils se jettent tous sur moi dès que nous passons le pas de la porte et je dois maîtriser leurs ardeurs, leur montrer qui mène la danse. Mais encore une fois, Arya Markus Leiner fait les choses différemment. Il m'intrigue. Ce type aurait presque le pouvoir de m'attendrir. Il faut que je me ressaisisse, les sentiments ne sont pas bons pour le commerce. En prenant de l'âge, mon petit cœur se ramollit, et ça, ce n'est clairement pas bien du tout. Je dois être vigilante, ne pas me laisser aller.

C'est le moment que je choisis pour m'approcher, féline, et me planter à quelques centimètres de lui. Et alors qu'il m'entend il relève la tête, nos regards se percutant comme irrépressiblement polarisés. Nous nous observons l'un l'autre dans un silence tout à coup pesant et je devine sa respiration s'accélérer lentement. Mais lorsque je me penche vers lui, ma main s'avançant doucement vers son col pour déboutonner sa chemise, il arrête mon geste en saisissant de mon poignet, me soufflant un « non » ferme.

Si je n'étais pas consciente de l'effet que je fais aux hommes, je serais presque vexée. Je parviens le plus souvent à les séduire sans même avoir besoin de faire quoi que ce soit. Une robe sexy, un décolleté plongeant, une jambe légèrement dévoilée, parfois seulement un sourire ou un regard suffisent. La plupart du temps, je n'ai même pas besoin de me défaire de mes vêtements pour qu'ils bandent.

Mais avec lui, tout ce que je connais de ces hommes semble faussé. Je jette un rapide coup d'œil à son entrejambe, mais je ne distingue pas encore l'excroissance caractéristique de son désir. Il n'a pas encore envie de moi.

Pas encore... mais il ne résistera pas longtemps.

Ce mec est un coriace. Il fait preuve d'un sang-froid et d'un self-control comme j'en ai rarement rencontré. La majorité de mes clients sont déjà dans tous leurs états avant de descendre de la voiture et peinent à cacher leur émoi en traversant le hall de l'hôtel. Ces dernières années, je peux me vanter d'avoir vu passer quelques hommes, mais jamais je n'en ai rencontré d'aussi résistants à leur plaisir que lui. Il a l'air hors norme. Je ne sais pas encore en quoi, mais une chose est certaine à cet instant : il craquera comme les autres. À ce jeu-là, ils sont tous faibles. Et si je ne sais pas encore à quelle distraction veut s'adonner ce monsieur Leiner, je ne tarderai pas à le découvrir. Et pour cela, je vais lui rappeler qui dirige ici. Je vais doucement, lentement, sensuellement lui remémorer qui mène la danse de ce bal endiablé où son corps finira sous le mien, ou peut-être l'inverse, si je décide de le laisser faire pour lui donner l'illusion qu'il domine, l'espace de quelques secondes.

Nos regards enchâssés, je reste quelques secondes sans bouger, sa main enserrant la mienne toujours accrochée à son col de chemise. Pourtant, bien que ferme, sa poigne reste douce et chaude et rien ne suggère que je dois avoir peur de lui. Et tout en soutenant ses onyx vertigineux, je m'écarte doucement, cherchant à l'analyser. Pour la toute première fois, il a employé un ton sec, catégorique mais je crois que je devine ce qui l'agite à présent.

Je saisis ses craintes, je comprends les tourments qui croissent sous son crâne. J'ai été à sa place, il y a quelques années à peine. De l'autre côté, certes, mais j'ai vécu les affres de la première fois, les premiers pas vers ce monde fascinant, effrayant. Ces moments où l'on se croit capable de foncer sans plus se poser de questions. Ceux où les émotions, les obsessions reprennent le dessous, où l'on se retranche, où l'on reprend tous les rouages de nos décisions… J'ai également senti cette peur, moi aussi elle m'a dévorée. Je l'ai dépassée, vaincue.

Alors à cet instant, je devine que je vais devoir y aller doucement si je ne veux pas le brusquer, mais que sa douceur, ses hésitations seront certainement ce qui rendra cette soirée encore plus mémorable.

Je me penche davantage, considère les battements sur ses tempes, la pulsation du sang, chaque martèlement se répercutant jusque dans son cou. Et je suis ses yeux sur ma poitrine, j'y devine l'excitation, l'envie qu'il cherche à contrôler, à réprimer même, alors que ma poitrine est offerte à son regard dans cette robe qui ne voile plus rien de cette partie de mon anatomie, ainsi inclinée sur lui. Et je m'enfonce davantage dans ce dédale de suppositions au sujet de cet homme qui me fait face, je tente de me projeter dans ce qu'il doit ressentir, j'imagine chacune de ses pensées comme un courant électrique, un filon à exploiter, à analyser.

Alors qu'il cherche à détourner ses prunelles de mes seins, ses yeux retrouvent les miens. Je connais également la honte que ressentent parfois ces hommes à éprouver un désir brut, charnel et violent pour une femme comme moi, une femme qui se donne pour de l'argent, la culpabilité qui les étreint lorsqu'ils m'imaginent avec tous les autres. Ces hommes qui sont comme eux, tout en étant si différents.

Dans un mouvement fluide et léger, je m'écarte, mes billes toujours plantées dans les siennes et l'espace d'un instant, je me sentirais presque mal. Son regard sur moi n'est pas celui des autres. Et mon cœur se met à battre plus vite. J'ignore comment, cet homme fait vaciller quelque chose à l'intérieur de moi. Quelque chose que je fais taire depuis longtemps et que je préfère laisser tapie dans l'ombre. Pourtant ce soir, cette chose cherche à s'éveiller mais je ne vais pas la laisser faire, je vais l'étouffer, de nouveau l'enfouir sans lui laisser la possibilité de survivre cette fois.

L'intensité du regard d'Arya me frappe une nouvelle fois. Ses obsidiennes me dévorent silencieusement, et s'il aimerait pouvoir échapper à l'emprise que j'ai conscience d'avoir sur lui, il reste contraint par l'attraction que mes yeux exercent sur les siens, me dévisage. Pourtant à cet instant, est-il le seul captif ?

Mon estomac se soulève, un battement légèrement différent des autres m'oppresse la poitrine. Étrange sensation que celle de mon cœur asphyxié qui chercherait soudain à s'échapper de ma poitrine. Je déteste cette impression pour l'avoir déjà ressentie. Car si j'ai eu un jour le sentiment qu'elle était évocatrice de bonheur je la déteste aujourd'hui. J'ai compris qu'elle n'est finalement que synonyme de souffrances. Et fort heureusement j'ai su la bâillonner. Malgré tout, ce soir, alors que le regard de mon client me fait tressaillir, je déteste me la rappeler. Je la fuis depuis si longtemps que je l'avais presque oubliée…

Je resserre ma prise sur les rênes de mon cœur. J'assourdis cet élan, l'assimile à une douleur pour convaincre mon cerveau détraqué. Je dois à tout prix endiguer le pouvoir que ces sentiments cherchent à reprendre. Parce que ça me donne l'impression d'être une petite chose faible et fragile, de ne rien maîtriser. Et j'ai horreur de ne pas avoir l'ascendant sur mes sentiments, sur mes réactions.

Et je m'efforce surtout de ne rien lui montrer, de rester stoïque face à lui et à ce qu'il m'a fait ressentir l'espace d'un bref instant. Je piétine ce feu qui tentait de s'éveiller, j'éteins sans remords les braises que cet homme vient d'allumer au creux de ma poitrine. Je n'ai pas le choix si je veux que cette part de moi bien trop enjouée et qui aurait presque oublié les douleurs et les désillusions qu'elle a connues auparavant se taise. Il n'est qu'un client parmi d'autres, un homme que je ne reverrai jamais.

Je reprends tout simplement le contrôle. Ce soir j'ai un client à satisfaire. Un client visiblement un peu plus complexe que d'autres.

Un client qui veut apparemment me faire jouer aux devinettes sur ce qu'il attend de moi. Un client qui me fascine. Et ça, ce n'est encore jamais arrivé. Ils sont tous si prévisibles, si semblables à des animaux. Mais lui… je ne l'ai pas encore totalement cerné. Je pense que la soirée risque d'être… encore plus intéressante.

Absorbée par la noirceur de son regard, je m'interroge sur ses motivations, ses envies.

Que voulez-vous, Monsieur Leiner ? Qu'est-ce qui vous excite ? Est-ce vous refuser à une fille que vous avez payée uniquement pour vous donner du plaisir ? Pourquoi faire appel à une prostituée ? Avez-vous le sentiment que votre argent nous asservit ?

J'en ai connu des fantasmes de milliardaires, mais je n'ai encore jamais croisé celui-ci. Arya m'a eu l'air d'être quelqu'un d'équilibré. Pourtant il faut croire que je ne suis pas encore au bout de mes surprises.

Je me recule encore légèrement dans la pièce, afin qu'il me voie entièrement et dans un geste doux le long de mes épaules je croise les bras devant ma poitrine pour faire glisser les bretelles de ma robe. Alors qu'elle tombe au sol, me laissant face à lui uniquement vêtue d'un porte-jarretelles, de bas, d'un string et de talons aiguilles qui laissent peu de place à l'imagination, je vois sa poitrine se soulever un peu plus rapidement. Pourtant, alors que je pensais que cela suffirait, il ne bouge toujours pas. Il se maîtrise toujours. Il est vraiment très fort. Je vais devoir passer à la vitesse supérieure.

M'approchant de nouveau de lui lentement, je ne peux réprimer un demi-sourire énigmatique, peut-être même un brin carnassier.

Vous céderez, Monsieur Leiner. Comme les autres votre instinct animal reprendra le dessus... Après tout, je suis une professionnelle... et la meilleure !

Et tel un chasseur qui prend plaisir à chercher le regard implorant de sa proie à l'agonie, je viens m'asseoir doucement sur ses genoux.

Ma poitrine pratiquement sous son nez, je distingue chez mon client un très léger mouvement, à peine perceptible, pourtant ses mains demeurent posées de part et d'autre de nos jambes à présent en contact.

Je l'observe en détail. Le sang pulse sur ses tempes, dans son cou, je pourrais presque en deviner le parcours chaotique de sa jugulaire à son cœur. Et tandis qu'il semble respirer avec difficulté, je ne comprends toujours pas comment il parvient à se retenir de me toucher. Ses pupilles dilatées et son souffle court témoignent qu'il en a visiblement très envie. Je vais devoir aller plus loin pour éveiller la bête qui sommeille en lui. J'ai une réputation à tenir.

Posant mes mains sur les siennes je les guide jusqu'à mes hanches mais lorsque je les incite à caresser mes flancs, bien que cette fois il ne m'arrête pas, je le sens se raidir et je décide de changer d'angle d'attaque. À ce jeu, je dispose d'une multitude d'armes bien plus offensives les unes que les autres…

Avec sensualité ma langue passe la barrière de mes lèvres, les caresse langoureusement et tandis que je plante mes yeux dans les siens en signe de provocation, ma main passe sous mon string et je commence à me caresser tout en ondulant du bassin sur la partie de son anatomie que je sens grossir sous moi. J'espère déjà que sa main rejoindra bientôt la mienne. Malgré tout il n'en fait rien, cherchant au contraire toujours à réprimer ses désirs à mesure que je le sens gonfler. Fuyant mon regard, il ferme les yeux et jette de nouveau sa tête en arrière tout en expirant bruyamment. J'ai conscience de le torturer mais si je ne le pousse pas dans ses derniers retranchements, je ne percerai jamais ses secrets à jour et ce que je veux, c'est comprendre ce qui le retient encore.

— Vous n'êtes pas obligée de faire ça.

Les yeux toujours clos, sa voix tranche le silence, et je l'observe en masquant ma perplexité, détaillant chaque trait de son visage :

— Bien sûr que si ! lancé-je en réaction tout en cessant les mouvements lascifs que j'avais entrepris.

Retrouvant la lumière, ses deux billes d'onyx se fichent dans mes prunelles encore une fois et il me demande simplement :

— Pourquoi ?

— Parce que vous me payez pour ça, lui réponds-je sans réellement réfléchir.

Pourtant, au risque de me choquer, il insiste, appuyant sur chaque syllabe alors qu'un frisson me parcourt quand ces mots frôlent ses lèvres :

— Et je vous répète que vous n'êtes tenue à rien.

Je cille, ne comprenant pas exactement le sens de ses paroles quand il complète :

— Il me semblait pourtant qu'il n'y avait aucune obligation de prostitution dans l'Escorting.

— Effectivement… mais il me semblait pourtant que c'était ce pour quoi vous aviez payé, reprends-je en réutilisant sa formulation. Me suis-je trompé sur le service que vous attendiez ?

Une fois de plus il soupire, se justifie :

— Non… J'ai simplement changé d'avis, j'ai juste besoin de compagnie et la vôtre m'est agréable. Ce service que vous me vendez ce soir me suffira amplement.

Malgré ses mots, je sens son désir croître sous moi, son regard brûlant sur ma poitrine, ses mains chaudes toujours posées sur mes hanches. Cet homme est visiblement différent, particulier. Peut-être a-t-il simplement besoin d'être davantage conforté dans ses choix pour lâcher prise, déculpabiliser, et je tente alors d'une voix douce de l'y aider, tout en traçant les contours de ses lèvres de la pulpe de mes doigts :

— Rassurez-vous, Arya… Tout va bien se passer…

Et semblant hésiter il se décide malgré tout à m'avouer ce que je supposais :

— Je suis confus, je... je n'ai pas pour habitude de devoir payer pour coucher avec quelqu'un, soupire-t-il. Je n'en ai d'ailleurs jamais eu besoin.

Je l'observe avec douceur et lui explique :

— Aucun de mes clients ne l'a vraiment, tenté-je pour le rassurer. Ils sont tous assez beaux, charismatiques... et à défaut de l'être leur richesse et leur puissance fait le reste, les femmes tombent dans leur lit, alors pensez-vous qu'ils aient réellement besoin de faire appel à mes services ? Pourtant, eux comme vous viennent jusqu'à moi...

Baissant soudain le regard, comme honteux, il semble ne plus réellement me voir.

— Vous savez comment je fonctionne, n'est-ce pas ? osé-je pour le bousculer davantage, provoquer en lui cet électrochoc qui l'aidera à aller au bout de ses désirs.

— Oui, affirme-t-il gravement. Le client dépose sa requête mais c'est vous qui choisissez, qui décidez ou non de la satisfaire. Vous triez sur le volet. Et le plus souvent c'est non. Vous en rejetez davantage que vous n'en acceptez.

— Je vois que vous avez bien intégré le principe..., approuvé-je. Dans ce monde où tout s'achète, je suis un produit de luxe qui cherche à rester rare et tout le monde ne peut pas m'avoir, même s'il en a les moyens. Et si vous arrivez jusqu'à mon lit, c'est que j'ai estimé que ça en vaudrait la peine.

— Vous détenez le pouvoir..., souffle-t-il comme pour lui-même.

Se reconnectant brutalement avec la réalité, la vue de mon corps presque entièrement dénudé semble lui apparaître comme insoutenable et alors qu'il détourne brusquement la tête dans la direction opposée, ses mains comme brûlées me quittent pour se poser sur le tissu velouté du canapé. Dévoré par la nervosité, ses ongles ne peuvent s'empêcher de le gratter presque névrotiquement, comme si ce geste pouvait suffire à concentrer son attention sur autre chose que l'objet de son envie.

— Je détiens le pouvoir, en effet, confirmé-je de mon timbre assuré tout en postant mes doigts de part et d'autre de son visage alors qu'il ne me regarde plus. Je vous choisis parmi des centaines. Vous n'êtes que peu d'élus et vous le savez. Vous pouvez vous considérer comme un privilégié. Mais dites-moi, Monsieur Leiner…

Et d'une main sous son menton, je l'oblige à tourner de nouveau la tête vers moi pour affronter la conversation :

— … puisque nous en sommes aux confidences et que nous savons tous les deux que vous trouver une partenaire sexuelle n'est pas un souci… Je suis curieuse de savoir ce qui pousse un homme comme vous à payer pour mettre une femme comme moi dans son lit.

Sa poitrine semble se soulever avec peine, sa respiration si laborieuse que cela me serait presque pénible de le regarder se débattre avec l'air qu'il inspire avec tant de difficulté. Et sourcils froncés, ses pupilles de nouveau accrochées aux miennes, il se décide enfin, un sourire amer sur les lèvres :

— Est-ce qu'à partir du moment où on a de l'argent, tout n'est pas question que de cela ? me questionne-t-il presque écœuré, sans que je m'y attende.

Mes yeux s'étrécissent et je l'avise plus sérieusement alors qu'il enchaîne déjà, comme soulagé de vider son sac :

— J'ai comme le sentiment que maintenant, tout sera toujours tronqué. Chaque fois que je rencontrerai une femme, je ne pourrai m'empêcher de me demander si c'est à moi qu'elle s'intéresse en réalité, ou au montant sur mon compte en banque…

Je soupire à mon tour, comprenant ce qui fait débat sous son crâne si joliment fait.

— Je vois… Alors votre problème est là, je comprends… Avec une femme comme moi, tout est clair, étayé-je. Vous payez et l'affaire conclue, chacun repart de son côté sans que vous ayez à vous poser de question… Pas de surprise, pas de faux espoirs. Vous savez dès le départ que la fille est là pour l'argent, elle ne s'accroche pas à vos filets en vous promettant monts et merveilles. Pas de tromperie sur la marchandise…

— J'imagine que les riches célibataires sont nombreux à faire appel à vos services pour la même chose, ajoute-t-il avec aigreur.

— Vous êtes si naïf ! explosé-je tout à coup dans un rire tout juste contenu.

Il hausse un sourcil, encaissant ma moquerie et m'interroge, cherchant à comprendre :

— Alors si ce n'est pas pour cette raison, quelle est-elle ?

— C'est l'orgueil, tranché-je, dans sa plus pure expression ! L'étalage de pouvoir, le désir de tout contrôler, l'envie de se prouver qu'il n'y a aucune limite à ce que la fortune peut offrir, le souhait de pouvoir réaliser ses fantasmes les plus sombres aussi parfois… Tout ça, ça excite les hommes comme vous !

— Vous vous trompez…

— Je ne pense pas, assuré-je en soutenant toujours son regard.

— J'ignore si vous vous trompez sur eux… Mais vous vous trompez sur moi, cherche-t-il à me convaincre encore.

L'ironie sur le bord de mes lèvres ne lui échappe certainement pas et après une brève hésitation, il ajoute d'une voix basse, comme s'il ressentait ce besoin irrépressible que je le croie :

— Je voulais juste une compagnie agréable pour cette soirée… Quelqu'un avec qui les choses seraient claires dès le départ.

— Mes collègues sont beaucoup moins chères et vous auraient certainement été d'une compagnie tout aussi agréable, remarqué-je le plus sérieusement du monde.

— Effectivement mais... j'ai entendu parler de vous, de vos règles..., avoue-t-il enfin. Vous avez piqué ma curiosité... J'ai aussi entendu dire que vous étiez intelligente, cultivée, ça m'intriguait. Je voulais essayer de comprendre comment une femme comme vous peut en arriver à faire ça et aussi... je voulais savoir si vous me choisiriez.

Sourcil relevé, je ne peux réprimer un rire sans joie, comme désabusée. Pour un peu cet homme aurait su me convaincre qu'il était différent des autres de son espèce. Et je ne parviens pas davantage à m'empêcher de soulever, non sans une certaine amertume :

— Finalement, vous avez beau vous en défendre, vous êtes comme les autres... persiflé-je. Vous éprouvez ce désir de vérifier que tout peut s'acheter. Alors dites-moi, maintenant, selon vous où se trouvent les limites ?

Ses yeux se plissent à nouveau, mais à aucun moment il n'a lâché les miens depuis que nos regards se sont enchâssés l'un à l'autre quelques secondes auparavant, et il reprend :

— À vrai dire, à ce stade, je ne sais pas vraiment quoi faire de mon argent. C'est encore si nouveau pour moi. Je ne sais pas comment le dépenser, quoi en faire. On dit que l'argent ne fait pas le bonheur, mais rien n'est plus vrai. J'ai beau le jeter par les fenêtres pour voir quel effet cela fait, je ne me sens pas plus heureux pour autant... crache-t-il presque en colère.

Je pourrais lui jeter au visage qu'il y a cent façons de le dépenser à bon escient, mais je sais déjà qu'il donne à des œuvres caritatives alors je pose simplement mes mains sur ses joues avec douceur et lui propose, reprenant mon rôle :

— Alors laissez-moi vous aider à éprouver un peu de plaisir au moins ce soir. Disons que ce sera déjà un premier pas pour vous sentir bien grâce à cet argent, à défaut d'être vraiment heureux.

Mais alors que je me penche vers lui pour l'embrasser, il m'arrête une fois encore :

— Non ! Je ne ferai rien avec vous.

Je cligne des yeux :

— Je ne comprends pas... Vu le tarif que vous avez payé...

Je pensais que ses problèmes existentiels étaient réglés, pourtant il me coupe :

— C'est justement parce que j'ai payé.

Interloquée et vexée, je reste interdite. Depuis six ans que j'exerce cette activité, c'est la première fois qu'un client refuse de bénéficier de la prestation pour laquelle il a payé, et j'avoue qu'à cet instant, je ne sais absolument pas comment réagir à cette situation. Mais quand une femme dit non, c'est non. Alors quand un homme le dit, c'est la même chose. Qu'il ait payé pour ça ou pas.

Chapitre 8

Wicked Game – Daisy Gray

J'ai encore fait ce même cauchemar. Celui qui me poursuit depuis des années. Celui où je revis la scène qui m'a poussée à devenir ce que je suis aujourd'hui. Et je me demande quand il me laissera tranquille, quand je parviendrai enfin à passer des nuits paisibles.

Lorsque je m'éveille presque au petit matin, allongée sur le ventre, nue dans les draps de soie de cet hôtel de luxe et que j'ouvre lentement les yeux pour m'habituer à la clarté, mon regard croise immédiatement le sien. Il est là à m'observer, assis dans un fauteuil, un peu plus loin du lit. Ses yeux semblent encore plus sombres qu'ils ne l'étaient cette nuit, et les images ressurgissent. Des flashs me reviennent par dizaines.

Sur ce canapé, seule, face à lui, je me procure du plaisir sous ses yeux pour tenter d'attiser encore et encore ce désir auquel il résiste, essayant de le faire lâcher prise. Car après tout il a seulement dit qu'il ne ferait rien avec moi, pas qu'il souhaitait que je ne fasse rien moi-même. Sa langue effleure sans cesse ses lèvres. Elle témoigne de tout ce qu'il retient, alors qu'il me contemple avec une envie qu'il peine à dissimuler sans pour autant y céder. Ses dents martyrisent sa lèvre inférieure sans arrêt, comme si la douleur de la morsure qu'il se provoque lui-même pouvait le détourner des pensées impures qu'il a sans nul doute à cet instant.

Je remarque plusieurs fois qu'il déglutit avec peine mais il reste à l'écart. Ses narines s'agrandissent alors que sa respiration se fait plus rapide, que ses pupilles se dilatent et que ses poings se serrent sur le tissu de son pantalon. Il se délecte du spectacle, je devine que ça lui plaît mais il se refuse obstinément à y prendre part... et à mesure que l'intensité de mes gémissements augmente, que l'exaltation monte sous ma main, que l'ivresse me gagne, se répand dans chaque parcelle de mon épiderme, je vois ses pupilles s'embraser et sa respiration se faire saccadée.

Pourtant, il ne bouge pas, reste aussi loin de moi qu'il le peut. Et alors que tous mes barrages cèdent et que la pointe de mes seins se dresse sous ses yeux, en proie à un plaisir brut et non simulé, je le provoque, cherchant ses prunelles encore et encore, pour qu'il assiste jusqu'au bout à la représentation, spectateur de ce moment auquel il n'a pas voulu prendre part autrement que par le regard. Et lorsque je bascule finalement, il ferme les yeux pour m'échapper.

Je m'assieds en prenant soin de me couvrir pour me cacher de son regard. Pourtant c'est ridicule. Cette pudeur qui s'empare de moi le lendemain avec tous mes clients, alors que la veille ils m'ont vue sous toutes les coutures, est complètement absurde. J'ignore pourquoi je ressens cela, pourquoi j'éprouve ce besoin de me cacher d'eux, après... Pourquoi à chaque fois, ce sentiment stupide m'envahit.

Et je réalise que son regard à lui est pire que celui de tous les autres. Parce qu'il ne me reluque pas comme si j'étais un objet. Parce qu'il ne m'a pas traitée ainsi. Pas une seule seconde. Bien au contraire. Certes il a commis quelques maladresses. La société forge les préjugés. Mais il en a rapidement pris conscience et s'en est immédiatement excusé sans même que j'aie besoin de souligner quoi que ce soit.

Le lit est défait comme s'il avait servi de champs de bataille et que des ébats fougueux s'y étaient tenus. Pourtant ce n'est pas le cas. À aucun moment il ne s'y est glissé avec moi. Même si j'ai brûlé de désir qu'il finisse par le faire. Même si j'ai tout fait pour lui en donner envie. Hier soir, après que j'ai eu terminé, il a repris sa veste, s'est lentement approché de moi et m'a pris la main pour que je me relève. Quand j'ai été debout face à lui, nue et encore ivre de mon orgasme, il l'a posée sur mes épaules pour me couvrir, comme il l'avait déjà fait un peu plus tôt dans la soirée, me cachant à son regard comme si pour lui tout cela était trop. Mes yeux ont trouvé les siens et lorsque j'y ai plongé, ce que j'ai ressenti m'a fichu une trouille bleue.

Il m'a entraînée dans la chambre jusqu'au lit, et alors que j'ai cru qu'enfin j'allais pouvoir faire ce pour quoi il m'avait payée, il s'est approché de moi, a déposé un baiser sur mon front et m'a souhaité une bonne nuit. Il est reparti dans le salon, me laissant seule, perdue, hagarde, ne sachant quoi penser de lui ni de cette soirée étrange, surréaliste même, passée en sa compagnie.

Soudain, sa voix chaude me tire de mes pensées :

— Bonjour, avez-vous bien dormi ?

Je hoche la tête et il reprend sans attendre véritablement d'autre réponse :

— J'espère que vous avez faim parce que j'ai commandé un copieux petit déjeuner.

Il se lève et d'un signe de tête me désigne un peu plus loin :

— Les vêtements que vous avez fait venir sont ici.

Lorsque je passe la nuit avec le client, je prépare des effets personnels et Ekaterina me les fait livrer. En tournant la tête, je découvre effectivement ma valise, posée à côté de la porte.

— Je vous laisse vous préparer, je vous attends dans le salon.

Au moment où il quitte la chambre, je suis soudain frappée par un détail qui ne m'avait pas interpelée jusqu'alors. Il porte toujours son smoking. Il a probablement dormi tout habillé. D'ailleurs, a-t-il seulement dormi, ou bien a-t-il passé la nuit sur ce fauteuil à m'observer ?

Ce type demeure un mystère que j'aimerais tant pouvoir approfondir. Pourtant je n'en aurai jamais l'occasion, car une fois que j'aurai passé cette porte ce sera terminé. Peut-être un jour fera-t-il appel à l'une des autres filles ? Peut-être même verra-t-il l'une d'entre elles suffisamment régulièrement pour qu'elle puisse apprendre à le connaître, à le découvrir un peu plus que je n'en ai le temps ?

Je quitte le lit, le drap enroulé autour de ce corps encore crispé par les mauvais songes et file à la salle de bains entraînant ma valise derrière moi. Je ne ferme même pas la porte à clé. Je n'en ai pas besoin. Je sais qu'il ne viendra pas, je l'ai compris. Pourtant j'aimerais plus que jamais qu'il le fasse. Encore sous l'effet de ma frustration d'hier soir, j'aurais presque envie qu'il vienne me prendre violemment ce matin.

Le ridicule de la situation ne m'échappe à aucun moment. Bien qu'il m'ait payée pour être ici, je trouve cet homme plaisant, dans tous les sens du terme. Et le fait qu'il ait déboursé une petite fortune pour consommer un service que je ne lui rendrai jamais me paraît aberrant. Mais je réalise que ce n'est pas tant ce qui me dérange… Le plus absurde dans tout cela, c'est ma déception. J'ai passé ma soirée à imaginer ses mains posées sur moi, ses caresses sur mon corps, sa langue jouant avec chaque parcelle de ma peau, me faisant frissonner jusqu'à l'implorer, me mettant au supplice jusqu'à ce que je n'aie qu'une envie, celle de crier son nom…

Et je suis piquée au vif dans mon amour propre, et professionnel. Habituellement les hommes se jettent pratiquement à mes pieds comme des chiens. Même ceux qui me paient. Mais lui, il n'en fait rien. Je sais qu'il me désirait, hier, lorsqu'il me regardait me procurer du plaisir, mais pas suffisamment pour que cela ne passe par-dessus ses convictions et ses principes, pas assez pour ne pas parvenir à se retenir de faire ce que je l'aurais laissé faire.

Je m'observe dans la glace. À première vue je n'ai pas changé, pourtant intérieurement mon ego malmené tente de se révolter et me crie d'aller chercher ce type et de lui sauter dessus pour lui montrer qui de la guerrière ou du roi a les meilleures armes pour parvenir à gagner le combat.

Mais cet autre petit bonhomme sur mon épaule, la voix de la sagesse, me souffle que je ne peux pas le forcer à faire ce dont il n'a pas envie et que je devrais me sentir heureuse d'avoir été traitée un peu différemment… parce que grâce à lui, pour une fois, j'ai passé une soirée en compagnie d'un homme avec qui j'ai eu le sentiment d'être une fille comme les autres. Nous étions juste un homme et une femme. Pas un acheteur et sa marchandise.

Je scrute tout autour de moi, j'étudie la pièce. Mais je me fiche du décor en réalité. Les salles de bains de ces hôtels prestigieux sont toutes les mêmes. Immenses, impersonnelles. Tout ce que je souhaite à cet instant en réalité, c'est voir s'il y a des objets qui lui appartiennent, quelque chose qui me parlerait davantage de lui, de ce qu'il est, de ce qu'il aime. Mais rien. Il n'y a ici que les produits mis à disposition par le luxueux établissement. Tout ce dont la richissime clientèle pourrait avoir besoin, mais rien qui soit à lui personnellement. Pas le moindre gel douche, ni même une bouteille de parfum pour savoir lequel il porte.

J'ouvre ma valise et sors mes propres produits de toilette. Je mets toujours le strict minimum, mais j'aime bien avoir mes affaires personnelles à disposition. Brosse à dents, savon, shampooing, démêlant et trousse à maquillage. Je me défais du drap que je laisse à même le sol de la pièce et je pénètre dans cette douche suffisamment grande pour accueillir quatre personnes. Pourtant, j'y serai seule. Dommage. La chaleur d'un corps aurait réchauffé la mélancolie qui étreint mon âme ce matin. Celle qui se greffe à ma peau lorsque je fais cet éternel cauchemar. Rien de meilleur que le sexe pour oublier.

L'eau se répand doucement sur mon épiderme, m'apportant un effet de détente immédiat. Je me délecte quelques secondes de ce contact, profite de cet instant d'intimité pour me détendre pleinement avant de reprendre le cours des choses. Ici, dans cette ambiance vaporeuse j'ai momentanément quitté ma cuirasse pour me débarrasser de ce qui m'a souillée. Maintenant que j'ai bien décompressé je dois m'armer de nouveau. Me préparer à sortir de cette bulle créée par Arya Markus Leiner. À affronter le monde du dehors pour une nouvelle journée. J'active les jets hydromassants pour me donner un coup de fouet et règle leur puissance. L'eau qui se projette avec force contre ma peau active ma circulation sanguine, éveillant mes sens et mon esprit.

Je me fais violence pour ne pas m'éterniser. Et même si j'avoue avoir perdu un point sur l'échelle de ma confiance après ce qui s'est passé, ou plutôt ce qui ne s'est pas passé hier soir, je sais que je vais devoir sortir de cette pièce et affronter le regard de mon client. Donc je m'habille et me sèche les cheveux sans faire traîner les choses.

Ne pas prendre son refus pour un affront. Sortir d'ici tête haute, lui faire face avec toute l'assurance qu'ils te connaissent tous. Tu es Jewel. Celle qui mène sa barque comme personne. Ne l'oublie pas.

Je réalise que je n'ai aucune idée de l'heure qu'il est, je n'ai même pas vérifié en me levant mais il est temps pour moi de rentrer. Je ne suis pas payée à l'heure et compte tenu du fait que j'ai été plus que gracieusement payée pour la prestation rendue, je pourrais lui offrir le bénéfice de ma compagnie un moment supplémentaire. Pourtant j'éprouve soudain l'irrépressible envie de me retrouver seule. De me renfermer sur moi-même. Chez moi, là où je n'ai nul besoin de jouer un rôle.

J'ai prévu une tenue sobre. Pantalon noir et chemisier de soie blanche, des talons aiguilles et une veste légère assortie pour le côté chic. Et aussi parce que les températures pourraient ne pas être clémentes. Je souris presque à cette pensée. J'aurais peut-être dû réfléchir à ce détail également hier soir… mais aurais-je eu le plaisir des délicates attentions de mon client ? Après une légère touche de maquillage, je noue mes cheveux en un chignon un peu flou sur le dessus de ma tête et m'avise des pieds à la tête.

Te voilà prête pour ta représentation, Jewel...

Quittant la salle de bains, je cherche le riche Autrichien du regard dans le salon, abandonnant ma valise dans un coin de la pièce mais aucune trace de sa présence. Je repère rapidement la baie vitrée ouverte, les voilages volant au gré d'une légère brise et c'est là que mon regard est capté par sa silhouette à l'extérieur. Appuyé à la balustrade, le visage tourné vers la Dame de Fer il m'offre des épaules sculptées et un dos parfaitement taillé, chaque détail de ses muscles semblant vouloir se dévoiler derrière ce simple T-shirt blanc. Quant à ses cuisses, si parfaitement moulées dans ce jean…

Tu te fais du mal, ma grande, à imaginer ce que tu as raté.

Alors que je le rejoins sur la terrasse, ses cheveux mouillés m'interpellent. À aucun moment il n'est entré dans la salle de bains. M'entendant arriver il se retourne, un large sourire aux lèvres et je ne peux m'empêcher de le questionner, hésitante :

— Mais… Où vous êtes-vous…

— Cette suite possède une deuxième chambre avec sa salle d'eau, me coupe-t-il.

Sans le savoir il répond pratiquement à toutes mes questions. Ou en tout cas à certaines concernant cette nuit. Je le revois, à mon réveil, assis sur ce fauteuil encore vêtu de son smoking… Et une nouvelle fois je me demande s'il a dormi et combien de temps il a pu passer à me regarder...

Je m'approche davantage pour admirer la vue. Les Champs-Élysées et l'Arc de Triomphe, trônant au milieu de la place de l'Étoile, nous tendent presque les bras tant ils sont près. Et prendre notre petit déjeuner sur ce balcon, encerclés des plus extraordinaires monuments, pourrait être si agréable si ce silence, pesant, ne leur volait pas la vedette. Mais peut-être ne l'est-il que parce que je choisis de lui donner ce sens. Arya est aussi souriant qu'il sait l'être, détendu même, comme si la scène si particulière que nous avons vécue n'avait jamais eu lieu. Et tandis que je m'enferme dans un profond mutisme, le mettant certainement mal à l'aise, il ne cesse de me proposer davantage de café, un croissant par ci, des œufs brouillés par là… Je ne sais pas à quoi il a pu penser en commandant autant, notre table pourrait nourrir tout le tiers-monde. Et si en temps normal tout cela aurait pu me faire très envie, ce matin la boule qui pèse sur mon estomac me coupe l'appétit, j'aurais presque envie de vomir.

— Êtes-vous certaine de ne pas vouloir autre chose ? insiste-t-il. Un jus de fruits, peut-être ?

— Je vous remercie, décliné-je. Je n'ai pas très faim et je dois rentrer maintenant.

Comprenant que je ne serai pas très loquace, il n'insiste pas davantage et se ferme soudain presque autant que moi, perdant son beau sourire, comme découragé :

— Très bien… Dans ce cas je vais appeler pour que l'on vienne vous chercher.

Quelques minutes plus tard, une voiture m'attend déjà en bas. En réalité, comme chaque fois depuis l'incident avec le cinglé norvégien, Igor a passé la nuit dans le hall de l'hôtel, à attendre le moindre signal de ma part au cas où quelque chose n'irait pas…

Lorsque je traverse la suite pour prendre enfin congé de mon client, ses pas dans mon dos semblent aussi las que lourds. Dans ma hâte de lui fausser compagnie, oppressée par un soudain besoin de respirer, je me focalise sur la porte. Je suis si pressée de la franchir, de m'enfuir, que je ne remarque même pas la housse noire posée sur le canapé :

— C'est votre robe…, souffle timidement Arya dans mon dos. Je l'ai fait nettoyer, elle est prête pour la prochaine fois où vous souhaiterez la porter…

Je ne me tourne que légèrement, rencontrer son regard me serait si pénible. On frappe. Les secondes restent suspendues. Je le remercie une nouvelle fois de sa délicatesse et alors qu'il me frôle, visant l'entrée, j'ai comme un frisson. Un jeune homme prend mes affaires, les pose sur un charriot et déjà je franchis le seuil, les yeux rivés au sol, incapable de croiser une nouvelle fois les pupilles de mon client. Pourtant alors qu'il tient encore la porte, je sens l'intensité de son regard sur moi. Et… alors que je ne m'y attends absolument pas, une main glisse sur l'une de mes joues, me forçant à tourner la tête pour voir ce que je ne veux pas voir. Nos prunelles s'accrochent et il s'approche. Lentement. Mon cœur manque un battement puis s'emballe tout à coup. Il bat même si vite que j'ai la sensation qu'il va lâcher, et lorsqu'Arya pose doucement ses lèvres chaudes sur mon front comme il l'a déjà fait hier soir, son souffle chaud me fait tressaillir, l'impression que mes jambes cèdent sous mon poids m'envahit.

— Au revoir, murmure-t-il à mon oreille.

— Au revoir Arya, lui réponds-je tout aussi bas, arborant difficilement un léger sourire au bord des miennes.

*

Je grimpe dans la voiture :

— Bonjour Igor.

— Bonjour Jewel. Tout est allé comme tu le souhaitais ?

Je réponds sans réfléchir, la force de l'habitude :

— Tout s'est très bien passé, mens-je.

Son regard bleu et froid rencontre le mien dans le rétroviseur :

— Où allons-nous ? m'interroge-t-il.

— Chez moi, s'il te plaît. Je suis fatiguée, j'ai envie de rentrer… J'appellerai Ekaterina.

Parfois je repasse à l'agence après un rendez-vous, aujourd'hui je n'en ai pas l'envie et sans attendre, suivant mes directives, Igor s'insère dans la circulation et prend la direction de mon appartement. Sur le trajet un SMS de Juliette me tire de mes pensées encore un peu sombres :

* Alors le nouveau ?

* Je te raconterai de vive voix, ce serait un peu long par message.

* Humm… tu me mets l'eau à la bouche ! Je sens que ta nuit a été exceptionnelle !

Je laisse passer quelques secondes avant de répondre, réfléchissant à la façon dont je vais éventuellement enjoliver les choses. Finalement, je balance un laconique :

* Tu ne crois pas si bien dire !

* J'ai hâte de savoir !

Juliette sait que c'est la première fois que je prends ce genre de clients. Un « novice ». Je suis persuadée qu'elle ne va pas tarder à venir me cuisiner pour avoir les détails croustillants de ma soirée. Et pour du croustillant elle ne sera certainement pas déçue, même si elle ne s'attendra pas à ce que j'aurai à lui raconter. Et si je ne venais pas de quitter mon riche Autrichien avec ce sentiment si étrange de déception, je pourrais presque en sourire.

Chapitre 9

Lonely – Justin Bieber

Arya

Lorsqu'elle quitte ma suite, j'exhale brusquement, comme si je m'étais retenu de respirer pendant des heures. En sa présence, l'air semblait irrespirable et lourd… D'un coup, j'ai la sensation qu'on me libère, que de nouveau je sors à l'air libre et que je peux reprendre enfin une respiration normale. J'expulse bruyamment tout ce que contiennent encore mes poumons. Ce que je retenais encore me paraît vicié, pollué et soudain, le souffle qui s'échappe de ma poitrine libère un peu le poids que je sentais depuis hier soir.

Je ne m'attendais pas du tout à cela en passant la soirée avec elle. Pourtant, j'ai passé un moment des plus extraordinaires. Mais ce matin, je ne sais plus quoi en penser. J'ai beau essayer d'analyser je suis perdu et je ne comprends pas vraiment pourquoi. J'ai comme un goût d'inachevé, mais pas du tout parce que je n'ai pas couché avec elle. C'est autre chose, quelque chose d'indéfinissable qui m'étreint alors que nous venons tout juste de nous quitter.

Déjà, avant même notre première rencontre, elle avait piqué ma curiosité. D'abord, ses pratiques et ses règles particulières et si dissemblables à celles des autres filles… Cette différence m'avait irrémédiablement attiré. Elle plus qu'une autre, bien au-delà de sa réputation hors norme. Jamais de ma vie avant d'entendre parler d'elle je n'avais pu penser qu'une Escort puisse susciter tant d'envie, déchaîner les passions.

La règle du rendez-vous unique m'avait apostrophé. Peut-être était-ce encore là l'un de mes nombreux préjugés mais je croyais savoir que la plupart du temps, ces filles préféraient avoir des clients réguliers, cherchaient en quelque sorte à les fidéliser, s'assurant ainsi une source de revenus réguliers. Mais elle, pour une raison que je n'étais pas parvenu à cerner lors de nos deux rendez-vous, s'y refusait catégoriquement. À ma connaissance, jamais aucun client n'était parvenu à la faire plier sur ce point. Pourtant, nombreux étaient ceux à avoir essayé.

Lorsque j'avais croisé son regard pour la première fois, ce qui m'avait tout d'abord frappé, c'était sa grande beauté. La réputation qui la précédait était totalement fondée, je crois que j'avais rarement vu une telle femme jusqu'alors. Pourtant j'ai croisé d'innombrables beautés de par le monde. Mais ce qui m'avait le plus frappé, c'était la mélancolie qui semblait se lire sur son visage, habiter ses iris. D'un bleu cobalt, ils m'avaient presque transpercé le cœur. Malgré cela le détachement, la détermination qu'elle semblait vouloir afficher m'avaient laissé une curieuse impression. J'avais douté de ma démarche et failli reculer mais l'envie d'en savoir davantage sur elle avait été la plus forte. J'avais fini par espérer plus que tout l'avoir suffisamment séduite pour qu'elle m'accepte comme client. Subjugué par la certaine fragilité que j'avais décelée sous cette armure qu'elle semblait s'efforcer de revêtir, j'avais compris que l'exercice de ce genre d'activité nécessitait certainement de se barricader. Je n'avais alors plus cessé de m'interroger à son sujet. Je l'avais devinée cultivée, douce, douée d'un certain sens de l'humour qui ne la rendait que plus intéressante. Et le plus curieux de tout : elle cherchait à faire connaissance avec ses futurs clients... Alors qu'est-ce qui avait pu pousser une jeune femme comme elle à se vendre ? À penser qu'elle n'avait pas d'autre choix ? Ou qu'à défaut il était le meilleur ?

Évidemment, l'argent m'était apparu comme la raison la plus probable et la rage qu'un être humain ne voie plus le bout du tunnel au point d'en arriver à cette extrémité m'avait rongé. Mais n'était-ce finalement pas ironique ? Est-ce que je ne cherchais pas à me donner une leçon en me confrontant à la prostitution ? En proie à mon mal-être existentiel de nouveau riche, comme tant d'autres je jetais à présent moi aussi l'argent par les fenêtres simplement pour vérifier si cela m'aiderait à retrouver le bonheur. Pourtant je ne pouvais m'empêcher de suffoquer devant la misère humaine, donnant à toute œuvre caritative qui me sollicitait. Ne devenais-je pas empli de contradictions ? L'argent ne me faisait-il pas perdre de vue mes valeurs ? Ne faussait-il déjà pas mon jugement ?

J'ai cru un jour que la réussite professionnelle m'épanouirait, mais à présent que j'ai perdu la seule chose à laquelle je tenais réellement, je réalise que je suis passé à côté de quelque chose d'essentiel et j'ignore comment trouver de nouveau de l'intérêt à ma vie. Plus rien n'est beau, plus rien n'a de saveur. Paradoxalement, comme pour oublier que c'est lui qui m'a fait tout perdre, je me suis de nouveau jeté à corps perdu dans le travail. Je gagne désormais plus d'argent que je ne pourrais en dépenser alors que j'aimerais pouvoir revenir en arrière, redevenir ce petit informaticien fauché mais euphorique que j'étais dans les débuts. Retrouver mon optimisme. Depuis plusieurs mois, je souffre terriblement de la solitude, et ce ne sont pas les heures passées au boulot ou les quelques femmes avec qui j'ai pu coucher depuis ma séparation avec Saskia qui parviennent à m'en guérir. Toutes autant qu'elles sont ne s'intéressent ouvertement qu'à mon argent. Je désespère désormais de pouvoir en rencontrer un jour une qui ne s'intéresse qu'à moi, Arya Leiner, un homme simple qui apprécie les choses qui le sont elles aussi.

Récemment au détour d'une conversation j'avais cru deviner que l'un de mes associés faisait appel à une Escort. J'avais gratté, cherché à comprendre pourquoi alors qu'il ne semblait pas avoir besoin de payer pour attirer une femme. Il m'avait vanté la facilité des rapports. Ainsi savait-il exactement à quoi s'attendre… Ravi, il semblait ne pas regretter d'acheter de tels services même s'il n'excluait pas de construire un jour une véritable relation. La curiosité m'avait poussé à prendre les coordonnées d'une l'agence à laquelle il faisait souvent appel.

J'avais tergiversé pendant de longues semaines. Pour finalement me persuader que c'était peut-être effectivement une solution. En tout cas pour le moment. Un palliatif à ma solitude en attendant de m'y habituer, de ne plus sentir la douleur qu'elle m'inflige entre les côtes. Les relations d'un soir, je savais faire, la seule différence serait l'argent. Je ne serais pas le premier dans le milieu, j'avais creusé, tout le monde semblait le faire, alors pourquoi n'y parviendrais-je pas ? Pourtant, depuis le moment où j'avais contacté l'agence d'Ekaterina Kitaëv, rien ne s'était passé comme je l'avais imaginé…

J'avais tapé directement dans le haut du panier. Sur le site internet, j'avais été comme fasciné par la page de cette fille appelée Jewel. Rien d'aguichant, quelque chose de classe, ce qui m'avait étonné pour ce genre de site. Je m'étais renseigné discrètement, sa réputation n'était plus à faire. Tout le monde la voulait, peu y étaient parvenus. La rumeur disait qu'elle méritait son pseudonyme de « Bijou ».

Puis il y avait eu ce premier rendez-vous, inattendu, à sa demande. J'avais été projeté dans un monde inconnu, j'en étais ressorti complètement et inexplicablement charmé. Je m'attendais seulement à une soirée où elle se contenterait de sourire, puis à un coup vite fait, un peu expédié, juste histoire de m'en donner pour mon argent… Rien ne s'était passé de la sorte.

Il y avait d'abord eu cette première rencontre, gratuite, et nous avions fait connaissance. Elle m'avait laissé le choix de l'endroit et notre balade, nos discussions avaient été des plus agréables. Après cette entrevue, comme subjugué, je n'avais eu de cesse de me poser des questions. J'avais presque eu hâte de recevoir sa réponse, de la revoir. Elle m'avait captivé, intrigué sans préavis. Sous cette assurance qu'elle brandissait comme un étendard, j'étais persuadé que se cachait un être ébranlé par la vie, une âme mutilée. Chaque fois que j'avais posé mes yeux sur elle, j'avais eu comme le sentiment que mon regard la transperçait, lui provoquant des émotions qu'elle ne maîtrisait pas. J'ignorais ce que mes pupilles avaient laissé transparaître au point de la mettre si mal à l'aise qu'elle avait peiné à le cacher. Et surtout, par-dessus tout le reste, le respect que je lui avais montré avait eu l'air de la bouleverser plus que toute autre chose. J'avais fini par penser qu'une vie de prostitution ne devait pas franchement générer les regards admiratifs. Ne la traitais-je pas comme un objet, moi aussi d'une certaine façon ? Comme les autres, je paierais pour l'utiliser, je me servirais d'elle pour coller un pansement sur mon âme l'espace d'une nuit. Pourtant, dès ce premier rendez-vous j'avais vraiment ressenti cette envie, ce besoin de gratter sous la surface, de voir ce que je pourrais y découvrir bien au-delà des plaisirs de la chair.

Je revis tout à coup chaque instant, clair, limpide… Quand Madame Kitaëv m'avait donné ma réponse, positive, j'avais eu comme un curieux pincement au cœur, éprouvé une certaine joie. Étrange sentiment que je n'étais pas parvenu exactement à cerner. Chercher à connaître les tourments qui hantaient cette jeune femme avait semblé me détourner des miens.

J'avais tout organisé pour ce second rendez-vous. Le vrai. Celui d'hier soir… Tout imaginé pour lui faire passer une belle soirée, même si je n'en ignorais pas la finalité. Bizarrement, alors qu'il n'était nul besoin de le faire, j'avais ébauché des éléments romantiques. Pourtant, quoi qu'il puisse arriver, cette femme n'irait-elle pas dans mon lit puisque tel était mon désir et que c'est ce qu'elle vendait ? Malgré tout ma véritable nature avait repris le dessus sur l'apparente intransigeance et l'inflexibilité que je m'efforçais désormais de projeter. Et la soirée avait dépassé mes attentes. Comme la fois précédente, j'avais eu envie d'approfondir, de la découvrir bien au-delà de ce qu'elle voulait bien donner, bien que toute introspection se soit révélée inutile. Jewel jouait son rôle à la perfection. Elle ne se dévoilait pas. Mais qui était-elle réellement derrière le masque ?

Lorsque nous avions gagné la suite et qu'elle avait entrepris ce pour quoi je l'avais fait venir, j'avais eu une réaction que je n'avais pas moi-même anticipée. Je n'avais rien maîtrisé. Ou si, j'avais tout maîtrisé au contraire. J'aurais pu me jeter sur elle dans la voiture, ou dès que nous avons passé le pas de la porte. Elle m'aurait certainement laissé faire. Elle était là pour ça et j'en mourrais d'envie.

Pourtant cette fille m'avait inspiré des sentiments tout autres, avait ébranlé mes instincts, dérangé mes certitudes. Il émanait d'elle quelque chose qui bouleversait tous mes repères, éveillait mes sens et déclenchait des émotions que j'étais incapable d'analyser ou de contrôler. Jamais je n'avais rien ressenti de semblable. Sous cette image de femme forte, maîtresse de la situation, il se dégageait d'elle une fragilité inexplicable. Et j'avais éprouvé ce besoin brutal, irrépressible de la respecter, de la traîter différemment de ce que d'autres faisaient peut-être, de la faire se sentir à part… Mais ne l'était-elle pas déjà ? M'étais-je fourvoyé en m'imaginant qu'elle avait besoin d'être sauvée ? N'avais-je pas une fois encore cherché à me convaincre que j'étais meilleur que ces autres hommes ?

J'avais eu envie d'elle toute la soirée. Les vêtements qui la couvraient n'avaient pas suffi à éteindre le feu dans mes reins. Face à elle je m'étais découvert tel un animal et toute la soirée, j'avais dû prendre sur moi plusieurs fois, détourner le regard d'elle, la fine peau dans sa nuque m'appelant continuellement, éveillant mes sens, chaque contact m'électrisant. Et lorsqu'elle s'était retrouvée pratiquement nue sous mes yeux, la décision de ne pas la toucher s'était imposée d'elle-même naturellement. Pourtant à cet instant, le désir que j'avais eu d'elle, puissant, impérieux, s'était insinué dans chaque parcelle de mon être et j'avais dû penser à des choses particulièrement atroces pour parvenir à y résister. Puis j'avais lu le doute, l'incompréhension dans ses yeux, au moment où j'avais catégoriquement refusé de savourer le contact de mes mains sur sa peau. Quand elle s'était caressée sous mes yeux j'avais cru que ma dernière heure était venue, que j'allais m'embraser sur place. Quand elle avait plongé ses yeux dans les miens alors qu'elle s'adonnait à son plaisir, j'avais pensé qu'elle cherchait à m'achever. La scène qu'elle m'avait jouée était d'un érotisme comme jamais je n'en avais vécu jusqu'alors. Qu'y avait-il de plus dévorant que de résister à la brûlure de la tentation ? Elle n'avait quitté mon regard qu'au moment où elle avait perdu pied, submergée par la puissance de son orgasme. Je n'avais pu voiler mon désir d'elle, mon sexe tendu, douloureux, tout comme je n'avais plus détourné le regard du spectacle qu'elle m'avait offert, m'en délectant autant que j'en avais souffert le martyre. Toute la nuit j'avais revécu la scène, comme hanté. Et trop excité par ces images inoubliables, marqué avec certitude par cette femme, je m'étais immiscé dans la chambre pour la regarder dormir, surprenant ses cauchemars, tentant de l'apaiser sans la réveiller, une nouvelle fois convaincu que des souffrances l'enchaînaient…

Ce matin pourtant, malgré ce que j'avais pu sentir hier soir, tout avait changé. L'ambiance, comme électrique entre nous, sa hâte de me quitter manifeste, presque tangible. Cette porte que j'avais cru pouvoir entrouvrir était restée désespérément close, la lueur que j'avais cru entrevoir s'était éteinte, ce que j'avais pensé voir éclore l'espace d'un bref instant n'existant déjà plus. Et alors qu'elle ne m'avait pas encore quitté, je ne pensais plus qu'à la revoir.

Au moment où elle était sortie de ma suite, je n'avais pas pu m'empêcher de l'embrasser, mes lèvres sur son front comme une promesse cachée, me nourrir de son contact devenant irrépressible.

Leiner, tu n'es qu'un pauvre taré.

Et si aujourd'hui j'ignore encore comment y parvenir, je sais déjà que je remuerai ciel et terre la revoir.

Chapitre 10

Royals – Lorde

Le nez dans mes cours, ma tête menace d'exploser. Depuis mon retour chez moi ce matin, je n'ai cessé de travailler et ma capacité de concentration semble avoir atteint ses limites quand justement mon portable sonne, m'apparaissant comme le sauveur inattendu que j'espérais secrètement.

Ces derniers temps je bosse sur ma thèse comme une folle, sortant à peine le nez de mes cours. Pourtant j'ai l'impression d'avancer à la vitesse d'un mulet à qui l'on ne tendrait pas de carotte. Minimum deux cents pages à rédiger et je ne cesse de recommencer, éternellement insatisfaite. Tout ça parce que je veux vraiment pouvoir accorder à mon sujet le traitement qu'il mérite, parce qu'il revêt à mes yeux une importance toute particulière. Mon thème ? Les stratégies de coping en contexte de violences conjugales et l'étude de leurs effets sur la souffrance psychique et sur la qualité de vie des victimes. Heureusement, je suis toutefois parvenue à rédiger l'article que j'avais à rendre à une revue scientifique…

Je vérifie l'appelant sur l'écran de mon portable. Juliette. Je décroche rapidement et dans un soupir, j'attaque directement :

— Salut ma BFF[1] ! Comment ça va ? m'enquiers-je.

— Salut ma PFS[2] ! répond-elle d'une voix monocorde. À vrai dire, ça va bof bof aujourd'hui, j'avoue…

---

[1] Expliqué plus loin ce n'est pas le BFF standard et ce n'est presque pas drôle de révéler ce que ça veut dire, ça tue la chute de l'autre scène

[2] Entendez ici : Professional Father Sucker

Elle coupe court à l'envie que je pourrais avoir de sourire à l'évocation de nos surnoms. Pas de « Best Friend Forever » entre nous, rien d'aussi édulcoré. Notre façon de nous appeler l'une l'autre a comme un « léger » rapport avec le piment, ou dans notre cas, le ciment de notre vie. Mais le fait qu'elle ne me cache pas qu'elle n'a pas le moral m'incite à ne pas en plaisanter aujourd'hui.

Juliette est ma meilleure amie. Ma véritable meilleure amie. Parce qu'elle sait tout. Et aussi parce qu'elle évolue dans le même monde que moi. Le vrai, pas celui sous couverture, gentillet à souhait et dans lequel je côtoie de petits étudiants proprets. Même si je dois bien avouer que certains me ressemblent plus qu'ils n'en ont l'air sur quelques points. Je parle de ceux qui se rebellent, d'autres qui restent en marge ou encore de ceux qui tentent de s'en sortir en dealant du shit, de la coke ou de l'héro. Peut-être même un jour en trouverai-je qui s'adonnent à la même activité que moi…

Immédiatement je l'interroge. Je n'ignore pas que quand elle plonge dans la déprime, c'est toujours pour la même raison. Alors si je peux faire quelque chose pour qu'elle ne sombre pas encore une fois, je dois l'aider à remonter avant que son état ne soit de nouveau dramatique :

— Qu'est-ce qui t'arrive, ma douce ? tenté-je calmement.

— Ffff j'ai pas trop le moral… m'avoue-t-elle. Ça te tente une soirée fille ? J'ai pas envie de rester toute seule ce soir…

Ce matin, dans son SMS, elle avait l'air plutôt enjouée. Un tel revirement m'inquiète, et le fait qu'elle prenne l'initiative d'une rencontre me semble le signal d'alarme. Juliette n'est pas du style à se plaindre. La première fois, elle n'a pas appelé au secours alors quand elle dit qu'elle ne va pas bien, je la crois et je devine l'alerte sous-jacente :

— Qu'est-ce qui se passe ma Juju ? Dis-moi qu'il ne t'a pas recontactée, lâché-je entre mes dents serrées.

Elle hésite, soupire :

— Non, non… Il ne l'a plus fait depuis que tu lui as parlé…

— J'espère que c'est vrai, Juliette, que tu ne me mens pas pour le protéger car crois-moi, si j'apprends que ce connard…

— Je te le jure ! me coupe-t-elle, seulement il faut croire que le destin aime à s'acharner parfois…

Elle marque une pause. Son silence, lourd, me paraît durer une éternité et je bouillonne déjà d'envie d'aller frapper à la porte de ce sale type et de mettre mes menaces à exécution pour de bon, cette fois. Mais mon amie m'avoue finalement :

— Je l'ai croisé… avec sa boniche et ses deux chiards… Il faut croire que Paris n'est pas encore assez grand pour que je parvienne à l'éviter…

— OK, je vois…

C'est bien plus grave que ça en a l'air.

— … J'arrive tout de suite. Je suis chez toi dans dix minutes.

— D'accord… Merci… Je t'attends.

Nous raccrochons et je replonge avec effroi dans des souvenirs qui remontent à quelques années de cela, à l'époque où j'ai commencé à travailler dans le domaine pour être exacte. Pourtant s'ils peuvent sembler lointains, ils sont aussi frais que si tout était arrivé la veille. Ces souvenirs qui nous lient, elle et moi, ces épouvantables souvenirs qui font que maintenant nos chiennes de vies crasseuses et nos âmes pourries qui se voudraient innocentes sont entremêlées pour toujours. À la vie, à la mort.

Je me souviens comme si c'était hier de la première fois où elle m'a parlé de lui… C'était le soir de notre première rencontre… Aussi celui de mon premier client...

J'avais été conduite à une sorte de colloque où pullulaient des médecins de toutes nationalités. Mon client venait de m'abandonner quelques instants pour aller se rafraîchir et je me tenais au milieu de cette immense salle, telle une potiche ne sachant pas trop comment trouver sa place, ma flûte de champagne en mode décoratif à la main pour me donner une contenance. J'étais ridicule. J'essayais tant bien que mal de me fondre dans la masse. Aujourd'hui je sais que j'avais certainement l'air stupide.

Ce monde m'était alors totalement inconnu. Chaque seconde qui passait je m'interrogeais sur mes choix, sur ma présence en ces lieux, sur l'impact que mes actes pourraient avoir sur le reste de ma vie. Je me sentais perdue, me demandais si je ne m'étais pas trompée, j'avais juste envie de prendre mes jambes à mon cou pour fuir le plus vite, le plus loin possible. Et alors que je tentais de me convaincre qu'il était encore temps de faire machine arrière, j'avais entendu cette voix féminine dans mon dos :

— Alors c'est toi, celle dont tout le monde parle... Le Bijou...

Je sursautais et me retournais rapidement, pour découvrir cette magnifique blonde aux yeux émeraude qui me souriait :

— Enfin te voilà !

Je paniquais, ne sachant pas du tout qui elle était et l'air étonné, je lui demandais immédiatement :

— Excusez-moi je ne vous remets pas. A-t-on déjà eu le plaisir de nous rencontrer ?

Elle me tendit la main, toujours souriante :

— Pardonne-moi, je ne me suis pas présentée. Je suis Juliette, me glissa-t-elle tout bas.

Puis elle me fit un clin d'œil en enchaînant :

— Mais pour les gens qui sont présents ici ce soir, je suis Talia...

Talia, l'une des filles d'Ekaterina... J'avais entendu parler d'elle...

Elle continua :

— Est-ce que tu sais que toutes les filles te détestent déjà ?

À cet instant, je devais bien avouer que je pensais que mes relations avec les autres filles risquaient d'être tendues mais je ne montrais rien, je continuais à discuter avec elle le plus naturellement possible :

— Ah oui ? Mais pourquoi cela ? l'avais-je interrogée.

— Parce que tu leur fais peur. Tu les inquiètes, avait-elle répondu en riant.

— Et pourquoi ? avais-je tenté de comprendre, sourcils relevés.

— Parce qu'elles ont peur que tu leur fasses de l'ombre. Que tu nuises à leur business.

Je tentais de rire doucement :

— Comment le pourrais-je, puisque je refuse de rencontrer la même personne plusieurs fois ? Il me semble que la plupart des filles apprécient justement le fait d'avoir des clients réguliers.

— C'est vrai ! avait-elle confirmé.

— Et toi ? Est-ce que c'est ton cas ? lui avais-je demandé.

— Quelle est ta question exactement ? Tu veux savoir si je te déteste, ou si j'apprécie d'avoir des clients réguliers ?

— Les deux.

Elle me souriait toujours :

— Je ne te déteste pas ! Tu as raison, je n'ai aucune raison à cela. Même si mes clients réguliers veulent un jour faire appel à tes services, je sais qu'ils me reviendront après et que ta présence ne m'ôtera pas le pain de la bouche, alors...

Elle avait répondu aux deux questions puis elle avait continué :

— Pourquoi cette règle ? Explique-moi... Je suis curieuse !

Face à sa franchise, j'avais eu envie d'en faire de même :

— D'abord pour me démarquer de toutes les autres... Ensuite pour me protéger.

— Te protéger ? De quoi ? Quel est le danger, quand justement tu connais ton client de mieux en mieux ?

Je l'avais regardée droit dans les yeux pour lui apporter ma réponse :

— Celui de s'attacher...

À cet instant, une moue l'avait défigurée, même si ses yeux s'étaient imperceptiblement adoucis. Et c'est là qu'elle m'avait dit :

— C'est peut-être toi qui as raison finalement...

J'écarquillais les yeux alors qu'elle me racontait :

— Je pense arrêter...

Les filles d'Ekaterina sont libres d'arrêter quand elles le souhaitent.

J'arquais un sourcil, l'incitant à continuer :

— J'ai un client...

Elle soupira :

— Je déteste l'appeler comme ça maintenant... Je... Nous sommes tombés amoureux...

Je l'écoutais, attentivement. Je l'écoutais avec terreur, me faire le récit de cette situation dans laquelle elle se trouvait aujourd'hui... Celle que je cherchais à tout prix à éviter, celle qui avait fait que justement, j'avais instauré cette règle :

— Nous parlons de vivre ensemble... Bientôt... Il... Il doit juste régler quelques affaires avant que cela ne soit possible...

Je m'étonnais :

— Quelles affaires a-t-il à régler au juste ? Il est marié ?

— Non.

— Alors je ne comprends pas ce qui le retient !

Je la sentais troublée.

— Ses parents s'attendent à ce qu'il épouse un beau parti... Une fille de son milieu, fortunée elle aussi... Il... Il veut juste les préparer avant de leur annoncer mon existence, hésitait-elle à me révéler.

Je tiquais :

— Es-tu certaine de sa sincérité à ton égard ?

— Oui, je suis certaine qu'il m'aime ! m'avait-elle répondu du tac au tac.

— Et qu'il parlera de toi à ses parents ? avais-je une fois de plus tranché dans le vif.

Elle avait esquissé un doux sourire avant de plaisanter :

— En fait si... Je te déteste autant que les autres ! Mes raisons sont juste différentes des leurs !

Nous avions ri doucement ensemble, et elle avait habilement changé de sujet :

— Alors ça y est, c'est le grand soir ? Tu te jettes dans la fosse aux lions ?

Ce qu'elle savait, mais que tous ici ignoraient, même mon client, c'est qu'il était mon premier. C'était ma première fois. Mon premier soir. Mon premier job d'Escort.

— Juan Felipe Montilla Àlvarez..., avait-elle récité.

Elle avait levé un sourcil approbateur :

— Pas mal pour commencer !

Je la questionnais :

— Est-ce que tu l'as déjà eu ?

— Nous l'avons toutes eu dans notre lit au moins une fois. Tu es le dernier maillon qui manquait à sa chaîne.

— Comment est-il ? l'avais-je questionné avec appréhension.

— Parfois doux. D'autres fois moins. Mais en tout cas, toujours un amant exceptionnel ! Tu verras tu prendras beaucoup de plaisir. Tu vas adorer te retrouver avec lui ! D'ailleurs il va tellement bien attiser ton désir sur le chemin de l'hôtel que vous baiserez certainement dans la limousine et que tu lui demanderas même de te prendre sur la moquette en passant la porte de sa suite !

— Waouh ! À ce point-là ? avais-je eu peine à croire.

Elle m'avait souri franchement et m'avait glissé un clin d'œil :

— Je te jure que je n'ai même pas besoin d'exagérer !

Je réalisais que mon fameux client tardait à revenir, mais à cet instant je m'en moquais. Parce que je tissais des liens avec cette fille qui me rassurait un peu, quelque part. Et je lui avais avoué :

— J'ai peur...

— Je sais. Moi aussi j'ai eu peur la première fois, mais ça va passer. C'est comme pour tout le reste. Tu n'auras qu'une seule première fois. La fois suivante ça ira mieux, puis la fois d'après aussi, et petit à petit tu finiras par accepter ce que tu fais et même par aimer ça !

— Il faut que j'aime ça, tu sais...

— On a toutes vécu ce moment où on a dû s'en convaincre...

— Pour moi c'est différent...C'est moi qui l'ai choisi.

— Comme beaucoup d'autres... C'est plus souvent le cas que ce que l'on pense !

— Oui mais... Je veux dire que... Moi ce n'est pas pour l'argent..., avais-je avoué.

— Alors tu es peut-être un peu différente des autres mais j'imagine que tu as certainement de très bonnes raisons pour avoir fait ce choix, avait-elle relevé sans juger ni plus chercher à comprendre. Et tu dois te les remémorer régulièrement, t'interroger pour savoir si c'est toujours ce que tu veux... Parce que les choses pourront changer... Parce que TU pourras changer...

Je baissais les yeux :

— Oui mais alors pourquoi je me sens si mal dans ce cas ? Alors qu'il va seulement se passer ce que j'ai souhaité ? Je ne devrais pas être inquiète !

— C'est normal que tu le sois ! Ce n'est pas rien quand même, et ce n'est pas parce que tu as décidé toute seule comme une grande de te lancer là-dedans que tu dois minimiser l'acte ! Et puis... La peur de l'inconnu c'est toujours déroutant, inquiétant.

J'avais relevé les yeux vers elle :

— J'ai peur de faire fausse route. De m'être trompée... Et si ce n'était pas ça la solution à mon problème ? Depuis le début je suis persuadée que tout ça c'est la meilleure option pour moi. Mais si je réalisais que je me suis trompée et que je ne faisais que me salir davantage, il serait trop tard pour revenir en arrière.

Son regard avait trouvé le mien, elle avait essayé de me rassurer comme elle avait pu :

— C'est vrai, il serait trop tard pour revenir en arrière... Mais je suis certaine que si cela arrivait, tu saurais trouver la force nécessaire pour assumer tes choix jusqu'au bout, même s'ils s'avèrent ne pas être les bons.

Je détournais les yeux, et repérais mon client au loin. Le regard de Juliette suivit le mien, trouvant le même point de mire et je continuais, l'air de parler de tout et de rien. C'était fait. Je me fondais dans la masse. Plus personne ne faisait attention à moi. Et Talia m'y aidait. Elle me montrait les codes de ce monde, elle qui les connaissait depuis plus longtemps que moi. Et je retournais à notre sujet de la soirée :

— Il est beau, il est marié, il a des enfants... Je ne comprends pas pourquoi ce genre d'hommes a besoin de nos services.

— Ne t'inquiète pas tu vas vite t'habituer et ne plus chercher à comprendre leurs motivations. Tu sais, certains n'en ont même pas ! Fais-moi confiance, tu vas t'y faire, va, à te taper des pères de famille !

Elle riait et essayait de me détendre. Je haussais les épaules :

— Je ne sais pas si je vais y parvenir...

— Tu sais comment je me surnomme moi-même, histoire de faire dans l'autodérision ?

Je quittais mon client du regard pour me tourner de nouveau vers elle. Elle souriait plus largement :

— BFF !

— BFF ? Pourquoi ? Parce qu'ils se confient à toi ? Tu te considères comme leur amie ?

Elle rit de plus belle, fière de son petit effet. J'étais visiblement tombée dans le panneau :

— Non, petite naïve ! Comme « Beautiful Father Fucker » !

J'éclatais de rire avec elle. La moitié de la salle se retourna vers nous, nous n'avions pas fait dans la discrétion. Au milieu de ce parterre de richissimes hommes d'affaires et de femmes à l'élégance racée, nous venions de rire sans aucune classe.

Mais elle reprit plus sérieusement :

— Crois-moi, tu vas t'endurcir encore et tu vas rapidement comprendre les règles. Comme les autres, tu rangeras tes états d'âme au placard et tu prendras ce qu'il y a de bon à prendre. Et ne te gêne surtout pas, il y en a assez pour tout le monde. Parce que si ce n'est pas toi qui le fais, une autre passera derrière...

Nous avions fini par aviser alors toutes deux mon client qui s'approchait. Il arrivait à nos côtés avec deux coupes de champagne à la main, espérant m'en servir une nouvelle alors que je n'avais pas touché à la première :

— Ah vous êtes là... Et en charmante compagnie qui plus est.

Il la salua d'un baise-main et je réalisais qu'elle avait raison. Ce type avait l'air charmant, il était galant et aux petits soins pour moi depuis le début de la soirée :

— Talia, je suis ravi de vous revoir.

— Moi de même, Juan. Mais je vais devoir vous laisser à présent, le devoir m'appelle...

Elle nous jeta un rapide regard à tous les deux, puis s'adressa de nouveau à lui :

— Je vous confie mon amie, Juan. Prenez grand soin d'elle.

Elle me sourit de nouveau avant de s'éloigner et de lancer, sans doute à notre intention à tous les deux :

— À bientôt.

Et elle ne m'avait pas menti. Malgré la peur, malgré les doutes, malgré la retenue, j'avais passé une nuit sensationnelle. Ce soir-là avait marqué le début de notre amitié. Une amitié réelle et sincère.

Quelques semaines plus tard, elle avait tenté de mettre fin à ses jours en se tranchant les poignets à grands coups de lames de rasoir. Celui qui soi-disant l'aimait et qui devait parler d'elle à sa famille, celui pour qui elle avait décidé de se ranger et de redevenir une fille « honorable » comme elle se plaisait à le dire, venait de lui annoncer que finalement, il allait bien épouser une jeune femme de « bonne famille ». Ses parents lui avaient « dégoté » un beau parti, il n'avait pas su refuser. Le jour où il lui avait tout balancé, cet enfoiré lui avait encore juré, ô grand Dieu !, qu'il l'aimait. Mais il ne pouvait pas faire de vagues, se mettre tout le monde à dos. Il ne pouvait surtout pas vivre sans le soutien de ses proches. Et il savait qu'il le perdrait en la choisissant elle...

Espèce de manipulateur, menteur, hypocrite sans cœur ! De quel soutien parlait-il ? Financier ? Il était visiblement incapable de vivre autrement qu'aux crochets de ses richissimes parents. Les dires de Juliette se vérifiaient un peu trop parfaitement. Comme elle me l'avait si souvent dit, ils avaient tellement de points communs ! Elle l'aimait... Et lui il s'aimait ! Il s'était choisi lui, la sacrifiant elle sans remord. Pauvre Juliette ! Elle avait réécrit l'amour tragique selon Shakespeare. Mais son Roméo à elle avait choisi de ne pas se donner la mort pour la suivre. Et si ce soir-là, je n'avais pas décidé de passer la voir par je ne sais quelle coïncidence ou sixième sens, elle ne serait certainement plus de ce monde aujourd'hui. Lorsque j'avais appris des mois plus tard, tout à fait par hasard que cet enfoiré, même une fois marié, avait cherché à redevenir son client j'avais vu rouge et tout simplement pété les plombs, lui passant un coup de fil où je menaçais de tout révéler à ses parents et à sa toute jeune et naïve épouse.

Aujourd'hui j'ignore encore si ce connard a été au courant de l'acte irréparable qu'elle a tenté de commettre pour faire taire la douleur de son abandon. Tout ce que je sais c'est que s'il tente de nouveau de lui faire du mal volontairement, je serai incapable de répondre de mes actes. Elle va mieux mais son équilibre reste précaire. Après sa tentative de suicide, elle avait passé plusieurs semaines dans un hôpital psychiatrique et elle avait eu la mauvaise idée de tenter de lui parler. Une fois encore, il avait eu des mots très durs. « Respectable » étant celui qui était apparemment revenu le plus souvent sur la table et elle s'était de nouveau effondrée. Et comprenant que la chouchouter ne l'aidait pas à ouvrir les yeux, j'avais finalement tapé du poing sur la table pour lui faire comprendre que ce mec était juste un connard qui ne devait pas l'aimer tant que cela. Et même si j'aimerais vraiment que mon amie trouve enfin un jour quelqu'un qui l'aime pour de bon, son histoire me confirme une fois encore que j'ai choisi la bonne voie en me fermant à tous sentiments amoureux.

Chapitre 11

Phantoms & Friends – Old man Canyon

Je passe une bonne partie de la soirée chez Juliette à lui remonter le moral comme je sais si bien le faire la plupart du temps, quitte à me fâcher un petit peu pour la remuer.

Ça me fait tellement de peine de voir une fille aussi adorable qu'elle souffrir autant pour un sale con d'égoïste ! Et quand je la vois dans cet état-là, je me dis que tout ce que cet enfoiré mériterait, c'est que « ma prophétie » se réalise et que quelqu'un de particulièrement bien intentionné aide sa femme à tout découvrir. Car même s'il fiche désormais la paix à Juliette, je suis certaine que n'ayant pas fait un mariage d'amour, il ne doit probablement pas se gêner pour continuer à fréquenter des prostituées. Mon amie a très certainement été très vite remplacée…

Je hais ce sale type pour tout le mal qu'il lui a fait, qu'il lui fait encore… Et si par malheur elle devait un jour le recroiser, mieux vaut pour lui et ses attributs que ce ne soit pas en ma compagnie car il risquerait de ne plus jamais pouvoir s'en servir.

Nous commandons des pizzas et nous goinfrons devant la télé. J'ai refusé que Juju choisisse le film, nous aurions terminé devant un truc à l'eau de rose triste à souhait. J'ai plutôt misé sur une bonne dose d'humour histoire de détendre un peu l'ambiance de la soirée. *Qu'est-ce qu'on a fait au Bon Dieu* remplit parfaitement son rôle, réussissant à remonter le moral des troupes.

— Bon allez ! s'écrie finalement mon amie la bouche pleine. On arrêtche de parler de che gros con de… attends… comment i' ch'appelle déjà ? Pfff j'ai oublié !

— Gros con !

Elle vide sa bouche et fait mine de reprendre son sérieux :

— Ah oui ! Gros Con, c'est vrai ! Pendant un moment j'ai cru que c'était Sale Connard…

Je réponds à mon tour, la bouche pleine :

— Cha marche auchi…

Nous rions un peu, beaucoup même, et ça fait du bien de revoir un sourire sur les lèvres de mon amie que j'ai trouvée en larmes à mon arrivée. Mais soudain redevenue sérieuse elle reprend, pensive, le regard dans le vide :

— Il m'a baisée dans tous les sens du terme… Il me jurait qu'il m'aimait, qu'il voulait que je quitte tout ça…

Je reste silencieuse, je sais que si elle essaie souvent de faire bonne figure, elle souffre encore. Finalement elle change de sujet :

— Et sinon, toi ? Ne crois pas que j'ai oublié que tu avais un truc à me raconter !

J'écarquille les yeux, ne me souvenant pas immédiatement de quoi elle parle :

— Alors, le nouveau ? Raconte-moi !

Le silence plane et cette fois-ci je vide ma bouche avant de répondre :

— Comment dire...

— Pas la peine de passer par quatre chemins ! s'insurge-t-elle pour plaisanter. Néophyte ? Lotus ? Brouette ? Chaise longue ? Marteau piqueur ? C'était quoi son délire à lui ? Il voulait jardiner comment ?

Je poufferais presque avec elle si seulement je trouvais ça amusant.

— T'es con, me marré-je tout de même.

— Allez ! Me fais pas poireauter ! Donne-moi des détails ! Vends-moi du rêve, bordel !

— Te vendre du rêve ? ris-je cette fois vraiment. Eh bien ce ne sera pas avec ce client-là, ma grande !

— Ah oui ? Et pourquoi ?

— Eh bien disons que j'ai passé une soirée bien plus étonnante que je ne l'aurais cru… Mais pas comme on pourrait le penser.

Juliette sourit jusqu'aux oreilles :

— À ce point ?

— Pire encore que tout ce que tu peux imaginer… me lamenté-je.

— Je suis certaine que tu me mitonnes et que c'était génial !

Tapant dans ses mains comme une gamine elle me supplie :

— Alleeeeez ! Raconte-moi !

Je fais la moue :

— Je te jure que « génial » n'est vraiment pas le mot que j'emploierais… À vrai dire, je ne sais même pas quel qualificatif employer. Il m'a laissée… exceptionnellement perplexe ! concédé-je laconiquement.

— Comment ça ? m'interroge-t-elle en clignant des yeux.

Je grimace une fois encore et lui avoue enfin :

— Il ne m'a même pas touchée…

— Quoi ? T'es sérieuse ?

— Je ne l'ai jamais autant été !

— Merde ! Bah ça alors ! C'était quoi le problème. Tu crois qu'il est gay ?

— J'y ai pensé un instant… accordé-je. Mais crois-moi, le service trois-pièces m'a eu l'air plus que réceptif quand je me suis déshabillée, et sa façon de me regarder… soupiré-je, encore sujette aux vapeurs. J'ai rapidement abandonné cette idée !

— Comment ça s'est passé, alors ? Te connaissant tu as fait ce qu'il fallait pour mettre la machine en route !?

Je tente un sourire qui s'avère un rien crispé :

— Ma pauvre, si tu savais ! Mon ego en a pris un sacré coup ! Je me suis caressée devant lui, mais rien n'y a fait ! Il est resté à me regarder sans bouger !

Tout comme moi, Juliette tente de trouver une explication :

— Impuissant, peut-être ?

Je ris, franchement cette fois :

— J'ai tout un tas de théories le concernant, et crois-moi, celle-ci n'en fait pas partie !

— Qu'est-ce qu'il t'a donné comme raison ?

Je fronce les sourcils, comme si la réponse qui allait suivre était ridicule :

— Qu'il ne veut pas payer pour avoir des relations sexuelles, qu'il voulait juste une compagnie !

— Whaou, ça fait cher la compagnie, sans vouloir t'offenser ! Ce mec redonne le vrai sens au mot « Escort » finalement, mais quand même… Tu avoueras que si c'était juste pour regarder, la soirée a été super onéreuse ! J'espère que tu as pris ton pied devant lui, au moins !

Je hausse plusieurs fois de suite les sourcils, me la jouant mystérieuse, et nous rions de nouveau avant que je n'ajoute :

— Il dit aussi qu'il aime jeter son argent par les fenêtres… Juste pour voir si ça va le rendre heureux…

Juliette plaisante, mais je la sens sérieuse :

— Eh bien s'il veut jeter son argent par les fenêtres de cette façon, je veux bien être sa prochaine cliente !

Elle soupire puis reprend :

— Ces milliardaires sont vraiment spéciaux quand même ! se marre-t-elle. Ils ne savent vraiment pas quoi inventer !

— Ne m'en parle pas ! approuvé-je.

— Enfin ma grande, je crois qu'on peut dire officiellement que tu as perdu la main ! ajoute mon amie alors que je souris malgré tout.

— Il faut te faire une raison, continue-t-elle. Tu ne sais plus y faire, il va falloir que tu raccroches ! La grande Jewel n'est plus ! se fiche-t-elle encore. Merde alors ! Si on m'avait dit un jour que ça se passerait comme ça !

— Mais c'est qu'elle continue, la garce ! lancé en riant, me saisissant d'un coussin pour lui coller en pleine tête.

Elle l'esquive habilement, tout en continuant à rire de moi :

— Allez, laisse faire les copines, tu vas voir, on va te montrer comment s'y prendre avec les hommes !

Finalement, l'ambiance de la soirée vire définitivement au beau fixe, même si c'est à mes dépens et que mon ego morfle sérieusement ce soir encore. Et par-dessus tout, je suis heureuse que ma Juju ait retrouvé le sourire…

Dix jours plus tard, je rencontre un autre client. Je coupe court au rendez-vous. Je le trouve grossier, imbu de sa personne, extrêmement déplaisant. Tout simplement. Il est certain dès les premières secondes que ce type et moi ne ferons jamais affaire. Pas la peine d'insister. Je réalise que désormais, j'ai peur que tous ne souffrent de la comparaison avec Arya Markus Leiner, cet homme qui m'a traitée avec plus de respect que personne ne l'avait jamais fait.

Les semaines passent, aucun client ne trouvant grâce à mes yeux. Mais je ne m'en fais pas outre mesure, il m'est déjà arrivé de traverser de longues périodes sans que pas un ne me fasse envie. Jusqu'à ce qu'Ekaterina me révèle un jour au cours d'un appel :

— Il t'a redemandée…

— Qui ça ? questionné-je ne sachant pas précisément de qui elle parle

— Leiner… Évidemment j'ai dit non.

Comme d'autres avant lui, il a tenté.

Des regrets de ne pas être allé jusqu'au bout, Monsieur Leiner ?

Pourquoi Ekaterina m'en parle-t-elle ? Je lui en voudrais presque pour ça. En général elle ne le fait pas. Il n'est nul besoin. Pourtant aujourd'hui alors qu'elle l'évoque j'hésite, passe mes règles en revue en une fraction de seconde, me récite celle-ci plus précisément, tel un mantra. Puis je lance à la boss, sûre de moi :

— Dis-lui que c'est d'accord.

Elle marque une courte pause avant de me rappeler :

— Mais… Que fais-tu de tes règles ?

Je me sens obligée de me justifier :

— Il ne m'a pas touchée, la première fois…

— D'accord, mais…

— Si ça se sait, la coupé-je, ma réputation va en prendre un coup.

Elle répond du tac au tac :

— N'est-ce pas plutôt briser cette règle essentielle qui entachera ta réputation ? Tu vas déclencher une guerre mondiale chez tous ceux à qui on a dit non ! s'insurge-t-elle.

Mais je ne me démonte pas :

— Eh bien arrange-toi pour que cela ne se sache pas, alors !

— Tu sais bien que dans ce monde-là c'est compliqué, tout se sait, me rappelle-t-elle tout simplement :

— Je te fais confiance, ajouté-je. Tu t'arrangeras pour faire le nécessaire, je n'ai aucun doute là-dessus.

Un lourd silence s'abat entre nous et même si je ne vois pas son visage, je la devine anxieuse, inquiète et elle se décide finalement à m'interroger avant de raccrocher :

— Es-tu certaine que tu souhaites le revoir ? Tu te rappelles pourquoi tu as mis cette règle en place ?

— Je n'ai pas oublié…, lui confirmé-je avec assurance. Mais ne t'inquiète pas, ça ira…

Jusqu'ici je n'ai jamais voulu braver mes émotions mais aujourd'hui je me sens forte, je sais que le revoir une fois ne prêtera pas à conséquence, je me sens parfaitement capable d'affronter une nouvelle rencontre avec cet homme sans ébranler mes convictions. Et la vérité c'est que le fait qu'il ait refusé de me toucher après tout ce qu'il a pu m'expliquer attise ma curiosité bien plus qu'elle ne pouvait déjà l'être.

Ekaterina rend les armes, abrégeant le débat :

— Très bien, je te fais confiance, moi aussi… Tu es une grande fille, tu sais ce que tu fais après tout !

Et je l'interpelle une dernière fois :

— Merci patronne…

Chapitre 12

Leave out all the rest – Linkin Park

Les semaines s'enchaînent, je ne les vois pas passer, entre métro, cours, labo et dodo… En ce moment, pas de boulot, tout du moins côté agence, mais j'avoue m'être surprise à plusieurs reprises à attendre presque avec impatience un retour en France de mon client autrichien. La première fois m'a laissée sur ma faim, sans mauvais jeu de mots, et j'ai vraiment hâte de goûter à ses lèvres, je dois dire !

L'année universitaire vient de se terminer mais j'ai pris quelques options complémentaires, la passion prenant le dessus sur la raison et je traîne encore quelques heures à la fac. La psychopathologie du somatique s'ajoute donc cette année à mon cursus. Pourtant j'aurais préféré opter pour la psychopathologie des violences et des exclusions, mais ma fac ne le proposait pas et je n'ai pas adhéré au principe des cours en distanciel.

Mes relations avec mes amis sont rentrées dans l'ordre, même si j'ai eu le sentiment de traverser la Sibérie un bon moment avec Raphaël mais aussi avec Florine, cette dernière n'ayant pas vraiment apprécié les reproches sur son attitude bourgeoise et son manque d'empathie évident. J'ai parfois tendance à m'interroger. A-t-elle choisi la bonne filière en prenant psycho ?

Ce soir, j'ai décidé d'accepter exceptionnellement une sortie avec le groupe. Les cours suspendus pour quelques semaines, histoire de nous laisser le temps de travailler notre thèse, je n'ai plus vraiment d'excuse pour refuser même si contrairement à ce que beaucoup de monde pense, nous avons pas mal de boulot, arrivés à ce niveau d'études. Aucun d'entre eux ne profitera plus que moi d'un été de fiestas à gogo et nous nous verrons peu, voire pas du tout, chacun profitant des vacances pour visiter rapidement sa famille, peut-être prendre un peu de bon temps sur une plage au soleil.

Mes amis ont insisté pour m'attendre à la sortie de mon dernier cours. Pas confiants sur le fait que je les rejoindrais, ils ont certainement pensé que je me défilerais et les planterais. Je ne peux pas leur en vouloir, je n'en suis pas à mon coup d'essai.

Lorsque je quitte la salle, ils sont effectivement là tous les quatre, le sourire aux lèvres, prêts à se lâcher un peu. Au programme de la soirée, c'est concert au Bataclan. Un groupe de rock alternatif américain qui m'est complètement inconnu va inviter ce petit monde à se défouler et à libérer un peu le stress emmagasiné tout au long de l'année.

Alors que je claque une rapide bise à tout le monde, un mouvement attire soudainement mon attention un peu plus loin. L'espace d'un instant, je crois que le temps s'arrête. Pourtant, alors que je cherche à vérifier si mes yeux m'ont joué un sale tour, je ne repère rien. Malgré tout mon estomac vrille. Il se refuse à écouter ce que mon cerveau lui envoie.

Tu as rêvé... La fatigue te joue de mauvais tours.

Il s'est soulevé si violemment qu'une bile acide me brûle la gorge et mon pouls s'accélère à mesure que la peur me tord les boyaux.

Me voyant certainement blanchir, Raphaël m'interroge immédiatement :

— Ça va Janelle ?

— Oui, je... J'ai eu un vertige, mens-je. Ce n'est rien, je n'ai pas mangé ce midi, c'est sûrement ça...

Tout le monde s'assure que je vais tenir debout et j'ai droit à un sermon tandis que je les entraîne déjà vers la bouche de métro. Je tente de ne pas me retourner, en proie à la paranoïa. Je dois me reposer, je me mets à avoir des hallucinations. Je vais finir en HP avec mes collègues psychiatres, si ça continue. Parce qu'il est évident que j'ai rêvé. La personne que j'ai cru voir n'a rien à faire ici et n'a certainement aucune envie de croiser ma route.

La musique est hyper sympa. Pourtant, j'ai beau essayer de me détendre, je ne passe pas une bonne soirée. J'arbore un sourire de façade, je me déhanche à peine sur les sons endiablés de ce groupe qui donne tout pour nous faire bouger. Mais l'angoisse me colle à la peau, elle ne veut pas me lâcher. J'ai un mal fou à me défaire de cette vision que j'ai eue quelques heures plus tôt et je compte les minutes, scrutant les gens autour de moi comme pour vérifier que celui que j'ai cru voir n'est pas là. J'ai conscience de ma stupidité pourtant je ne parviens pas à m'en empêcher.

Le concert terminé, tout le monde meurt d'envie de prolonger l'instant. Tous sauf moi mais une fois encore, je ne trouve pas la force de décliner et finissons dans un bar à proximité de la salle. L'ambiance bruyante m'agresse. Pourtant ils ne rejouent que les titres du groupe que nous venons de voir. Peut-être ai-je simplement épuisé mon quota de sociabilité pour la journée.

— Allez, Janelle ! Lâche-toi un peu pour une fois ! Prends une bière, ça te fera du bien, t'es tendue comme un string !

— On aurait peut-être dû venir boire un pot avant d'y aller, ça aurait pu t'aider, t'as pas eu l'air de t'éclater.

C'est bien connu, l'alcool détend, il guérit même tous les maux...

Je commande mon éternel Coca zéro mais c'est un cocktail alcoolisé qui m'est tendu.

— Excusez-moi, ce n'est pas ce que j'ai demandé, glissé-je au serveur aussi gentiment que possible vu mon irritabilité.

Ce dernier me coule un regard audacieux assorti d'un clin d'œil et alors que son initiative fait sourire mes amis, j'insiste auprès du petit génie qui a cru bon de passer outre mon souhait :

— Puis-je avoir mon coca zéro, s'il vous plaît ?

— Ne soyez pas fâchée, c'est cadeau ! persiste-t-il persuadé que son sourire de tombeur peut tout excuser.

Abruti ! Est-ce qu'au lit aussi tu fais tout pour forcer ?

— Ce n'est pas le problème, grincé-je cette fois plus sèchement.

Personne ne semble calculer que, même s'il partait peut-être d'une bonne intention, son comportement est dérangeant, que son obstination et son insistance finissent par devenir malaisants et que le fait qu'il tente de me forcer la main, même si ce n'est que pour boire un verre est parfaitement anormal. Je finis par aller au bar pour chercher moi-même la boisson désaltérante dont j'ai besoin.

Pendant plus d'une heure, je tente encore de faire bonne figure au prix d'efforts considérables pour laisser penser à mes amis que je passe un bon moment. Mais en vérité, s'ils cherchaient à me coller je me révélerais incapable de savoir les sujets évoqués autour de la table. Je n'écoute pas, seul mon corps est présent, mon esprit lui est ailleurs. Je suis plongée dans les ténèbres, dans mes souvenirs d'enfance, dans les méandres de cette vie merdique qu'a été la mienne jusqu'à ce fameux jour où j'ai trouvé la porte de mes géniteurs close. Et je pourrais encore donner le change comme ça un bon moment, laisser penser à tous que je passe une excellente soirée si je ne me faisais pas griller sur un coup facile :

— Et toi, Janelle, qu'en penses-tu ?

Je réponds bien trop rapidement :

— Oui, oui, je suis d'accord !

Emma se moque gentiment :

— Tu n'es plus avec nous, visiblement… Nous te demandions si tu préférais la planche de tapas fromagère ou la version charcuterie…

— Oh ! Je… Désolée… Je suis fatiguée, je crois que je vais rentrer…

Raphaël saute sur l'occasion, bondissant littéralement de son tabouret :

— Je te raccompagne !

Et si d'ordinaire j'aurais refusé tout net, ce soir, je suis presque heureuse qu'il le propose, je n'ai aucune envie de prendre le métro toute seule à cette heure-ci…

Après l'injection de décibels que nous venons de subir, Raphaël semble visiblement aussi heureux que moi de côtoyer un peu de silence et le calme de notre trajet fait un bien fou. Seul le bruit de la rame de métro se manifeste, nous berçant presque et je suis ravie qu'il ne cherche pas à meubler avec des conversations inutiles. Je lorgne nos reflets dans la vitre, nos regards se croisant parfois, un léger sourire s'invitant pour dissiper tout malaise. Lorsque nous arrivons devant la porte qui donne accès à la cour de mon immeuble, je compose le code et me tournant vers mon ami, je me glisse dans l'entrebâillement, restant volontairement appuyée au chambranle pour qu'il comprenne que je ne vais pas le laisser entrer. Mais j'aurais dû savoir qu'il lui en fallait plus pour se laisser décourager et il n'hésite pas :

— Tu ne m'invites même pas à monter ?

— Raphaël… soupiré-je. Tu sais très bien ce que je t'ai dit…

— Oui, je sais ! tente-t-il de me convaincre. C'est en tout bien tout honneur, rassure-toi !

— Écoute, soufflé-je doucement, une autre fois. Je n'ai pas menti lorsque j'ai dit que j'étais fatiguée. Je te remercie de m'avoir raccompagnée.

Mon ton ne tolère aucune répartie, je ne lui laisse aucune chance et m'approchant doucement de lui, je pose ma main sur son avant-bras pour l'embrasser sur la joue :

— Bonne nuit, Raph…

Un mélange de déception, d'agacement, limite de colère le défigure et j'ajoute pour tempérer :

— Si tu veux on se voit bientôt, OK ?

Je prends définitivement congé d'un signe de la main et referme la lourde porte du vieil hôtel particulier. Mais alors que je me tourne lentement pour traverser la cour je me sens happée, quelqu'un empoignant brutalement mes vêtements par l'arrière et je me retrouve rapidement projetée contre le mur d'enceinte. La scène se déroule en une fraction de seconde, je n'ai pas le temps de réagir. Comme une idiote je n'ai pas allumé la lumière de la cour, je n'ai même pas eu l'occasion de voir mon agresseur pas plus que de crier. Prise dans un tourbillon de sensations et d'émotions, je ne sais plus qui écouter de ma tête ou de mon corps, lequel crie le plus fort. Une vive douleur m'étreint au niveau du cou et j'analyse. Réduite au silence d'une main sur la bouche, je suis également contrainte par une autre qui enserre mon cou, appuie sur ma carotide presque jusqu'à l'étouffement et j'ai presque l'intuition que mes jambes vont se dérober sous moi dans l'instant.

Mais je n'ai pas l'occasion de m'interroger plus longtemps. Mon assaillant ne résiste pas au plaisir de me cracher au visage et dès les premiers mots, malgré l'obscurité je reconnais sa voix. Elle de celles que jamais je n'oublierai…

— Alors petite salope ! On habite dans les beaux quartiers maintenant ?

J'aimerais avoir la force d'essayer de me débattre, mais la main qui encercle mon cou me dissuade de tout mouvement et son corps appuyé contre le mien, me bloque, m'empêchant de faire quoi que ce soit. La main sur ma bouche glisse douloureusement jusqu'à mes cheveux, les accroche violemment pour venir les tirer tandis que les griffes autour de mon cou se serrent davantage. Je suffoque, la tête me tourne, mes jambes ont du mal à me porter. Je voudrais pouvoir crier mais j'étouffe, obligée de l'écouter :

— Mademoiselle voit du beau monde et a oublié d'où elle vient ? continue-t-il.

Les larmes me montent aux yeux, je ne parviens pas à savoir si elles sont provoquées par la rage ou simplement par l'étranglement et soudain ma vue se trouble, sa voix se fait lointaine. Et lorsque je flanche sous le manque d'oxygène, prête à perdre connaissance ses doigts desserrent légèrement leur prise et il me retient tout en agressant encore mon cerveau :

— Mais rassure-toi, ma petite chérie, papa est là pour te le rappeler !

« Ma petite chérie… » Dans sa bouche ces mots sonnent comme un couteau qu'on me planterait dans le dos. Et alors qu'il part d'un rire gras, il me lâche enfin. Mes jambes m'abandonnent, je tombe au sol mais reste consciente, prise d'une violente quinte de toux et je ne peux réprimer plus longtemps les larmes qui inondent ma vue floutée. Et à cet instant, un petit détail insignifiant effleure mon esprit perdu : c'est bien lui que j'ai aperçu un peu plus tôt, je ne suis pas folle…

Roulée en boule sur le sol à moitié sonnée, je parviens à relever légèrement la tête... Sept ans se sont écoulés et il n'a absolument pas changé, même si je distingue quelques cheveux grisonnants malgré la pénombre. Et ne me laissant aucun répit il enchaîne :

— Je savais bien que tu réussirais, toi, dans la vie !

Ma respiration, saccadée par les sanglots que je réprime, me pousse à haleter. Pourtant j'aimerais ne pas lui montrer la trouille qui me dévore même si je sais qu'il la devine aisément. Mes cheveux forment un rideau protecteur sur mon visage et je l'observe, paralysée tandis qu'il semble béat d'admiration, scrutant tout autour de lui.

— Dire que ta connasse de mère s'en fout de savoir ce que t'es devenue ! se marre-t-il encore.

Il apparaît évident qu'après toutes ces années il ne vient pas me trouver pour parler du temps qui passe ou de la pluie et du beau temps. Nul doute qu'il ne va pas tarder à m'expliquer l'objet de sa visite et que ce n'est ni la politesse ni même l'amour filial...

— Mais moi je le savais bien que ça me rendrait service un jour d'avoir une catin pour gamine ! Hein ?

Il s'agenouille devant moi, dégage les cheveux qui voilent mon regard dans un geste qui ressemblerait presque à une caresse et je frissonne quand, dans un contraste saisissant il agrippe une nouvelle mèche, la tirant pour m'obliger à le fixer droit dans les yeux et la seule chose que je parviens à faire, c'est continuer à pleurer dans un silence retentissant plus fort que des hurlements alors que ses propos désobligeants me transpercent une nouvelle fois le cœur comme lorsque j'étais plus jeune. Ces mêmes propos que ceux qui m'ont convaincue que je n'étais bonne qu'à faire exactement ce que je fais aujourd'hui…

— Ça fait un petit moment que je t'ai retrouvée, tu sais…, rit-il encore plus fort que la fois précédente. Je t'ai espionnée, tu fréquentes le gratin, le pognon n'est pas un souci pour toi…, continue-t-il intéressé tandis que mon sang se glace en comprenant ce qu'il vient faire ici.

Son assurance me prend aux tripes, son sourire me donne envie de vomir, sa voix pourrait me faire sombrer dans la folie :

— Alors maintenant qu'on s'est retrouvés, papa va juste t'expliquer un petit truc avant de partir…

J'essaie de lui résister, de détourner la tête pour ne pas le regarder mais chaque fois il tire un peu plus fort, m'arrachant de nouvelles larmes alors que son timbre viole mes oreilles à chaque mot :

— Il va falloir que tu sois gentille… Très très gentille… Sinon je peux te jurer que j'irai tous les voir un par un pour leur raconter que tu n'es qu'une sale petite pute, OK ?

Il tire encore une fois sur mes cheveux, m'arrachant un gémissement involontaire avant de se relever et de me menacer :

— Arrange-toi pour que lors de ma prochaine visite, il y ait un petit pactole qui m'attende, d'accord ? Cinq mille. J'suis sympa, j'suis pas trop gourmand pour commencer !

Et il me sourit de toutes ses dents, je crois que jamais je n'ai vu rictus plus sadique :

— Et je te préviens, pas de coup de Trafalgar sinon j'abîme cette jolie petite gueule que t'as un peu grâce à moi !

Alors qu'il s'éloigne, je n'ose pourtant pas respirer. Et lorsqu'il se retourne une dernière fois avant d'ouvrir la porte, je suis toujours en suspension dans la réalité :

— Ce serait con, quand même ! ajoute-t-il toujours en ricanant. Tes millionnaires risqueraient de trouver ça vachement moins bandant ! Faudrait pas foutre en l'air ton business en abîmant ton gagne-pain, quand même ! Tu crois pas ?

C'est là qu'il ajoute :

— Tu voudrais pas énerver papa, n'est-ce pas ?

La porte claque dans un vacarme assourdissant sur cette simple phrase qui fige ce moment dans le temps, me renvoyant des années en arrière quand il la prononçait déjà. La menace inhérente a toujours été suffisante, il n'a jamais eu besoin d'aller jusqu'au bout. Du moins physiquement. La torture psychologique venait déjà à bout de ma raison. Mais j'avoue que devant le peu d'intérêt qu'il montrait pour mon bien-être, j'avais peur qu'il ne devienne un jour violent et je vivais constamment dans la crainte de ce qu'il pourrait un jour me faire sous le coup de la colère. Cette simple phrase suffisait à me faire plier, là où certaines fois j'aurais rêvé de me rebeller ou de fuir.

Recroquevillée au sol, repliée sur moi-même à pleurer de rage je reste là plusieurs minutes et déjà mes pensées tournent en boucle sur ses derniers mots : « Pour commencer… »

Que dois-je faire ? Dois-je céder à son chantage ? Je ne m'en sortirai probablement jamais. Je sais pertinemment que si je commence à lui donner de l'argent, il viendra sans cesse en réclamer. Je ne suis plus une enfant, ce soir il m'a eue par surprise mais je saurai l'affronter aujourd'hui, maîtriser ma peur. Pourtant à cet instant, même si je tente de me convaincre, son emprise psychologique m'apparaît toujours aussi forte que lorsque j'étais une petite fille. Cette petite fille qui voulait juste que son papa et sa maman l'aiment.

Après de longues minutes, je me relève enfin. Les jambes encore tremblantes je parviens avec peine à monter jusque chez moi et je me mets au lit sans même passer par la salle de bains, laissant mes vêtements à même le sol dans la chambre. Je me roule sous les draps, enserrant un oreiller entre mes jambes, l'agrippant de toutes mes forces comme s'il s'agissait de quelqu'un qui pourrait me procurer un quelconque réconfort. Et je pleure une bonne partie de la nuit, jusqu'à ce que la fatigue n'ait raison de moi, que le sommeil ne m'emporte au petit matin.

Je laisse passer quelques jours, j'ignore combien, cloîtrée chez moi presque prostrée. Jusqu'à ce fameux matin où je décide que ça a assez duré, que je me suis assez apitoyée sur mon sort, que je dois me ressaisir. C'est fini. Plus jamais je ne me laisserai faire, plus jamais ils n'auront le dessus sur moi, plus jamais je ne veux avoir affaire à eux jusqu'à la fin de mes jours.

C'est décidé, je vais me battre. Je vais prendre les armes, et si cela s'avère nécessaire, je m'en servirai, et je promets que ça sera sanglant. Cette fois-ci, je vais gagner.

Je m'étonne de parvenir à reprendre du poil de la bête aussi rapidement mais j'ai trop subi pour retomber dans cet engrenage infernal. Pas après m'être affranchie, même s'ils m'y ont forcée. Je suis désormais bien plus forte que je ne le pensais moi-même. Il m'a fallu des années pour le comprendre mais aujourd'hui je sais. Tout comme je sais que je n'ai rien à espérer d'eux sauf des ennuis, il vient encore de le prouver. Je réfléchis à l'attitude à adopter, établissant des stratégies. Je me refuse à me positionner une nouvelle fois en victime face à lui, face à eux. J'ignore encore si j'entendrai parler à nouveau de ma mère, peu importe en réalité. À présent elle m'indiffère.

Retrouvant le monde des vivants, j'ouvre mon réfrigérateur pour enfin m'alimenter. Il est aussi vide que l'est mon estomac et, contrainte et forcée, je me décide à mettre le pied dehors. Et alors que je traverse la cour de mon immeuble, mes lunettes de soleil masquant des yeux encore gonflés, rougis, et un foulard dissimulant les marques bleutées encore visibles à mon cou, ma petite voisine, Madame Garnier, se précipite vers moi. La petite dame, âgée au bas mot d'au moins 80 ans, semble guetter et vient immédiatement à ma rencontre lorsqu'elle me voit.

— Ma petite Jeannelle, comment allez-vous ?

— Bonjour Madame Garnier. C'est plutôt à vous qu'il faut demander ça ! Comment vont vos jambes ce matin ?

Madame Garnier habite l'un des appartements du rez-de-chaussée et ses difficultés à marcher l'obligent parfois à quémander un peu d'aide. Cette mamie est si adorable que personne ne peut lui refuser de lui rapporter sa baguette. Je l'aime vraiment beaucoup.

— C'est mieux que la semaine dernière, mais je ne galoperai plus jamais comme un lapin, grimace-t-elle tout en plaisantant.

— Je suis heureuse d'apprendre que vous souffrez moins, lui avoué-je, sincère. Je sortais, avez-vous besoin de quelque chose ?

Elle me sourit gentiment :

— Ça ira, merci mon petit... Mais j'étais inquiète, me confie-t-elle soudain. Cela fait plusieurs jours que je ne vous ai pas vue et avec mes jambes je ne peux pas monter pour voir si tout va bien !

Je ferme les yeux quelques secondes, espérant que derrière mes lunettes elle ne le remarque pas.

— Tout va bien, Madame Garnier, j'étais un peu souffrante mais ça va mieux maintenant.

Soudain prise d'un sentiment de culpabilité, je réalise que si madame Garnier avait eu un souci, elle n'aurait pas pu me joindre. J'avais coupé mon téléphone. Et je me rassure grossièrement en me disant qu'heureusement il y a d'autres voisins. Je fais une piètre garde-malade.

Semblant soudain se remémorer un détail de première importance, son visage s'illumine :

— Est-ce que vous avez vu votre papa, mon enfant ? m'interroge-t-elle.

Je sursaute alors qu'elle continue de m'expliquer :

— Il attendait devant, dans la rue, l'autre jour... Monsieur Dewaere est allé le trouver... Vous comprenez, il avait peur que ce soit quelqu'un de mal intentionné, un rôdeur, un cambrioleur... Il se passe tellement de choses, aujourd'hui ! Alors quand il lui a dit qui il était, il l'a fait entrer et lui a offert un petit café, en vous attendant...

Ma mâchoire se crispe et je grince des dents. Et il me faut une bonne dose de self-control pour parvenir à expliquer calmement à madame Garnier que mon père et moi n'avons pas d'excellentes relations. Que celles qu'elle-même entretient avec ses propres enfants ne sont pour moi qu'un rêve qui ne s'est jamais réalisé et qu'à l'avenir, je préfère qu'elle ou d'autres résidents s'abstiennent de faire entrer l'un de mes parents pour le faire patienter dans le patio. Ce qui me rassure un peu c'est qu'elle semble comprendre immédiatement ce que je veux lui dire.

Chapitre 13

Devil that I know – Jacob Banks

Je dois retrouver Arya dans le jardin des Tuileries. C'est une belle journée ensoleillée, nous sommes déjà mi-juin. Je m'installe sur un banc, non loin de la fontaine principale, attendant qu'il arrive, je suis un peu en avance sur l'heure de notre entrevue.

J'observe les promeneurs derrière mes verres fumés, je les écoute parler… J'aime entendre les touristes, mêlés aux Parisiens qui se promènent en toute simplicité, scruter ceux qui marchent plus rapidement, pressés de se rendre à un rendez-vous, à leur travail… J'aime voir la vie, en général… Sans forcément disséquer les comportements.

J'ignore depuis combien de temps exactement je suis là à regarder tout autour de moi quand quelqu'un s'assoit à mes côtés. Je tourne la tête immédiatement, sourire aux lèvres, convaincue qu'il s'agit de mon client mais celui qui me fait face est tout autre :

— Bonjour ma petite chérie !

Mon sang se fige dans mes veines, je me sens devenir livide et son timbre faussement mielleux me donne envie de lui sauter à la gorge :

— Ne fais pas cette tête-là, voyons ! se moque-t-il. Je sais, ce n'est pas moi que tu attendais mais tu pourrais au moins faire un joli sourire à ton petit papa !

Mon cœur bat à une vitesse folle, mais je tente de freiner sa course. Je ne dois pas lui montrer qu'à cet instant, mon estomac est si serré que je crois que je vais vomir tripes et boyaux. Je serre les dents et retire mes lunettes de soleil. Je veux le regarder droit dans les yeux, lui faire comprendre que la gamine apeurée n'est plus, même si elle est encore un peu tapie dans l'ombre, en secret. Et sans tergiverser, je le quitte du regard pour ouvrir mon sac à main et y prendre une enveloppe que j'avais préparée, ne sachant pas quand il se repointerait. Je me tourne de nouveau vers lui, la lui tends. Il feint de ne pas être intéressé et ne s'en saisit pas immédiatement.

Espèce de crevard hypocrite ! Tu veux jouer ? Attends, moi aussi je sais être joueuse.

Je fais mine de vouloir la ranger mais immédiatement il stoppe mon geste en se jetant pratiquement dessus comme désespéré, sa main frôlant la mienne. Un frisson me traverse de la tête aux pieds, mais je n'écoute pas cette petite voix à l'intérieur de moi qui hurle d'effroi et de fureur tout à la fois, alors que la sienne, encore, vient heurter mes oreilles et mon âme déjà meurtrie :

— Tu comprends, mon usine a fermé…, m'explique-t-il comme si je pouvais en avoir quelque chose à faire de ses fausses justifications. J'ai plus de boulot et le poker tu sais… C'est pas une source de revenus fiable… Certaines fois on gagne, d'autres fois on perd…

Submergée par une rage folle je me contiens, tempérant la colère presque sans borne qui vibre brutalement sous mes veines. Et je lui glisse entre mes dents, mâchoires crispées comme pour me retenir de crier, tout en le regardant droit dans les yeux :

— Je n'ai pas besoin que tu m'expliques quoi que ce soit ! En revanche ce que je peux te dire, c'est que si tu escomptais que je le devienne il va falloir te trouver un plan B ! lui affirmé-je avec assurance. Alors laisse-moi t'expliquer quelque chose à mon tour : aujourd'hui, je te donne ce que tu es venu chercher. Mais uniquement pour que tu me foutes la paix une bonne fois pour toutes.

Mes yeux lancent des flammes, je veux qu'il comprenne que je ne plaisante pas. Pourtant je bluffe, j'ai la boule au ventre et à cet instant je n'ai qu'une peur, c'est qu'il s'en aperçoive, qu'il ne me prenne pas au sérieux. Mon assurance ne doit vaciller à aucun moment, sinon je suis fichue.

Je marque une pause pour le détailler davantage. Il n'est pas rasé, sa tenue est quelque peu négligée et je pense qu'il n'a jamais cessé d'abuser de l'alcool. Le mec qui séduisait tout ce qui bougeait s'est noyé au fond d'une bouteille de whisky bon marché, pourtant on devine encore qu'il a été beau un jour. Et je le regarde le plus froidement possible pour illustrer mon propos :

— Sache que je me contrefiche de tes menaces ! Tu peux bien dire à qui ça te chante à quelles activités je me livre, ça m'est égal ! Aucune de ces personnes n'a d'importance pour moi. Aucune tu entends ? Ce ne sont pas mes amis, ce sont juste des connaissances, des personnes que je côtoie parce que j'y suis obligée. Je suis dénuée de sentiments, telle que vous m'avez forgée. Tu vois, je suis comme vous, vous m'avez tout appris, craché-je amère. Alors qu'ils sachent comment je gagne ma vie, peu m'importe !

Mon cœur bat de plus en plus vite, je sens la bile remonter dans ma bouche au fur et à mesure que je mens, mais je continue comme si de rien n'était, et tout ce que j'espère c'est que je parviens à donner le change :

— Et si jamais l'envie te reprenait de venir réclamer à nouveau, je m'arrangerais pour te la faire passer…

Il rit doucement, mais je le freine dans son élan, avec la même froideur que celle que j'essaie d'afficher depuis qu'il s'est assis à mes côtés :

— Je serais toi, je ne prendrais pas ce que je te dis à la légère, menacé-je à mon tour. Puisque visiblement tu m'as suivie, tu n'es certainement pas sans savoir que j'ai des connaissances qui… Comment dire ? Pourraient s'avérer extrêmement convaincantes si jamais l'envie te prenait de revenir me voir…

Le voyant se figer, je continue mon monologue. Je crois que mon plan fonctionne et qu'il mesure toute l'ampleur de mes paroles, je ne dois pas m'arrêter en si bon chemin :

— Tu vois, le genre de relations qui ont déjà coupé des doigts, torturé des mecs plutôt durs à cuire…

Je parle d'Igor, évidemment. Je sais qu'il a côtoyé la mafia russe. Et j'ai beau ne pas avoir envie de le mêler à tout cela, lui demander d'intervenir, je sais que si j'ai besoin et que je demande son aide, il n'hésitera pas une seule seconde.

Mon géniteur se tend dangereusement. On dirait qu'il fulmine intérieurement, mais malgré sa colère il ne bronche pas. Brusquement il se lève et sans plus une parole, contourne le banc me laissant là, au milieu de ce parc où semblent régner le bruit et la gaieté par ce bel après-midi, tandis qu'un courant d'air glacé traverse ma poitrine, venant grever mon cœur d'un âcre sentiment de victoire.

Mes lunettes de soleil de nouveau rivées, je suis plongée dans des pensées encore fielleuses et je peine à me projeter dans mon futur rendez-vous. Quand soudain, une ombre se profile devant moi, provoquant chez moi un sursaut alors que la voix enjouée d'Arya me ramène à la réalité :

— Bonjour ! Comment allez-vous ?

Je lui souris largement, tentant de me débarrasser au plus vite de mes obsessions mais je parviens difficilement à chasser les sentiments qui m'envahissent encore après cette entrevue. Pourtant le sourire chaud d'Arya radoucit mon humeur et je remets mon masque :

— Je vais bien, et vous ?

Il s'assoit à mes côtés :

— Parfaitement bien ! Quelle belle journée pour se balader, n'est-ce pas ?

Il donne le ton. Son sourire et sa bonne humeur me font un bien fou et comme par magie, j'oublie pratiquement dans l'instant l'échange que je viens d'avoir. Je crois que j'ai bien fait d'accepter de le revoir. Vêtu de façon presque encore plus détendue que lors de notre première rencontre, un jean épouse ses jambes musclées et un simple T-shirt moule le V de son torse. Je me refuse à le fixer trop intensément lorsque je tilte sur le fait qu'il était exactement habillé ainsi la dernière fois que je l'ai quitté, ce matin-là dans cette chambre d'hôtel et immédiatement je lui demande, sourcil arqué :

— Vous avez souhaité me revoir ? Pourquoi ça ?

Il sourit toujours. Ses yeux sombres tentent de me sonder alors que les miens sont masqués derrière le fumé de mes verres et j'en suis ravie. Surtout lorsqu'il me questionne à son tour en retour :

— Et vous, vous avez accepté malgré vos règles… Pourquoi ça ?

Aïe… Touchée. J'aurais dû me préparer à cette question évidente.

Je sens que je rougis malgré moi, je cherche une réponse crédible. Finalement, j'opte pour quelque chose de simple et efficace, voire presque drôle :

— J'ai eu le sentiment de vous extorquer de l'argent la dernière fois, eu égard à la prestation fournie…

Il rit, hausse un sourcil et me répond de façon audacieuse :

— Hummm… Très bien, mais… Je vous paie encore aujourd'hui… Donc, techniquement, ça ne rattrape pas ce que vous me devez pour notre dernière entrevue ! argue-t-il.

Une fois encore, je n'ai pas prévu sa répartie. J'ignore franchement quoi lui répondre et il vient lui-même à ma rescousse en plaisantant :

— Alors il va falloir que vous soyez très très performante cet après-midi, je vous préviens ! me glisse-t-il sur le ton de l'humour tout en me coulant un clin d'œil.

Je deviens aussi rouge qu'une pivoine et à l'élargissement de son sourire je devine qu'il m'a grillée. Il m'explique alors ce dont il a envie :

— J'aimerais que vous m'aidiez à découvrir Paris...

Je l'étudie, perplexe :

— Très bien, mais... Je pense que vous n'avez pas besoin de mon aide pour cela... tenté-je.

— J'ai apprécié votre compagnie, l'autre soir...

— J'ai apprécié la vôtre également.

— Alors c'est parfait ! Parce qu'il y a tellement de choses à voir dans cette ville que j'ai bien l'intention de vous revoir !

Mon cœur s'emballe à ces paroles. Pourtant, je bride cet élan comme je tiendrais les rênes d'un cheval qui chercherait à s'élancer au galop. Je plisse les yeux, l'observe, en silence alors qu'il ne parle plus non plus et me scrute avec attention. Finalement, je réfléchis et enfin prête à lui répondre, j'ôte mes lunettes de soleil pour harponner ses pupilles avec les miennes:

— J'accepte de vous revoir et de vous faire visiter Paris à une condition...

— Laquelle ?

Je lui souris doucement :

— Je mets ma réputation en péril si je vous vois plusieurs fois... Vous comprendrez bien que je ne peux pas risquer de voir mon professionnalisme entaché pour vos beaux yeux..., justifié-je.

Son regard s'agrandit à mesure qu'il s'interroge sur la suite de notre échange et je continue pour éclairer sa lanterne :

— Alors si nous devons nous revoir, Arya Markus Leiner, ce sera comme des amis, en quelque sorte... Je ne veux plus que vous payiez pour cela.

Étrécissant les yeux, son regard s'adoucit soudain quand il me tend la main en guise d'accord :

— Marché conclu !

Je serre la sienne en retour, et nous nous sourions alors que je suis presque hypnotisée par ses cheveux retombant légèrement sur ses yeux sombres et j'y plonge, m'évadant dans leur profondeur abyssale l'espace de quelques secondes.

Puis sans que je m'y attende, il pose une question qui une fois encore me surprend. En réalité ce n'est d'ailleurs pas vraiment une question :

— Jewel n'est pas votre prénom, évidemment…

Et au moment où j'ouvre la bouche pour parler, il pose son doigt sur mes lèvres :

— Shhhhhtt… Vous me direz votre prénom lorsque vous en aurez vraiment envie… Quand vous y serez prête.

Je me lève alors du banc et, décidée, lui propose :

— Puisque nous sommes ici, avez-vous envie de visiter le musée de l'Orangerie ?

— Non, il fait trop beau pour aller s'enfermer dans un musée aujourd'hui ! tranche-t-il. J'aimerais juste marcher, m'imprégner des rues, de l'ambiance parisienne, si vous voulez bien ?

Je souris largement.

— Ça me convient… concédé-je en haussant les épaules. Même si on en revient au moment où je persiste à dire que vous n'avez pas besoin de mon aide !

— Et on en revient au moment où j'apprécie beaucoup d'être avec vous, lance-t-il l'air de rien me faisant piquer un fard alors que son sourire s'agrandit en retour.

Ce type a décidément le don de me mettre dans un état qui me déplaît. Il me sort de ma zone de confort, me donne l'impression de perdre toute maîtrise des événements. Il m'amène là où je n'ai pas envie d'aller… Là où je sens que je pourrais basculer et je m'interroge : Que suis-je en train de faire en acceptant de le revoir régulièrement ? Ne suis-je pas en train de foncer tout droit vers ce piège que je cherchais justement à éviter, de commettre la pire de toutes les erreurs ? Mais il reprend immédiatement :

— Venez, la place de la Concorde est juste à côté, j'aimerais vraiment admirer l'obélisque de près… Jusqu'ici je ne l'ai vue que depuis une voiture…

Nous marchons lentement, il continue de parler :

— Un jour où il fera mauvais temps, vous m'emmènerez visiter le Louvre et le musée d'Orsay…

Je bois littéralement ses paroles, je m'y perds comme je me perds dans ses yeux lorsqu'il les plonge dans les miens. Nous nous promenons sur la place Vendôme, rejoignons finalement la cour du Louvre pour admirer la pyramide de verre. L'après-midi passe à une vitesse folle et la journée touche à sa fin sans même que je ne m'en aperçoive.

J'ai effectivement eu raison d'accepter ce rendez-vous, j'ai tout oublié : mon enfance merdique, mes parents et leur haine, la tentative de chantage de mon père… J'ai perdu toute notion de ce qu'est ma vie, jusqu'à l'activité particulière à laquelle je me livre. Cette activité qui fait que justement, lui et moi nous connaissons.

Pourtant je réalise que ce dans quoi je m'embarque avec lui est dangereux. Terriblement dangereux. D'autant plus dangereux qu'aujourd'hui, j'ai à ce point tout oublié que j'ai eu le sentiment d'être une jeune femme normale. Je n'étais qu'une jeune femme qui faisait visiter Paris à un jeune étranger… Et lui, juste un homme en passe de devenir peut-être un ami… Juste un ami.

Chapitre 14

Bad advice – OT

— C'est incroyable ! Paris est presque déserte à cette période de l'année. Comme c'est agréable de pouvoir flâner ainsi dans les rues, de se promener sans qu'il y ait trop de monde !

J'acquiesce :

— C'est vrai que la ville de Paris est idéale en été… Il y règne une atmosphère de liberté, d'insouciance et de légèreté que l'on ne retrouve pas le reste de l'année.

Arya et moi nous promenons lentement sur les rives de Seine. Nous sommes en juillet et la ville s'avère désertée par les Parisiens. Mais les touristes ne sont pas en reste et semblent jouir de l'ambiance si différente de cette période. En été, celle que l'on surnomme « la Ville Lumière » brille d'une aura particulière et invite ceux qui foulent son sol à céder à l'exaltation et aux élans du cœur.

Il fait une chaleur moite, lourde et orageuse mais la journée est agréable malgré tout. Ces dernières semaines, nous nous sommes vus régulièrement, apprenant à nous connaître, à nous apprivoiser de la façon la plus naturelle du monde, comme deux personnes qui se seraient rencontrées de façon tout à fait fortuite.

Arrivés au niveau du pont des Arts, Arya me supplie de le traverser et alors que je suis censée être son guide il me surprend, m'apprenant même des choses que j'ignore :

— Est-ce que tu sais que la tradition des cadenas déposés par les amoureux viendrait indirectement de mes ancêtres ?

J'écarquille les yeux alors qu'il enchaîne ses explications :

— Cela viendrait de Hongrie, ou peut-être de Cologne…

— As-tu conscience que si les cadenas n'étaient pas retirés régulièrement, le pont s'écroulerait à cause de tes ancêtres ? me marré-je.

Pourtant lui garde son sérieux :

— J'aimerais un jour laisser une trace de mon amour ici…

Mais moi, complètement réfractaire à tout sentiment amoureux, je ne peux m'empêcher de me moquer de lui :

— Et toi, Arya Markus Leiner, incurable romantique que tu es, tu perds ton temps ici avec moi alors que quelque part la femme de ta vie t'attend !

Je dis cela sur le ton de la plaisanterie malgré tout lui ne semble pas vraiment amusé. Je fais mine de l'ignorer au moment où il plante ses billes d'onyx dans mes pupilles bleues pour me convaincre :

— Je n'ai pas le sentiment de perdre mon temps en ta compagnie et j'apprécie chaque minute passée avec toi !

Mon cœur se serre mais je ne l'écoute pas et je réponds encore sur le ton de la boutade pour ne pas m'arrêter sur ses paroles :

— Eh bien c'est déjà ça ! Allez viens, partons d'ici avant que ce pont ne s'écroule !

Et sans même le réaliser, je lui prends la main pour l'entraîner avec moi. Et tout en marchant distraitement, je lui explique que la ville a pour projet d'ôter tous les cadenas et de placer des parois de verre sur la structure, afin d'éviter que les amoureux ne fassent perdurer la tradition qui s'avère aujourd'hui dangereuse pour l'édifice. Et alors que je me retourne vers lui, je le trouve dépité, arborant une moue de gamin :

— En l'espace de deux secondes, tu viens de briser l'un de mes projets les plus romantiques ! m'avoue-t-il.

Et je lui glisse dans un clin d'œil :

— Alors dépêche-toi de trouver ta moitié pour accrocher ton cadenas au plus vite !

À ces paroles sa main se resserre subrepticement sur la mienne mais je feins de ne pas le remarquer, tout comme je tais ce cœur qui s'affole dans ma poitrine en réponse. Et je continue de marcher à ses côtés avec toute l'insouciance que je suis capable de simuler.

Nous continuons notre balade et arrivons sous le pont Marie. Je réalise que cet après-midi va vite se transformer en enfer pour moi si je n'adapte pas un peu notre parcours. Parce qu'il semblerait qu'effectivement, ce ne soit pas seulement un mythe lorsque l'on dit que cette ville est vraiment faite pour les amoureux. J'ai l'impression qu'à chaque pas que nous faisons, peu importe où nous nous dirigeons, nous croisons un symbole pour tous les couples qui s'aiment et souhaitent se le prouver. Et me promener avec un homme qui n'est pas le mien s'avère de plus en plus dangereux. Parce qu'à chacune de nos rencontres, je réalise que j'oublierais presque toutes ces règles que je m'étais fixées et pourquoi. Mais surtout, j'oublie ce qu'Arya est en réalité pour moi, à savoir un client, et j'occulte volontairement la place qu'il tend à vouloir occuper dans ce petit cœur que j'aimerais pouvoir empêcher de se prendre à ce jeu auquel je refuse de jouer.

Arya lève la tête pour fixer la structure du pont et me questionne :

— J'ai entendu dire que selon la tradition, les amoureux qui s'embrassent sous ce pont doivent faire un vœu et que celui-ci se réalisera… Mais pourquoi ce pont plutôt qu'un autre ?

— Je n'en ai aucune idée ! avoué-je sincère. De toute façon c'est une tradition bidon !

Je grimace, il hausse les sourcils :

— Bidon ?

Je comprends alors qu'il n'a pas très bien saisi le sens de ce mot dans ce contexte précis et je lui explique :

— C'est une fausse tradition, si tu préfères !

C'est alors qu'il réduit la distance entre nous, sans pour autant me toucher. Mais il est pourtant si près que je dois lever la tête pour voir son visage et nos souffles se mêlent tandis qu'il murmure :

— Pourtant je meurs d'envie de t'embrasser, là, maintenant...

Sa voix n'est qu'un soupir et les battements de mon cœur s'affolent, désordonnés, chaotiques. Et à cet instant j'ignore ce qui finira par avoir raison de moi : l'arythmie dont je suis victime ou le fait que j'ai cessé de respirer. La chaleur moite de cette journée d'été me donne l'impression de me dissoudre sur place, à moins que ce ne soit le feu qui vient de s'embraser dans mes reins. L'air entre nous est comme saturé, il crépite et je pourrais presque voir les étincelles se former entre nos deux corps. L'intensité du moment est telle que je ne réfléchis à aucun moment avant de lui demander :

— Alors pourquoi tu ne le fais pas ?

Il s'approche encore de moi, son torse se collant presque à ma poitrine qui peine déjà à se soulever, et pose sa main sur ma joue, nos souffles s'entremêlant davantage jusqu'à ne faire qu'un tandis que la pulpe de ses doigts laisse une nuée de picotements sur mon épiderme. Plus que jamais nous respirons le même air. Mais je n'ai pas besoin qu'il réponde à ma question, j'en connais déjà la réponse. J'avais juste décidé d'attendre, de voir quand il se déciderait à me le dire de lui-même, plutôt que de lui en parler dès que j'avais su. Et c'est ce moment si particulier qu'il choisit pour me servir la triste vérité :

— Parce que j'ai payé...

Soudain ma dernière conversation avec Ekaterina me revient de plein fouet. Dès le départ le doute m'avait envahie et je ne m'étais pas trompée. Ma patronne m'avait rapidement confirmé qu'il continuait de payer et ce matin encore, comme avant chacune de nos rencontres elle m'avait appelée, la nouvelle était tombée comme un couperet, cinglante :

— Il a encore payé pour aujourd'hui…

Et alors que je meurs d'envie de réduire à néant cet espace qui nous sépare encore, je ne peux m'empêcher de lui demander :

— Arya, pourquoi tu continues alors qu'on avait convenu que tu ne le ferais plus ? On ne fait que se promener ! lui rappelé-je.

— Parce que tu prends de ton temps pour moi…

— Mais on est amis en quelque sorte, c'est ce que font des amis, ils passent du temps ensemble. Et on ne couche même pas ensemble !

— Peu importe ! s'insurge-t-il. Une Escort, à la base, est juste censée accompagner, on n'est pas obligés de coucher !

Son rappel me ramène à la vraie définition de ce métier, je sais qu'il a raison, j'ai parfois tendance à oublier que c'est en réalité l'Escorting qui couvre la prostitution, comme si les fondements de ce métier n'existaient plus du tout. Il soupire, continuant d'argumenter :

— Je crois que même toi tu as perdu de vue que ce que tu fais n'implique pas forcément d'avoir une relation sexuelle… constate-t-il agacé.

Mes yeux plongés dans les siens, je suis comme hypnotisée par ses paroles, elles me font l'effet d'une lame alors qu'il ajoute :

— De toute façon je ne coucherai jamais avec toi pour de l'argent…

Comme abasourdie tandis qu'il va au bout de sa pensée, je cligne des yeux et il réduit encore la distance entre nous, nos corps à présent parfaitement collés l'un à l'autre pour susurrer si près de mes lèvres telle une douce torture, sans même les effleurer :

— Si un jour je te mets dans mon lit, ce sera uniquement parce que tu en as envie. Pas parce que je te paie pour le faire…

Je bats des cils une fois encore, tentant de lutter contre cette pensée qui germe dans un petit coin de mon cerveau, qui s'insinue lentement en moi… Celle qui me chuchote que le résultat de tout cela sera forcément inéluctable. Il m'est impossible d'y penser. Je REFUSE d'y penser. Et je déglutis avec peine alors que son visage, si proche me tourmente en n'entrant finalement pas en contact avec le mien. Mon cœur tambourine dans ma poitrine, l'envie de lui se glisse en moi insidieusement, implacable, sans pitié. Pourtant je dois résister car lui ne me fera pas le plaisir de céder, je l'ai maintenant compris.

Son pouce caresse ma joue, torturant mes sens en éveil, nos regards arrimés l'un à l'autre. Et je crois que je vais défaillir lorsque ses lèvres s'approchent davantage des miennes sans les toucher et qu'il murmure au plus près de moi, nos respirations se mêlant une fois encore :

— Plus le temps passera, plus tu auras du mal à cacher à quel point tu as envie de moi…

À cet instant je réalise à quel point il dit vrai, je suis simplement incapable de répondre quoi que ce soit. Ses lèvres sont si proches qu'il me suffirait d'un rien pour pouvoir les toucher du bout des miennes. Pourtant il continue, implacable :

— Je ne sais pas ce qui te retient de t'investir dans une véritable relation, mais tu finiras par en avoir envie, je peux le sentir ! Je ne ferai rien pour te faciliter la tâche en entrant dans ton jeu… murmure-t-il encore. Et je peux te jurer qu'entre toi et moi, aucune relation sexuelle n'aura lieu sous prétexte d'argent, même si nous finissons par crever d'envie de nous jeter l'un sur l'autre !

Ma gorge est si serrée que je peine à avaler ma salive et la seule chose que j'arrive à articuler dans un souffle, c'est juste une parcelle de moi. Ce minuscule fragment que je parviens à lui concéder sous le poids d'un désir inassouvi mais qui pourtant représente tellement :

— Janelle… Je m'appelle Janelle…

Sous le coup de la surprise, je le sens tressaillir puis ses bras m'enserrent avec force. Et sans plus réfléchir je glisse les miens autour de lui pour répondre à son étreinte tout en posant ma tête sur son torse. Nous restons sous ce pont une éternité, enlacés, comme enchaînés l'un à l'autre. Je crois que c'est la première fois que j'aimerais qu'un moment que je partage avec un homme ne se termine jamais.

Chapitre 15

Demons – Imagine Dragons

L'été parisien déroule ses jours de canicule, parfois de temps grisâtre, d'orage, certains autres de chaleur humide et étouffante... Et ma vie, elle, trouve son rythme au gré de l'écriture de ma thèse, de la préparation des cours que je donnerai en tant que doctorante à l'université dès la rentrée prochaine, des rencontres avec le professeur qui dirige mon travail... Mais aussi des rendez-vous avec mon client autrichien, qui à mes yeux n'en est plus tout à fait un.

Pourtant, sur le papier, c'est bien ce qu'il reste, et uniquement parce que lui le souhaite. Je ne cesse de m'interroger : qu'en serait-il s'il cessait de payer pour nos journées passées ensemble ? En continuant de jouer le rôle du client, n'est-ce pas lui finalement, qui me protège de moi-même, de ce que je pourrais finir par ressentir ?

À plusieurs reprises cet été, ne voulant pas voir les avertissements du ciel, nous avons été surpris par un temps curieusement capricieux, capable de basculer en l'espace de quelques minutes seulement. Certains après-midis, nous nous sommes retrouvés trempés jusqu'aux os, devant trouver un café où nous réfugier, un quelconque bâtiment pour nous abriter...

Arya navigue d'une ville à une autre pour ses obligations professionnelles ou personnelles, mais pas une seule semaine ne se passe sans que nous ne nous voyions. Et petit à petit, au fil de nos rendez-vous, j'ose me dévoiler. Il s'intéresse à ma vie, à ce que je fais en dehors de l'Escorting. Je lui parle de mes études, je suis aussi intarissable sur le sujet que lui est curieux d'en savoir plus sur le domaine, mais surtout sur moi. Le plus surprenant étant qu'à aucun moment il ne me questionne sur mes motivations à vendre mon corps. J'ai presque l'impression qu'il respecte mon intimité, ma pudeur, comme s'il avait compris que ce qui m'anime est bien plus profond qu'un besoin d'argent ou la recherche du plaisir.

Toujours à ses délires, tentant de faire comme les autres millionnaires, il me brosse la description d'un yacht et d'une villa qu'il projette d'acheter à Ramatuelle, d'un appartement dans le quartier de Soho, à New York, d'un autre à Séville ou encore à Barcelone, d'un à Rome, d'un autre à Sydney. Il hésite, me propose d'y aller avec lui la prochaine fois pour l'aider à faire son choix. Je décline mais son discours et son comportement m'amusent autant qu'ils m'attristent. À le côtoyer, je réalise qu'il se satisfait des choses les plus simples qu'offre la vie sans faire aucun chichi, même si son argent pourrait lui procurer davantage. Pourtant dans sa quête du bonheur, il reste persuadé que se comporter comme les gens fortunés l'aidera à trouver ce qu'il cherche. Et si au fond de lui il sait pertinemment que ce n'est pas ainsi qu'il y parviendra, il persiste. Né dans une famille de classe moyenne, ses attentes sont étonnamment minimes et lorsqu'il manifeste un quelconque « désir » de riche, c'est juste pour faire comme les autres et « tester le baromètre du bonheur » comme il se plaît à le dire.

Ce soir nous dînons au *Copenhague* sur les Champs-Élysées (attention, d'après Arya, prononcer Keubn'haw'n !) juste pour vérifier si les Nordiques sont à la hauteur de leur réputation !

— Ne me dis pas que tu parles aussi danois ? l'interrogé-je presque déjà convaincue de la réponse.

— Pas très bien encore, rit-il. Je me mélange un peu… Comment dites-vous ? Les pédales ?

J'éclate de rire. Hilare, j'ai du mal à le corriger :

— Non, c'est les pinceaux ! On dit « se mélanger les pinceaux » et « perdre les pédales » ! me moqué-je.

Il sourit mais reste sérieux malgré tout alors que déjà il reprend :

— Bon… Bref ! Tu m'as compris ! Je me mélange un peu avec les autres langues que je connais déjà…

— C'est ça le problème quand on en parle déjà douze ! exagéré-je.

— Peu importe ! note-t-il en affichant un air mutin. Je compte bien y arriver tôt ou tard ! Il faut juste que je me mette à travailler pour de bon !

Je le couve du regard en souriant moi aussi :

— Ça a l'air tellement facile pour toi !

— Les langues, oui… me confie-t-il. Tu sais dans mon pays on en parle déjà plusieurs, alors… Quand on commence ce genre d'apprentissage petit, ça vient plus facilement…

Il marque une pause, embraye déjà :

— Et toi ? À part l'anglais ?

Je lui confirme doucement :

— Pour moi, juste l'anglais… Pour l'instant en tout cas. Peut-être qu'après ma thèse je consacrerai du temps à en apprendre une autre, je ne sais pas…

Il hausse les sourcils, s'étonne :

— À t'entendre, on dirait que tu travailles presque plus que moi ! J'ai toujours entendu dire que la psychologie était une filière garage pour les gens qui ne savent pas quoi faire… L'antre des procrastinateurs, en somme !

J'éclate une nouvelle fois de rire mais bizarrement, contrairement à la minute précédente, cette fois-ci il semble s'en offenser :

— Qu'y a-t-il de si drôle ? Ce n'est pas moi qui le dis, tu sais !

— Oui, je sais ce qui se dit, tenté-je pour adoucir. Ce n'est pas pour ça que je ris !

Je me tords, j'ai un mal fou à m'arrêter mais finalement je parviens à lui expliquer :

— Tu es parfois tellement drôle ! Tu as des doutes sur l'expression « se mélanger les pinceaux » et deux secondes plus tard, comme ça l'air de rien, tu me sors une phrase avec des putains de mots ! me marré-je encore.

Je prends une voix grave pour l'imiter :

— « ...l'antre des procrastinateurs » ! Est-ce que tu sais que bon nombre de Français qui utilisent l'expression « se mélanger les pinceaux » connaissent à peine le mot « procrastiner » ?

Il hausse les épaules en faisant la moue et je repars sur mes études. La conversation risque de n'en plus finir :

— Il est vrai que beaucoup d'étudiants s'y retrouvent un peu par hasard... Mais je peux t'assurer que lorsque l'on met le pied dedans, ce qu'on peut y découvrir est tellement varié et fascinant !

— Et toi ? me questionne-t-il. Est-ce également par hasard que tu y es allée ?

Je baisse les yeux quelques instants, juste une fraction de seconde avant de répondre avec par un sourire pour masquer les tourments qui m'envahissent :

— Moi non... C'était vraiment ce que je voulais faire...

— Explique-moi, alors..., m'intime-t-il.

Et je lui raconte :

— Je voulais essayer de comprendre les gens, les aider à se comprendre eux-mêmes, aussi...

— Et est-ce que tu as le sentiment d'y parvenir ? cherche-t-il à savoir soudainement curieux.

— Je crois...

Ses yeux plongent dans les miens et tout à coup, sans que je comprenne comment l'ambiance bascule entre nous.

— Et toi, Janelle... ? murmure-t-il.

— Moi ?

— Est-ce que tu parviens à te comprendre toi-même ?

Je cille, surprise par sa question. Je ne m'y attendais absolument pas et je prends une grande respiration avant de lui répondre tout en essayant de conserver un visage heureux :

— Joker !

Et je fuis comme je sais si bien le faire. Je détourne le regard pour observer la salle du restaurant. Le décor, moderne, dans des tons de gris et de beige est plutôt plaisant. On nous a installés sous une grande partie vitrée du sol au plafond. Le restaurant se prolonge dans une galerie de verre, abritée d'arbustes et les murs intérieurs, recouverts de miroirs, accentuent l'effet de grandeur de la salle.

Arya réalise que sans le vouloir, il a jeté un froid et change de sujet rapidement, tout en restant sur mes études :

— Qu'est-ce que vous étudiez, exactement ?

— C'est extrêmement vaste, reprends-je de nouveau presque intarissable. Il y a tellement de branches complètement différentes les unes des autres : la psychologie clinique, la psychologie cognitive, la psycho gérontologie, la neuropsychologie, la psychologie de la santé, du travail, la psychologie sociale…

— Oh la la, tu me parles chinois ! me coupe-t-il.

— Tu parles aussi chinois ? plaisanté-je encore, un grand sourire aux lèvres pour couper un peu le sérieux que j'accorde au sujet.

Un clin d'œil de sa part et je continue sur ma lancée :

— Moi, ce qui me passionne c'est l'analyse des relations entre les individus ! J'adore la neuroscience également ! lancé-je totalement enjouée.

Mais brusquement je prends conscience de m'être transformée en véritable moulin à paroles et soudain gênée, je ressens le besoin de me freiner, presque de m'excuser :

— Enfin ! Je vais arrêter de te parler de ça… Ça doit t'ennuyer.

Sans que je m'y attende, sa main se pose sur la mienne et je réprime un sursaut. Ce simple geste me fait l'effet d'une poussée d'adrénaline et je prends sur moi pour masquer mon trouble. Pourtant je ne suis pas certaine d'y parvenir vraiment, Arya arborant un sourire en coin satisfait. Je sais qu'il me provoque, qu'il cherche à me déstabiliser, à me faire craquer. Ne m'a-t-il pas dit que je finirais par céder ?

« Tu auras du mal à cacher que tu as envie de moi… Je ne ferai rien pour te faciliter la tâche… » me rappelé-je. Ses paroles me hantent chaque fois que son regard se fait plus ardent, se pose sur mon corps, sur mon visage. Je les connais par cœur, je les entends parfois dans la chaleur de la nuit, dans mes rêves érotiques…

Et si je ne parviens pas à me soustraire de son regard hypnotique, à détacher mes iris de ses lèvres qui m'attirent, je retire lentement ma main de la sienne, l'air de rien. Je sais qu'il remarque le subtil changement d'atmosphère, que c'était son but même. Pourtant il insiste comme si de rien n'était pour que je parle encore et je m'efforce de chasser de mon esprit les images indécentes que je viens de me projeter alors qu'il m'invite, souriant :

— Pas du tout, continue, je t'en prie ! C'est moi qui t'ai interrogée !

L'attitude que je m'efforce d'adopter est si naturelle, détendue… Pourtant elle est si loin de ce qui me dévore de l'intérieur en réalité lorsque je joue des sourcils, simulant un certain sadisme alors que son sourire reste énigmatique, que ses deux billes d'obsidiennes semblent toujours vouloir transpercer mon âme. Et je lâche en plaisantant :

— D'accord ! Mais tu l'auras voulu ! Ne viens pas crier au secours lorsque tu n'en pourras plus !

Il éclate de rire et comme à chaque fois qu'il le fait, mon cœur se réchauffe. Cet homme est diabolique, il sait attiser autant mon âme que mon corps qui brûle encore à cet instant des sous-entendus silencieux derrière ses gestes tendres. Et je reprends pour tenter d'éteindre mes braises intérieures par un sujet tout autre :

— Tu sais, il faut que je t'avoue quelque chose…

Je devine que je pique sa curiosité et j'enchaîne :

— Moi aussi je pensais pouvoir arriver les mains dans les poches, la première année… J'ai d'ailleurs eu mon bac un peu comme ça, sans trop forcer… J'estimais que je pouvais assister aux cours comme on visite un musée, je portais mon attention seulement sur ce qui m'intéressait et je délaissais le reste pour m'accorder des moments de rêverie…

— Toi ? Il t'arrive de rêver ? se moque-t-il à son tour. Mais de quoi ?

— Oh ! Ne te méprends pas ! ricané-je. Je parlais au sens propre, pas au figuré ! Je dormais littéralement pendant les cours !

Il éclate de rire et je l'accompagne de bon cœur, mais je redeviens sérieuse :

— Je me suis comportée en véritable touriste et je me suis rétamée en beauté, figure-toi ! Et je n'étais pas la seule ! Beaucoup abandonnent en cours d'année…

— Mais toi tu as continué…

— Oui… J'ai relativisé, j'ai rangé ma flemmingite aiguë au placard…

— Ta flemmingite ?

— Mon manque de courage, si tu préfères… en bref, après ça j'ai bossé ! J'ai dû arrêter de procrastiner ! prononcé-je de nouveau en mimant des guillemets dans un sourire.

Et je continue, toujours aussi bavarde sur le sujet :

— Tu sais, c'est assez compliqué de comprendre ce que l'on attend de nous au départ… D'un côté on nous demande d'être très scolaires mais de l'autre on doit se démarquer… il faut se cultiver de son côté, lire des articles, des bouquins, aller plus loin que ce qu'on attend de nous officiellement, en somme…

J'ignore pourquoi à ce stade de notre relation je me sens capable de mettre à jour certaines de mes faiblesses. J'ai envie, besoin de me mettre à nu, quelque part. Même si cela ne concerne qu'une infime partie de ma vie. Pas la plus importante, certes, mais peu à peu je me dévoile et je sais que c'est ce qu'il espère. Qu'il a depuis bien longtemps décelé mes failles même s'il n'en dit rien, et que si j'étais prête à m'ouvrir il serait là.

Jamais je ne serai prête, Arya, mais merci d'être là...

— Tu sais, avoué-je, j'ai envisagé d'arrêter moi aussi, de faire autre chose, parfois… Et puis je ne connaissais personne… Tu as dû remarquer que l'extraversion n'était pas ma qualité principale ?

Il pose sur moi un regard tendre, me sourit doucement sans rien dire pour m'encourager à continuer :

— … Mais j'ai tenu bon… J'ai pris du recul, j'ai persévéré et aujourd'hui je ne regrette rien.

— Et qu'aimerais-tu faire après ton doctorat ?

Je pousse un grand soupir :

— J'ai encore le temps d'y réfléchir, j'en ai pour quatre à six années mais j'aimerais beaucoup tenter le concours de maître de conférences… Aujourd'hui mes recherches en neurosciences portent sur des maladies comme Alzheimer, les troubles du sommeil, du comportement… Ça me passionne ! Mais il y a tellement d'autres choses que j'ai encore envie de découvrir ! Et puis il y a les quelques heures de consultation que je donne également à l'hôpital… Là aussi, j'ai l'impression d'être utile à quelque chose, d'aider les patients, tu comprends ?

— Et… est-ce que ça t'aide ? hésite-t-il brusquement. Dans ce que tu fais ?

Son visage devient livide et il marque une pause, se mordant la lèvre inférieure alors qu'il semble tergiverser. Puis il ose enfin aller au bout de sa question :

— Je veux dire… Tu sais ? Dans… ton activité ?

Je retrouve un certain sérieux pour lui répondre :

— La plupart du temps… Mais tu sais, je n'ai pas de super pouvoirs ni de baguette magique, je ne sais toujours pas lire dans les pensées des gens… Il m'arrive encore parfois de ne pas comprendre certaines personnes, de ne pas parvenir à analyser ce qui les motive… Mais aujourd'hui j'ai une perception du monde et des êtres humains très différente. J'ai appris à prendre du recul, à essayer de comprendre pourquoi certains agissent de telle ou telle façon, à ne pas juger trop rapidement… Je cherche à analyser les choses qui me paraissent étranges au premier abord…

Le serveur nous coupe, revenant vers nous pour la troisième fois, et nous rions, tout en nous excusant de ne toujours pas avoir fait notre choix, emportés par notre discussion. Parvenir à nous concentrer enfin sur le menu s'avère ne pas être une mince affaire mais nous parvenons finalement à opter pour un plat. Nous nous régalons tout en continuant à parler.

— Et toi Arya ? Qu'est-ce qui t'anime dans la vie ? Qu'est-ce que tu pourrais désirer que tu n'aies déjà ? osé-je lui demander. Tu as tout réussi…

Et alors que je pense qu'il va réfléchir avant de me donner une réponse, il me lance presque froidement du tac au tac :

— Je n'ai pas ce sentiment. Qu'ai-je réussi si ce n'est ma vie professionnelle ? se fâche-t-il. Rien de concret à mes yeux !

Je bats des paupières, prenant brutalement conscience de m'être aventurée sur un terrain glissant. Lors de notre première soirée il m'avait confié ne pas être heureux, que l'argent n'avait rien changé à ce fait, qu'au contraire c'était lui qui avait précipité son couple et depuis nous n'en avons plus parlé. Je regrette immédiatement d'avoir posé cette question. Pourtant j'essaie de tempérer. Maintenant que j'ai commis la boulette, trop tard pour revenir en arrière, il n'y a plus qu'à ramer :

— Pourquoi dis-tu cela ? Tu m'as confié avoir travaillé tellement dur pour y parvenir, tu devrais être fier ! Et aujourd'hui tu peux avoir tout ce que tu désires, tout ce dont les gens rêvent ! lui assuré-je d'une voix douce comme si cela pouvait suffire.

— En es-tu certaine ? me questionne-t-il à son tour en ancrant son regard au mien.

Une nouvelle fois l'ambiance a dangereusement basculé et il m'avoue avec sincérité :

— La seule chose qui me manque ne s'achète pas… Je ne suis d'ailleurs pas certain de parvenir à l'obtenir un jour…

Évidemment il est question d'amour et je me sens obligé de lui rappeler :

— Je suis confuse Arya, je ne voulais pas te rappeler que tu es seul mais ce n'est certainement pas en traînant avec moi que tu trouveras ce que tu cherches ! tranché-je, convaincue.

Ses yeux s'étrécissent et sa mâchoire se crispe alors qu'il semble peser ses mots avant de les lancer :

— Pourquoi ? Parce que même si je te paie ton cœur ne s'ouvre pas ?

Mon visage blanchit et son regard se durcit, tout comme ses paroles :

— N'est-ce pas ironique ? Tu laisses presque à penser que tu fais partie de ces personnes qui s'imaginent que l'argent peut tout offrir… Pourtant si tu vends ton corps le reste est cadenassé, ton cœur reste enfermé. Tu es la preuve vivante que les sentiments ne sont pas à vendre. Comme on dit l'argent ne fait pas le bonheur, il est ailleurs… Bien au-delà de ce qu'on peut se payer.

Je relève, amère :

— C'est ce que disent les gens qui en ont…

Mais il ne concède rien :

— Je n'ai pas l'impression d'être plus heureux maintenant que je suis riche qu'auparavant… Bien au contraire !

Il semble réfléchir, comme parti très loin dans ses pensées, puis reporte son attention sur moi :

— Mais toi, Janelle… Je pourrais te retourner la question. Qu'est-ce que tu attends de la vie ?

Mon regard se porte soudain sur une miette de pain égarée sur la table et s'y fixe. Tout me paraît soudain intéressant et me sert d'excuse pour éviter le regard percutant d'Arya. Je le sens peser sur moi à cet instant et je lui réponds doucement, sans relever les yeux vers lui :

— Moi ? J'ai déjà tout ce que je veux…

Heureusement pour la suite de cette soirée, Arya est quelqu'un d'enjoué, sa rancune n'est pas tenace et il ne se passe pas longtemps avant que sa bonne humeur ne refasse surface, entraînant la mienne. Le reste du dîner se déroule calmement sans faits notoires, tandis que nous abordons des sujets beaucoup plus légers et nous concluons notre repas sur une note favorable pour l'établissement, jugeant que nous pourrons y revenir avec grand plaisir.

Arya règle l'addition et nous quittons le restaurant tranquillement. Attendant sur la plus belle avenue du monde que Paul vienne nous chercher, nous continuons sur une discussion des plus anodines et, bon public, je souris largement à quelques-unes de ses imbécilités. Alors que nous voyons la voiture s'avancer devant nous, je sens sa main se poser tendrement au creux de mes reins. Et tandis qu'il m'enlace presque, je passe tout naturellement mon bras autour de sa taille sans me poser de questions. Cette proximité physique entre lui et moi me paraît chaque fois si naturelle, et c'est bien ce qui me fait peur. Car la façon dont je sens mon cœur s'emballer lorsqu'il me tient la main ou que je suis dans ses bras, ce que je ressens à chacun de ces moments, ce sont justement les sentiments que je cherche à rejeter depuis tant d'années.

Mais au moment où nous nous approchons du véhicule et qu'il m'ouvre la portière avec galanterie, j'entends quelqu'un hurler derrière moi :

— Tu t'es bien foutu de ma gueule, espèce de salope !

Je sursaute et lâche Arya pour chercher autour de moi à qui s'adresse cette charmante interpellation. Et lorsque je trouve je blêmis, incapable de répondre quoi que ce soit. Parce que cette douce petite entrée en matière était bel et bien pour moi…

— Raphaël ?

Mon ami est là, accompagné de deux autres garçons et s'approche à grands pas, les yeux rouges de colère. Visiblement ce soir ses propos ne seront pas amicaux :

— Madame ne voulait personne dans sa vie ! Hein ? Par contre un mec bourré de fric avec chauffeur, là, pas de problème !

Je cligne des yeux alors qu'Arya se rapproche de moi et resserre son étreinte dans un geste protecteur, tout en m'interrogeant :

— Il y a un problème, Janelle ?

J'ai soudain l'impression d'être un lapin pris au piège dans les phares d'une voiture. Je lève la tête vers lui mais reporte rapidement mon regard sur Raphaël, avant de revenir vers Arya :

— … Non, je… Je vais rentrer seule si ça ne te dérange pas…

Fronçant les sourcils, ses yeux quittent les miens pour aviser Raphaël un instant. Ses phalanges sont crispées à la portière de la limousine. Puis dardant de nouveau son regard sur moi il me murmure doucement :

— Je ne pense pas que ce soit une bonne idée de te laisser avec ce type…

— Je le connais bien, tenté-je de le rassurer. Ne t'inquiète pas, il ne me fera pas de mal.

Mon regard est presque suppliant, je ne veux pas qu'il se fasse du mauvais sang pour rien et je lui demande simplement :

— On se revoit bientôt ?

Il pince les lèvres :

— Je dois rentrer à Vienne demain, mais je t'appelle dès que je reviens sur Paris.

— D'accord…soufflé-je.

— Tu es sûre que ça va aller ?

— Oui, ne t'inquiète pas…

Il me serre dans ses bras, m'embrasse sur le front comme il le fait toujours avant de monter dans sa voiture et je ferme longuement les paupières pour lui confirmer qu'il peut partir tranquille. Et alors que je regarde le véhicule s'éloigner, Raphaël qui était resté silencieux pendant tout ce temps repart à l'attaque :

— Alors ? Qu'est-ce que tu vas me sortir cette fois-ci ? Que ce n'est pas ce que je crois ? Que c'est un riche cousin que tu n'as pas vu depuis longtemps ? Un frère dont tu ignorais l'existence et qui vient de te retrouver ? Ou attends ! J'ai mieux, je sais : un mec qui te paie pour sortir avec lui alors qu'il est canon ! Oui, ça doit être ça ! C'est un riche client pour qui tu écartes les pattes !

Je tressaille et cligne des yeux. Mon sang se glace dans mes veines. Je sais qu'il a dit ça uniquement pour me blesser et qu'il n'a absolument pas idée qu'il est dans le vrai. Mais soudain je n'y tiens plus. Je pourrais mentir encore, comme toutes les autres fois, lui sortir qu'Arya est un ami, inventer un énième bobard qu'il croirait peut-être… Pourtant ce n'est pas ce que je fais, parce que j'en ai assez. Acculée par tous ces mensonges dans lesquels je m'enfonce, me noie même encore et encore, je n'en peux plus et, sous le coup de l'émotion, je me mets à crier pour lui balancer la vérité au visage :

— Oui, oui, oui ! Oui c'est bien ce que tu crois ! hurlé-je. Oui je suis une Escort ! Oui je vends mon corps pour de l'argent, et oui il est mon client !

Lorsque je m'arrête, essoufflée, j'ai comme l'impression que lui va s'écrouler sous le choc de mes paroles. Blanc comme un linge, il reste là, scotché et la bouche ouverte de stupeur face à moi. Pensée futile : Je crispe tellement mes doigts autour de la bandoulière de mon sac que je ne sens plus le sang y circuler, mes jointures me font mal. Pourtant Raphaël se ressaisit rapidement alors que ses amis derrière assistent à la scène, impuissants. Et un sourire amer finit par naître au coin de ses lèvres alors que je continue :

— Est-ce que tu comprends maintenant pourquoi je ne veux pas de toi ? Je te l'ai dit, je ne suis pas une fille pour toi !

Mais alors que je pensais qu'il aurait enfin saisi, il rit jaune et la remarque qu'il me lance n'est pas exactement ce à quoi je m'attendais :

— C'est clair… Je ne fais pas le poids face à des millionnaires ! J'hallucine, putain !

Il semble réfléchir à ce qu'il va dire, mais apparemment il trouve sans trop chercher la répartie qui aura le plus gros impact sur mon âme déjà bien cabossée :

— Comme c'est drôle, tu ne trouves pas ? ricane-t-il. Ce mot, on l'emploie tellement souvent sans y faire vraiment attention ! Pourtant il n'a jamais aussi bien pris son sens. Il est même parfaitement approprié dans ton cas, non ?

Il rit encore. Et je peux lire le dégoût dans ses yeux, presque de la haine, si j'osais. L'espace d'une seconde, je décèle même du mépris dans sa voix. La bile me remonte jusque dans la gorge et des larmes me montent aux yeux à mesure que la honte me saisit.

De toutes les scènes que j'avais imaginées quand je songeais à révéler mon activité à mes amis, aucune n'avait la dureté de celle-ci.

Pourtant, qu'est-ce que je croyais ? Qu'ils me verraient toujours de la même façon après ça ? Qu'ils me prendraient dans leurs bras en me glissant au creux de l'oreille que ça ne changeait rien ? Mais naïvement j'ai encore un peu d'espoir, alors je supplie :

— Raphaël, j'ai besoin que tu me comprennes… Si je le fais c'est parce que je n'ai pas le choix !

— Pardon ? Pas le choix, tu en es certaine ? Cette solution m'a l'air d'être un peu une solution de facilité, non ? Et en plus tu m'as l'air de sacrément bien t'en sortir !

Il marque une pause puis reprend :

— Excuse-moi, ne le prends pas mal mais j'ai comme l'impression que ton niveau de vie dépasse de bien loin celui des filles qui ont « besoin » de se prostituer pour vivre ! Ton petit confort m'a l'air… Waouh ! J'ai même plus les mots ! Quand j'y pense… Quand je pense à la façon dont tu vis… Ça dépasse les petites passes vite faites de temps en temps pour payer les factures et boucler les fins de mois ! Tu m'étonnes que tu as réussi à te débrouiller pour ta thèse même sans bourse !

Il continue son monologue, et moi je suis paralysée, muette :

— Quand je repense à ton petit cinéma de la dernière fois pour nous attendrir sur ton job dans ce bar miteux ! Tu t'es bien foutue de notre gueule ! Mais finalement ta petite histoire n'était pas si loin de la vérité ! C'est peut-être même le truc le plus proche de la réalité que tu nous aies jamais servi depuis qu'on te connaît, hein ? Je me trompe ?

Il serre les poings et sa mâchoire se crispe. Je suis toujours sans voix, face à la violence de sa colère qu'il ne parvient plus à contenir.

— Merde, je suis trop con, j'aurais dû m'en douter ! L'histoire de l'appart de ta tante, tout ça c'était tellement louche !

Il vide son sac et je le laisse faire, si ça peut le soulager, parce que pour ma part, je crois que je peux endurer une fois encore ce type de douleur. J'ai déjà connu la haine, la honte et le dégoût et je m'en suis relevée, alors une fois de plus ou de moins ne changera malheureusement rien. Je survivrai, je le sais. Pourtant les larmes coulent d'elles-mêmes le long de mes joues sans que je parvienne à les retenir alors qu'il ne s'arrête plus de déverser son venin :

— Toutes ces belles paroles sur le fait que tu ne voulais pas de petit ami… Comme un con j'ai tout gobé ! Tu me dégoûtes espèce de sale pute !

Les mots sont durs. Bien qu'il ne dise que la vérité. Et pour moi c'est peut-être plus le ton acéré et haineux qu'il emploie que les mots eux-mêmes qui me font mal.

L'un de ses amis s'approche et tente de le convaincre de partir :

— Allez, Raph, on y va maintenant…

Il se laisse faire mais il m'assène le coup de grâce avant de tourner les talons :

— Arrange-toi pour que je ne te croise plus, sinon je te jure que je balance tout à tout le monde !

Après son départ, je reste sur le trottoir plusieurs minutes, en larmes, le regard perdu avant de réaliser ce qui vient d'arriver. Puis, lorsque je reçois un SMS d'Arya, je sors de ma trance :

* Est-ce que tout va bien ?

Je lui réponds que oui, je ne veux pas l'inquiéter. Puis j'appelle un taxi pour rentrer…

Chapitre 16

With you – Tyler Shaw

— Après la Cité des Sciences et le Palais de la Découverte, nous aurons visité tout Paris dans les moindres recoins ! Même ceux que personne ne connaît !

Arya me coule un clin d'œil en arborant son plus beau sourire, faisant référence avec amusement à un après-midi où nous avions décidé de marcher sans but, comme ça, juste pour flâner et nous promener dans les rues… Sauf qu'à trop vouloir sortir des sentiers battus, nous avions fini par atterrir involontairement dans un quartier un peu glauque. Les ruelles étroites et sombres, ornées de dessins douteux que l'on ne pouvait même pas qualifier de « tags » faits à la bombe nous avaient projetés dans une ambiance inquiétante. Le style d'endroit un peu coupe-gorge où une vilaine racaille se fait trancher la carotide ou couper deux doigts sous le regard enchanté du caïd qui entend se faire respecter, montrer à ses sbires qui est le patron. Ces histoires de petites frappes dont on n'entend pas parler à la télé. Pas assez intéressant.

Les types que nous y avions croisés ce jour-là n'inspiraient vraiment pas confiance et j'avais été ravie d'être accompagnée, même si Arya n'avait pas l'air bien plus rassuré que moi. Nous nous étions empressés de quitter les lieux pour retrouver « le beau Paris », et avions fini par plaisanter de cette mésaventure en nous promettant presque de la recommencer, histoire de se donner du frisson les jours d'ennuis.

Depuis l'altercation avec Raphaël sur les Champs, Arya, inquiet, s'est mis à m'appeler ou à m'envoyer des messages tous les jours, juste pour savoir si j'allais bien. Pour autant, il n'est jamais rentré dans les détails sur cette interpellation « musclée ». Inutile en effet de se poser la question du sujet évoqué après son départ. Je suppose que le passage contenant « espèce de salope » avait été assez explicite !

Ce soir, il a réservé au Moulin Rouge. C'est la première fois que je m'y rendrai, je ne peux même pas me targuer d'avoir déjà vu le spectacle. J'ai décidé de porter à nouveau la robe qu'il m'a offerte pour notre première soirée, et le regard plein d'envie qu'il pose sur moi lorsqu'il vient me chercher ne m'échappe pas. Lui porte encore ce smoking qui a l'air de tellement l'étouffer, et le voir sans arrêt écarter le nœud qui lui enserre le cou comme s'il l'étranglait me fait tout autant sourire que la première fois.

Arrivés bien avant le spectacle on nous conduit dans les coulisses pour un rapide moment d'échange avec les Doris Girls and Dancers. Pleinement concentrés ils ont tous déjà revêtus leurs tenues de scène. Lorsque nous nous déplaçons, Arya pose sa main dans le bas de mon dos, chaque fois un frisson me traverse. Pourtant je sais que je ne dois pas y prêter attention, que je ne dois pas écouter les réactions de mon corps lorsque ses doigts effleurent ma peau nue, juste à l'orée du morceau de tissu qui recouvre ma chute de rein.

Après la visite des loges, nous découvrons un espace dédié aux treize légendes qui ont fait la renommée du cabaret. La salle dresse les différents portraits de ces artistes aujourd'hui connus mondialement et presque tous disparus, de La Goulue à Édith Piaf, en passant par Montand et Line Renaud.

Un peu avant l'heure du spectacle, un maître d'hôtel nous conduit par une porte dérobée au balcon VIP où l'intimité est de mise, une vingtaine de personnes seulement y ayant accès, et on nous propose deux coupes de champagne. Comme d'habitude je ne décline pas, mais Arya a remarqué dès le premier soir que je n'y touchais jamais :

— Nous avons déjà évoqué le sujet de l'alcool, je sais que tu n'en bois pas mais… Je ne sais pas pourquoi, j'ai l'impression que chez toi, cela n'a rien d'anodin…

— C'est vrai…

— Pourquoi ça ? Explique-moi, ose-t-il soudain.

Je me décide à lui concéder :

— Parce que je veux pouvoir garder le contrôle, tout simplement ! L'alcool a ce pouvoir sur les gens de désinhiber leurs comportements, de les faire se sentir si puissants qu'ils ont l'impression que rien n'est grave. L'alcool peut te faire commettre des choses que jamais tu ne ferais en temps normal, et ça je m'y refuse. Je veux rester la seule maîtresse à bord.

Il se tourne un peu plus vers moi, plonge ses yeux sombres dans les miens :

— Si tu crois que tu peux tout contrôler, c'est une illusion, juge-t-il. Alcool ou pas alcool, tu ne peux pas tout maîtriser. Si tu le crois vraiment, tu te fourvoies !

Et je lui mens :

— Jusqu'ici j'y suis toujours parvenue et je compte bien continuer !

Il s'approche encore de moi, je sens son souffle chaud effleurer mes lèvres et la tension qui m'habite à cet instant est presque palpable. Je crois qu'elle transpire de tout mon être au moment où il me questionne sans détour, ses billes noires plantées dans mes iris :

— Et les sentiments dans tout ça ? As-tu réellement l'impression de toujours parvenir à maîtriser ton affect ?

Mon cœur bat si vite et si fort que j'ai soudain l'impression que toute la salle peut l'entendre. Mais notre discussion s'arrête ici. Heureusement pour moi. Les lumières de la salle s'éteignent et le rideau se lève alors que les danseurs apparaissent déjà dans leurs habits de lumière. La troupe Féerie au complet entre en scène sous les yeux médusés et admiratifs du public et les spectateurs ne cessent d'applaudir alors que lui et moi restons les yeux dans les yeux, comme coupés du monde. De longues secondes se passent et finalement c'est moi qui baisse le regard la première, me tournant vers le spectacle, car lui n'a pas l'air décidé à céder une once de terrain.

Les tableaux se suivent, tous aussi féeriques les uns que les autres et nous sommes finalement transportés par l'effervescence et la magie du spectacle, les plumes flamboyantes virevoltant autour des danseurs exécutant leurs pas sans aucune erreur, tout comme la musique se joue sans fausse note.

Arya me jette des regards réguliers, sourire aux lèvres, souhaitant certainement s'assurer que je passe un bon moment. Le repas est lui aussi à la hauteur de l'endroit : langouste tiède, faux-filet accompagné de mangues et d'avocat… Le traditionnel fromage sert d'introduction au dessert, la tarte soufflée chocolat-citron vient combler nos papilles aussi délicieusement que les macarons qui la suivent.

Le dernier tableau est époustouflant et c'est sous une *standing ovation* que la troupe quitte la scène, laissant des étoiles plein les yeux au public sur leur passage. Arya semble aussi enchanté que moi de notre soirée, mais alors que je pense qu'il va me raccompagner comme chaque soir, il me glisse au creux de l'oreille tout en me tenant par la taille comme à son habitude, alors que nous patientons à attendre la voiture :

— Ce soir tu restes avec moi…

Mon cœur s'emballe et je sens le rouge me monter aux joues. Pourtant je sais que rien ne se passera ce soir. Il a payé. Comme tous les autres jours. Et il a été clair sur le sujet : rien ne se passera entre lui et moi tant qu'il le fera.

J'ai parfois un pincement au cœur en m'imaginant que c'est une façon de nous maintenir à distance l'un de l'autre. Et je me demande pourquoi il le fait. A-t-il peur de souffrir lui aussi ? Ressent-il le besoin, tout comme moi de se protéger de sentiments qu'il ne veut pas ressentir ? A-t-il compris tout comme moi qu'une histoire entre nous ne pourrait mener à rien et qu'il vaut mieux nous en préserver ?

— Où m'emmènes-tu ? le questionné-je.

— J'ai trouvé un super endroit, tu vas voir !

— Très bien, alors je te suis, je te fais confiance !

Paul, le chauffeur, arrive seulement quelques secondes plus tard. Il ne descend jamais de la voiture pour nous ouvrir la portière. Arya le lui a formellement interdit. Encore un truc de riche auquel il a du mal à se faire. Il considère qu'il peut l'ouvrir seul et se refuse d'autant plus à me faire attendre sur un trottoir lorsque le temps est glacial, préférant gagner du temps en le faisant lui-même.

Nous arrivons rue de Parme, devant un hôtel dont la façade est illuminée de spots dans des tons mauves qui lui confèrent une ambiance à la fois moderne et romantique. L'établissement ne comporte que peu d'étages et Arya m'explique le concept de l'hôtel Design Secret de Paris. Chacune des chambres est décorée selon un thème représentant un lieu emblématique de la ville.

Ainsi la chambre « musée d'Orsay » possède en tête de lit une horloge monumentale, la chambre « tour Eiffel » laisse l'impression de réellement surplomber la ville, la chambre « Atelier d'artiste », véritablement installée sous les toits est ornée de tâches de gouache et de toiles vierges, et la chambre « Trocadéro », rappelant les prodigieux vitraux, est harmonieusement habillée de motifs art déco noirs et or. Il y a même une chambre « opéra Garnier » avec ses chaussons de danse et une barre d'exercice.

Alors que nous nous présentons à l'accueil pour récupérer le pass, Arya me révèle dans un mouvement de sourcil joyeusement éloquent :

— Nous avons la chambre « Moulin Rouge » pour terminer la soirée !

Encore submergée par la folle ambiance du cabaret, je suis complètement éberluée de découvrir son décor en y pénétrant. Les murs et les rideaux rouge feu me projettent de nouveau dans l'atmosphère que nous venons de quitter. L'illusion est parfaite. Au-dessus du lit, trois fausses lucarnes laissent apparaître les ailes du Moulin comme vu de l'intérieur des lieux. Je suis saisie par l'impression que les danseuses vont bientôt débarquer dans un french cancan endiablé. Complètement hypnotisée par le décor je mets un moment avant de réaliser qu'évidemment, il n'y a qu'un seul lit… Que nous allons devoir partager…

Sur l'instant, saisie par cette pensée abrupte je suis prise par la soudaine envie de fuir, assaillie par ce sentiment que tout est allé déjà beaucoup trop loin et que je dois tout arrêter pendant qu'il en est encore temps. Mais Arya m'extirpe de mes rêveries :

— Ce n'est pas ce qui se fait de plus cher comme hôtels, mais je trouve la décoration et le concept intéressants, j'ai eu envie d'essayer. Et puis… tu m'as fait découvrir toute la ville, alors quand j'ai eu connaissance de ce lieu j'ai eu envie de partager un moment ici avec toi !

Sans trop faire attention aux termes que je peux employer, encore peut-être sous le coup de mes pensées secrètement tournées vers lui sans vraiment le réaliser, je relève, excitée comme la gamine que je n'ai jamais été :

— Viens, on va tester la literie pour voir !

Mais à l'instant où je prononce ces mots, je réalise l'ampleur de la boulette monumentale que je viens de faire et je rougis. Je sens que je me noie, je coule littéralement et je tente de me rattraper à la berge comme je peux. Je retire mes chaussures et saute alors sur le lit, faisant mine de vouloir y rebondir comme le font les gosses :

— Allez viens ! On va voir si cette chambre vaut son prix !

Arya se prend au jeu et nous partons dans un délire enfantin qui me fait du bien. Et visiblement à lui aussi puisque la minute suivante, je me retrouve pratiquement assommée par un oreiller, nous terminons dans une bataille de polochons mémorable, riant comme des fous. Je réalise que j'ai beau avoir 26 ans, jamais je ne me suis autant amusée. Le rire d'Arya me transporte ailleurs. Un ailleurs que je préférerais ne jamais connaître sous prétexte que ce que l'on n'a jamais connu ne peut pas nous manquer.

Essoufflée, je lève le drapeau blanc :

— Je me rends ! Tu as gagné !

Je m'allonge sur le dos, tentant de retrouver un rythme de respiration normale alors qu'il s'assoit par-dessus moi en vainqueur, le sourire aux lèvres, prêt à frapper encore malgré mon abandon :

— Je le savais, tu es faible !

Mais au moment où ses yeux croisent les miens et s'embrasent, tout change. La gêne m'envahit, ma respiration se fait filante alors que mon cœur ne parvient pas à ralentir sa course. Devinant mon trouble, il s'allonge alors à côté de moi sans un mot, me laissant un certain répit. Nous restons là de longues secondes à nous observer le cœur battant, sa cage thoracique se soulevant aussi vite que la mienne, sans que l'un de nous ne prononce quoi que ce soit. Les sourires que nous arborions l'instant d'avant se sont effacés pour laisser place à quelque chose d'indéfinissable mais pourtant palpable. Quelque chose qui s'empare de moi dès que je suis en sa présence.

Quand je suis avec lui je me sens tellement vulnérable, si peu sûre de moi. Comme si d'un souffle il réussissait à faire s'écrouler les murs que j'ai érigés autour de mon cœur. Il me fait perdre tous mes moyens, me pousse dans mes derniers retranchements. Il m'amène exactement là où je ne veux pas aller, et ça a l'air si facile pour lui d'y parvenir. C'est comme si d'un simple battement de cils il effaçait tout ce pour quoi je me suis battue depuis tant d'années. Lorsque je suis face à lui, tout ce contre quoi j'ai tenté de me protéger semble une cause perdue. Lorsqu'il plante ses yeux au fond des miens, la lutte que je mène contre les sentiments que je pourrais ressentir pour un homme semble tellement vaine que j'en étoufferais presque.

Et à cet instant, je crois que je ne suis plus maîtresse de moi-même. Mon cerveau a comme quitté ma tête, laissant mon corps aux commandes, comme guidé par le désir d'éprouver des sensations nouvelles et ma main s'approche lentement de son visage pour le caresser. Il se laisse faire sans rien dire, sans bouger. Je décèle sa respiration qui s'accélère encore, je devine qu'il tente de la maîtriser pour me le cacher.

Nos regards ne se quittent pas, ancrés l'un à l'autre depuis ce qui me semble une éternité, et je crois que mon naufrage est proche. Mon pouce suit la ligne de sa mâchoire pour venir s'échouer sur ses lèvres qu'il entrouvre en réponse à mon geste. Et je quitte soudain ses yeux pour ne voir plus que sa bouche qui m'appelle. Mais au moment où j'approche mes lèvres des siennes, nos souffles se mêlant pour ne plus faire qu'un, sa voix tranche le silence :

— Non…

Je cligne des yeux plusieurs fois rapidement, comme abasourdie. Et sans que je lui pose aucune question, il me rappelle la raison de ce refus :

— J'ai payé…

Je me remémore soudain ses paroles, cinglantes, me ramenant à ma condition et au contexte de notre rencontre : « Si un jour il se passe quoi que ce soit entre toi et moi, c'est parce que tu le voudras, pas parce que je te paie pour ça ». L'espace de quelques secondes, j'ai tout oublié…

À cet instant, je suis incapable d'ajouter quoi que soit. Pourtant j'aimerais lui crier que malgré les sommes qu'il s'évertue à verser à l'agence d'Ekaterina, tout cela j'en ai envie. Je ne le fais d'ailleurs que pour cela. Parce que j'ai envie de le voir. J'ai même transgressé la plus importante de toutes mes règles pour être avec lui. J'aimerais lui hurler de reprendre son argent, et pouvoir enfin assouvir le désir que j'ai de lui. Pourtant je n'en fais rien, je tente de ravaler en silence la boule qui entrave ma gorge et je ferme les yeux pour cacher les larmes qui commencent à monter alors que je tourne la tête dans la direction opposée pour qu'il ne voie plus mon visage.

Je l'entends alors se relever et partir dans la salle de bains. Lorsque je réalise qu'il est de nouveau près du lit, je rouvre les yeux, et tourne de nouveau la tête vers lui pour constater qu'il a rapporté deux peignoirs. Je crois qu'il a tout simplement décidé de m'achever lorsqu'il me précise :

— Il y a un sauna et un jacuzzi, tu viens ?

Je tente d'opter pour le ton de la plaisanterie, pourtant la tension est encore palpable entre nous :

— Quand tu m'as dit que tu ne me faciliterais pas la tâche, tu ne plaisantais pas… soupiré-je.

Un petit sourire se dessine au coin de ses lèvres et je lui demande :

— Pourquoi tu fais ça ? Ce serait tellement facile pour toi d'arrêter de payer et de me mettre dans ton lit ! Ensuite tu repartirais comme tu es venu et tout serait terminé, tu obtiendrais ce que tu souhaites…

Il me fixe une fois encore, plongeant ses yeux dans les miens :

— Parce que tu crois que tout ce que je veux c'est coucher avec toi ? crache-t-il. Qu'une fois que ce sera fait, tu n'entendras plus jamais parler de moi ? Revois tes cours, madame la psychologue, car dans ce cas tu m'as très mal cerné !

Tellement vexée qu'il remette mes compétences professionnelles en question, je ne m'interroge pas plus sur le sens de ses paroles, sur ce qu'elles pourraient impliquer.

— En vérité, je ne sais pas ce que je crois… soufflé-je.

Il grimpe sur le lit et s'approche de moi, lentement, à genoux, presque aussi sauvage qu'un animal :

— Alors laisse-moi te dire pourquoi je fais ça… murmure-t-il.

Je déglutis avec peine, j'ai un mal fou à avaler ma salive à mesure qu'il approche encore. L'air se raréfie entre nous, je me sens proche du malaise tant mon cœur bat :

— J'ai envie de toi à en crever ! Ne crois pas que je te repousse parce que je ne te désire pas, parce qu'en réalité je te désire à chaque instant, chaque minute, chaque seconde que je partage avec toi…

Je crois que je vais défaillir à ces paroles. Si je n'étais pas déjà allongée sur ce lit, je pense que mes jambes céderaient sous mon poids. Et je me demande qui de nous deux est le psy, parce que lui m'a parfaitement cernée et je l'écoute m'avouer à quel point il a envie de moi, d'être à mes côtés plus que tout autre chose :

— … Mais ce dont j'ai envie plus encore, maintenant que je te connais davantage, c'est que tu te livres à moi. Depuis le premier jour je décèle cette petite étincelle que tu essaies de faire disparaître. Mais elle est là… C'est pour elle que je me bats. Et j'ai bien l'intention de le faire jusqu'à ce que tu laisses cette étincelle exister, que tu t'abandonnes complètement. Je te veux comme jamais je n'ai voulu personne, et je te veux tout entière. Et tant que je ne sentirai pas que tu es prête à t'abandonner à moi pour de bon, je paierai… Je paierai jusqu'à ce que tu sois capable de te libérer des chaînes que tu t'es toi-même imposées. Et même s'il faut du temps, et sauf si tu me dis que je me trompe sur toute la ligne, je n'abandonnerai pas… J'attendrai que tu sois prête et que tu veuilles être avec moi.

Je m'assois presque en furie dans le lit et je lui lance au visage en criant :

— Mais tu ne comprends pas ? Je ne peux pas être avec toi ! Ni avec toi, ni avec personne !

Il s'approche alors encore de moi et me prend dans ses bras. Je m'y blottis pour cacher mon visage, je ne veux pas qu'il voie les larmes que je cherche à retenir. Parce que ce qui est le plus horrible dans tout ça, c'est que celui qui cause ma peine est aussi le seul qui puisse l'effacer, et il murmure à mon oreille :

— Tu en as déjà envie… Tu refuses juste l'idée.

Et au fond de moi, tout au fond de moi, dans un recoin si retranché que personne avant lui ne l'a vue, cette petite étincelle qu'il a si justement perçue sait qu'il a raison.

Chapitre 17

Hurts so good – Astrid S

Nous abandonnons finalement l'idée du spa. Je crois qu'Arya comprend que ce serait plus que je ne pourrais en supporter pour la soirée. Pourtant il me semble qu'il a décidé de me torturer malgré tout avec ses regards de braise et ses sourires ravageurs, mais j'ai finalement décidé de riposter. S'il paraît que la meilleure des défenses c'est l'attaque, du fait d'avoir été attaquée la première, je n'ai maintenant plus d'autre choix que de jouer avec les mêmes armes. Et je réfléchis à ce que je peux mettre en place pour parvenir à résister, ou bien à le faire plier à mes conditions comme il essaie de le faire avec moi.

Après ma douche, je me glisse nue dans les draps, l'attendant nerveusement alors qu'il est à son tour dans la salle de bains. J'ai décidé d'essayer de mettre moi aussi ses nerfs à rude épreuve, de voir lequel de nous céderait le premier. Et à cet instant, il n'a encore aucune idée du fait que je compte également participer à ce petit jeu auquel il a décidé de se livrer le premier. Et à cela, j'ai une excuse : je pensais rentrer chez moi ce soir, je n'ai pas d'autres vêtements que ma robe de soirée…

Lorsqu'il se dirige vers moi, vêtu d'un simple caleçon, j'admire son torse sculpté alors que je le découvre pour la première fois. Je ne peux m'empêcher de le mater, le dévorant presque des yeux sans discrétion, tout scrupule ayant quitté ma personne à cet instant. Je passe ma langue sur mes lèvres, m'en mords la partie inférieure en pensant à tout ce que je pourrais lui faire avec. Lorsqu'il écarte les draps pour se glisser dans le lit et qu'il me découvre dans le plus simple appareil, je savoure mon petit effet, remarquant rapidement que « petit » n'est pas exactement le terme adéquat que je puisse employer. Sa pomme d'Adam monte, descend avec peine. Je ne peux réprimer le sourire que pourtant j'essaie de masquer.

Il entre lui aussi sous les draps rapidement et reste le plus loin possible de moi. Si je n'avais pas autant envie de lui sauter dessus, j'aurais été capable d'éclater de rire. Mais je ne perds pas mon objectif de vue et je m'approche de lui doucement, sans pour autant le toucher.

Je savoure ma maigre, mais première victoire tout de même et je décide d'enfoncer le clou pendant que j'ai l'avantage, profitant de mon petit effet de surprise :

— Excuse-moi, mais… Tu n'avais pas dit que si un jour tu me mettais dans ton lit, il ne serait pas question d'argent ? plaisanté-je.

Il déglutit avec peine et je continue, mes yeux ancrés aux siens alors qu'il voit déjà parfaitement où je veux en venir :

— Il me semble que tu as payé pour aujourd'hui… Et il me semble aussi que là, tout de suite, je suis dans ton lit… N'est-ce pas ?

Mon sourire s'agrandit, devenant presque sadique alors que j'ajoute :

— Alors, Monsieur Leiner, ne serait-ce pas ce qui s'appelle être pris à son propre piège ?

Il étrécit les yeux mais décoche malgré tout un sourire tout en parvenant à maîtriser sa respiration :

— Tu es redoutable…, murmure-t-il.

— Tu n'as pas idée…, soufflé-je en retour.

— Fais attention, à ce jeu-là tu pourrais bien perdre…

Son regard navigue de mes yeux à mes lèvres, et je profite de ce moment d'inattention pour lui asséner un nouveau coup. Dans un mouvement vif, je m'installe à califourchon sur lui. Il n'est pas nu, mais moi je le suis. Et ce que je sens de lui à cet instant, là, sous moi, me fait dire que je n'ai certainement plus beaucoup d'efforts à fournir pour qu'il ne finisse par craquer. Je plaque alors ses mains sur l'oreiller juste au-dessus de sa tête, le dominant de toute ma hauteur, de tout mon corps :

— Alors, Monsieur Leiner, qui est celui qui va s'abandonner à l'autre ce soir ?

Ses yeux s'assombrissent encore telles deux billes d'onyx qui me dévisagent et je plonge dans leur profondeur. Sa respiration n'a jamais été aussi rapide, et je vois ses yeux glisser partout sur moi. Ma bouche, mon cou, mes seins, mon ventre… Le Saint Graal… Son regard me passe au crible des pieds à la tête, je sens qu'il meurt d'envie de me toucher mais je le retiens. Les mots peinent à venir et essoufflé il parvient tout juste à me dire :

— Arrête de m'appeler Monsieur Leiner… Ça m'excite !

Et je joue davantage, m'approchant de son oreille pour lui susurrer, lui murmurer :

— Monsieur… Leiner…

Mais soudain, sans que je l'aie vu venir il m'éjecte et je me retrouve un mètre plus loin à l'autre bout du lit, alors que lui court jusqu'à la salle de bains. Et je réalise ma stupidité, l'ampleur de ma naïveté. Qu'est-ce que j'ai cru ? Je ne suis qu'une plume face au vent. Il est évident qu'il a beaucoup plus de force que moi et que si j'ai réussi à le maintenir dans cette position, c'est uniquement parce qu'il avait envie d'y être. Lui aussi aime jouer, je crois même qu'il aime le danger encore plus que moi…

Quelques secondes plus tard, j'entends la douche couler de nouveau. Lorsqu'il revient pour se glisser encore une fois dans le lit à mes côtés, il me tourne immédiatement le dos et j'ai tout juste droit à un « bonne nuit » aussi froid qu'un vent venu du Groenland. J'ai perdu. Pour ce soir, en tout cas mais j'aurai d'autres occasions, j'en suis persuadée. Ne suis-je pas une professionnelle du sexe, à la base ? Juliette a raison, j'ai visiblement perdu la main. Si je venais à lui raconter mon nouvel échec cuisant, je me ferais encore chambrer.

Mais ce soir je m'endors presque paisible, avec juste une légère inquiétude. Je pourrais encore une fois faire un cauchemar alors qu'il est à mes côtés, ce qui ne ferait que l'amener à se questionner davantage. J'espère ne pas parler dans mon sommeil. Et je traverse finalement une nuit paisible, rassurée, sachant que même si nos deux corps ne se touchent pas, il est là, juste à côté de moi et que demain à mon réveil je l'y trouverai. C'est la plus belle de toutes les consolations.

En proie à des pensées impures alors que nous n'étions même pas en contact physiquement, je m'endors pourtant rapidement sans me réveiller jusqu'au lendemain.

*

Lorsque je m'éveille, que je réalise dans quelle position nous nous trouvons, mon cœur manque un battement. Nous sommes allongés en cuillère, lui derrière moi, ses bras m'enlaçant, me serrant tout contre lui. Dans notre sommeil, nos corps sont parvenus à se trouver, se rejoindre et j'ignore si c'est le fait d'être nue, mais mon désir de lui est déjà si intense alors que je sors tout juste du sommeil, que mon bas ventre s'embrase. Je caresse son bras doucement, je chuchote sans bouger par peur de le réveiller :

— Tu dors encore ?

— Non…

Je me tourne alors vers lui lentement, nos yeux se trouvent immédiatement, sans hésiter.

— Bien dormi, Monsieur Leiner ?

Il étrécit les yeux :

— Arrête ! grommelle-t-il.

— Tu l'as dit toi-même… Je suis redoutable !

Il soupire et passe de nouveau ses bras autour de moi pour m'approcher de lui, me serrer plus fort et je réponds à son étreinte avec délice, le cœur battant. Pourtant j'aimerais qu'il se calme mais lorsque je suis avec Arya je ne sais visiblement plus comment parvenir à le dompter.

Plus les jours passent, plus je sais que je vais devoir prendre une décision irrévocable, parce que je sens bien que contrairement à ce que j'avance, Arya a raison, je ne maîtrise déjà plus rien. Dans un mouvement de panique, je m'écarte de lui et sors du lit sans même le regarder, le laissant surpris par ma soudaine réaction. Dès que mes yeux sombrent dans les siens, je suis perdue. Ma seule parade reste la fuite.

Je prends une douche rapide et m'enveloppe dans un peignoir. Puis, toujours sans lui jeter le moindre regard, je parcours la chambre des yeux à la recherche de ma robe de soirée. Quand je tombe finalement dessus je réalise qu'elle est froissée. Maltraitée, laissée en boule sur l'assise d'un fauteuil, je regrette le sort que je lui ai infligé, je vais devoir la remettre pour rentrer chez moi. Mais suivant mon regard et devinant ma problématique, Arya me prévient :

— Je vais te faire apporter des vêtements, nous avons quelque chose de prévu aujourd'hui.

Je hausse un sourcil interrogateur dans sa direction, cherchant à connaître le programme du jour mais il n'est déjà plus là, parti dans la salle de bains à son tour. Quand il en sort seulement quelques minutes plus tard, avec seulement une serviette nouée autour de la taille, je crois que je vais défaillir. Je parcours son torse du regard sans aucune gêne, mes pupilles suivant avec délice les lignes sculptées de ce corps qui me tente tant mais dont je peux seulement me régaler visuellement. À cet instant, j'ai le sentiment d'être au régime et de baver devant une pâtisserie. Être ainsi face à lui sans pouvoir le toucher se révèle être une véritable torture.

Il évolue dans la pièce avec une nonchalance feinte quand soudain sa serviette se détache et tombe au sol, offrant l'intégralité de ce que je convoite à mes iris déjà complètement rivés sur lui depuis ce qui me semble une éternité. Si l'enfer existe, je crois que je m'y trouve en ce moment même. Et effectivement, il y fait une chaleur torride, la tentation y règne en maîtresse des lieux. Je sais qu'il fait tout cela exprès, pour me tenter tout comme je l'ai fait. Il se venge pour hier soir, j'en suis certaine et c'est de bonne guerre.

Il ramasse son drap de bain l'air de rien :

— Mince, désolé d'avoir à te faire subir cette vision… s'excuse-t-il faussement, badin. Ça ne tient jamais ces trucs-là, j'aurais dû mettre le peignoir !

Je peine à respirer mais j'essaie de le lui cacher tandis que je sens cette douce chaleur se répandre en moi, de mon bas ventre à ma poitrine, puis remonter sur mes joues. Et je demeure incapable de dire quoi que ce soit. Ma bouche est aussi sèche que si je traversais un désert. Je suis en enfer mais le feu n'est pas à l'extérieur, il vient de moi et je crois que je vais mourir de combustion spontanée sous peu.

Je force mes yeux à remonter rapidement vers son visage. « Rapidement » n'étant peut-être pas exactement le terme approprié et je repère ce petit sourire carnassier se dessiner au coin de ses lèvres tentatrices. Ses yeux fondent dans les miens, et sans pour autant replacer la serviette qu'il tient à présent dans ses mains, il se tourne et repart dans la salle d'eau, m'offrant ainsi le côté face pour me laisser découvrir totalement l'objet de mes désirs les plus fous.

Je suis bel et bien en enfer et le diable s'amuse avec moi, joue avec mes nerfs. Il aime jouer, c'est très clair. Et il ne compte pas me faire de cadeau, je le sais. Il m'a prévenue. Et si maintenant je ne sais plus vraiment qui a déclaré la guerre, il est certain que l'autre a pris les armes pour se défendre et que tous les coups seront permis.

Quelques heures à peine plus tard, après avoir pris un copieux petit déjeuner et nous être changés, nous sommes dans la voiture en route pour notre occupation de la journée.

*

Nous sommes au Palais de la Découverte, et depuis cinq bonnes minutes j'ai un mal fou à contenir mon rire en voyant Arya tenter de redonner à ses cheveux leur place habituelle. Il vient de se livrer à une expérience électrostatique, debout sur une plateforme diffusant un courant électrique qui a fait se dresser ses cheveux sur sa tête. Visiblement après cela sa tignasse n'a plus l'air d'accord pour se discipliner. Pourtant, bien que je ne montre pas une once de sérieux à cet instant, il tente habilement une nouvelle manœuvre pour m'inciter à me projeter dans des rêves que j'ai jusqu'à présent repoussés :

— Alors dis-moi… Puisque tu n'as jamais voyagé, quels sont les endroits qui te feraient envie ?

— Je ne sais pas, avoué-je. Je ne me suis pas posé la question de savoir où j'aimerais aller en premier, tu sais pour le moment je vais me consacrer à ma thèse, on verra ensuite…

— On pourrait choisir une destination pas trop loin ? me glisse-t-il tout à coup.

— On ? l'interrogé-je les yeux écarquillés.

Il me lance un regard espiègle en haussant les épaules, tout en laissant une main posée sur ses cheveux afin d'éliminer totalement l'électricité statique qui s'y trouve encore :

— Notre binôme de visite fonctionne plutôt bien, non ? Je me disais qu'on aurait pu aller juste quelques jours pas trop loin… Un week-end par exemple si tu ne veux pas perdre trop de temps… Tu pourrais même aussi travailler pendant le voyage ?

— Avec toi ? me marré-je. Impossible, comment veux-tu que je parvienne à me concentrer ?

Son visage se fend d'un sourire redoutable. Et je ris de plus belle alors que sa main quitte le dessus de son crâne libérant quelques mèches qui se rebellent encore. Je finis par retrouver mon sérieux et évoque alors plusieurs villes pas trop éloignées : Londres, Édimbourg, Dublin, Lisbonne, Madrid, Rome, Marrakech, Amsterdam, Prague…

— Même pas Vienne ? m'interroge-t-il. Tu me vexes !

— C'est tout à fait volontaire ! gloussé-je.

Puis je plaisante :

— C'est que ça commence à faire loin pour un week-end !

— Pas beaucoup plus que Prague !

Je fais la moue et lui concède :

— C'est vrai, j'avoue que je suis de mauvaise foi…

Je hausse les épaules et reprends :

— Eh bien il va falloir que vous soyez convaincant dans ce cas, Monsieur Leiner, pour me donner envie de visiter votre ville…

Ses yeux se plissent et il fait mine d'être agacé alors que j'utilise son nom à bon escient pour le titiller, sachant l'effet que cela lui procure et j'insiste sur les derniers mots en haussant un sourcil de façon très suggestive :

— Très, très convaincant…

Et je passe à côté de lui en susurrant à son oreille, machiavélique :

— Monsieur Leiner…

Le reste de la journée se passe sous le signe de la bonne humeur comme pratiquement à chaque fois que nous sommes ensemble et que nous évitons les sujets qui fâchent. Cette sortie très enrichissante nous permet de découvrir les divers espaces comme des gamins, et le voir prendre autant de plaisir me ravit. Lorsque nous nous arrêtons dans la pièce dédiée à l'intelligence artificielle dans l'espace des géosciences, Arya se plonge dans l'exposé mais moi, je n'écoute rien. Je reste là à ses côtés, à l'observer et je réalise à quel point il serait facile de l'aimer… Si seulement j'avais envie d'aimer. Si seulement j'acceptais de laisser mon cœur décider. Si seulement je choisissais de le laisser décider…

Chapitre 18

That I would be good – Alanis Morissette

L'été touche à sa fin, laissant déjà place à l'automne alors que je ne l'ai pas vu passer. Je n'ai plus entendu parler de mon père, pas plus de Raphaël. Emma m'a bien envoyé quelques messages auxquels j'ai répondu rapidement, bottant en touche pour une éventuelle sortie. Quant à Florine, *nada.* Depuis notre altercation c'est plus que froid entre nous, je dois dire que je ne fais rien pour changer les choses.

Un après-midi, alors qu'Arya souhaitait se balader, j'avais dû repousser notre rendez-vous. Quand il avait voulu me cuisiner en plaisantant pour savoir ce que je pouvais avoir à faire de plus important que de le rencontrer, j'avais dû le ramener à l'horrible réalité : j'avais rendez-vous avec un autre client, avec lequel je coucherais probablement… Il s'était rembruni, même carrément fermé.

Les jours suivants j'avais essayé d'aborder le sujet de nouveau avec lui mais je n'y étais pas parvenue, je n'en avais pas trouvé le courage. Pourtant je voulais lui dire que j'avais tout annulé, que finalement j'avais refusé de voir ce type, qu'il ne se serait probablement rien passé parce que je n'aurais jamais pu aller jusqu'au bout. Qu'aujourd'hui je ne savais plus comment faire pour oublier que l'homme qui me toucherait, ce ne serait pas lui… Je voulais lui avouer que depuis que je le connaissais, aucun n'avait posé ses mains sur moi… Que désormais, cette idée me semblait juste inconcevable. Mais je m'étais ravisée.

Je savais que je ne devais pas lui avouer tout cela, et je savais surtout que je devais me ressaisir parce que je glissais sur la mauvaise pente. Arya était mon client au même titre que les autres, même si nous n'avions aucun rapport physique. Et je ne pouvais pas évincer tous les autres juste parce que depuis le jour de notre rencontre, il était devenu le seul que je voulais.

L'horrible vérité me sautait aux yeux pour me frapper au visage, cinglante. J'avais mis de côté la seule et unique règle qui me protégeait, celle qui me préservait plus que toutes les autres, celle que j'aurais dû respecter envers et contre tout et j'en payais le prix. Et j'avais beau me dire que je devais stopper tout ça avant qu'il ne soit trop tard, je ne parvenais pas à prendre les mesures drastiques qui s'imposaient : je devais tout simplement cesser de le voir, je le savais. Mais n'était-il pas déjà trop tard ? Pour lui ? Pour moi ? Pour nous ?

Cela fait plusieurs jours qu'il est reparti et je me fais violence pour ne pas lui envoyer de message, l'appeler. Je n'ose pas m'avouer que sa présence me manque, j'essaie de vivre ma vie comme avant pourtant je réalise que son absence laisse aujourd'hui un vide qui n'existait pas il y a encore quelques semaines. Parce qu'avant lui je n'avais besoin de personne. Ce constat m'est d'autant plus douloureux qu'il me conforte dans l'idée que je dois agir rapidement pour remédier à la naissance de ces sentiments que je me refuse à éprouver. Parce que pour moi le mot « besoin » ne peut pas, ne doit pas rimer avec quelqu'un. Surtout pas. Plus jamais.

Ce matin je dois me rendre à l'université pour m'entretenir avec mon directeur de thèse. Mais alors que je fonce tête baissée sans regarder autour de moi, j'entends qu'on m'interpelle. Je repère rapidement qu'il s'agit d'Emma, Kilian et Raphaël. Florine n'est pas avec eux. Je réalise que cela fait des semaines que je les laisse pratiquement sans nouvelles. Je les rejoins, les salue rapidement sans leur faire la bise, ignorant ainsi Raphaël qui s'applique soigneusement à en faire de même :

— Salut, comment ça va ?

— Ça va pour nous, et toi ? Tu as été très occupée, dis-moi, nous n'avons même pas eu l'occasion de nous voir de l'été !

Je repère Raphaël se crisper du coin de l'œil et je ne peux m'empêcher de tourner mon visage vers lui presque par défi. Lorsque nos yeux se rencontrent, mon sang ne fait qu'un tour au souvenir de notre dernière rencontre et j'abrège volontairement la conversation :

— Oui, c'est vrai… Je suis désolée, m'excusé-je. Je dois vous laisser, Monsieur Desmoulins m'attend !

Je leur fais un petit signe de la main accompagné d'un sourire crispé et tourne les talons pour m'éloigner le plus vite possible, mais j'entends immédiatement des pas de course derrière moi :

— Janelle, attends !

Emma me fixe avec des yeux surpris :

— Que se passe-t-il ? m'interroge-t-elle. Ça fait des semaines que l'on n'entend pratiquement plus parler de toi et aujourd'hui tu nous parles à peine, tu nous fuis presque…

— Je suis désolée, Emma…, tenté-je, confuse. Je…

— Dis-moi ce qu'il y a ! Je vois bien que Raphaël et toi vous vous évitez du regard et il n'a pas l'air bien ces derniers temps. Je sens qu'il y a un malaise. Il s'est passé quelque chose entre vous ? cherche-t-elle à savoir.

Elle tente un timide sourire, mais je garde les mâchoires crispées et je lui réponds :

— On peut dire ça comme ça, oui… Mais ce n'est pas du tout ce que tu crois…

— Alors quoi ? creuse-t-elle.

— Nous nous sommes disputés… Plutôt violemment et… Je ne pense pas que cela pourra s'arranger…

Je n'entre pas dans les détails, évidemment, vu le motif de la dispute je n'ai pas envie de m'étaler. Elle me suggère alors, confiante :

— Parlez-vous ! C'est dommage de rester fâchés, je suis certaine que si vous en rediscutez…

Mais je ne la laisse pas terminer, je la coupe dans son élan :

— Je ne pense pas, non…, tranché-je.

Elle me lance un regard attristé et je m'excuse de nouveau auprès d'elle :

— Je dois vraiment y aller, Emma… On se rappelle…

Je prends la fuite aussi vite que je le peux sous ses yeux aussi surpris que déçus.

Après mon entrevue avec mon directeur de thèse, je passe la journée au labo. Avant même que j'aie le temps de dire ouf elle touche à sa fin. Je n'ai rien vu passer si bien qu'il est déjà tard quand je rentre chez moi.

Pourtant malgré la fatigue de la journée, lorsque j'arrive devant la porte de ma résidence particulière et que j'avise avec déplaisir ce qui m'y attend, je commence presque à penser que j'aurais mieux fait de rester au boulot. Posté devant la porte sur le trottoir, mon père fait le pied de grue en m'attendant. Maigre consolation : Je constate que mes gentils petits voisins ont respecté ma demande et ne l'ont pas laissé entrer.

Mais la surprise de le trouver là est malgré tout présente, bien que je ne me sois pas vraiment fait d'illusions sur le fait que je ne le reverrai plus après notre dernière entrevue. Cela aurait été beaucoup trop facile. Je me doutais qu'il retenterait quelque chose et ne se laisserait pas impressionner par mes menaces de représailles aussi facilement. Je pense devoir être plus convaincante et je vais certainement avoir à passer par Igor pour cela. Je crois que je n'ai pas trop le choix. Même si cela me déplaît d'avoir à le mêler à tout ça.

Je fonce vers lui d'un pas décidé. Comme la dernière fois j'essaie de paraître sûre de moi, de ne pas lui montrer que je suis un peu déstabilisée et sans préambule je lui demande le plus froidement possible :

— Qu'est-ce que tu fais là ?

— Même pas un « bonjour Papa, je suis heureuse de te voir ? » Je pensais t'avoir élevée mieux que ça !

— Tu m'as effectivement très bien élevée, tu m'as appris à ne pas mentir… cinglé-je.

Un sourire ironique se dessine sur ses lèvres, je le trouve ignoble et il ne perd pas une seconde de plus. Il va droit au but, mais je n'ai pas besoin qu'il mette les formes ou qu'il passe par trente-six chemins pour savoir ce qu'il va me demander :

— J'ai eu une main malheureuse la semaine dernière et j'ai tout perdu… Alors je me suis dit que tu allais pouvoir m'aider…, ricane-t-il.

— Je pensais que tu serais plus intelligent que ça et que tu aurais compris ce que je t'ai expliqué la dernière fois…

— Oh, oui ! pouffe-t-il. Je me rappelle très bien ce que tu m'as dit… Mais bizarrement je n'ai vu personne alors j'ai pensé que tu avais juste voulu me faire peur !

Alors qu'il était resté à distance, il s'approche et sa voix se fait plus basse, presque menaçante si j'osais :

— Tu as essayé de me prendre pour un con, c'est tout ! se met-il à rire.

Je ne relève pas, je souris moi aussi en coin en imaginant ce que je pourrais demander à Igor de lui faire, brutalement en proie à des pensées sadiques. Le grand Russe a-t-il déjà coupé une langue ?

Arraché une dent ? Serais-je assez vengeresse pour souhaiter le voir souffrir longtemps, ou oserai-je juste quémander de lui infliger une assez grosse frayeur pour qu'il me laisse tranquille une fois pour toutes ?

L'espace d'un instant, j'ai presque un sursaut d'humanité et je redeviens cette toute petite fille qui aimait tendrement ses parents. Je pense alors à ma mère et je lui demande :

— Et maman ?

Pourquoi m'en souciais-je tout à coup ? Aurais-je encore un futile espoir de la retrouver ? Qu'elle ait développé la fibre maternelle qui lui a toujours fait défaut ? Je suis si stupide à me faire encore autant de mal toute seule ! Il rit encore, un peu plus fort cette fois :

— J'ai foutu ta mère dehors il y a un bon moment déjà. La comédie avait assez duré, tu ne trouves pas ?

Je ne relève pas. Déjà replongée dans mon enfance, les scènes affluant plus violentes et plus claires les unes que les autres. Mais je suis tellement accaparée par mes pensées que je ne réalise pas qu'il s'est dangereusement approché de moi, au point que son corps entre en contact avec le mien. Brusquement il se saisit de mes cheveux comme la dernière fois, tirant ma tête en arrière, m'arrachant immédiatement des larmes de douleur.

— Assez joué, maintenant ! souffle-t-il entre ses dents. Tu vas être gentille avec papa et me donner ce dont j'ai besoin !

Mais je n'ai pas le temps de répondre que quelqu'un empoigne mon père par-derrière pour l'éloigner de moi avec violence :

— Lâchez-la, espèce de gros porc dégueulasse ! Allez vous trouver une autre pute pour ce soir !

Je reconnais cette voix et le mot fait mal. Encore une fois. Même s'il est une réalité. Et alors que mon sauveur me tourne le dos, prêt à en découdre faisant face à mon géniteur, je découvre Raphaël essoufflé et bouillonnant de rage. Mais alors que je pense que tout va aller mieux maintenant, Raph reprend la parole, et ses mots acerbes me fendent le cœur une nouvelle fois :

— Putain, je ne vais pas y arriver… Je venais pour m'excuser mais… Te voir là, comme ça avec ce type, c'est trop dur pour moi… En plus tu les fais venir chez toi ! Tu m'étonnes que tu ne voulais jamais qu'on monte !

Je suis sous le choc mais je n'ai pas le temps de me justifier car mon père s'en mêle :

— Qu'est-ce qu'il y a le blondinet, y'a un problème ? se marre-t-il. Je ne sais pas ce que tu crois, mais y'a erreur visiblement ! Je suis son père, petit con, et j'ai pas besoin de la baiser, d'autres s'en chargent déjà…

À ces paroles, Raphaël a un mouvement de recul, ses yeux sortent pratiquement de leurs orbites sous l'effet de cette révélation qui lui explose au visage comme une bombe, alors que mon paternel continue :

— … Par contre, dans la mesure où je suis son géniteur et que quelque part c'est grâce à moi qu'elle a ce joli petit minois, j'estime que j'ai droit à une part du gâteau. Un peu comme un retour sur investissements, ou un échange de services rendus si tu vois ce que je veux dire ... Je l'ai nourrie et logée toute la première partie de sa vie, maintenant c'est à son tour de m'aider, elle me doit bien ça !

J'ai envie de vomir. Mon père exprime devant témoin tout l'amour que lui et ma mère ont pu ressentir pour moi. Et les larmes que je retenais depuis le début finissent par couler, Raphaël me fixant froidement :

— Tes parents sont morts… Bien sûr, encore un mensonge…, ricane-t-il. Je ne sais plus à quoi je m'attendais venant de toi !

Je réalise qu'il ne tique même pas sur le fait que mon père me réclame de l'argent, là, sous ses yeux. La seule chose sur laquelle il s'arrête, c'est le fait que j'ai menti sur le décès de mes parents. Malgré la scène de menace à laquelle il vient d'assister, il n'imagine à aucun moment quelles pourraient être les raisons qui m'ont poussée à mentir et ne cherche ni à les connaître, ni à les comprendre, ni à prendre ma défense.

Je me heurte à l'horrible réalité de cette amitié à laquelle j'ai voulu croire quelque part. Elle n'était en fait qu'une façade. Je ne peux finalement pas compter sur Raphaël et je devine qu'une fois qu'il me tournera le dos, tout sera terminé. Pour toujours. Je ne peux compter sur personne à part sur moi-même.

Mon père se met à rire encore une fois, voyant le visage dépité de mon ami se décomposer davantage au fur et à mesure :

— Oh, ma chérie, t'as pas fait ça ? T'as pas dit que ton papa et ta maman adorés étaient morts ? Bah alors, tu m'as dit que tu n'étais pas une menteuse !?

Raphaël n'attend pas plus avant de me cracher au visage :

— Je pensais pouvoir te pardonner tous tes mensonges et… ces trucs dégueulasses que tu fais. Je voulais essayer de comprendre… Mais c'est au-dessus de mes forces ! Tu me dégoûtes !

Il a déversé son fiel et repart comme il est arrivé dans la nuit noire, me laissant seule avec mon père qui reste là, souriant.

Mais alors que je pense qu'il va s'en aller maintenant qu'il a établi sa nouvelle demande, il m'assène le coup fatal :

— En fait, j'ai décidé de changer de tactique… Effectivement, t'avais raison, la menace d'une révélation à tes petits copains c'était un moyen de pression complètement naze, les petits tocards de la fac ça vaut rien…

Son sourire s'élargit et il continue :

— En revanche, ce jeune millionnaire avec qui tu passes tout ton temps… Lui tu as l'air d'y tenir vraiment, je me trompe ? Ou alors tu es extrêmement bonne comédienne !

Mon sang se glace et une boule se forme dans ma gorge alors que sa voix tranchante, me menace encore et encore, mais pire, prend Arya pour cible :

— Tu trouverais sûrement ça dommage si la presse à scandale venait à apprendre qu'il se tape une pute, non ? Ça risquerait de nuire à ses affaires, ce serait con de foutre en l'air sa réputation, non ?

Et je reste là, tremblotante, alors qu'il formule sa dernière requête avant de partir :

— Je veux dix mille cette fois ! Et je te préviens, je ne rigole pas, tu ferais bien de me prendre au sérieux !

Après son départ, tout comme la première fois, je reste plusieurs minutes sur le trottoir, à réaliser ce qui vient de se passer avant d'être capable de rentrer chez moi.

Chapitre 19

Thought of you – Trevor Myall

Nous arrivons pratiquement en octobre. Je n'ai pas vu Arya depuis plusieurs semaines. J'ai comme le sentiment que lui aussi a ressenti le besoin de mettre de la distance entre nous, pourtant je ne suis toujours pas parvenue à prendre la décision qui s'impose. Je sais que la prochaine fois qu'il m'appellera, je foncerai à sa rencontre le cœur désespérément battant et les menaces de mon père ne sauraient m'en dissuader, comme une idiote que je suis.

Pendant un moment j'ai pensé lui en parler mais je me suis ravisée. Je ne veux pas qu'il connaisse les détails sordides de ma vie personnelle. Après tout, lui et moi n'avons qu'une relation « amicale », même si elle est payante, que pourrait avoir mon père d'exploitable contre lui qui puisse lui nuire réellement ? Naïvement je ne prends pas mon père au sérieux, je ne m'imagine même pas que le simple fait qu'Arya paie une Escort qu'il voit régulièrement implique forcément aux yeux du monde qu'il couche avec.

De plus, la vitrine de l'agence d'Ekaterina est tout ce qu'il y a de plus respectable, même si encore une fois, personne n'est dupe sur l'Escorting, dans le fond. Et je me rassure. Nos clients sont tous des hommes autrement plus influents et puissants qu'Arya. Si mon père avait la bêtise de se risquer à mettre à jour certaines choses, il prendrait le risque d'attirer l'attention sur d'autres personnes que mon riche Autrichien et s'exposerait certainement à des représailles bien au-delà de ce qu'il espère.

Ce mercredi matin, alors que je ne m'y attends pas du tout, je reçois un SMS inespéré, si j'osais. Et c'est la boule au ventre, les mains moites et l'adrénaline à son maximum, presque de la peur, que je prends connaissance du message de mon beau client :

* Prépare tes bagages, je t'emmène pour trois jours. Départ vendredi soir. Je passe te prendre à l'agence à 17 heures.

Je souris jusqu'aux oreilles comme une gamine sans pouvoir m'en empêcher. Cela fait des semaines que nous n'avons pas communiqué et sans prendre de détour, il m'emmène comme toujours là où j'aimerais mieux qu'il ne me conduise pas. Dans ce petit recoin de mon cœur que j'essaie vainement d'étouffer depuis des années mais qui pourtant résiste encore. Il survit envers et contre tout malgré les coups incessants que je lui porte. Mais c'est comme si on m'ouvrait la porte du paradis en me demandant de jeter un œil à l'intérieur sans y entrer, alors que pourtant je sais que je m'y sentirais heureuse.

Je crois que je divague, ce n'est pas ça être heureux ! Le bonheur c'est la stabilité, c'est savoir où on va, pouvoir contrôler sa vie, ses sentiments même, pour n'avoir aucune surprise ! Ce n'est absolument pas se sentir légère, ni avoir le cœur qui bat ! Ce n'est pas avoir l'impression de voler, que rien ne peut nous atteindre. Tout ça c'est pour les gamins, et moi j'ai testé, j'ai vu. J'ai constaté que ça n'était pas aussi beau que tout ce qu'on disait, que les gens mentaient, manipulaient, que les choses étaient loin d'être aussi belles qu'on nous les vante. Surtout l'amour. Et maintenant j'ai passé l'âge.

Le jour de mon départ en voyage, j'appelle Juliette pour m'assurer qu'elle va bien et qu'elle n'a besoin de rien. Il est évident pour moi que si ce n'était pas le cas je ne quitterais pas Paris. Mais je me révèle agréablement surprise par notre conversation, ravie de trouver mon amie joyeuse. Après le dernier épisode où elle a croisé cette ordure dont elle était amoureuse, elle allait mieux bien plus rapidement que la fois précédente. Je crois qu'elle a enfin passé le cap pour de bon, qu'elle a vraiment compris que ce type s'était foutu de sa gueule. Ou en tout cas qu'il ne l'aimait pas assez pour affronter sa famille pour elle. Et si aujourd'hui elle semble aller réellement mieux et se sentir capable d'aller de l'avant, j'ai encore un pincement au cœur en la revoyant gisant dans l'eau ensanglantée de sa baignoire. J'aurais tellement préféré qu'elle ne cherche pas à se faire du mal pour ce connard. Il ne valait vraiment pas qu'elle abandonne la vie pour lui…

Nous parlons de choses et d'autres, elle me pose des questions sur Arya. Je lui raconte un peu ce qui se passe entre nous sans entrer dans les détails et elle me met en garde :

— Fais gaffe ma vieille… Tu devrais arrêter de le voir, tu vas finir comme moi !

Je réagis vivement. Pourtant au fond je sais qu'elle a raison, même si je ne veux pas le lui avouer à elle plus qu'à moi :

— Pas de risque, ton histoire m'a servi de leçon. Ne t'inquiète pas, je sais ce que je fais avec lui, mens-je, complètement perdue. D'ailleurs j'ai décidé que ce week-end serait le dernier moment que nous partagerons, si tu veux tout savoir…

Nouveau mensonge. Et pour appuyer mes paroles, je feins le dédain :

— Pour tout te dire, je commence à me lasser… inventé-je. Il a beau bien me payer, sa compagnie m'être agréable, j'ai besoin d'un peu de cul de temps en temps ! Me faire plaisir toute seule, ça commence à suffire, il me faut un homme, à présent. S'il ne veut pas de sexe, il ira se trouver une autre dame de compagnie !

Le petit rire de Juliette dans le téléphone me rassurerait presque sur mon jeu d'actrice, pourtant je ne suis pas certaine qu'elle est dupe de mon manège et je change habilement de conversation :

— Manon m'a appelé cette semaine…

— C'est vrai ? Comment va-t-elle ? Comment ça se passe pour elle ?

Manon est l'une de nos anciennes collègues et amies de l'agence d'Ekaterina. Elle a quitté Paris pour un nouveau job il y a quelques mois. Un nouveau genre de prostitution déguisée. Le principe étant qu'il n'y a qu'un seul et même client avec qui l'on vit, souvent dans la fleur de l'âge, un « Sugar Daddy » comme on appelle ça. La fille touche un salaire tous les mois pour simuler une vie de couple. Prostitution et mise à disposition 24h/24. Un concept qui me déplaît fortement, surtout eu égard à ma règle numéro 1.

Qu'aujourd'hui tu as transgressée pour les beaux yeux d'un bel Autrichien...

Manon est donc partie vivre en Floride avec un riche homme d'affaires suisse de 50 ans. Divorcé, ce dernier se sentait seul et ne voulait pas d'une fille différente à chaque rendez-vous. Il cherchait une compagne régulière qui accepterait de le suivre mais aussi de lui fournir bien entendu les prestations annexes moyennant finance. Recherchant quelqu'un de jeune qui pourrait s'entendre avec sa fille de 16 ans, il espérait dénicher la perle rare qui lui correspondrait.

Manon, résolument moderne avait voulu tester, elle s'était inscrite sur un site spécialisé dans le domaine comme il y en a beaucoup aujourd'hui. L'homme avait simplement postulé à son annonce. Après un entretien comme pour tout autre job, Marion l'avait retenu, s'assurant un revenu régulier sans prendre de risque. C'était presque la jeune fille qui choisissait plus que l'inverse, ce qui en soit ressemblait un peu à ce que je pratiquais. Avais-je été une visionnaire avant-gardiste sur ce point ? Désormais le système fait parler de lui dans le monde de la prostitution, présentant un attrait certain pour celles qui exercent dans des conditions beaucoup moins idéales que les nôtres et attirant les filles sur les trottoirs. Vivre avec un client dans le luxe et l'opulence, parcourir le monde à ses côtés pour ses affaires, être exhibée comme une jolie poupée... Nombreuses sont celles à y voir plus déplaisant et à saisir les avantages d'un Escorting nouvelle génération.

— Elle va très bien, réponds-je à Juliette. Elle est ravie et ne regrette pas son choix.

— Est-ce que tu crois qu'elle est réellement heureuse ou c'est ce qu'elle cherche à nous faire croire ?

Je réfléchis rapidement avant de répondre :

— Je crois qu'elle l'est. J'ai même l'impression qu'elle éprouve beaucoup de tendresse pour cet homme…

Juliette reste perplexe :

— Hum… c'est peut-être elle qui a raison, qui sait ? s'interroge-t-elle.

*

Quand je monte dans la voiture ce soir-là, Arya reste bouche ouverte de longues secondes avant de retrouver son sourire légendaire. J'ai repris ma couleur de cheveux naturelle après avoir cédé à des tons de blond estival. Je crois que chaque changement de coupe ou de nuance le laisse surpris mais il semble toujours apprécier. Après un bon moment à me dévisager et à river son regard au mien, le son chaud de sa voix que je n'ai plus entendu depuis trop longtemps éveille mes sens :

— Tu es encore plus belle que dans mes souvenirs…, murmure-t-il doucement.

Ses mots sont si doux que mon cœur s'emballe. Des mots simples pour d'anodines retrouvailles aux notes malgré tout si intenses… J'entrouvre la bouche, cherchant quoi répondre. La seule chose que je parviens à faire c'est bifurquer sur un sujet plus inoffensif. Pourtant ses paroles m'arrachent un sourire que je ne sais retenir, trop heureuse de le retrouver :

— Merci…, soufflé-je. Où m'emmènes-tu ?

— Chez moi, en Autriche…

— Oh… Mais ne t'avais-je pas dit qu'il faudrait que tu sois très convaincant pour ça ? plaisanté-je.

— Ne t'inquiète pas, je saurai me faire pardonner ! me lance-t-il dans un clin d'œil.

Je souris.

— Des promesses… Encore des promesses !

La légèreté de cette conversation me ramène bizarrement à la réalité des fondements de notre relation. Je me reprends de plein fouet au visage ce que nous sommes vraiment : une Escort et un client. Notre relation est seulement commerciale. Et je sais que même si je recule l'échéance, même si je ne parviens pas à prendre la décision qui s'impose, c'est maintenant que tout ça doit s'arrêter. Quand mon cœur bat ainsi, tellement vite et fort que j'ai cette impression qu'il pourrait exploser, je réalise que je n'ai plus le choix et que je dois me ressaisir avant qu'il ne soit trop tard.

Parce que je dois bien m'avouer qu'au-delà de la plaisanterie, il n'a pas eu besoin de me convaincre pour m'emmener avec lui où que ce soit. La vérité, c'est qu'il m'a horriblement manqué et que j'aurais pu partir avec lui au bout du monde s'il me l'avait demandé. Je ne l'ai pas vu depuis trois semaines et nous nous sommes seulement envoyé quelques rares messages pour prendre des nouvelles, mais je me suis véritablement languie de lui. J'ai vécu dans l'attente, dans l'espoir de le revoir, j'ai rêvé son sourire, j'ai rêvé ses lèvres sur moi, j'ai rêvé sa main dans la mienne...

Et il faut bien que j'ouvre les yeux maintenant. Devenir à ce point dépendante d'un homme alors qu'il ne s'est rien passé de concret entre nous va à l'encontre de tout ce que je souhaite et de la façon dont j'ai voulu organiser ma vie ces six dernières années. Je ne peux pas tout gâcher maintenant et laisser mon cœur s'emballer. Non. Je me suis juré que cela ne m'arriverait plus jamais alors je dois me tenir à la décision que j'ai prise il y a quelques années et me souvenir pourquoi je l'ai prise.

Alors j'enfonce moi-même la pointe de la lame dans mon cœur déjà meurtri et je décide que ce seront les trois derniers jours qu'Arya et moi partagerons. À la fin de ce week-end, comme je l'ai dit à Juliette un peu plus tôt alors qu'alors je mentais, je lui dirai que je souhaite que ça s'arrête, que nous ne nous reverrons plus jamais. Je dois renoncer à lui maintenant, alors que pourtant je n'en ai aucune envie. Et c'est exactement pour cela que je n'ai pas le choix. Parce que si j'écoutais ce petit muscle niché dans ma cage thoracique je passerais désormais chaque seconde de ma vie avec lui…

Le vol jusqu'à Vienne dure deux heures. Nous discutons de tout et de rien et lorsque nous atterrissons, Arya me conduit directement dans le parking souterrain et dépose nos valises dans un gros 4X4 BMW. Je ne pose pas vraiment de questions sur le véhicule dans lequel nous montons. Nous sommes à Vienne et il y vit, j'imagine tout de suite qu'il s'agit de sa voiture personnelle, ce qu'il me confirme immédiatement lorsqu'il se tourne vers moi, sourire aux lèvres, le volant entre les mains :

— Ce week-end, c'est moi le Paul ! badine-t-il. Je vous conduirai où vous le souhaiterez madame ! Il suffira de demander !

— Royal ! ris-je.

Il me sert son plus beau clin d'œil :

— Je t'avais dit que je saurais me rattraper !

Je souris encore plus largement :

— Attention, je pourrais y prendre goût et t'en demander toujours plus !

À cet instant je réalise que j'ai encore joué avec le feu mais que je pourrais être celle qui me brûlera les ailes lorsqu'il se penche dangereusement vers moi et que mon cœur s'accélère. C'est alors qu'il murmure à deux doigts de mon visage :

— Je pourrais tellement aimer ça que j'en redemanderais moi aussi…

Je déglutis avec peine, ma salive me faisant l'effet d'un liquide acide et mes yeux clignent d'eux-mêmes sans que je puisse les contrôler. Je sens alors cette chaleur intense monter au creux de mes reins. La seconde suivante Arya démarre la voiture comme s'il ne venait pas d'essayer de m'attiser et prend la route comme si de rien n'était.

Il allume la radio et l'animateur annonce probablement les prochains titres. Je ne comprends absolument rien de ce qu'il raconte mais peu importe, l'essentiel est ailleurs et la vie me semble soudain plus douce qu'elle ne l'a jamais été. Il envoie *Paris* des Chainsmokers et cela m'amuse. Au-delà du fait que j'aime beaucoup ce titre, Paris est la ville emblématique de notre histoire et l'entendre comme un rappel, alors que nous venons tout juste de la quitter me fait sourire. Un rappel ou… un signe du destin pour notre week-end d'adieu.

Je ne peux m'empêcher de replonger dans les souvenirs déjà si nombreux que j'ais avec lui. Ces souvenirs seront d'ici quelques jours la seule chose qu'il me restera, je ne sais pas encore si je préférerai les chérir ou les chasser de mon esprit à jamais. Et si je suis silencieuse, il l'est davantage. Nous n'avons plus parlé depuis que nous avons quitté l'aéroport mais le silence qui règne dans l'habitacle de la voiture ne semble peser ni à l'un ni à l'autre. Sans vraiment m'en rendre compte, j'ai tourné la tête pour le regarder, j'imprime chaque parcelle de son visage, j'observe l'harmonie de son profil, je me fonds dans chaque détail du tracé de la ligne de son visage. Son front haut qui court jusqu'à l'arrête de son nez, son arc de Cupidon qui épouse gracieusement les contours de ses lèvres, son menton affirmé et volontaire…

Je crois qu'il réalise enfin mes pupilles posées sur lui et ses yeux quittent la route un instant pour me lancer un regard en coin. Les sourcils arqués, presque interrogateurs comme s'il était surpris de découvrir que je le fixe, sourire aux lèvres. L'échange ne dure qu'un bref instant, pourtant mon cœur virevolte et je tente comme à chaque fois de brider cet élan mais c'est peine perdue. J'échoue lamentablement.

La chanson se termine et je crois que si Dieu existe, il a décidé de me torturer. Parce que je sais que les paroles de celle qui sort en ce moment des enceintes sont terriblement… chaudes ! Et je me morfonds déjà intérieurement lorsque Bazzi entonne son désormais culte *Mine* :

Merde, tout mais pas ça ! N'écoute pas ce que ça raconte, ma grande, pour ton propre salut…

Je soupire déjà pour tenter de maîtriser ma respiration alors que déjà le jeune chanteur m'entraîne dans de voluptueuses paroles qui me projettent dans des scènes que je me suis imaginées cent fois avec celui qui m'accompagne :

« … I lose myself up in those eyes, I just had to let you know you're mine. Hands on your body, I don't wanna waste no time. Feels like forever even if forever's tonight, Just lay with me, waste this night away with me, You're mine, I can't look away, I just gotta say… I'm so fucking happy you're alive, Swear to God I'm down, if you're down all you gotta say is right… »

Arya passe sa langue sur ses lèvres, le regard toujours rivé sur la route, et les entrouvre légèrement.

OMG I just wanna die !

Non, ce n'est pas dans la chanson, c'est simplement moi qui n'en peux plus. Sait-il ce qu'il fait au moins ? Ce qu'il ME fait à moi, à cet instant ? Quel effet il a sur moi ? Sur mon corps ? Le fait-il exprès ? A-t-il conscience d'être aussi sexy ? De me faire autant envie ? Si c'est le cas et que je ne meurs pas dans la seconde, je vais le tuer de mes mains pour ne plus l'avoir sous les yeux et survivre à la douce torture de le regarder sans pouvoir le toucher.

Lorsqu'il tourne de nouveau la tête vers moi l'espace d'un instant fugace et qu'il me surprend en train de baver littéralement devant lui sans aucune retenue, je crois que je vais défaillir. Et prise sur le fait, je me force à détourner le regard, faisant mine de m'intéresser à la route quand je remarque que nous sortons de la ville et je lui demande :

— Tu n'habites pas en ville ?

— Si.

Je plisse les yeux :

— D'accord, mais... excuse-moi, j'ai l'impression que nous en sortons, là...

— Exact !

Ses réponses courtes restent énigmatiques, il ne me dit pas ce que je veux savoir et ça m'énerve.

— Alors où allons-nous ? le questionné-je. Tu m'as dit que nous allions chez toi...

— Quand j'ai dit chez moi, je voulais dire en Autriche... Pas chez moi à Vienne.

Je ne sais plus trop quoi dire :

— Oh, je... Mais..., bafouillé-je alors.

Il ne me laisse pas m'interroger plus longtemps et éclaire ma lanterne sans attendre davantage :

— Vienne, c'est surtout pour mes affaires... Mais le véritable chez-moi, c'est celui où j'ai grandi, à Hallstatt.

— Je m'excuse, je ne connais pas cette ville…

Il se tourne vers moi et me fait un rapide clin d'œil :

— Eh bien en fait c'est un village. Après ce week-end, tu le connaîtras enfin ! glousse-t-il. Mais je dois te prévenir, nous en avons pour trois bonnes heures de route, j'espère que tu ne m'en veux pas…

— Pas du tout…

— Hallstatt n'est pas très bien desservie par les airs, mais c'est pour ça que c'est d'autant plus un endroit merveilleux… Je t'avoue que nous aurions pu atterrir un peu plus près mais il y a beaucoup moins de vols réguliers pour les aéroports plus proches que pour Vienne. Finalement malgré la route, nous arriverons plus rapidement…

Je lui souris :

— D'accord, je vais trouver à m'occuper alors !

Je me saisis de mon portable et commence à naviguer sur Internet à la recherche d'informations sur l'endroit où il m'emmène. Je dois dire que ce que je découvre m'épate. Je tombe sur un blog qui a consacré un superbe article à la ville : *jemefaislamalle.com*. L'article propose de succomber au trésor alpin de Hallstatt. Visiblement, le chroniqueur est tombé sous le charme de l'endroit, tout comme moi en voyant les photos. Le paragraphe est des plus élogieux :

« Un village aux maisons alpines, sur les pentes d'une montagne émeraude, au bord d'un lac saphir. Hallstatt est un véritable trésor autrichien (…) Hallstatt se rêve, Hallstatt se vit (...) l'eau et la montagne se confondent… Un spectacle des plus inoubliables (...) Sur terre comme sur les eaux, Hallstatt surprend, Hallstatt séduit. Hallstatt récompense les yeux et gâte les sens. Hallstatt est ce petit village autrichien si typique qu'il semble sorti de l'imaginaire ! »

Déjà impressionnée par le charme de l'endroit sans l'avoir vu, je m'extasie :

— Waouh ! C'est ici que tu as grandi ? C'est vraiment magnifique !

— C'est vrai, me confirme Arya. C'est bien pour ça que je voulais t'y amener. Tu vois, je n'ai pas besoin d'être convaincant, Hallstatt séduit sans aucune aide extérieure !

— C'est vrai, concédé-je. Je te l'accorde. Inscrite au patrimoine mondial de l'UNESCO en 1997, rien que ça ! Et tu y as aussi un appartement, alors ?

— Non. Nous allons chez mes parents, lance-t-il brusquement l'air de rien.

Je me paralyse, mon sang de ne fait qu'un tour. Je ne sais pas trop comment je dois réagir et les pensées tournoient, s'enchaînent dans ma tête :

Il n'a pas fait ça ? Il ne m'a quand même pas fait ça, si ? Je vais rencontrer ses parents, il va me présenter ses parents alors que nous ne sommes rien l'un pour l'autre et qu'à la fin de ce week-end, nous reprendrons des chemins séparés...

Je crois que j'ai dû blêmir et qu'Arya a remarqué mon trouble car il tente de me rassurer, de plaisanter même :

— Rassure-toi, mes parents sont des gens adorables. Et ça a beaucoup fait rire ma mère de savoir que même si je te paie une fortune, tu ne craques toujours pas pour moi !

Mais contrairement aux fois précédentes il échoue lamentablement, sa petite réplique ne m'amuse absolument pas et j'ouvre de grands yeux horrifiés. Je n'ai pas du tout envie de rire :

— Quoi !?

Il part d'un rire bien sonore, se moquant de moi ouvertement :

— Je plaisante, Janelle ! se marre-t-il. Détends-toi ! Évidemment que je ne lui ai pas dit un truc pareil !

Je reste paralysée pendant tout le reste du trajet, plongée dans mes pensées, ne faisant pas plus attention aux kilomètres que la voiture engouffre qu'à la musique qui sort des enceintes, ni même à Arya qui n'ose même plus me parler. Et j'ignore s'il se tait parce qu'il jubile ou qu'au contraire il réalise qu'il est peut-être allé un peu loin en m'amenant ici.

Nous arrivons aux environs de 23H30. Nous roulons depuis des heures mais j'avoue que je n'ai pas vu le temps passer, en proie à mes élucubrations. Mais soudain, alors que la route serpente déjà depuis de nombreux kilomètres, que j'essaie de m'imaginer le décor extérieur malgré l'obscurité, Arya se décide enfin à me reparler :

— Mes parents habitent un peu à l'extérieur du village.

— D'accord... Je te suis ! plaisanté-je pour essayer de me détendre à nouveau.

Quelques minutes plus tard, le 4X4 pénètre dans une petite propriété, franchissant un portail en bois et suivant une allée de gravillons. Arya se gare juste devant la maison. Nous faisons face à un immense chalet en bois plutôt classique et pas aussi coloré que les maisons que j'ai pu voir sur les photos, lorsque j'ai fait mes recherches quelques heures plus tôt sur le Net.

Je descends rapidement de la voiture, regarde tout autour de moi quand une femme sort de la maison, ayant certainement entendu le bruit du moteur. J'ai à peine le temps de réaliser qu'Arya se retrouve déjà dans ses bras :

— Nagyon örülök, hogy újra láthatom, olyan hosszú volt ! (Je suis si heureuse de te revoir, ça fait si longtemps !)

— Èn is anyu, túl hosszú volt, igaz... (Moi aussi maman, ça fait trop longtemps c'est vrai...)

La langue qu'ils emploient n'est pas l'allemand, certainement est-ce le hongrois mais ce qui me frappe, bien que je ne comprenne pas leurs paroles, c'est le bonheur qu'ils éprouvent de se retrouver.

J'ai un pincement au cœur, je ne peux m'empêcher de réaliser que jamais je n'ai vécu une telle scène, jamais je n'ai même suscité la joie chez mes propres parents, et à cet instant précis, j'envie terriblement Arya. Il se détache enfin de sa mère et se tourne vers moi en lui disant en français :

— Maman, je te présente mon amie Janelle.

Elle s'approche de moi, me prend également dans ses bras. Et ce geste m'émeut terriblement. Elle me répond dans un français presque aussi excellent que celui de son fils :

— Je suis ravie de vous accueillir !

J'ai soudain les larmes aux yeux et le cœur qui se serre. Autant de chaleur venant d'une inconnue, quand ma propre chair et mon sang ne se sont jamais souciés de moi, me bouleverse. Mais je me reprends rapidement, cherchant à masquer mes tourments et je lui rends le large sourire qu'elle arbore.

Je l'observe rapidement en essayant de ne pas la dévisager. Je ne connais pas encore son père, mais je jurerais qu'Arya ressemble à sa maman. Elle est toute menue, a les mêmes cheveux sombres bouclés et malgré la clarté toute relative diffusée par un spot à l'extérieur, je remarque que ses yeux sont, comme celui de son fils, d'une profondeur et d'une intensité remarquables. Sa maman s'adresse de nouveau à lui sans que je comprenne :

— Ez a barátnőd ? (Est-ce que c'est ta petite amie ?)

— Nincs anya… ő csak egy barát ... (Non maman… c'est juste une amie…)

Elle nous jette un regard à l'un et à l'autre puis nous fait signe :

— Entrons, vous voulez bien ?

Arya me fait signe à son tour :

— Vas-y, je sors les bagages et je vous rejoins !

Je suis sa mère, tout en réalisant que je suis heureuse qu'elle parle français, ne parlant moi-même ni allemand, ni quoi que ce soit d'autre que l'anglais. Leur culture est d'une richesse inouïe, je ne m'attendais pas à cela, je l'avoue.

Je pénètre dans la maison derrière elle, elle cherche immédiatement à me mettre à l'aise en me conduisant directement dans la cuisine. J'ai à peine le temps de détailler l'intérieur des lieux qui semblent plutôt cosy et chaleureux que déjà elle continue :

— Il est tard, vous devez avoir très faim ! s'exclame-t-elle.

— Un peu, j'avoue…

— Je vous ai préparé un petit encas.

— Merci, c'est très gentil de votre part.

J'avise la table qui trône au centre de la cuisine. Tout un tas de choses qui nous attendent effectivement. J'observe un peu la pièce autour de moi. Les éléments en bois sont un peu vieillots mais ils s'intègrent parfaitement, illustrant l'ambiance montagnarde telle que l'on peut se l'imaginer.

Arya entre soudain et demande :

— Où est papa ?

— Il est déjà au lit, tu le connais ! plaisante-t-elle. Il a toujours besoin de ses dix heures de sommeil !

Arya sourit et sa maman ajoute, tout en changeant de nouveau de langue :

— Barátja, ha úgy akarja, elfoglalhatja a szobáját a sajátja mellett (Ton amie peut prendre la chambre à côté de la tienne, si tu le souhaites)

— Köszönöm anyu (Merci maman)

Je ne comprends rien à leur échange, j'avoue en être perturbée mais je n'en fais pas cas. Cela leur permet une certaine intimité malgré ma présence et déjà la mère d'Arya nous lance :

— Il est tard, à présent, je vais me coucher également, nous nous verrons demain matin. Je vous souhaite une agréable nuit…

— À demain, maman ! chantonne Arya.

— Bonne nuit, madame, ajouté-je à mon tour.

— Pas de madame entre nous, voyons ! s'écrie-t-elle. Appelez-moi Rora !

Immédiatement, devant tant de douceur et de gentillesse je me sens à l'aise. J'en oublie que je suis avec une personne que je ne connais pas du tout. Je comprends immédiatement d'où Arya tient ce sens du contact et sa bonne humeur quasi constante, et je lui réponds en retour sans trace d'aucune gêne :

— Très bien, alors bonne nuit Rora…

Elle étreint encore une fois son fils et il lui rend son geste. Une nouvelle fois mon cœur se serre face aux marques d'amour qu'ils se prodiguent l'un à l'autre et je me rappelle soudain toutes ces fois où Arya me prend dans ses bras, juste comme ça. Elle quitte la pièce, nous faisant un petit signe de la main, immédiatement il tire une chaise et m'invite à m'asseoir. Sa maman a déjà mis la table pour nous et il me donne les noms des plats que nous allons déguster :

— Alors… la salade de pommes de terre s'appelle Erdäpfel, il y a ensuite des Knödel salés, la plupart du temps maman fourre sa pâte de lard de fromage et de pommes de terre…

Je m'esclaffe :

— Je ne parviendrai jamais à manger tout ça !

Il rit et m'explique en plaisantant :

— La nourriture autrichienne n'est effectivement pas ce qui se fait de plus léger ! se marre-t-il. Tu mangeras certainement plus de pommes de terre ici en un week-end que depuis le début de ta vie !

— Je vois… Alors quand nous rentrerons je devrai probablement rouler pour parvenir à me déplacer !

— Probablement ! rit-il encore. D'ailleurs, comme tu auras certainement encore faim après tout cela, en dessert il y aura également un Apfelstrudel !

— Ah, ça je sais ce que c'est ! lancé-je trop heureuse.

Nous dînons dans une ambiance un peu plus détendue que la fin du voyage, même s'il faut bien avouer que c'est moi qui me suis refermée comme une huître et qui en étais responsable. Arya retrouve sa bonne humeur habituelle, me raconte quelques anecdotes de son enfance, me parle de ses frères et sœurs, nombreux… Et je l'envie, moi qui suis fille unique, de cette famille unie dans laquelle il a grandi.

Ses deux frères, Hyzen et Eiw respectivement âgés de 29 et 30 ans sont tous deux mariés et pères de deux enfants. Le premier vit à Vienne également, quant au second, je le rencontrerai probablement puisqu'il tient un restaurant ici avec sa femme. Sa petite sœur, Nikola, âgée de 27 ans, elle, vit à Munich. Toujours étudiante, tout comme moi, elle suit un cursus en pharmacie. Il m'assure que toutes les deux nous nous entendrions très bien, et moi je ne peux m'empêcher de penser que je ne pourrai jamais le vérifier car jamais je ne la rencontrerai.

— Maman travaille à l'office du tourisme, m'explique-t-il ensuite. Et Papa est guide touristique.

Évidemment, je me garde bien de lui révéler que je sais déjà tout cela puisque toutes ces informations figuraient dans le dossier que m'avait préparé Igor avant notre toute première rencontre. Il me confirme au passage que la langue qu'ils parlaient entre eux était bien le hongrois. Sa mère est née en Hongrie et reste encore très attachée à l'utiliser autant que l'allemand.

À la fin du repas, j'aide Arya à débarrasser et à mettre la vaisselle dans la machine, puis il me guide jusqu'à l'étage. Nous grimpons un escalier grinçant et j'essaie de faire le moins de bruit possible pour ne pas réveiller ses parents. Lorsque nous arrivons en haut des marches, j'avise un long couloir avec plusieurs portes, Arya me désigne celle face à nous :

— Ma chambre est ici. Viens, je te montre la tienne…

Nous nous enfonçons dans le corridor et devant la porte suivante qu'il m'ouvre en grand, il m'invite à entrer sans pour autant le faire lui-même :

— C'est celle de ma sœur, m'explique-t-il.

Il hésite puis reprend :

— Je te laisse t'installer, fais comme chez toi. Si tu as besoin de quoi que ce soit, je suis juste à côté…

J'acquiesce d'un simple signe de tête et au moment où je pense qu'il va partir, il s'approche de moi et me prend dans ses bras :

— Je suis content que tu sois ici avec moi.

Je l'enserre tout aussi fort et alors qu'il m'embrasse le front comme à son habitude, je murmure à son oreille :

— Moi aussi je suis contente d'être là.

Chapitre 20

21 seconds – Cian Ducrot

Arya

Ces dernières semaines, j'ai essayé de la chasser de mon esprit, j'ai vainement tenté de m'éloigner d'elle en ne lui donnant pratiquement pas de nouvelles, ne cherchant pas non plus à en avoir, faisant comme si elle n'existait pas…

J'ai tenté d'utiliser mes obligations professionnelles comme excuse pour prendre du recul, quitter Paris. Et je sais que si c'est ce que je lui ai dit, en réalité c'est moi que je cherchais à convaincre que je n'avais pas d'autre choix que de m'éloigner… Du moins quelque temps, histoire d'analyser la situation.

Mais la vérité, c'est que je n'y suis pas du tout parvenu. Et aussi cruelle que soit cette réalité pour moi, elle m'a sauté aux yeux il y a un moment déjà. J'ai eu beau vouloir brider mes sentiments, essayer de faire taire mon esprit, et avant tout mon cœur, mais j'ai lamentablement échoué. Le mal est fait. Ce que je ressens pour elle est si fort que je ne parviendrai jamais à le faire disparaître, j'en suis maintenant convaincu.

J'ignore quand je suis tombé amoureux d'elle, exactement. Je ne peux pas dire que ce soit au premier rendez-vous. Non plus au deuxième… Ou peut-être me voilé-je la face. Je suis tombé fou d'elle dès notre première rencontre et je tombe et retombe amoureux chaque fois que je croise son regard, tout simplement… Je n'ai même pas cherché à l'aimer, ni à lutter contre ce sentiment. C'est arrivé, comme ça, sans même que je m'en aperçoive.

Depuis le premier jour, elle m'a envoûté, ses yeux azur m'ont ensorcelé. Je ne sais pas comment elle a fait cela, et à vrai dire je m'en fiche. Tout ce que je sais, c'est que le résultat est là et que pour rien au monde je ne ferais machine arrière. J'ai eu beau essayer de m'intéresser à d'autres, personne n'a trouvé un quelconque intérêt à mes yeux. Depuis le premier jour je n'ai plus pensé qu'à elle, alors que j'ai tout fait pour qu'il en soit autrement. J'ai bien tenté de me laisser séduire, mais je n'ai trouvé d'attrait à aucune de ces femmes qui m'ont entrepris. J'ai essayé pourtant, je peux le jurer. Je les ai toutes trouvées ennuyeuses à mourir, de belles coquilles vides, alors qu'elle... Elle est si douce, si merveilleuse, si drôle... Sa discussion est si intéressante, ses yeux, sa voix si hypnotiques que lorsque je suis avec elle je ne vois pas le temps passer. Les heures défilent pourtant elles me paraissent des minutes et je sais que si je le pouvais, jamais je ne la quitterais. Je réalise que je suis devenu complètement dépendant d'elle, je me ferais presque pitié d'en être arrivé à ce stade avec une femme. Et malgré tout, je serais prêt à assumer complètement cet état de fait, quitte à passer pour un pauvre type. Si on avait pu me prédire qu'un jour je paierais une prostituée et que j'en tomberais amoureux sans même jamais l'avoir ne serait-ce qu'embrassée, j'aurais ri comme un dément. Pourtant c'est arrivé. Et je suis si épris d'elle que ça me fait peur. Parce que je ne suis pas certain que pour nous l'issue puisse être celle d'un conte de fées moderne.

Je sens qu'elle ressent quelque chose pour moi, j'en suis certain. Ça transpire d'elle comme ça saute aux yeux chez moi. Chaque fois que nos peaux se frôlent, sa respiration s'accélère et je vois la chair de poule l'envahir. Quand je m'approche d'elle lentement, que je plonge mon regard dans le sien, je décèle ce léger tremblement, ce frisson, ce courant électrique qui la traverse et je pourrais presque entendre son cœur qui bat pour moi.

Mais je sais aussi que quelque chose la retient. J'ai compris depuis bien longtemps qu'elle se refuse à l'amour, qu'elle cherche à éviter toute relation, qu'elle essaie de se protéger. J'ignore ce qui a pu lui arriver, mais je suis certain que c'est ce qui l'a menée là où elle est aujourd'hui, que c'est pour cela qu'elle avait mis en place sa règle du rendez-vous unique. Je crois aujourd'hui avoir deviné pour quelle raison cette règle lui était si essentielle. En ne voyant jamais deux fois la même personne, aucune possibilité de développer aucune sorte d'affection.

Avec moi, elle y a dérogé, elle s'est mise en danger, et ce qu'elle cherchait probablement à éviter de toutes ses forces est justement arrivé. Maintenant elle prend conscience qu'elle ne peut plus faire machine arrière. Plusieurs fois ces derniers temps, j'ai remarqué qu'elle tentait de mettre de la distance entre nous, essayant de se dérober à mes gestes tendres, à mes étreintes, et c'est aussi pour cela que j'ai décidé de m'éloigner un peu pendant quelques semaines. Afin de la laisser réfléchir à nous, si on peut vraiment parler de « nous ».

J'ai appris à la connaître ces derniers mois, à analyser ses comportements. Je reste persuadé qu'une telle jeune femme ne peut pas en arriver à faire ce qu'elle fait juste par amour du sexe et de l'argent si elle n'est pas réellement dans le besoin. De la même façon que le discours qu'elle tient sur le fait d'avoir un petit ami me laisse à chaque fois perplexe. Même ses motivations pour les études de psychologie m'apparaissent aujourd'hui bien différentes de ce qu'elle veut bien en dire. Le choix des options qu'elle a pu suivre depuis le début étant assez particulier et ciblé.

Ces dernières semaines, alors que nous étions séparés j'ai vraiment pris conscience que je ne peux plus me passer d'elle. Sa présence m'est aussi nécessaire que l'oxygène que je respire, que le sang qui coule dans mes veines. Chaque jour passé sans elle a été une véritable torture et j'ai dû me retenir plus d'une fois de prendre mon téléphone pour l'appeler, de sauter dans un avion pour la rejoindre au plus vite et lui dire sur-le-champ que j'ai besoin d'elle dans ma vie, maintenant et à jamais. Je n'en peux plus, si cela dure davantage je vais finir par devenir fou.

Il y a quelque temps j'ai tenté de la prendre en photo à son insu. Depuis, je ne cesse de rester collé à ce cliché flou et raté, les yeux vissés à l'écran de mon portable pour l'admirer encore et encore, sans jamais me lasser. Alors j'ai décidé de tenter le tout pour le tout et de lui proposer de partir en week-end ensemble. Elle n'a pas été longue à accepter, j'ai reçu sa réponse pratiquement dans la seconde. Depuis, j'ai ce faible espoir que peut-être, nous pourrons connaître une fin heureuse, ensemble...

J'imagine que peut-être pour elle aussi, l'éloignement a fait son œuvre, que peut-être il lui a fait prendre conscience de certaines choses ? Puis la seconde suivante je réalise qu'à aucun moment elle n'a pris l'initiative de me contacter. Elle a juste attendu que je revienne vers elle, que je fasse le premier pas.

Je tergiverse. À force de la repousser, de lui dire qu'il ne se passerait rien entre nous tant qu'elle n'était pas prête, ne l'ai-je pas totalement dissuadée ? Je ne sais plus sur quel pied danser, parfois j'ignore même comment me comporter envers elle. J'en arrive à ne plus laisser libre cours aux élans de mon cœur, au contraire je bride chacun d'eux. Dois-je réduire mes espoirs à néant ? Espérer est-ce pouvoir avancer ?

Ce soir, lorsqu'elle est montée dans la voiture et que je l'ai vue après plusieurs semaines de séparation, mon cœur s'est emballé comme celui d'un adolescent. J'ai pratiquement eu le souffle coupé de la revoir, si belle face à moi. Le fait de ne pas pouvoir la toucher m'a déchiré la poitrine. J'ai eu tellement envie de la prendre dans mes bras, de lui dire à quel point je l'aimais, à quel point elle m'avait manqué... Mais je ne l'ai pas fait. Toujours cette retenue que je m'impose depuis le début. Ou bien est-ce elle, je ne sais plus.

Pourtant j'ai compris qu'elle ressentait quelque chose pour moi et qu'encore aujourd'hui elle s'efforçait de masquer ses sentiments. Mais je ne parviens pas à être confiant, j'ai la trouille de me déclarer. Après Saskia je ne supporterais pas un nouvel échec, si je lui avouais que je l'aime et qu'elle me rejetait, j'ignore si je parviendrais à m'en remettre. Je me refuse à penser à cette issue, pourtant je dois la garder à l'éventail des possibilités dans un coin de mon esprit. Et le fait de ne pas savoir ce qu'elle a pu vivre, de seulement pouvoir m'imaginer l'ampleur des dégâts que cela a pu causer pour qu'elle en arrive à la prostitution ne m'encourage pas à oser.

Lorsque je lui ai annoncé que nous allions chez mes parents sa crispation ne m'a pas échappé, elle s'est refermée sur elle-même comme elle le fait souvent et j'ai tenté de plaisanter, espérant juste ne pas être allé trop loin. Je veux qu'elle comprenne que peu importe qui elle est et ce qu'elle fait, ma famille l'aimera, l'acceptera, parce qu'ils verront à quel point elle est merveilleuse et combien elle me rend heureux. S'il le faut je saurais la rassurer, je ne serais d'ailleurs pas à leurs yeux le plus reluisant dans l'affaire, je suis celui qui a fait appel aux services d'une call-girl.

Je sais que son activité et le fait de nous être rencontrés par ce biais si particulier sont des freins à notre relation, que ça ne fera pas pencher la balance du bon côté pour la convaincre d'être avec moi. Elle sait que désormais, elle comme moi serons susceptibles de recroiser ses anciens clients. Pourtant je me fiche de ce qu'elle a pu faire avant moi, je me moque qu'elle ait couché avec tous ces types, tout comme cela m'est égal qu'elle ait été payée pour le faire. Je la protégerai, je ferai tout ce qui est en mon pouvoir pour que jamais elle ne revoie l'un d'eux. Et si vraiment un jour cela devait arriver, je défendrais son honneur, prêt à écraser tous les hommes qui oseront lui rappeler sa vie d'avant. Si elle décide qu'elle veut l'oublier pour en commencer une nouvelle avec moi.

J'ai déjà connu les rouages de l'amour. Ses forces comme ses failles, ses limites comme les ailes qu'il fait pousser… Aujourd'hui, après avoir perdu celle que je considérais alors comme l'amour de ma vie, je sais que cette deuxième chance qui m'est offerte de connaître quelque chose d'aussi fort ne se représentera plus si je ne la saisis pas. Je suis prêt à lui promettre monts et merveilles, à lui jurer que dorénavant ma vie ne sera consacrée qu'à la rendre heureuse.

Sans elle, je n'ai plus le sentiment que ma vie vaut la peine. Déjà des années que j'y erre sans but. Grâce à elle, j'ai de nouveau l'impression d'être quelqu'un, j'ai retrouvé le chemin du bonheur, elle m'y a guidé sans le savoir. Alors s'il le faut, je suis résolu. Si besoin, je suis prêt à laisser ma fierté au placard, à me mettre à genoux si je sens qu'elle flanche, qu'elle est prête à céder à ce qu'elle ressent pour moi. Je suis prêt à lui dire que je n'envisage plus de passer une seule seconde sans elle désormais. Ce sera ce week-end, ou jamais.

Chapitre 21

À la faveur de l'automne – Tété

Je tarde à m'endormir, tournant sur moi-même dans le lit autant que les pensées qui se bousculent dans ma tête. Je ne cesse de m'interroger. Ai-je vraiment fait le bon choix en venant ici avec Arya ? Peut-être aurais-je dû tout simplement décliner, mettre fin à tout ça avant qu'il ne soit trop tard. Avant que l'un de nous ne souffre. J'ai tellement peur d'avoir pris goût à tout cela et que la chute n'en soit que plus rude lorsque je devrai tout abandonner pour retourner à ma vraie vie.

Aveuglée par la lumière du jour, je réalise que je n'ai fermé ni volets ni rideaux en me couchant et je vérifie l'heure sur mon portable, les yeux brûlés par le contact agressif du soleil sur ma rétine. Il est 7 heures.

Je scrute la pièce davantage que je ne l'ai fait hier soir. La chambre est relativement simple mais la décoration, somme toute sommaire, dénote une touche féminine au goût sobre. Je devine que la sœur d'Arya a probablement dû emporter pas mal de choses en partant, la pièce semblant presque dénuée d'âme. Des traces de Patafix au-dessus du bureau me confortent dans mon idée. J'imagine des photos, des posters d'acteurs, de groupes musicaux comme les adolescentes aiment à en tapisser leurs murs pour se donner du rêve. Je suis presque déçue de ne pas trouver de vieux clichés sur lesquels j'aurais pu découvrir Arya petit avec ses frères et sœurs.

Je me décide rapidement à me lever, jetant un coup d'œil par la fenêtre. Le soleil éclatant pointe déjà le bout de son nez derrière les montagnes, je sais déjà que le décor sera encore plus époustouflant dans la réalité que sur les photos. Un tour par la petite salle de bains privative — pas du luxe avec trois frères —et une douche plus tard, j'enfile un jean, un gros pull et une paire de baskets et pour une fois, je ne passe pas trois heures à me coiffer. Ce week-end j'ai décidé d'opter pour une certaine détente et adopte le look du « n'importe comment » avec mes cheveux. Je me laisse un peu aller, je l'avoue mais j'ai rarement l'occasion d'être décontractée. Une légère pointe de mascara, une touche de gloss et le tour est joué. Bonne mine et effet naturel garanti en trente secondes.

Une fois prête, je tends l'oreille dans le couloir, ma porte légèrement ouverte mais rien. Aucun bruit. Je me résous alors à descendre pourtant je ne rencontre personne, et j'avoue que je n'ose pas parcourir toutes les pièces de la maison. Je commence à me sentir mal à l'aise à errer entre ces murs inconnus pour trouver âme qui vive, je me fais l'effet d'une intruse. Je décide alors d'aller faire un petit tour dehors, de m'imprégner des lieux. Un rapide tour du chalet et je repère un peu plus loin sur l'arrière de la maison ce qui semble être une grange. Je m'y aventure et découvre une écurie abritant trois box et leurs chevaux. Je m'avance vers les poneys. Le premier, magnifique bête à robe alezane avance vers moi de façon un peu brute. Pourtant je n'y détecte qu'une recherche d'affection et lui caresse immédiatement la crinière avec douceur. C'est alors que j'entends derrière moi la voix d'Arya m'interroger :

— Est-ce que tu sais monter ?

Je ne l'ai pas entendu arriver, je sursaute légèrement en me retournant. Son sourire illumine déjà ma journée et pour toute réponse, je tente une blague :

— Si tu considères que les termes « débutante » et « émérite » peuvent aller ensemble, plaisanté-je, alors disons que oui, je sais monter…

Il rit tout en s'approchant de moi, mon cœur s'emballe déjà alors que ses lèvres se posent sur mon front de façon appuyée, s'y attardent même et son bras enserre ma taille.

— As-tu bien dormi ? me questionne-t-il.

Je lui cache ma nuit agitée :

— Extrêmement bien, mens-je honteusement. Merci, et toi ?

Il semble réfléchir puis finit par m'avouer :

— Je suis un peu préoccupé, mais la nuit fut correcte.

Sur le point de creuser ce qui peut l'empêcher de dormir, il ne me laisse pas le temps de gratter et me prend par la main pour m'entraîner avec lui :

— Allez, viens ma cavalière émérite préférée, nous allons prendre notre petit déjeuner et après nous partirons faire une balade à cheval, puisque je sens que tu meurs d'envie de me montrer à quel point tu es douée ! se marre-t-il exagérément.

Je ris un peu jaune mais me laisse convaincre. Comment progresser dans un domaine en ne le pratiquant jamais ?

En marchant jusqu'à la maison je le questionne :

— Où sont tes parents ?

— Déjà partis travailler, tu les verras ce soir. Il y aura également mon frère et sa famille pour le dîner.

Trois quarts d'heure plus tard, nous sommes fins prêts à partir en balade. Arya a préparé les chevaux et lorsqu'il a passé ses mains autour de ma taille pour m'aider à me mettre en selle, un frisson m'a parcouru de la tête aux pieds… Comment est-il seulement possible que lorsqu'il pose ses mains sur moi de façon si anodine je ne parvienne à maîtriser les réactions de mon épiderme ? Je crois que cela fait bien trop longtemps qu'un homme ne m'a pas touchée. Ma libido cherche à hurler…

Je me retrouve donc sur le dos du charmant animal que j'ai caressé un peu plus tôt. D'après Arya, Havana est le cheval idéal pour une débutante tandis que lui monte une jument baie prénommée Helska. Surprise, j'apprends qu'elle est la fille de ma propre monture. Jeune et fougueuse, il lui arrive d'avoir des réactions un peu vives et Arya préfère la monter. Mon manque d'expérience évident pourrait jouer en ma défaveur pour maîtriser la bête et je suis ravie d'entendre que mon poney est plutôt docile. J'avoue que je n'en mène pas large, je suis heureuse qu'il m'ait laissé un vieux bougre plus accommodant.

Nous nous baladons un petit moment sur des sentiers peu escarpés et je profite pleinement de ce moment de détente, le doux soleil d'automne diffusant de légers picotements sur ma peau. Contre toute attente je suis même finalement tellement à l'aise que j'en oublie les règles de base et toute notion de sécurité. Subjuguée par la vue, j'ai la bonne idée de retirer mes pieds des étriers, ce qui en soit sur terrain plat n'aurait pas grande incidence… Mais devient plus délicat lorsque nous commençons à grimper les collines escarpées. Brusquement surprise alors que le cheval adapte sa cadence au terrain, je manque de chuter et si Arya n'avait pas le réflexe de me retenir, agrippant mon bras avec force alors que je bascule dangereusement, je finirais par terre au bout de dix minutes seulement.

— Reste avec moi, ma cascadeuse ! ne peut-il s'empêcher de se moquer.

L'incident évité de justesse, nous continuons notre tranquillement promenade. Enfin tranquille en apparence, j'avoue être légèrement refroidie et surtout me sentir honteuse d'avoir été aussi nulle devant lui. Une citadine qui découvre les plaisirs de la campagne et cela se voit !

Nous arrivons enfin sur les hauteurs et de là où nous sommes, le lac et la ville en contrebas, entourés de leurs montagnes protectrices comme nichés au cœur d'un écrin encore vert à cette époque de l'année nous tendent les bras, nous attirant irrépressiblement comme un aimant vertigineux.

— Ici, c'est le point de vue de Rudolfsturm... me précise Arya.

Nous descendons de cheval et je m'approche pour admirer la vue.

— C'est vraiment magnifique ! ne puis-je m'empêcher de murmurer comme pour moi-même.

Devant la beauté du spectacle, je suis comme submergée par un trop-plein d'émotions. Le temps qui tourne à l'automne a certainement lui aussi un effet désastreux sur mon moral. Il semble que j'entame déjà ma dépression saisonnière. Mais je sais qu'il n'est pas le seul à mettre en cause, je dois ouvrir les yeux. Cette situation avec Arya, la décision que j'ai prise de ne plus le voir après ce week-end ont déjà des effets désastreux sur mon esprit. Depuis des jours, je suis en proie à la nostalgie. Des sentiments confus se grèvent à mon cœur déjà lourd et ils n'ont pas l'air décidés à m'abandonner. Si je ne me ressaisis pas très vite je sais qu'ils auront ma peau. Et une fois encore, je ne peux m'empêcher de constater à quel point j'ai été stupide de croire que je pourrais voir un homme comme lui régulièrement sans que cela n'ait aucune incidence sur mes sentiments.

Soudain, alors que j'admire le paysage je sens ses bras m'enserrer et il se colle derrière moi.

Non s'il te plaît ne fais pas ça ! Ne me prends pas dans tes bras parce que j'en ai tellement envie que j'ignore si je parviendrai ensuite à me détacher de toi... J'ai tellement besoin que tu me touches que je me consume à petit feu, je ne vais plus pouvoir résister ainsi longtemps. Mon cœur se fendille un peu plus chaque seconde que je passe avec toi mais je sais que lorsque je serai loin et que tout sera terminé ce sera pire encore.

Je sursaute à son contact et me tourne vers lui, me forçant à sourire un bref instant pour ne rien laisser paraître. Je fais mine d'avoir soif pour pouvoir quitter ses bras et masquer mon trouble plus facilement, allant chercher la petite bouteille d'eau qu'il a glissée dans une sacoche, pour rompre ce moment d'intimité, le repousser sans en avoir l'air.

Ma réaction le blesse, cela ne m'échappe pas mais lui aussi prend sur lui pour essayer de ne rien montrer. D'ailleurs, comprend-il seulement pourquoi je le fais aujourd'hui alors que d'habitude je le laisse me prendre dans ses bras ? Saisit-il cette distance que je tente d'instaurer entre nous ? Devine-t-il qu'il m'est presque devenu vital de me sevrer de son contact parce que d'ici deux jours, je devrai apprendre à me passer de la chaleur si réconfortante de ses bras, et ça pour toujours ?

Cet après-midi-là, nous faisons le tour du village à pied, arpentant les ruelles étroites qui se déroulent sous nos pieds tout en admirant les maisons de bois toutes plus colorées les unes que les autres. Nous furetons dans les petites boutiques — enfin moi — j'ai comme l'impression d'avoir fait un bon dans le temps et d'être dans une bulle dont j'aimerais ne jamais ressortir. Je réalise d'autant plus que le retour à la réalité va être rude lorsque je vais rentrer à Paris.

Un peu partout dans le hameau de petits escaliers offrent de la hauteur, permettant d'avoir une fois encore une vue mémorable de l'ensemble. Arya insiste pour m'emmener voir l'église et le cimetière :

— Je te jure ! Ça fait partie des incontournables de Hallstatt !

— Un cimetière ? m'égosillé-je. Les gens sont vraiment cinglés… Les beaux jours de ma profession sont encore devant moi ! me marré-je.

Et si au début je ne suis pas franchement partante, je dois bien avouer que l'endroit n'est curieusement pas du tout lugubre. Les tombes sont savamment décorées, fleuries et encore une fois la vue sur le lac y est imprenable et la crypte ossuaire s'avère être un endroit des plus surprenants. Des centaines de crânes peints, ornés de motifs connotant signification particulière y sont exposés. Les noms, les dates de disparition des défunts inscrits sur les ossements me rappellent que derrière ce folklore il y a eu des personnes qui ont vécu et qui aujourd'hui ne sont plus. Question de culture sans doute mais j'en ai froid dans le dos même si les lieux se veulent gais. Les personnes décédées reposent dans leur tombe une dizaine d'années puis, selon leur souhait, leur crâne est prélevé pour y être exposé dans l'ossuaire. Aujourd'hui encore, la tradition est perpétuée par les jeunes générations.

Après cette étonnante visite, nous rentrons et je fais enfin la connaissance de Wilhelm, le père d'Arya. Tout aussi charmant que son épouse et que son fils, il sait me mettre immédiatement à l'aise. J'aide Rora à préparer le repas, la discussion est si fluide entre nous que j'ai presque l'impression que je fais partie de la famille depuis toujours. J'avoue que ce sentiment qui m'a toujours été totalement inconnu jusqu'ici, même avec ma propre famille, me serre le cœur encore et encore.

Concentrée sur la fabrication d'un Strudel à la cerise et aux amandes, Rora se lamente :

— Arya insiste pour me payer une nouvelle cuisine mais je n'en ai pas besoin ! À quoi bon ? Celle-ci me convient parfaitement !

Je comprends mieux alors comment son fils peut penser qu'il n'est pas plus heureux maintenant qu'il a beaucoup d'argent. Habitué à vivre simplement il s'en satisfait visiblement toujours, même s'il s'octroie parfois un peu de luxe.

— Il aimerait refaire notre chalet du sol au plafond alors que lui vit toujours dans ce minuscule appartement qu'il avait pris à Vienne à son retour des États-Unis ! s'insurge-t-elle. Il dit qu'il n'a pas besoin de plus grand, qu'il n'y est jamais !

Récemment son père et ses frères sont parvenus à le convaincre d'investir, d'où les projets dont il m'a parlé. Mais là encore tout reste réfléchi, mesuré même s'il se targue de jeter l'argent par les fenêtres « juste pour voir s'il se sentira bien ». Les villes qu'il a évoquées sont celles où il se rend le plus souvent pour ses affaires et il m'a avoué avoir totalement abandonné l'idée du yacht. Trop m'as-tu vu. J'ébauche un sourire en écoutant sa maman s'apitoyer affectueusement sur la vie de ce fils qui demeure un homme bon, généreux et simple. Tel qu'il l'a toujours été.

Soudain, alors que je suis pendue aux lèvres de Rora évoquant des anecdotes de son enfance, deux tornades blondes déboulent dans la cuisine :

— Oma ! Wir sind da ! (Mamie ! On est là !)

Daniel et Sarina, les neveux d'Arya entrent en trombe suivis de près par leurs parents, Eiw et Anika. Ces derniers tous deux blonds avec de grands yeux bleus, Eiw ne ressemble en rien à son aîné, la génétique paternelle ayant pris le dessus. Lui aussi plutôt bel homme dans un style plus classique et moins racé a certainement connu beaucoup de succès auprès des femmes. Une photo de famille que je n'avais pas remarquée jusqu'alors sur la cheminée attire mon regard. J'y découvre les traits de leur autre frère Hyzen, portrait craché de mon bel Autrichien, et leur jeune sœur Nikola. Yeux bleus et cheveux châtains, celle-ci semble avoir pris des atouts des deux côtés.

Les enfants surexcités de retrouver leur oncle qu'ils ne voient que rarement animent la soirée et c'est une joyeuse tempête. Mais malgré le déluge de cris je ne ressens que du bonheur à l'état brut. Les neveux d'Arya semblent se surpasser d'après leurs parents mais nous parvenons tout de même à échanger. La facilité dans les contacts humains semble être une qualité familiale et même si je suis d'ordinaire plutôt taciturne je me sens à l'aise au milieu de cette famille presque surréaliste pour moi.

Arya se fait littéralement écraser par Sarina qui, debout sur ses genoux le couvre de baisers alors qu'il tente tant bien que mal d'entretenir une conversation avec son père et son frère tout en riant d'être ainsi affectueusement malmené. Je l'observe discrètement alors qu'Anika et moi discutons en anglais.

— Comment vous êtes-vous rencontrés ? me questionne-t-elle naturellement.

Ignorant quoi répondre, la panique me gagne et je cherche Arya du regard. Quelle idiote, moi la reine du mensonge en société, je ne me suis même pas imaginé qu'on pourrait me poser cette question et je n'ai préparé aucune histoire. Arya m'aurait-il redonné la part de candeur et de naïveté que j'ai perdue lorsque j'avais 16 ans ? Mais alors que je pensais qu'il n'entendrait pas, il vient à ma rescousse sans aucune hésitation, comme si lui avait tout anticipé et guettait le moment de venir m'aider :

— Par le travail..., lance-t-il depuis l'autre côté du salon.

Mon cœur se met à battre à toute vitesse. Je viens de leur dire que j'étais encore étudiante, ce qui, en soi, est la vérité, mais alors que je pense que tout cela va se finir en catastrophe, Arya continue le plus naturellement du monde :

— Janelle est consultante pour une entreprise avec laquelle je travaille.

Je respire de nouveau, la conversation reprenant son cours comme si de rien n'était. Enfin presque. Jusqu'à ce que nous n'en venions à des détails bien plus personnels que je ne le voudrais :

— Je crois qu'Eiw et moi avons toujours été amoureux ! me révèle Anika. Depuis la maternelle, entre nous ça a toujours été comme une évidence !

— C'est vrai ! relève Rora. Parfois ça l'est tellement que ça saute aux yeux de tous !

Anika conclut en dévorant son mari des yeux :

— Je crois qu'il faut savoir lire les signes et écouter son cœur lorsqu'il crie…

J'esquisse un faible sourire, elle s'approche de moi et me glisse discrètement à l'oreille :

— Arya a l'air tellement heureux… Ça fait longtemps que nous ne l'avons pas vu ainsi… Ça fait plaisir, il mérite de l'être…

Mais à cet instant, en proie à de nouveaux battements désordonnés, je ne peux m'empêcher de répondre sans réfléchir :

— Oh, je… Je sais ce que vous pensez, mais vous savez, ce n'est certainement pas grâce à moi !

Elle me couve du regard et m'accorde presque avec tendresse :

— Vous avez l'air de sous-estimer le pouvoir que vous avez sur lui…

À cet instant je ressens comme un besoin de me protéger et de leur faire comprendre à tous comme à moi que ce qu'ils s'imaginent n'existe pas, que tout cela n'est qu'un leurre, et que ce qu'il semble y avoir entre Arya et moi n'est qu'une lueur d'espoir sur laquelle je vais devoir souffler d'ici quelques heures pour l'éteindre, alors qu'elle a à peine vu le jour :

— Vous vous trompez. Arya et moi sommes juste amis

— Oh… je…, bafouille-t-elle décontenancée. Je pensais que…

Elle semble avoir du mal à y croire et comme pour se convaincre ou me convaincre moi elle enchaîne :

— Pourtant je…

Et tandis que je croise le regard d'Arya sans le vouloir, c'en est trop pour moi. Je cligne des yeux, clairement ébranlée et me lève, m'excusant auprès d'Anika et de Rora :

— Pardonnez-moi, je m'absente quelques minutes.

J'espère qu'elles penseront que j'ai besoin d'aller aux toilettes alors qu'en réalité à cet instant, submergée par des émotions contradictoires, j'ai comme l'impression d'étouffer et je ressens le besoin de m'aérer. Sans même mettre de veste, je sors devant la maison. Dès que l'air frais pénètre mes poumons, je prends une grande inspiration pensant que je vais parvenir à alléger le poids que j'ai sur la poitrine. Pourtant, rien n'y fait, il est toujours là, aussi lourd qu'il y a quelques instants… Aussi lourd qu'il l'est depuis des jours, depuis des semaines même.

Je marche un peu, m'éloignant légèrement du chalet quand j'entends des pas derrière moi. Je n'ai pas besoin de me retourner pour savoir que c'est Arya qui me rejoint :

— Est-ce que tu vas bien ? m'interroge-t-il inquiet sans même me retourner.

Comme plus tôt dans l'après-midi, il se colle à mon dos et m'enserre. Et cette fois, même si je sais que je ne devrais pas, je réponds à son étreinte et presse mes mains sur ses bras posés autour de moi.

— Oui, lui réponds-je doucement en levant les yeux vers les étoiles. J'avais juste besoin de prendre un peu l'air…

Sa joue rugueuse vient se coller à la mienne et bien que j'aimerais ne pas ressentir cela, la chaleur de son contact me détend immédiatement.

— En es-tu certaine ? s'enquiert-il dans le doute. Je sais que ma famille peut être parfois un peu fatigante… Pardonne-leur s'ils ont pu te paraître un peu indiscrets ou insistants…

Fermant les yeux, je pousse un soupir. Pourtant je dois bien lui avouer que même si je semble perturbée, sa famille n'y est pour rien :

— Ne t'excuse pas, murmuré-je tout en me tournant vers lui et figeant mes yeux dans les siens pour qu'il comprenne que je suis sincère. Ils sont adorables et je passe une excellente soirée. Je suis ravie que tu m'aies amenée ici, tu as eu une bonne idée.

Si j'osais, je lui dirais que je passe les meilleurs moments de ma vie et que j'en crève déjà car ce sont les derniers que nous passerons ensemble. Mais il continue de se confondre en excuses :

— Je suis désolé s'ils te mettent mal à l'aise avec leurs questions.

Ses bras raffermissent leur prise autour de moi et je réponds à son étreinte, comme pour lui faire comprendre que j'éprouve soudain le besoin qu'il me serre encore plus fort :

— Ne t'inquiète pas, leurs questions ne me dérangent absolument pas… Je passe vraiment un très bon moment, le rassuré-je.

Nous ne tardons pas à rejoindre toute la joyeuse troupe. Devant la motivation des enfants, je parviens à retrouver ma bonne humeur et le reste de la soirée se passe ainsi dans la même allégresse que celle du début de repas. Et lorsque ce joyeux petit monde part et que nous avons tout rangé, il a beau ne pas être tard, je suis épuisée. La fatigue nerveuse de ces derniers jours semble attaquer mes résistances physiques bien plus que je ne l'aurais cru et comme le soir précédent, en me quittant devant la porte de ma chambre, Arya m'étreint tendrement et m'embrasse sur le front. Mon cœur se serre alors encore davantage à l'idée que ces moments entre nous sont les derniers.

Chapitre 22

Fear of letting go – Ruelle

Le lendemain, Arya joue encore les guides touristiques, me faisant découvrir les plus belles attractions qui font la renommée de son village. J'ai comme l'impression d'être coupée du monde et du reste de ma vie, pourtant sa présence dans mon quotidien me rappelle constamment à l'ordre. Récemment, j'ai demandé à Ekaterina de ne plus me tenir informée des transactions effectuées entre lui et l'agence. Il est maintenant devenu évident qu'il continuerait à payer. C'est aussi ce qui m'a aidé à prendre une décision ferme et drastique. Je sais que tout cela peut durer encore des mois, et pendant ce temps je réalise que j'ai fini par m'attacher à lui bien plus que je ne le voulais. Saleté de petit cœur esseulé, saletés de sentiments que j'ai cru pouvoir contrôler. Mais c'est ma faute, je savais que je jouais avec le feu et malgré tout j'ai foncé tête baissée.

Pourtant, ce matin-là, saisie d'un sursaut presque fou, m'interrogeant une nouvelle fois sur le but exact de ce week-end ici, au milieu de toute sa famille j'envoie un message à ma patronne :

* Est-ce qu'il a payé ?

Mais la journée se passe, et mon message reste sans réponse.

Nous visitons les mines de sel, revêtus nous aussi d'une combinaison de mineur. Le guide explique en allemand puis en anglais que la mine est l'une des plus anciennes au monde. Les deux heures de visite se déroulent sur fond de spectacle son et lumière sur le lac souterrain. Deux descentes en toboggan dans les entrailles de la mine font le clou de l'attraction. Le dimanche après-midi, Arya se prend amicalement la tête avec le loueur de bateaux électriques du lac. Je crois saisir qu'ils se connaissent bien et qu'il est question d'argent, l'un voulant payer, l'autre le lui refusant. Puis nous nous rendons en voiture jusqu'aux grottes de glace du massif du Dachstein à Obertaun.

Un téléphérique nous conduit à un premier « palier », nous y admirons « La Cathédrale du roi Arthur » et « Le Palais des Glaces », deux immenses salles de la grotte. Détail impressionnant : un cône de glace de plus de neuf mètres de haut. Au second niveau une plateforme panoramique « The 5 fingers » offre encore une vue spectaculaire sur les Alpes majestueuses et sur le Lac Hallstattersee en contrebas. Ainsi perchée sur ce petit morceau de verre transparent, je ressens comme un vertige. Ou bien est-ce parce qu'Arya se place derrière moi le bras tendu, son portable à la main pour immortaliser l'instant d'un selfie…

S'il te plaît ne fais pas ça, ne garde pas de souvenirs de nous. Il n'y a pas de « nous »…

Moi-même noyée par les images de nos moments ensemble mon champ de vision s'obscurcit et des points de toutes les couleurs semblent vouloir danser devant mes yeux. Je secoue la tête pour me débarrasser de cette pression troublante naissant à la base de mon crâne. Je ne laisserai pas la migraine gâcher nos derniers instants.

La soirée, plus calme que la précédente est encore un moment de convivialité des plus appréciables. Les parents d'Arya nous faussent compagnie relativement tôt, nous laissant tous les deux devant le feu que Wilhelm a allumé en annonçant que selon lui l'hiver serait cette année précoce. C'est notre dernière soirée ici, demain nous devrons rentrer. Rentrer et nous séparer. Pour toujours. Je réprime ce qui me hante tandis qu'Arya, enjoué, cherche à savoir ce qui m'a le plus séduite à Hallstatt.

Mon téléphone vibre dans ma poche. Quand je prends connaissance du message, j'ai comme l'impression que mon cœur cesse de battre.

* « Il n'a pas payé » m'envoie Ekaterina.

Je bats des cils me sentant soudain blêmir. Finalement ma poitrine s'emballe et mon cœur détonne, je suis sur le point de me sentir mal et cela doit se lire sur mon visage exsangue :

— Tout va bien ? me demande immédiatement Arya anxieux. Une mauvaise nouvelle ?

Soudain troublée, je ne sais comment réagir :

— Non… Je… Je suis fatiguée, je… Je crois que je vais monter… bredouillé-je.

Il se lève et me tend la main. Quand je m'en saisis, la chaleur de sa paume est si douce que j'aimerais qu'il ne me lâche jamais. Je devrais me sentir légère parce que je réalise que je ne me suis jamais sentie aussi bien, pourtant le poids sur ma poitrine est chaque jour un peu plus lourd, à mesure que nous approchons de la fin du week-end.

Au pied de l'escalier, Arya m'invite à passer devant lui. Petit moment d'hilarité silencieuse entre nous lorsque nous entendons des ronflements dans l'une des chambres du rez-de-chaussée. Ses parents sont déjà dans les bras de Morphée et je gravis lentement les marches qui nous conduisent à l'étage, Arya sur mes talons. Chacune grince sous nos pas, j'ai le brusque sentiment qu'elles cherchent à couvrir le bruit des pulsations frénétiques de mon cœur qu'il pourrait presque entendre. L'ampoule de la cage d'escalier menace de griller sous peu. C'est à peine si elle éclaire, grésillant, clignotant même à certains moments. La sensation que mes jambes veulent se dérober me saisit, je m'accroche à la rambarde. Mais est-ce vraiment à elle que je m'accroche en réalité ? Ou bien tout simplement aux vestiges de ce qu'il me reste de volonté, alors que je tente encore tant bien que mal de résister à l'envie de commettre ce que je sais être une erreur monumentale ?

J'ai beau essayer de lutter, je sais que cela est vain. Le combat était déjà perdu au moment où j'ai accepté de l'accompagner jusqu'ici. Ce moment où j'ai décidé de venir avec lui et qui a scellé dans ma tête ce tournant que je m'étais jusqu'alors refusée à prendre avec un homme depuis toutes ces années. Pourtant, à cet instant, en gravissant une à une les marches qui m'en séparent encore, je m'interroge :

Pourquoi l'ai-je suivi ici ?

Il suffisait de refuser. De me refuser à continuer de le voir, tout simplement. Et ce, depuis le départ. Depuis que j'ai senti quelque chose de différent naître au creux de ma poitrine... Dès le premier jour j'ai su que je devais rester sur mes gardes avec lui, que je ne devais pas m'éloigner de mes règles pourtant je les ai toutes effacées une à une. Comme si elles n'avaient jamais existé. Quelle idiote, je ne les ai pas mises en place pour rien ! Si j'ai fait tout ça jusqu'alors, c'était bien pour éviter de me retrouver dans ce genre de situation. C'était JUSTEMENT pour NE PAS me retrouver dans ce genre de situation ! La règle numéro 1, n'était-ce pas : « *Jamais deux fois le même client* » ? Je l'ai enfreinte avec lui. Encore et encore. D'abord en me cherchant des excuses. Du moment qu'il n'y avait pas de sexe je ne prenais aucun risque, ce ne serait « qu'amical », cette règle n'avait plus lieu d'être... J'ai l'impression de ne réaliser que maintenant que là où j'ai pensé ne le voir que comme un « ami » nous avons bel et bien joué avec le feu, instaurant un rapport de séduction déguisé. Je me suis me voilé la face mais il ne m'a jamais caché son attirance pour moi, son désir de me faire céder, ses intentions de voir notre relation évoluer vers tout autre chose.

Pourtant rien ne sert de se bercer d'illusions. Arya ne pourra jamais devenir davantage qu'un client et je ne peux pas le laisser espérer plus longtemps. Cela fait des années que je fonctionne ainsi et que tout se passe exactement comme je le souhaite. Pourquoi envisager de faire les choses autrement aujourd'hui ?

Il reste trois marches jusqu'au palier…

J'essaie de laisser parler ma conscience et son amie lucidité. Mais leurs ennemies jurées spontanéité et légèreté les étouffent, ce sont elles qui meurent d'envie de s'exprimer ce soir. Elles se donnent la main, arborant fièrement à leur cou un beau collier plein de sentiments…

Seulement deux marches jusqu'à l'étage…

Deux marches qui me séparent encore de cette chambre, de cette nuit où tout peut arriver, mais où pourtant, je ne dois rien laisser se passer… Mes pensées polluées par la peur s'entrechoquent. Ma volonté se terre aux fins fonds d'une contrée lointaine dont je ne connais ni le nom ni le chemin. La porte de sa chambre se trouve pratiquement face à l'escalier, tentante, la mienne juste à côté, bien trop près pour me dissuader de franchir la distance si l'envie m'en prenait, si je ne parvenais plus du tout à faire taire ce désir de lui qui crie en moi depuis des mois.

Plus qu'une marche… Une seule…

Nous atteignons l'étage. Il pose sa main sur la poignée tête baissée me tournant le dos, j'esquisse déjà un pas pour m'éloigner, chancelante presque désorientée. Mais tremblante, je me tourne vers lui, hésitant à m'approcher, cela ne dure qu'un instant. Et alors que je m'apprête à parler il relève la tête et prend la parole en premier :

— J'ai passé une excellente journée, murmure-t-il. Je te remercie encore d'être venue.

Résolu Arya s'en tient à ma décision habituelle sans chercher à aller plus loin. Pourtant j'aurais cru que… Mais il n'en fait rien. A-t-il conscience de me sauver du démon de mes désirs ? Son regard me transperce et malgré ce que je lis dans ses yeux, comme les autres soirs, il m'étreint tendrement en m'embrassant sur le front. J'aimerais qu'un son puisse sortir de ma gorge, j'aimerais être capable d'oser rester. Rien de tout cela ne se passe. Je ne parviens pas à franchir cette barrière mentale que je m'impose depuis si longtemps maintenant.

Lorsque je me retrouve seule dans cette grande chambre qui n'est pas vraiment la mienne, que je me remémore ces derniers mois, ces dernières semaines… Quand je revis ces derniers jours, ces dernières minutes que j'ai pu partager avec lui, mon cœur s'affole et je ne pense plus qu'à lui. Je n'ai plus qu'une seule envie, irrépressible : celle de le retrouver. Je ressens soudain comme un besoin capital, presque vital de le voir. La douleur qui s'insinue entre mes côtes ces derniers temps dès que je pose mon regard sur lui ou qu'il accapare mes pensées me rappelle à l'ordre, comme pour me dire que je n'ai pas le choix. Il n'y a qu'une seule solution si je ne désire plus souffrir de ce manque. Cette chose qui sommeille en moi a faim de lui. Et tant qu'elle ne sera pas rassasiée, le mal se rappellera à moi constamment, de façon lancinante.

Alors sur ce qui s'apparente pour moi à un coup de tête, je quitte ma chambre pour rejoindre la sienne mais quand je frappe à la porte, je n'obtiens aucune réponse. Nous nous sommes quittés il y a seulement quelques minutes, il ne peut pas déjà dormir. En proie à une certaine audace, je me permets de passer doucement ma tête dans l'entrebâillement, m'imaginant qu'il ne m'a peut-être pas entendu frapper. Mais étonnamment je trouve une pièce vide.

Brusquement prise d'une peur panique totalement inconsidérée, je redescends rapidement, le cherchant dans toutes les pièces. Je suis ridicule, il ne peut pas être loin, c'est certain. Ma poitrine comme oppressée, une fois encore je me sens proche du malaise. Cela m'est déjà arrivé plusieurs fois ces derniers jours en pensant à notre future séparation, j'ai du mal à respirer et je ressens le besoin irrépressible de prendre l'air.

Tandis que je quitte la maison, je remarque que la porte d'entrée est restée légèrement ouverte. Avisant alors mon environnement, je repère de la lumière dans la grange. Je crois avoir retrouvé « mon disparu » et me hâte de traverser la cour, filant pratiquement au pas de course comme si ma vie dépendait désormais du fait de me trouver de nouveau à ses côtés. Mais lorsque j'arrive et que je parcours les lieux le cœur battant, regardant même dans chaque box, je ne trouve toujours aucune trace d'Arya. Seuls les chevaux m'accueillent, si l'on peut dire. Je capte qu'il y a un grenier, qu'il y est probablement et sans attendre, je m'agrippe aux barreaux de l'échelle, entamant mon ascension.

Quand j'arrive en haut, je le repère immédiatement. Allongé sur une couverture au milieu de ballots de paille étalés au sol, absorbé par la voûte céleste il a les yeux captivés par les étoiles qui bercent la montagne, une petite lucarne laissant pénétrer la clarté relative de la lune. Pensif, j'ignore s'il m'a entendue arriver, il n'a pas bougé et je reste là quelques secondes encore, les yeux rivés sur lui comme pour tenter de me raviser. Pourtant à cet instant je suis résolue, je sais que je ne changerai plus d'avis. Ma décision est prise…

Finalement je n'y tiens plus. Je m'avance doucement et me plante devant la fenêtre pour lui faire face. Il esquisse alors un léger mouvement comme happé par la réalité, soudain conscient de ma présence et ses yeux se tournent vers moi. Tandis que j'approche, il s'excuse d'une voix basse, tout en se relevant pour balayer la distance entre nous :

— Pardonne-moi, j'étais dans mes pensées…

Debout face à moi, il n'est déjà plus qu'à quelques centimètres et même s'il ne me touche pas il est si proche que je peux sentir son haleine mentholée, la chaleur de son souffle déjà si court. Je relève la tête vers lui, malgré la pénombre nos yeux se trouvent sans peine et sa bouche s'entrouvre :

— Mes frères et moi, on…

— Shhhh…, l'intimé-je d'un doigt sur les lèvres pour le faire taire sans rien ajouter moi-même. Je crois qu'il sait déjà pourquoi je suis ici et je me contente de garder mes pupilles ancrées aux siennes alors que je m'approche encore. Je trace une ligne imaginaire de la pulpe de mes doigts, traçant les contours de sa bouche, suivant la courbe de son menton, caressant sa pomme d'Adam qui semble se soulever avec peine, descendant jusqu'à ses pectoraux que je sens se contracter sous ses vêtements en réaction à mon geste. J'arrive à la ceinture de son jean que je commence à défaire sans plus attendre…

Une boule s'est formée dans ma gorge, je peine à déglutir. Sa respiration à lui, déjà presque haletante semble se caler à la mienne et mon regard a soudain du mal à se fixer sur un point précis, navigant de ses lèvres à ses orbes envoûtants. Malgré l'obscurité j'y distingue cette flamme incandescente, celle qu'il a toujours eue depuis le premier jour mais qu'il a cherché à éteindre, souvent. Ma bouche s'entrouvre malgré moi tant le désir que j'éprouve est déjà puissant et comme s'il sentait que j'en mourrais d'envie, il s'approche encore un peu plus, lentement. Sa main rejoint mon visage, s'y pose avec douceur, l'autre effleure mon bras comme s'il n'osait pas me toucher davantage. Je crois que je perds toute notion de ce contre quoi je cherchais justement à lutter.

— Tu es certaine ? m'interroge-t-il d'une voix douce qui peine à percer le silence.

La mienne ne parvient toujours pas à franchir la barrière de mes cordes vocales, ma gorge trop serrée pour prononcer le moindre mot. Je lui réponds d'un simple hochement de tête, tandis que je continue ce que j'ai si bien commencé, m'attelant à présent aux boutons qui retiennent encore son pantalon.

La peur s'agrippe à ma peau. À ce moment précis, ce n'est plus du sang qui coule dans mes veines. C'est la trouille qui se distille en moi tel un poison. Malgré tout je ne reculerai pas. J'ai envie de lui à en crever. Depuis des semaines. Depuis des mois. Je ne veux plus faire machine arrière. Mon corps ne supportera pas davantage le manque… C'est curieux d'ailleurs… Cet état n'est-il pas censé survenir lorsque l'on a déjà connu, abusé de l'objet de son désir ? Comment, pourquoi puis-je ressentir un tel besoin de lui, nos corps ne se sont finalement encore jamais rencontrés de cette façon intime qu'ils semblent vouloir réclamer si ardemment ?

Ses yeux n'ont pas quitté les miens et à cet instant je ne suis plus capable de penser. La seule notion cohérente qui s'immisce entre chacune de mes synapses, alors que déjà mes mains glissent sur son ventre est déjà enracinée :

« Juste une fois, Janelle... Tu peux bien te laisser aller, pour une fois... Ça n'aura aucune incidence sur le reste de ta vie... Tu ne cours aucun danger... »

Chapitre 23

3 : 15 – Bazzi

Je n'ai jamais été aussi peu certaine de faire le bon choix. Mon cerveau sait ce que mon cœur veut ignorer. Il me hurle que je prends la mauvaise décision… Tout en étant sûre que ce qui va arriver à cet instant est inéluctable mais ce soir je fais taire ma raison pour écouter seulement le petit organe que je muselle depuis si longtemps. Il bat si fort que j'en ai la tête qui tourne et le souffle court. Pourtant, il ne s'est encore rien passé, seule ma paume est en contact avec sa peau, nous ne nous sommes même pas encore embrassés.

En proie à mes démons, je m'attarde sur des détails futiles, comme pour éviter de laisser trop de place à ce qui me hante. Le vieux néon allumé en bas fait plutôt mal son job mais la lune et les étoiles nous accompagnent de leur lumière, comme pour nous offrir leur bénédiction. À cet instant, j'ai besoin de ce genre de signe pour me conforter dans ma décision de m'offrir à lui.

Sa main n'a toujours pas quitté mon visage lorsque la deuxième la rejoint pour le prendre en coupe. Nous restons ainsi plusieurs secondes à nous regarder sans bouger, paralysés, absorbés l'un par l'autre et déjà mon cœur est au bord de la rupture. Je quitte ses yeux, baisse le regard sur son torse, distingue sa cage thoracique se soulever lourdement sous son pull. J'ai tellement envie de lui que mon entrejambe palpite d'impatience, le brasier continuant de s'étendre sans que je puisse le contrôler et heureusement Arya n'attend pas davantage. A-t-il peur que je change d'avis ? Ou me désire-t-il si fort qu'il n'y tient plus ? D'un seul geste il retire son sweat, son T-shirt l'accompagnant pour me dévoiler son torse si bien sculpté et je m'écarte légèrement pour pendre le temps de l'admirer. Pourtant je ne veux plus, je ne peux plus attendre. Je l'ai déjà trop fait, je n'en ai plus la force.

Me saisissant à mon tour du bas de mon pull, je le passe par-dessus ma tête dans un geste pressé. Je ne porte rien d'autre en dessous que mon balconnet et déjà son regard me fait vibrer comme si c'était la première fois que je me déshabillais devant lui. Je verrouille de nouveau mon regard au sien alors que je détache doucement mon jean, le fais glisser lentement le long de mes jambes. Je me débarrasse de tout ce que je porte comme si mes fringues m'étouffaient tandis que le reste de ce qui le couvre quitte également sa peau pour connaître le même sort, rejoignant mes vêtements au sol mais il ne m'a toujours pas touchée. Seul mon visage a jusqu'à présent connu la caresse de ses doigts et je crois que je vais finir par me consumer de désir s'il ne se décide pas à agir dans l'instant.

L'air frais me saisit, un frisson me parcourt mais je reste là, pantelante, attendant qu'Arya esquisse un geste. N'est-ce pas ironique ? Je suis une professionnelle du sexe pourtant je n'ose plus m'avancer vers lui. J'attends. Peut-être parce que les fois précédentes il s'est refusé à me toucher et je le laisse décider du moment où nos deux corps se rencontreront pour entrer en fusion. Il est si proche de moi malgré tout encore si loin et je pose de nouveau mon regard sur ses lèvres, aucun détail des traits de son visage ne m'échappant. Mon désir de lui me prend aux tripes, tout comme cette sourde angoisse éphémère qui me hurle que j'ai tort, que je ne dois pas céder à ce besoin primitif de sentir sa peau contre la mienne. Pourtant cette douce chaleur dans mon ventre ne veut pas se laisser asservir et ne tolérant aucune contrainte elle continue de se répandre se transformant en un brasier ardent.

La seule barrière qui persiste encore est nos sous-vêtements… Et cette infime distance qui me paraît encore bien trop immense.

Quelques centimètres que nous n'avons encore osé anéantir ni lui ni moi. Ils me paraissent soudain infranchissables. Et malgré le désir qui nous dévore nous savourons ce moment. Il est dans la lignée de tous les autres : doux, tendre. Je crois que ce qui s'annonce le sera tout autant. Nous avons tellement attendu.

Puis arrive enfin cet instant où il s'avance vers moi, lentement, reprenant mon visage au creux de ses paumes, ses yeux harponnant les miens comme s'ils voulaient tout me dire. Je ne peux m'empêcher de cligner des paupières en y plongeant alors qu'il continue de s'approcher jusqu'à ce que ses lèvres effleurent finalement les miennes dans une douceur infinie. Le souffle court je ne peux retenir un râle, presque un soupir de soulagement alors que sa bouche se colle à la mienne et j'entrouvre déjà mes lèvres, libérant ainsi le passage pour que nos langues se goûtent, se découvrent, s'explorent, s'apprivoisent pour la toute première fois. Ma main glisse sur son bras, accroche ses cheveux, répondant à ses gestes avec la même affabilité que celle dont il fait preuve depuis le début. Je l'attire davantage, je sens déjà son érection poindre contre mon ventre. Elle attise un peu plus mon désir, autant que cela est possible.

J'ignore combien de temps nous nous embrassons ainsi, je le laisse aspirer l'angoisse qui emplit mes souffles et perds toute notion des secondes, des minutes qui passent, savourant chaque instant de ce baiser, je n'ai jamais été embrassée de la sorte. D'ailleurs, avec mes clients, on ne s'embrasse même pas. C'est juste du sexe. De la baise. Un baiser insinue souvent une forme de tendresse. Enfin à mon sens alors je ne les permets pas… J'autorise leurs baisers sur mon corps, mes lèvres elles, les esquivent habilement sans même qu'ils le réalisent. Celui-ci me laisse d'autant plus un goût d'exception mais si cette nuit il n'est pas question d'argent, je dois veiller à ne pas me laisser aller à trop de sentiments, à protéger mon petit cœur par-dessus tout, me rappeler mes règles, ne pas perdre de vue pourquoi elles existent, même si ce soir, ce n'est pas du boulot. Ou je risque de regretter amèrement ce qu'il va se passer…

Lorsque nos lèvres se détachent enfin, je ne peux m'empêcher de passer la pulpe de mes doigts sur les siennes, encore brûlantes de notre échange. Il en profite pour glisser mon index dans sa bouche, l'y prendre entièrement. Ce simple geste éveille encore plus mon envie de lui, latente et encore inassouvie.

Nous reculons lentement vers le lit de fortune… Je quitte son regard un instant pour retrouver mon pantalon. Stupide comme je suis, j'ai pris tout ce qu'il faut avec moi. Qui croyais-je berner en m'imaginant qu'il ne se passerait rien, que je pouvais toujours changer d'avis et ne pas tomber dans ses bras ? Je n'ai qu'une envie, folle et inconsciente depuis que j'ai croisé son regard : celle de lui céder, de me donner à lui corps et âme. Pourtant, je ne peux lui donner que l'un des deux. Et ça, je ne dois surtout pas l'oublier.

Je prends le préservatif dans la poche arrière de mon jean, détache l'emballage en m'approchant à nouveau de lui. Il descend lui-même son caleçon et je déroule la protection d'un mouvement rapide tout en enserrant son membre dans l'action, lui tirant un léger gémissement. Sans attendre davantage je passe mes mains dans mon dos, retire mon soutien-gorge, mais alors que je glisse mes doigts sous l'élastique de mon tanga, ses mains couvrent les miennes et m'arrêtent dans mon élan. Mon cœur bat à tout rompre quand il s'accroupit devant moi, le descend lui-même si langoureusement que j'en ferme les yeux pour me focaliser sur le contact de ses doigts contre ma peau fiévreuse. Quand je les rouvre, il est toujours à genoux devant moi, la tête légèrement relevée à m'observer, ses yeux buvant le désir que j'ai de lui. Il s'en délecte. Je saisis son visage, cherche à retrouver ses lèvres dans l'urgence mais une fois encore alors qu'il se relève il me retient. Moi qui ai pour habitude de tout contrôler, cette fois je ne maîtrise absolument rien. Malgré tout je me laisse faire, je ne peux pas dire que c'est pour me déplaire.

Il s'écarte légèrement, m'examinant de haut en bas. Il m'a déjà vue nue, pourtant il me regarde comme s'il me voyait pour la première fois. Et ce regard est tellement différent de celui de tous les autres que je voudrais presque m'en cacher. Il me consume, me dévore. Je me suis montrée sous toutes les coutures à des dizaines d'hommes avant lui, pourtant à cet instant précis, je souhaiterais me soustraire à ses yeux. Je ferme cette parenthèse d'émotion qui s'empare de moi et le pousse à reculer, en proie à cette excitation que je ne parviens plus à contenir, mais surtout reprenant un certain contrôle qui me rassure. Et sans plus attendre alors qu'il s'assoit, je me positionne à califourchon sur lui, nos souffles se retrouvant, nos visages si proches, nos corps enfin en contact.

La chaleur de son torse contre ma poitrine me grise, me transporte. Mais le sentiment de maîtrise retrouvée reste de courte durée, Arya semblant vouloir être lui aussi acteur des évènements quand il empoigne fougueusement l'arrière de ma tête, raffermit sa prise sur mon dos comme s'il avait peur que je m'échappe. Désormais ce n'est plus moi qui l'embrasse mais ses lèvres qui prennent les miennes en otages, ce n'est plus mon corps qui domine le sien mais ses bras qui me retiennent captive, imprimant sur mon épiderme la force de son désir. Je pourrais rester des heures enchaînée à lui à le laisser me vénérer ainsi. Mais bien décidée à reprendre les rênes du ballet que nos corps enfiévrés vont bientôt mener je n'attends pas une seconde de plus.

Glissant une main entre nous pour me guider, possédée par ce désir contenu toutes ces dernières semaines je perds tout contrôle et empoigne sa virilité. Nos regards se croisent furtivement, malgré la fugacité de l'échange je ressens toute l'intensité de son envie. Lorsque je descends sur lui, que je le sens m'emplir entièrement et que mon souffle se coupe, un son rauque s'échappe de sa gorge tandis que je réprime un gémissement. Je réalise à quel point j'attendais cet instant. Bien plus que ce que je n'ai osé me l'avouer.

Chaque fétu de paille de notre matelas de fortune se manifeste au moindre de nos mouvements, donnant un air inattendu à ce moment que je trouve pourtant parfait. Cela aurait pu se passer dans un lieu luxueux. Arya aurait pu tout faire pour chercher à m'en mettre plein la vue depuis le début de notre relation. Pourtant, tout reste à son image, cette scène est l'exact reflet de cet homme : simple mais merveilleuse.

Le feu qui brûle au creux de mon ventre est déjà si ardent qu'il me carbonise de l'intérieur. Et quand nos lèvres se séparent je ne peux m'empêcher de me cambrer légèrement, offrant aux siennes ma poitrine gonflée, mes seins dressés d'excitation. Lorsqu'il en mord l'une des pointes sans retenue, ses dents agressant ma chair avec avidité, je ne peux réfréner un léger cri. Je réalise alors que j'ai cessé de bouger, cherchant à me délecter de chaque sensation indépendamment, tentant de savourer chacune de ses caresses à sa juste valeur.

J'agrippe ses cheveux avec force, les tirant pour le rapprocher encore de moi. Pourtant, à cet instant, nous ne faisons déjà plus qu'un et je reprends le mouvement avec une lenteur presque douloureuse, m'empalant un peu plus profondément à chaque fois. Quand ses mains se saisissent de mon visage pour à nouveau m'embrasser fiévreusement, avec ardeur et passion, je réalise que je suis déjà au bord du précipice, nos gémissements à peine étouffés.

Alors que nos lèvres sont scellées, je rouvre les yeux et mon regard croise la profondeur abyssale de ses iris. Sur la brèche je vais tomber dans l'instant. Nous bougeons lascivement, nos souffles se mêlant dans une même chaleur, nos corps en sueur se détachant à peine, avides de leur contact. Et je réalise que, bien que dans ma vie j'ai pris du plaisir avec beaucoup d'hommes, je n'ai jamais autant vibré à la proximité de quelqu'un. À mesure que nous glissons l'un contre l'autre, que je sens approcher le point de non-retour, je me délecte de lui, de ses lèvres sur les miennes…

Ses mains quittent lentement mon visage, entamant une exquise balade. Et à cet instant, je ne sais plus ce qui me procure le plus de plaisir, de ses mouvements lancinants ou de sa paume qui caresse les moindres recoins de mon épiderme, ses doigts en effleurant chaque parcelle, me laissant la chair de poule. Et lorsque nos lèvres se détachent, nos regards eux restent irrémédiablement arrimés. Depuis le début, c'est à peine si nos yeux se sont quittés, si ce ne sont ces quelques moments d'abandon extrême auxquels l'un comme l'autre avons cédé. Mais tandis que je suis prête à exploser, chaque parcelle de mon être sur le point de basculer dans l'instant, ce que je surprends brusquement dans ses prunelles est si perturbant que je ressens le besoin de me détourner de son regard. Je ne veux pas qu'il me voie quand je vais sombrer. Alors l'air de rien, je passe ma main dans ses cheveux, cherchant à y nicher mon visage. Quand soudain il me retient de continuer le mouvement, me laissant dans l'incompréhension la plus totale. J'ignore ce qui lui prend, nous étions pourtant si près. Je tente de reprendre là où nous en étions, pourtant il m'en empêche :

— Regarde-moi…, m'arrête-t-il.

Je m'écarte légèrement pour étudier son visage. Ses cheveux retombent sur ses yeux, il est si beau, si brut, là comme ça, dans mes bras. Et je ne comprends toujours pas :

— Je te regarde… Quelque chose ne va pas ? demandé-je le cœur tambourinant frénétiquement.

— Regarde-moi vraiment…, murmure-t-il. Je veux que tu me regardes quand ça arrivera…

Je cligne des yeux, une boule d'anxiété se formant dans ma gorge alors que j'ai peur de ce qu'il va dire. Pourtant je l'interroge :

— Mais de quoi tu parles ?

Sa réponse est exactement celle que je craignais :

— Je veux voir tes yeux au moment où tu vas basculer.

À ces paroles, je les ferme instinctivement, allant à l'encontre de sa demande et lorsque ses mains se posent sur mes joues, je ne cherche qu'à me dérober davantage à son regard, les maintenant volontairement fermés :

— Regarde-moi, s'il te plaît, insiste-t-il de sa voix douce et rauque. Donne-toi à moi entièrement.

— Arya..., l'imploré-je. Ne me demande pas ça...

Je peine à avaler ma salive. Mes pensées se mélangent.

— Je t'en prie..., tenté-je encore. Ce n'est pas si important...

Mais il ne me laisse pas terminer, reprenant le mouvement lascivement, ondulant du bassin pour aller et venir au plus profond de moi comme pour me provoquer, ne plus me laisser le choix que de céder à sa supplique alors que déjà mon corps réagit comme si nous n'avions jamais cessé de bouger. Ses mains n'ont pas quitté mon visage et lorsqu'il chuchote ces mots à mon oreille, mon cœur se serre :

— J'ai trop attendu ce moment pour que tu ne le fasses pas.

Je m'agrippe à ses épaules, mes cheveux nimbés de lumière dessinent des arabesques sur sa peau et à mesure qu'il vient en moi, mes gémissements montent telle une rafale qui balaierait tout sur son passage. Je me sens déjà si proche, l'orgasme prêt à me foudroyer quand le son de sa voix rauque me supplie presque :

— Regarde-moi !

— Non ! réponds-je, haletante.

Je ne veux pas le faire, je m'y refuse. Parce que je sais que c'est le moment où les yeux ne trahissent jamais ce que le cœur ressent.

Pourtant, au moment où j'explose, ma volonté défaille et je lui obéis, ancrant mes yeux aux siens alors que mon corps se répand en un milliard de particules et que mon cœur éclate avec lui. Et tandis qu'il raffermit sa prise, ses bras m'enserrant plus fort je sens de légers soubresauts à l'intérieur de moi, je comprends qu'il m'accompagne dans l'extase, nos deux corps réunis aux confins du plaisir, vibrant et tremblant à l'unisson, nos respirations se mélangeant, nos souffles rythmés par la même partition, jouant la musique que nos corps, en véritables chefs d'orchestre leur ont imposée, nos regards toujours scellés alors que nos respirations ralentissent déjà doucement...

Retrouvant presque un rythme normal nos halètements s'apaisent et lorsqu'il m'embrasse à nouveau je m'autorise enfin à fermer les yeux.

Fuir. Fuir encore. Fuir toujours.

Et tandis qu'il caresse langoureusement mon dos tout en déposant de doux baisers sur ma tempe, il me garde au creux de ses bras.

Ne fais pas ça s'il te plaît. Ne sois pas tendre. C'est fini. Tu n'en as plus besoin... Traite-moi juste comme le font la plupart des hommes. Reste persuadé comme les autres que je ne suis qu'une fille aux mœurs légères, dépourvue de sentiments. Je t'en prie, je t'en supplie arrête, ce sera plus facile pour moi.

Chapitre 24

Don't let me let you go – Jamie Lawson

Je romps le contact au sens propre comme au figuré, m'écartant vivement de lui comme brûlée. J'ai conscience de le laisser certainement aussi surpris que blessé mais je m'allonge sur le ventre tout en prenant soin de ne plus croiser ses orbes tentateurs. Il retire le préservatif, le jetant au sol et s'étend sur le dos à mes côtés sans me jeter un regard, plaçant son bras derrière sa nuque tout en scrutant le plafond, pensif. J'en profite pour l'observer à la dérobée. Tandis qu'il fronce les sourcils creusant sa ride du lion, je devine qu'il ne comprend pas ma réaction. Comment le pourrait-il ? Nous venons de vivre un moment si intense qu'il n'envisageait certainement pas que je puisse me recroqueviller aussi vite. D'autant plus que c'est moi qui suis venue le retrouver ici et qui ai fait ce pas décisif qu'il attendait tant…

Allongée pratiquement contre son flanc, je soustrais volontairement mon corps à son regard. À défaut d'avoir pu lui soustraire mon âme, masquer ma nudité me donne soudain l'illusion de le maintenir à distance, de l'empêcher de voir au-delà de ce que je veux qu'il voie. C'est idiot, je me persuaderais presque qu'ainsi je parviens à me protéger de ce que je ressens. Je me sens brusquement si vulnérable mais je me refuse à le lui montrer. Pourtant chaque fois que ses iris se figent dans les miens j'ai presque l'impression qu'ils me transpercent et qu'alors il me voit réellement. Qu'il parvient à s'immiscer au plus profond de mon être, qu'il devine ce que je m'évertue à vouloir cacher. Et chaque minute qui passe j'ai le sentiment d'échouer lamentablement, le souvenir de chaque caresse me perçant un peu plus à jour, la saveur de chaque baiser grignotant les recoins les plus retranchés de mon armure… Fragilisé, mon bouclier ne demande qu'à voler en éclats. Et soudain après ce qui me semble une éternité sa voix transperce le silence, me tirant de mes sombres rêveries :

— Pourquoi tu fais ça ? m'interroge-t-il presque sèchement, son ton tranchant avec la douceur de ce que nous venons de vivre.

De quoi parle-t-il ? De la prostitution ou du fait que je le rejette comme si nous ne venions pas de partager quelque chose d'incroyable ? Je choisis la première option. Préparée à ce genre de question je sais quoi dire alors que mon cœur, lui, hurle déjà : *« Parce que j'ai besoin de garder le contrôle… Parce que je veux pouvoir brider mes émotions… Parce que je me refuse à éprouver des sentiments pour quelqu'un. Et que c'est le seul moyen que j'ai trouvé pour y parvenir. »*

Comme toujours je force mon petit organe à se taire. Si c'est ce soir que nous devons avoir cette conversation alors je suis prête à lui offrir mes mensonges les plus éhontés et je balance à Arya une réplique toute faite :

— Pour l'argent bien sûr ! Pour quoi d'autre ?

Évidemment, il ne s'en satisfait pas :

— Tu peux servir cette version à tout le monde mais pas à moi. Je ne peux pas croire que ce soit la seule raison.

Je hausse les épaules :

— Tu peux penser ce que tu veux, il n'en demeure pas moins que c'est de l'argent facilement et rapidement gagné, tout en se faisant plaisir !

— Je suis persuadé que tu mens ! Je pense que tu cherches à cacher les véritables raisons qui t'ont poussée à faire ça…, crache-t-il. Tu es intelligente, cultivée, et surtout tu as un autre métier… Même s'il ne te rapporte pas encore énormément tu pourrais aujourd'hui parfaitement en vivre ! Ne cherche pas à me faire croire le contraire. Qu'est-ce que tu crois ? Que je ne te vois pas derrière cette forteresse que tu t'es construite pour masquer tes blessures ?

Je baisse les yeux l'espace d'un instant sans répondre. J'ai cru demeurer secrète, ne pas trop me dévoiler. Pourtant je crois que jamais personne avant lui ne m'a si facilement percée à jour sans que je ne le souhaite. Si Juliette et Ekaterina me connaissent davantage que d'autres c'est parce que je l'ai bien voulu mais lui... Malgré l'armure, derrière le voile de mystère, mes faiblesses ne semblent pas lui avoir échappé... Mais ma parade est prête, je l'ai répétée des dizaines de fois :

— Si tu penses que toutes les filles qui se prostituent le font parce qu'elles ont vécu des choses atroces, tu tombes encore une fois dans les stéréotypes, mon pauvre ! Et pourquoi penses-tu que je mente ? Parce que j'évoque la notion de plaisir ? À partir du moment où ce que je fais est immoral, suis-je obligée de le subir ? Je crois que tu te fais de fausses idées sur les femmes comme moi, nous sommes nombreuses à le revendiquer, bien que cela puisse paraître étonnant... En revanche tu as raison sur un point, concédé-je.

— Lequel ? cherche-t-il immédiatement à savoir, pensant probablement que je vais lui révéler quelque chose d'essentiel qui le conforterait dans ses certitudes.

Évidemment je n'en fais rien, je lui sors le grand jeu :

— Je pourrais me contenter de mes heures de consultation en attendant la fin de ma thèse, continué-je, bosser encore plus que je ne le fais aujourd'hui. J'ai simplement cédé à la facilité, que veux-tu ? J'ai été faible.

À ces mots je le sens se crisper contre moi et il se tourne légèrement, son regard sceptique cherchant certainement le mien mais je ne flanche pas. Surtout ne pas croiser ses pupilles qui savent si bien m'envoûter. Les éviter à tout prix si je ne veux pas qu'il puisse y lire qu'à ce moment précis, je suis prête à lâcher. Que pour lui je pourrais laisser tout bon sens derrière moi sur un vulgaire coup de tête, comme je viens déjà de le faire ce soir... Et je laisse mes pupilles à la contemplation de sa main posée si près de moi en me préparant à sa prochaine réplique :

— Ça ne justifie pas que tu te fermes de la sorte à toute forme de relation, s'agace-t-il. Tu voudrais me faire croire que ça te plaît tout ça ?

La tension qui accapare son corps ne fait que croître, je sens que je dois appuyer mes dires, faire preuve de plus d'assurance si je veux paraître crédible. Cette fille qui n'oserait pas s'imposer et qui tenterait de le préserver par-dessus tout, ce n'est pas moi. Ce n'est plus moi… Je savais qu'en lui cédant, je courais un risque, cette scène est la parfaite illustration de la dangerosité de la situation. Alors m'asseyant pour finalement planter mon regard dans le sien histoire d'appuyer ma confiance je lui demande de but en blanc :

— Est-ce que si j'allais chercher un inconnu dans un bar pour me faire sauter gratuitement ça te semblerait moins choquant ? C'est le fait qu'il y ait un rapport d'argent qui te dérange, pas le sexe facile avec un étranger, je me trompe ?

Il tressaille à ma question, je continue sans même lui laisser le temps de réfléchir à une quelconque répartie :

— J'aime le sexe et puisqu'il me permet aussi de gagner de l'argent, j'ai décidé de joindre l'utile à l'agréable. Sincèrement, qu'est-ce qui peut être plus plaisant qu'être payé pour pratiquer quelque chose que l'on aime ? tenté-je de le convaincre. Et crois-moi, me livrer à cette activité a dépassé de loin tout ce que j'en espérais. Je gagne beaucoup d'argent ! J'en gagne même énormément, tu es très bien placé pour le savoir, et ce, tout en me faisant beaucoup de bien ! Quoi que tu en penses c'est la réalité !

Il n'abandonne pas :

— Cette histoire de plaisir ne tient pas debout selon moi. Tu en trouverais tout autant si ce n'est plus auprès d'un petit ami ! Les sentiments exacerbent…

— Je ne veux pas de petit ami, le coupé-je d'un ton sec et tranchant, ne lâchant pas plus que lui. Avoir une relation de ce style serait synonyme de tracas, d'ennui, de stress, de problèmes, de disputes, de dépendance… Dois-je continuer à t'exposer tous les inconvénients que j'y vois ? Je ne veux pas m'investir dans ce genre de chose. C'est tout. Donc, cette solution reste la meilleure.

Il étrécit les yeux, pinçant les lèvres alors qu'il m'affirme presque avec aplomb :

— Mais… Ce que nous vivons, toi et moi, c'est une relation… En quelque sorte…, ose-t-il hésitant malgré tout. Est-ce le sentiment que ça t'inspire ? Tracas et ennuis ?

Je cligne des yeux ne sachant plus quoi répondre, pourtant à aucun moment je ne lâche son regard, mon assurance doit absolument transparaître, je n'ai pas le choix. Mais j'avoue m'être piégée toute seule en n'ayant pas anticipé cette question. Je dois riposter rapidement. Et je réalise qu'à cet instant, je n'ai d'autre choix que de le blesser si je veux pouvoir continuer à me protéger. Alors je déverse mon venin, mes paroles et mon ton aussi abruptes que possible :

— Toi et moi c'est… différent. Il n'y a pas vraiment de toi et moi, tranché-je. C'est juste une parenthèse, et tu me paies. Quelque part, ce soir je ne fais que te rembourser un dû. C'est tout.

— Je te paie pour maintenir cette distance entre nous que tu te refuses à franchir. Tu crois que je n'ai pas compris que tout ce que tu fais c'est chercher à te protéger ? m'assène-t-il.

Sa détresse ne m'échappe pas, j'ai le sentiment de lui faire hara-kiri en même temps que je procède à ma propre mise à mort. Je ne lui fais pas seulement du mal volontairement. Je m'en fais également et mon estomac se tord comme si je m'éventrais réellement. Dans l'obscurité je devine ses mâchoires se serrer. Semblant accuser le coup de mes paroles il se tourne complètement vers moi :

— Et le bonheur ? Que fais-tu du bonheur ? tente-t-il.

Mon cœur se serre davantage.

Le bonheur. J'y ai renoncé depuis si longtemps…

Je jette volontairement un rire sans joie pour surjouer le dédain, j'ai besoin de sortir tête haute de ce combat contre mes sentiments :

— Le bonheur ? Est-ce qu'au moins il existe réellement ? Parce que si c'est le cas, alors je crois que j'ai trouvé la version qui s'en approche le plus à mes yeux, argué-je avec ironie.

Ses sourcils restent froncés, son visage tendu. J'étaye mes arguments :

— Crois-moi ! Je sais que ça peut te sembler surréaliste, mais chacun de mes clients me procure du plaisir, je peux te l'assurer !

Je jurerais que ce qui traverse ses yeux à cet instant est un voile de déception, presque de tristesse. Pourtant je n'hésite plus, quitte à piétiner son cœur ou son ego. Peu importe :

— En revanche, je ne peux pas te mentir… Mes règles sont bien là pour une raison… Au départ, je les ai mises en place justement pour éviter d'avoir à faire des choses qui m'auraient dégoûtée. Peut-être même que si je ne les avais pas imposées, je ne serais jamais parvenue à faire ça.

— C'est-à-dire ? m'interroge-t-il, piqué par la curiosité.

— Je t'ai dit que j'aimais le sexe et c'est vrai. Mais pas à n'importe quel prix, soyons lucides ! Baiser avec des vieux porcs dégueulasses aurait très certainement été au-dessus de mes forces, je dois l'avouer. Comme je te l'ai dit, je veux pouvoir prendre du plaisir dans ce que je fais, même si c'est quelque chose de... particulier. C'est un but que je n'ai jamais perdu de vue, et que par chance j'ai toujours réussi à atteindre.

Je marque une pause et lui lâche, un brin sarcastique pour tenter de détendre l'atmosphère de cette conversation, arborant un léger sourire :

— D'ailleurs, je me suis toujours demandé comment faisaient toutes les autres pour se taper tout et n'importe quoi… Même pour du fric.

Je pousse un énorme soupir en constatant :

— J'ai eu de la chance, en fait… Ces règles que j'ai définies au départ pour me protéger sont justement ce qui fait je suis si bien payée et que je peux me permettre de faire la fine bouche sur mes clients potentiels !

Lui ne sourit toujours pas, il continue avec ses questions.

— Explique-moi…, m'incite-t-il simplement.

— Eh bien… Comme je te l'ai dit, quand j'ai commencé à me vendre, j'ai tout de suite imposé mes conditions. Il était hors de question de mettre des types qui me foutaient la gerbe dans mon lit. J'ai décidé que je trierais mes clients sur le volet, quitte à en avoir moins… Au début, Ekaterina pensait que ça me desservirait. Que ce n'était pas à l'Escort d'avoir des exigences. J'étais certaine que ça ferait ma force… Et plus j'en ai refusé, plus ils se sont précipités à ma porte.

Il hausse un sourcil :

— Et pourquoi, à ton avis ?

— Leur ego… affirmé-je sans concession. Dans ce monde-là, tout se sait rapidement. Dès que la rumeur de mes sélections a commencé à courir, ils se sont tous précipités pour savoir si je leur dirais oui. Un peu comme cela a été ton cas, d'ailleurs. C'est pour ça que tu m'as choisie moi et pas une autre. Et plus j'en recalais, plus on m'offrait d'argent pour m'avoir. C'est comme ça que les prix n'ont cessé de grimper. Pas parce que je l'ai souhaité mais parce qu'ils ont proposé. Tu vois, le principe de l'offre et de la demande.

Je n'avais encore jamais pris un seul client que déjà on me proposait dix fois plus qu'à toutes les autres !

Il semble réfléchir à mes explications puis me demande encore :

— Depuis combien de temps n'as-tu pas fait ça juste pour le plaisir ? Je veux dire, sans gagner d'argent en retour ?

Je prends une grande inspiration afin de lâcher un profond soupir, et tout un maintenant mes yeux dans les siens pour asseoir le côté « sûre de moi » je réponds :

— Depuis très très longtemps…

Jusqu'à ce soir.

Il plisse les yeux et je me demande simplement quand il cessera cet interrogatoire :

— Mais si un jour tu ne rencontres quelqu'un avec qui tu veux faire ta vie ?

— Ça n'arrivera jamais ! jeté-je simplement sans même avoir besoin de réfléchir.

— Comment peux-tu en être certaine ?

— Je le sais, c'est tout ! affirmé-je d'un ton péremptoire.

— Tu n'as pas envie d'avoir un jour une vie normale ? D'arrêter ? De quitter tout ça ?

— Non

— Jamais ?

— Jamais.

Il semble réfléchir à ma réponse puis reprend :

— Et que feras-tu lorsque tu ne seras plus si jeune ? Que les clients ne te demanderont plus ?

— J'aurais certainement mis assez d'argent de côté pour couler des jours paisibles sans me poser de questions…, affirmé-je.

— Effectivement, on dirait que je me suis trompé sur toi, qu'il n'y ait bien que ça qui compte pour toi ! crache-t-il soudain amer. L'argent ! Tout comme ça a pu m'arriver, tu sembles avoir perdu de vue ce qui est essentiel. Simplement tu m'as l'air bien trop résolue pour que je tente encore de te convaincre que c'est la mauvaise voie…

Je cille à ses paroles résignées, mon cœur vacille mais je ne dois rien montrer. Et dans un sursaut peut-être encore optimiste malgré lui, il m'assène le coup de grâce :

— Et tout cet argent, à quoi te servira-t-il, si tu finis tes jours seule ?

— Qui sait ? tenté-je. Je comblerais peut-être moi-même à mon tour mon vide affectif auprès d'Escorts lorsque viendront mes vieux jours…

Un frisson me traverse, j'ai soudain un peu froid. Ou peut-être est-ce seulement l'évocation d'un futur qui pour la première fois m'apparaît morne et triste qui me fait frissonner ? Tout à coup je crains qu'Arya n'ait bouleversé pour toujours tout ce que je pensais désormais attendre de la vie. Et lorsqu'il tire la couverture pour m'en envelopper, toujours aussi prévenant, doux et protecteur à mon égard mon cœur se remet à hurler plus fort qu'il ne l'a jamais fait.

Chapitre 25

Against all odds – Mariah Carey

Le lendemain matin nous avons prévu de nous lever tôt pour pouvoir dire au revoir à Rora et Wilhelm avant de prendre la route pour Vienne. Mais je n'ai aucun mal à émerger, je n'ai pas fermé l'œil de la nuit, revivant chaque instant, chaque seconde, chaque baiser. Ne pas sombrer dans le sommeil a également eu le mérite de me tenir éloignée de mes cauchemars, l'intime conviction que ma nuit ne pourrait être sereine ne voulant pas me quitter. Je n'aurais pas aimé qu'Arya me surprenne en pleine crise nocturne et ne s'interroge davantage.

Après ma réaction plus que froide et la discussion qui en a découlé, Arya m'a demandé si je voulais rentrer. Comme une idiote, j'ai décliné. Sans vouloir me l'avouer je crains d'avoir voulu savourer sa présence le plus de temps possible. Je sais que j'aurais dû y réfléchir à deux fois mais je n'en ai pas eu la force, notre échange m'ayant affaiblie plus que je ne l'aurais souhaité. Nous sommes alors restés dans la grange, l'un à côté de l'autre, mais refroidi par notre dissension il s'est tenu aussi loin de moi que possible. En tout cas jusqu'à ce qu'il s'endorme. Parce que dans la nuit, ses bras sont venus m'enserrer et je l'ai laissé faire le cœur battant et au bord des larmes.

Nous sommes restés ainsi jusqu'à ce que le froid n'ait raison de notre résistance, sur les coups de 4 heures. Nous sommes alors retournés dans la maison et avons regagné chacun notre chambre… Au moment où il m'a quittée devant sa porte, me tournant le dos comme résigné sur la suite de notre relation, j'ai cru mourir étouffée en retenant les sanglots qui menaçaient de m'échapper. Pourtant je l'ai laissé partir, réduisant moi-même mon cœur à l'état de miettes. Finalement, ne parvenant pas à fermer l'œil, j'ai quitté le lit vers 5 heures 30 et me suis préparée au radar, comme hors de mon corps…

Lorsque je descends une heure plus tard, Rora est déjà dans la cuisine, nous passons encore un agréable moment toutes les deux à discuter. Cette façon qu'elle a de me couvrir du regard avec douceur me bouleverse sans cesse et me fait revenir à mon triste sort de femme seule, sans famille pour l'aimer et l'accompagner dans la vie.

Lorsqu'Arya franchit la porte, je cherche à éviter ses yeux, ce qui ne l'empêche pas pour autant de s'approcher de moi et de m'embrasser sur le front comme il le fait toujours. Ce contact me brise presque et mon estomac se retourne. La boule qui n'a pas quitté ma gorge ces jours derniers m'étouffe à tel point que je pourrais rendre mon petit déjeuner.

Un échange en hongrois s'ensuit entre lui et sa mère :

— Jól aludtál, drágám ? Fáradtnak látsz ! (Tu as bien dormi, mon chéri ? Tu as l'air fatigué !)

Arya lui répond d'un air presque las, mais pourtant avec le sourire :

— Nagyon sok dolgot gondolok jelenleg, beismerem... de rendben van, ne aggódj. (J'ai pas mal de choses en tête, je l'avoue… Mais ça va aller, ne t'inquiète pas.)

Je ne comprends pas ce qu'ils se disent, mais je jurerais que quelque part il est un peu question de moi. Arya a l'air gêné, presque peiné et il baisse les yeux sans même me regarder. J'ai tout à coup l'impression que c'est lui qui me fuit, plus le contraire… Rora me fait promettre de revenir bientôt avec son fils et quand mon regard croise celui d'Arya juste un bref instant dans le dos de sa maman, et que je lui en fais la promesse mon cœur se brise davantage, je me retiens d'éclater en sanglots. Ces « au revoir » me déchirent plus que je ne l'aurais pensé, je sais parfaitement que je ne reverrai jamais ces gens qui m'ont accueillie avec une tendresse inespérée.

Le trajet en voiture se fait dans un silence de mort. Depuis ce matin nous ne nous sommes adressé la parole que pour échanger des banalités d'ordre logistique. J'ai conscience d'avoir jeté un froid polaire entre nous et les rares fois où je pose mon regard sur Arya, je décèle un voile de tristesse dans ses yeux. Dans l'avion je fais mine de regarder un film, l'espace d'un instant je crois voir sa main tenter de s'approcher de la mienne mais il se ravise et mon cœur se serre à l'idée que j'aurais aimé qu'il le fasse malgré la distance que je souhaite imposer entre nous. Je réalise que mon corps ne vit plus que dans l'attente de son toucher, revivant notre nuit encore et encore sans pouvoir chasser ces souvenirs de mon esprit torturé, sachant que le moment de notre séparation définitive approche dangereusement à mesure que l'avion réduit la distance qui nous sépare de Paris.

Paul vient nous chercher à l'aéroport, le trajet toujours aussi silencieux me semble interminable tout comme cette journée que pourtant j'aimerais ne jamais voir se terminer. Et lorsque la voiture se gare au pied de l'immeuble de l'agence d'Ekaterina, c'est lui qui se décide à briser enfin le lourd silence entre nous tout en portant vaguement son regard dehors :

— Alors maintenant… Comment ça se passe entre nous ?

Tandis que je m'apprête à prononcer son prénom, je me ravise. Je dois rester froide, sans cœur. Sinon je ne vais jamais y arriver. Et je récite la tirade que je me suis répétée pendant tout le trajet en m'imaginant tout ce qu'il pourrait me dire :

— Il n'y a pas de « nous »… Il n'y a pas plus de « nous » maintenant qu'avant ce week-end…

Comme figé il garde les yeux vers la rue. Autant lui mettre une gifle, ça lui ferait certainement le même effet même s'il sait à quoi s'en tenir depuis notre conversation post-coïtale. Je crains qu'un infime espoir ne se glisse encore sous son épiderme, je dois le réduire à néant. Après tout je le comprends, hier soir je lui en ai servi sur un plateau pour ensuite les piétiner, ni plus ni moins. Je pourrais tout autant balancer que je regrette ce qui s'est passé entre nous, ce serait pareil. Je réalise d'ailleurs que si cela s'avère être une nécessité, je serais prête à lui faire croire que c'est le cas et je tente de rester de glace pour qu'il ne voie pas à quel point ce que je lui jette au visage me fend le cœur :

— J'aurais dû rester sur ma position… NOUS aurions dû rester sur nos positions… Tu es le client, tu paies et je fournis la prestation… Nous avons franchi une ligne que nous n'aurions jamais dû franchir. Ça n'aurait jamais dû arriver parce que maintenant tout est brouillé entre nous…

— Pour moi tout est très clair, au contraire ! crie-t-il pratiquement en se tournant alors vers moi, ses yeux harponnant les miens.

— Pour moi aussi, mais visiblement je t'ai envoyé le mauvais message. Si j'ai pu te laisser penser…

— Pourquoi tu fais machine arrière ? me coupe-t-il en essayant de me prendre la main. Je vois bien que tu as envie de plus ! Pourquoi tu te retiens ?

J'ai habilement esquivé son contact.

S'il te plaît... Cesse d'être si adorable alors que je lacère ton cœur, ne m'oblige pas à me montrer plus dure avec toi pour que tu acceptes que tout ça se termine...

À cet instant, c'en est déjà trop pour moi. Je ne parviens plus à le regarder dans les yeux et je baisse le regard lorsque je lui assène un nouveau coup, reprenant où j'en étais restée avant qu'il me coupe :

— … Si j'ai pu te laisser penser qu'après ça, quoi que ce soit serait possible, j'en suis confuse, je t'ai laissé croire à une chimère.

— Une chimère…, répète-t-il dans un souffle.

— Ça veut dire un rêve…

— Je connais ce mot, se vexe-t-il. Je sais ce qu'il signifie.

Ne voulant pas l'insulter davantage, je ne relève pas immédiatement. Pourtant dans un sursaut d'empathie je me sens presque obligée de lui présenter un semblant d'excuse :

— Je… Je savais que c'était une erreur…, soufflé-je. Je n'aurais pas dû…

— Je n'ai pas eu l'impression que tu pensais que cela en était une, hier soir lorsque tu m'as rejoint dans cette grange ! s'insurge-t-il tout à coup. Je te rappelle quand même que c'est TOI qui es venue me trouver !

Il insiste sur le « *toi* » et il a parfaitement raison. Il appuie là où ça fait mal. Parce que lui, depuis le début, a toujours refusé de me toucher et c'est moi qui suis venue réclamer. Pourtant je continue, consciente qu'il ne peut pas comprendre pourquoi je recule après avoir franchi un tel pas, cherchant à m'excuser davantage :

— Je suis désolée, je n'aurais pas dû te céder... Mais je te l'ai dit, j'aime le sexe et je ne peux pas nier que physiquement tu m'attires depuis le début… J'avais envie de boucler la boucle avant que nous nous quittions pour de bon mais j'ai été bête, je me doutais que ça t'induirait en erreur sur mes intentions et sur la suite des évènements entre nous. J'ai agi en égoïste, je le regrette…

Accusant le coup il continue à me questionner, il semble apprécier plus qu'il ne le devrait la torture que je lui impose d'endurer :

— Alors pourquoi l'avoir fait quand même, puisque tu savais que j'attendrais autre chose, après ça ? m'interroge-t-il aussi amer que triste.

Parce que j'en mourrais d'envie. Parce que tu as pulvérisé tous mes remparts. Parce que sans le vouloir je t'ai offert bien plus que mon corps et cela bien avant-hier soir...

Mais je ne peux pas lui dire la vérité. La seule possibilité pour qu'il me laisse partir, c'est qu'il me déteste, et je décide de me faire passer pour une fille calculatrice, sans cœur et pourquoi pas sans remords :

— J'avais envie de toi, tout simplement... Ça fait des semaines que j'en ai envie et tu le sais très bien. Tu t'es d'ailleurs arrangé pour que ce soit le cas. Nous avons joué à ce jeu tous les deux. Et hier soir, quand j'ai appris qu'enfin tu avais cessé de payer je savais que c'était le moment où jamais, qu'il n'y aurait plus jamais d'autre occasion. Je me suis dit que je ne pouvais pas laisser passer ma chance. Plus rien d'autre n'a compté. Je n'ai plus pensé qu'à ça, je n'ai pensé qu'à moi...

Son visage blanchit, se décompose pourtant il tente encore de poser sa main sur la mienne. Son contact me fait l'effet d'une brûlure et de nouveau je m'écarte vivement pour m'en soustraire. Je réalise que cet homme n'en a pas encore assez subi pour avoir envie de me fuir. Alors je mens encore et encore :

— Et il y a autre chose, aussi...

Ses yeux s'écarquillent, interrogateurs alors que je n'attends pas qu'il me questionne pour lui expliquer :

— Je voulais t'en donner pour ton argent. Tu m'as payée des sommes astronomiques pendant des semaines sans jamais me toucher, j'ai eu l'impression de profiter de toi et de l'affection que tu as développée envers moi, de t'arnaquer en somme. Ma réputation était en jeu. Je ne pouvais pas laisser cette situation perdurer. C'est au-dessus de tous mes principes.

— Arrête de faire ça, s'il te plaît, murmure-t-il comme s'il était enfin las.

— De faire quoi ?

— De mentir…, souffle-t-il encore. Tu en mourrais d'envie, c'est vrai mais si tu as sauté le pas ça n'a rien à voir avec ta réputation ! Si ça avait vraiment été la question, il te suffisait d'arrêter de me prendre comme client dès le départ, d'appliquer tes fameuses règles en somme, ainsi j'aurais arrêté de te payer pour « rien » comme tu te plais à l'insinuer. Mais ne m'as-tu pas dit que les clients te payaient parfois bien plus que ce tu demandais ? Alors moi aussi j'étais libre de te payer juste pour nous promener, non ? Ce que tu me dis aujourd'hui va à l'encontre du discours que tu m'as tenu pas plus tard qu'hier ! Tu as peur. Tu ressens des choses pour moi, je le sens, et tu ne sais pas comment faire pour t'échapper, c'est tout !

Une fois encore il me pousse dans mes derniers retranchements, me mettant au pied du mur. Acculée par ses paroles je suffoquerais presque tandis que finalement c'est lui qui m'assène le coup de grâce que je voulais lui porter :

— Tu peux me dire ce que tu veux, mais je ne suis pas certain que celui de nous deux qui poursuive une chimère, ce soit moi…

Le silence voudrait gagner. Je tente une dernière riposte :

— Je ne sais pas ce que tu crois savoir de ce que je ressens, insisté-je dans un ultime souffle au bord de la panique. Mais ce que tu t'es imaginé n'existe pas. Ça n'a jamais existé et ça n'existera jamais.

À cet instant ce mensonge m'étouffe bien plus que tous ceux que j'ai pu balancer jusqu'à présent. Je meurs d'envie de lui dire qu'il ne se trompe pas, je rêve de lui hurler qu'il m'a fait vivre les plus beaux moments de mon existence, qu'il a fait vibrer mon cœur et mon âme comme personne auparavant mais je n'en fais rien. Je crois que celui-ci demeurera le pire que j'aurais à vivre. Notre séparation définitive est imminente. Je dois me retenir de penser que peut-être un jour je le reverrai une épouse à son bras et qu'alors mon cœur se serrera au souvenir de nos étreintes.

Et presque froidement sans le regarder j'abdique :

— Je te souhaite de trouver le bonheur, tu le mérites.

Il ne me regarde déjà plus lui non plus lorsqu'il me répond presque aussi détaché que je le suis :

— Et je te souhaite de trouver ce que tu cherches, Janelle…

Je descends rapidement de la limousine, Paul est dehors avec ma valise à attendre que je daigne sortir et à peine l'ai-je remercié que je me mets pratiquement à courir sans me retourner pour m'éloigner au plus vite, mettant fin à ce week-end et à toute relation avec Arya, pour autant que notre histoire ait pu ressembler à une relation.

Pourtant au moment où je le fuis, lui et ce que je ressens, je peine à retenir les sanglots qui obstruent ma gorge et les battements de mon cœur s'entrechoquent, chaotiques et irréguliers. Respirer me demande un effort surhumain. Je dois lutter pour ne pas me retourner, pour ne pas y retourner et lui dire que je suis désolée et que tout ce que je viens de lui débiter n'est que pur mensonge. Je reste dans le hall de l'immeuble un bon moment avant de parvenir à sécher mes larmes et à me ressaisir.

Lorsque je rentre chez moi et que je relève la boîte aux lettres après plusieurs jours d'absence, le courrier a déjà commencé à s'entasser. Je monte directement sans vraiment y jeter un œil et le pose dans un coin à peine la porte franchie, mon esprit accaparé par des pensées que j'aimerais parvenir à chasser.

Mais j'ai beau essayer, l'image d'Arya, de notre nuit, de notre séparation me reviennent sans cesse. Sa peau douce et chaude contre la mienne me hante, son sourire, ses baisers, ses caresses me manquent déjà comme si j'avais eu le bonheur d'en connaître la sensation toute une vie. Pire, la souffrance que je viens de lui infliger et de m'infliger à moi-même me déchire les entrailles, la douleur est telle que j'ai l'impression que l'on m'écartèle de part en part.

J'ai brusquement l'impression en scrutant par les fenêtres de mon salon que la tour Eiffel au loin me nargue, cherchant à me rappeler à quoi je viens de renoncer.

Quand je me décide enfin à consulter mon courrier, mon cœur s'arrête lorsque je repère une lettre différente des autres. Une lettre qui ne porte ni timbre ni adresse et qui me glace le sang. Et lorsque je la décachette mon cœur s'arrête. Il s'agit d'une photo sur laquelle Arya et moi sommes enlacés tendrement lors de l'une de nos balades. Elle a été prise cet été et le message au dos, sec, austère et menaçant, bien que non signé ne laisse aucun doute sur son auteur : « Tu n'as pas cru bon de me prendre au sérieux. Tu vas le regretter ! »

À cet instant je m'effondre une fois encore, en larmes.

Chapitre 26

Thousand miles – Tove Lo

Plusieurs jours se passent. J'essaie de reprendre une vie normale, d'occulter les menaces de mon père, l'absence d'Arya, tentant vainement de chasser de ma mémoire ces dernières semaines où il a fait tant de ravages sur ma vie et sur mon cœur. Pourtant, lorsque je me trouve face à mon reflet dans le miroir, je ne peux me voiler la face. Si mon allure est demeurée intacte quelque chose a changé malgré tout et je ne peux m'empêcher de me questionner. Où est-il ? Dans quel pays ? Que fait-il ? Avec qui ? Pense-t-il à moi, parfois, tout comme moi je pense à lui ?

J'aimerais parvenir à me lever le matin et à passer à autre chose mais mon esprit en a visiblement décidé autrement, en proie à une immense déprime et je m'en veux. Je m'en veux de ce que je ressens car j'aurais dû savoir que tout cela pouvait arriver. Je m'étais fixé des règles et j'y ai dérogé en toute connaissance de cause, pensant pouvoir résister. Aujourd'hui le constat est lourd, j'ai échoué et je vais devoir remonter la pente coûte que coûte. Parce que je n'ai pas d'autre choix.

Deux semaines passent. Mon travail à l'hôpital, mes recherches, mes études qui me passionnaient tant ne trouvent même plus grâce à mes yeux. Le mois de novembre approche à grands pas et le vent d'automne, faisant s'envoler les feuilles, n'emporte pourtant pas avec lui mon vague à l'âme.

Je ne sors de chez moi que par obligation, chaque rue de Paris me ramenant à des instants partagés avec Arya et l'ambivalence de mes sentiments me débecte. Je voudrais pouvoir l'oublier pourtant le souvenir de nos moments partagés est ce qui m'apporte le réconfort dont j'ai besoin. L'impression de tourner en rond me submerge, je me sens incapable d'avancer. Je suis pourtant de celles qui aident les gens à le faire mais je ne parviens pas du tout à appliquer ces méthodes à moi-même.

Je sollicite Ekaterina, m'étonnant de ne plus recevoir aucune demande de clients, elle m'adresse plusieurs dossiers. J'en viens à penser que mon salut est ici. Le fait de rencontrer d'autres hommes, d'accepter d'autres clients pourrait m'aider. Baiser pour oublier pourrait être la solution. Pourtant je les refuse tous sans même y jeter un coup d'œil. Je ne mange plus, je dépéris à vue d'œil, mes joues se creusant aussi vite que les cernes bleutés que j'arbore, le manque de sommeil se remarquant de plus en plus au fil du temps et j'abuse du maquillage lorsque je sors pour cacher la misère. Si ça continue je serai tellement décharnée que je ne ferai plus envie à personne.

Puis vient ce fameux jour… Celui où Juliette m'appelle en catastrophe :

— Janelle, putain ! T'as pas vu les journaux à potins ?

— Non, pourquoi ?

— Putain, ma vieille c'est la merde ! Ta tête est partout sur les kiosques à journaux !

— Quoi ? Mais de quoi tu parles, bon sang ?

— Ça se voit que tu ne sors plus ! relève-t-elle. Attends, je t'envoie un lien !

Je décolle mon téléphone de l'oreille pour regarder ce qu'elle vient de m'adresser. À l'apparition de la couverture du magazine, je me sens défaillir et je lui raccroche au nez sans même le réaliser.

Le canard titre : *« Qui est cette mystérieuse femme dans les bras du millionnaire autrichien Markus Leiner ? »* et illustre son article d'une série de photos prises à des endroits et des jours différents, Arya et moi souriants, toujours plus proches, parfois enlacés…

Juliette m'envoie d'autres liens. Nous faisons les gros titres de toutes les feuilles de chou raffolant de ce genre de ragots et de spéculations en tous genres. Mon père a tenu ses promesses, pire il est parvenu à susciter l'intérêt de ces journalistes sans scrupules et prêts à tout pour vendre leurs torchons. Mais à cet instant, la seule chose à laquelle je pense ce n'est pas à l'impact que tout cela pourrait avoir sur ma vie. Je pense à Arya, à sa réputation qui pourrait être ruinée par le scandale, à ses affaires et à son futur qui pourraient en pâtir. Que dois-je faire ? Le contacter malgré ce qui s'est passé entre nous ? Comment il réagira-t-il à tout ça ? M'en voudra-t-il s'il apprend que tout est ma faute ?

Le cerveau brutalement broyé par la culpabilité, je me sens si mal que je ressens le besoin pressant de me vider la tête pour ne plus penser à la misère qu'est ma vie ou plutôt de noyer mes pensées sordides. Je me souviens alors que boire adoucit ce qui va mal, aide à se sentir mieux, à oublier ce qu'on a le sentiment de ne pouvoir maîtriser. Et aujourd'hui je ne maîtrise plus rien. Je me rappelle la seule et unique fois où j'ai bu. Plus rien n'avait d'importance, plus aucun des actes que je commettais n'avait l'air grave, seule cette impression de flotter existait. Pour une fois dans ma vie je m'étais sentie bien… Jusqu'à ce que je dessaoule. Et ne sachant quoi faire d'autre, je décide de sortir m'acheter de l'alcool. Je trouve mon bonheur dans un pack de bières à l'épicerie du coin et remonte rapidement chez moi.

Je sais que je m'étais promis de ne plus jamais toucher une goutte d'alcool. Encore une règle sur laquelle je marche allègrement mais la fin justifie les moyens et ce soir je sais que je ne risque rien, je suis seule. Je n'aspire qu'à retrouver cette sensation de bien-être et de flottement. Et déjà je m'interroge : Combien me faudra-t-il de bouteilles pour inonder mon chagrin, combien faudra-t-il que je verse de larmes pour noyer ma peine ? La dernière fois j'avais 16 ans…

À peine la porte franchie je décapsule une bouteille et l'enfile pratiquement d'un trait sans même prendre le temps d'aller m'installer. Debout dans l'entrée de mon appartement je me scrute dans le miroir, me fais pitié. Je n'ai pas l'habitude d'ingurgiter de l'alcool, la tête me tourne seulement au bout de quelques minutes. Déjà les contours de mon visage m'apparaissent plus flous lorsque j'observe mon reflet… J'en enquille une autre tout aussi vite, je ne veux plus me voir, je ne veux plus faire face à celle que je suis devenue et tout à coup, croulant sous le poids de mes émotions je fonds en larmes et m'écroule. Assise par terre dans mon putain de couloir j'étouffe et comme si ça pouvait m'aider à retrouver mon oxygène, je projette violemment ma bouteille le long du mur tout en poussant un hurlement.

Mais qu'est-ce que j'ai cru ? Que j'allais trouver le réconfort dans une bouteille vide ? Qu'une fois débarrassée de son liquide, je verrai la solution à mes problèmes au fond ? Est-ce que je n'ai pas retenu la leçon à propos de l'alcool ? Avec lui au début on a l'impression que tout va mieux mais lentement tout bascule. Les questions se bousculent dans ma tête mais je n'ai pas le temps d'y trouver des réponses qu'on frappe à ma porte. Certainement l'un de mes voisins qui m'a entendue, personne n'a sonné à l'interphone.

Me relevant difficilement j'essuie mes larmes d'un revers de la main tout en me dirigeant vers l'entrée je détaille rapidement mon reflet, tentant de prendre figure humaine mais lorsque j'entrouvre la lourde porte je suis une nouvelle fois ébranlée. Mon père se tient devant moi, je n'ai même pas le temps d'esquisser le moindre mouvement, mes réflexes déjà bien entamés par l'alcool, que déjà il m'agrippe par les cheveux entre dans le vif du sujet sans préambule, me plaquant contre le mur :

— Alors ? On s'est payé un petit week-end, récemment ? T'as dû toucher le pactole, tu vas pouvoir en donner un peu à papa ! se marre-t-il.

Je gémis de douleur mais le brave malgré tout :

— Je t'ai dit que je ne te donnerai plus rien !

Son sourire sournois me transperce et tandis qu'il approche son visage du mien pour me jeter son venin au visage, son haleine de tabac me donne envie de vomir :

— T'as pas encore compris que j'étais sérieux ? Ce petit échantillon ne t'a pas encore suffi ? baratine-t-il.

Mais je ne suis pas décidée à me laisser faire :

— Tu bluffes ! Tu ne peux rien contre Arya, ces quelques photos ne prouvent rien du tout !

Il rit doucement :

— Tu as tort de prendre tout ça à la légère ! rit-il plus doucement. Les journalistes que j'ai contactés, eux, ont vite compris qu'ils tenaient un bon filon et ils sont déjà en pleine recherche sur les clients de ton agence. Ton petit copain risque fort de ne pas être le seul à ramasser sur ce coup-là !

Tirant davantage mes cheveux, il rit comme un taré, mais à cet instant, alors que j'ai la sensation qu'il va m'arracher la tête il me lâche enfin, attiré loin de moi par une force que je n'identifie pas immédiatement. Je n'ai pas le temps de m'interroger que mes pupilles se posent sur Arya jetant son poing dans la figure de mon géniteur, ce dernier se retrouvant violemment projeté au sol. Rejoignant les morceaux de verre brisé un peu plus tôt il s'y affale, entraînant avec lui des éclats qui rayent le parquet dans un crissement aigu.

Resté en posture d'attaque, visage fermé et poings serrés, prêt à bondir de nouveau en cas de besoin, Arya reste là sans bouger ni même me jeter un regard, essoufflé par la rage et observant mon père reprendre ses esprits. Je me rassois alors, croulant sous le poids des émotions :

— Ah ! Voilà le millionnaire ! se gausse mon père. On va pouvoir discuter plus sérieusement !

Souriant alors froidement il essuie le mince filet de sang qui coule de sa lèvre alors qu'il reprend déjà en se relevant :

— Je pense que lui et moi on va pouvoir trouver un terrain d'entente, puisque toi tu ne veux pas céder !

Arya a déjà dû voir les journaux, il est probablement là à cause de ça.

— Qui êtes-vous ? l'interroge-t-il. Et que voulez-vous à Janelle, au juste ?

— Elle ne vous a pas parlé de moi ? le distrait-il feignant une moue déçue. Je suis son père !

Et déjà je m'écrie en pleurant :

— Ne le laisse pas faire ! Ne le laisse pas ruiner ta vie !

Mais dardant enfin sur moi ses prunelles tendres et tristes à la fois, Arya ose m'avouer dans un murmure :

— Ma vie est déjà ruinée si je dois la passer sans toi…

Malgré la distance qui nous sépare encore physiquement, ses mots réchauffent ma poitrine. Je sais déjà tout ce qu'il ne m'a jamais dit et mon cœur vacille, débordant jusque dans mes yeux. Pourtant je n'ai pas le temps de réfléchir à ses paroles que la voix de mon père s'élève de nouveau, moqueuse :

— Mais si c'est pas mignon tout ça ?

Arya lui lance un regard meurtrier, serrant les mâchoires avant d'enrager entre ses dents :

— Quelles que soient vos menaces et votre chantage, ils ne m'effraient pas !

— Monsieur n'a visiblement pas lu la belle presse récemment, pérore mon paternel toujours souriant comme s'il ne venait pas tout juste de se retrouver au tapis.

— Je l'ai vue, confirme Arya, et si c'est vous qui êtes à l'origine de tout ça je peux vous dire que vous vous trompez de moyen de pression. Je me fiche que tout le monde connaisse l'existence de votre fille dans ma vie !

Sûr de lui, mon père le défie davantage :

— Je ne partirai pas avant d'avoir mon argent !

— Vous n'aurez pas un centime ! crache encore mon bel Autrichien.

Une fraction de seconde plus tard, comprenant probablement qu'il ne parviendra jamais à ses fins mon père se jette sur Arya à son tour, se mettant à le frapper sans jamais s'arrêter et la peur me prend aux tripes. J'ai peur qu'Arya ne soit blessé même s'il rend coup pour coup, finissant même par prendre le dessus, et je sanglote en silence, prostrée dans un coin. La console valdingue, un vase vole en éclats tout comme les bières qui s'y trouvaient encore et qui explosent au sol, Arya essuie un coup de poing dans la mâchoire lui arrachant un gémissement sourd, il plaque mon père contre le miroir qui se brise… Recroquevillée et impuissante je prie silencieusement, attendant que tout se termine… Quand finalement, analysant qu'il domine à présent cet échange musclé, Arya se décide à s'arrêter :

— Vous pouvez faire ce qu'il vous plaira, met-il mon père en garde. Dire à qui vous voudrez que j'ai rencontré votre fille alors que je la payais pour coucher avec moi, ça m'est égal ! Jamais je n'aurai honte d'elle ou de ce qu'elle a pu faire dans sa vie !

Mon estomac se tord. Pour la première fois dans cette satanée vie quelqu'un ose se dresser, se battre pour moi, avouer que jamais je ne lui ferai honte… Incapable d'analyser totalement l'effet de ses paroles, mes larmes redoublent.

— En revanche, continue Arya d'une voix basse, mâchoires crispées, je vous jure que si vous cherchez encore à la menacer d'une quelconque façon, je vous fais buter ! Et croyez-moi, j'ai assez d'argent pour payer quelqu'un d'assez compétent pour qu'on ne trouve jamais que je suis le commanditaire, suis-je assez clair ?

Je crois déceler la peur dans les yeux de mon père, et j'ai à peine le temps de le réaliser qu'il a déjà quitté mon appartement et qu'Arya se rue sur moi, s'accroupissant pour me rejoindre :

— Janelle, tu vas bien ?

S'écartant alors de moi comme pour vérifier que je suis entière il avise les lieux, constate les dégâts et me scrutant soudain plus attentivement il me lance un regard encore plus inquiet que le précédent, prenant mon visage en coupe en figeant ses yeux dans les miens :

— Mais… Tu as bu ? Mais pourquoi ?

S'il est une certitude que l'alcool désinhibe à cet instant précis, je ne peux me retenir de lui servir la vérité brute :

— Je voulais t'oublier… avoué-je. Oublier que je t'avais rejeté, toi la plus belle chose qui me soit arrivée, toi la seule personne qui m'ait jamais rendue heureuse…

Une lueur de lucidité me traverse, je réalise que je n'aurais probablement pas dû lui dire tout ça si je ne veux pas lui donner à nouveau de faux espoirs et j'enchaîne, mes mains se portant elles aussi à son visage meurtri par les coups :

— Comment tu as su où j'habitais ?

Il pince les lèvres pour m'expliquer :

— Avec de l'argent on peut tout trouver… Tu devrais le savoir…

Je cherche à savoir :

— Tu venais pour ça ? Pour les photos ?

— Pas exactement…, avoue-t-il à demi-mots.

— Ce qui veut dire ?

Soupirant lourdement, la tristesse semble de nouveau prendre place dans ses yeux, remplaçant l'inquiétude mais brusquement l'état de son visage m'horrifie. Je réalise qu'il a morflé. Pour moi. Il s'est battu pour moi… La pulpe de mes doigts frôle sa lèvre fendue, il sursaute sous la douleur provoquée par mon toucher :

— Tu es blessé…, m'angoissé-je.

— Ce n'est rien. Même si j'avais dû terminer à l'hôpital je l'aurais fait sans hésiter !

Touchée à un point inimaginable j'ai encore du mal à réaliser ce qui vient de se passer, toutes ces choses qu'il a dites pour chasser mon père :

— Je te remercie de ce que tu as fait…, osé-je dans un souffle. Et de tes paroles…

Il s'approche de mon visage et sa voix n'est elle aussi plus que murmure :

— J'en ai pensé chaque mot…

Mon cœur bat la chamade et je cherche encore ce que je pourrais lui dire quand ses lèvres fondent sur les miennes. N'étant plus capable d'analyser quoi que ce soit je le laisse faire, mon corps ne cherchant plus qu'à satisfaire le besoin qu'il a de lui et de son contact.

Nos bouches s'entrouvrent, nos langues se retrouvent avec douceur, bien qu'Arya ne pousse un léger grognement en réaction à l'élancement infligé à sa lèvre entaillée. Notre baiser ne dure que quelques secondes, pourtant mon cœur s'allège déjà un court instant. Mais la réalité me rattrape, elle me frappe à nouveau de plein fouet, et je ne peux m'empêcher de lui rappeler ce que je suis, ce que nous sommes l'un pour l'autre :

— Arya… Je… Toi et moi, ce ne sera jamais possible, et tu le sais. Rien que la façon dont nous nous sommes rencontrés te rappellera toujours ce que j'étais, même si je décidais d'arrêter…

— Je me fiche de tout ça ! s'insurge-t-il.

— Tu ne peux pas t'en moquer ! Qu'est-ce que tu vas dire à ta famille ?

— Tu as vu ma famille, tu les connais maintenant ! Ils t'apprécient, ils comprendront !

— Et tes affaires ? Tu t'imagines les répercussions sur tes affaires ? Ta réputation ? Être avec moi peut jeter le discrédit sur tout ce que tu feras jusqu'à la fin de tes jours !

— Tu n'as pas encore compris que je m'en fichais complètement, Janelle ? L'argent, les affaires… Tout ça je m'en moque ! J'ai pensé à une époque de ma vie que la réussite pourrait me rendre heureux. Mais quand Saskia m'a quitté, j'ai compris que je faisais fausse route. Et j'ai eu beau essayer de la reconquérir c'était trop tard. Mais elle m'a ouvert les yeux, je ne commettrai plus jamais les mêmes erreurs, je peux te le promettre !

Incapable de réfléchir davantage, je reste convaincue de ne pas être une fille pour lui, que ma réputation le suivra partout, mais il réfute mes arguments encore et toujours :

— Ce que tu as vécu, les choix de vie que tu as faits, les décisions que tu as prises font de toi la personne que tu es aujourd'hui. Et bien que cela semble te paraître improbable, cette personne me plaît énormément. Ce que je ressens est tellement intense ! Sans toi j'ai compté les jours, j'ai tenté de me convaincre que je devais te laisser tranquille mais tu vois, je suis là, et quand je te vois je respire de nouveau. Nous pouvons vivre quelque chose de tellement extraordinaire si tu nous en laisse la possibilité.

— Mais où crois-tu que ça pourrait nous mener, sincèrement ? m'agacé-je. Et comment peux-tu dire que je te plais ? Ce que tu sais de moi ce n'est même pas le quart de ce que je suis en réalité ! Et je ne suis pas certaine que ce qu'il y a à découvrir d'autre t'intéresse.

— C'est à moi d'en juger. Tout ce que je te demande c'est de me laisser te découvrir et d'en décider par moi-même. Est-ce que tu peux au moins m'accorder ça ?

— Tu seras forcément déçu ! m'attristé-je. Alors épargne-toi perte de temps et souffrance. Tu t'évertues à t'imaginer des choses qui ne pourront jamais exister et tu finiras par en souffrir, c'est une certitude. Tu es quelqu'un de tellement sensible, de tellement généreux ! Vouloir te lancer dans quelque chose avec moi c'est tellement utopique. En fait c'est peut-être même ça qui te motive... Inconsciemment tu voudrais me sauver mais je n'ai pas besoin d'être sauvée, j'ai choisi cette vie je te le rappelle. Personne ne m'a rien imposé.

— Non, le fait que je veuille être avec toi n'a rien avoir avec ça... Ça c'est ce dont tu voudrais te persuader pour avoir une excuse pour échapper à ce que tu te retiens de vivre avec moi.

— Arya..., soufflé-je. Je n'ai rien à t'offrir que tu n'aies déjà, et il faut être lucide. Je ne suis pas une fille bien. Tu mérites tellement mieux qu'une femme comme moi, qui en plus est incapable d'aimer.

— Encore une fois, tu cherches à te convaincre, à te protéger, argue-t-il. Tu n'es pas incapable d'aimer tu te le refuses, c'est totalement différent mais moi je te vois... Je te vois derrière la façade. Tu es tellement certaine de ne pas être quelqu'un de bien que tu as même choisi de te livrer à une activité qui donnerait raison à tous ceux qui pourraient le penser.

Je clos les paupières un instant pour rompre le contact, immédiatement l'image de mes parents s'insinue. Il a frappé juste. En plein dans le mille, sans le savoir. Il relève alors mon menton pour me faire comprendre qu'il a besoin que je revienne à notre échange, je rouvre les yeux retrouvant ses prunelles abyssales et sincères :

— Cette vie que tu t'es créée, est-ce vraiment ce que tu veux pour toujours ? Une vie sans personne à tes côtés ? Rester seule c'est réellement ce que tu souhaites ? Laisse-moi une chance de te faire connaître le bonheur.

— Ta vision de l'amour est encore si fraîche et si belle..., persiflé-je. Ne me laisse pas la gâcher, s'il te plaît. Tout ce qui est en rapport avec moi ne doit absolument pas avoir de rapport avec l'amour sinon ce sera forcément sali... Laissons les choses telles qu'elles sont.

— Pourquoi te fermer ainsi ? me questionne-t-il encore. Que t'est-il arrivé pour que tu te refuses à éprouver des sentiments pour quelqu'un ?

Je tressaille, réponds presque froidement :

— Il ne m'est rien arrivé de plus qu'à de nombreuses autres.

— Pourtant je suis sûr que là quelque part il y a quelque chose d'enfoui qui ne demande qu'à éclore et s'épanouir. Raconte-moi, je t'en prie, j'ai besoin de pouvoir te comprendre...

Je baisse les yeux :

— Je ne suis pas encore prête pour ça...

— Fais-moi confiance, s'il te plaît !

— Si je te disais tout, tu me verrais tellement différemment que tu fuirais... m'attristé-je en me projetant dans cette éventualité. Tu me supplies sans trop réaliser mais si un jour tu sais, tu partiras sans demander ton reste, je peux te l'assurer !

— Comment peux-tu croire ça ?

— Et toi ? Comment peux-tu être certain que je ne te dégoûterais pas ? Je préfère encore te chasser moi-même que d'attendre que tu me rejettes.

— Alors ne me dis rien pour le moment, souffle-t-il avec douceur et optimisme, mais laisse-nous une chance. Et le jour où tu seras décidée à me parler, je serai capable de tout entendre, de tout endurer, de tout accepter…

— Tu en es tellement persuadé…

— Ce qui se passe entre nous est fort, tu ne peux pas le nier et toi aussi tu le sens, je le vois bien.

Et je lui avoue alors :

— J'ai si peur, Arya… J'ai déjà aimé et je n'ai jamais été aimée en retour. J'ai eu si mal ! Je ne sais pas comment faire, je ne sais pas comment agir, je ne sais pas à quoi ressemble la vie lorsqu'elle est belle…

— Alors laisse-moi te guider…

Mon cœur se soulève une fois encore. Je réalise que c'est l'effet qu'Arya a constamment sur moi et même si à cet instant ma tête me crie de ne pas succomber, je sais déjà que je ne peux plus résister, parce que mon cœur, lui, a déjà basculé et fait son choix. Depuis lui, plus rien n'est comme avant. Il a bouleversé toutes mes certitudes, toutes les raisons qui m'ont poussée à faire ce que je fais aujourd'hui ont l'air d'avoir disparu, volé en éclat comme par magie, en un claquement de doigts.

Les larmes coulent encore le long de mes joues, mais elles ont comme une autre saveur, surtout lorsqu'Arya s'approche encore de mon visage et qu'il embrasse le chemin qu'elles ont tracé de mes yeux à mes lèvres pour en effacer toute trace. Je ferme les yeux, savourant son contact et déjà la chair de poule m'envahit. J'imprègne à quel point il m'a manqué et combien j'ai besoin de lui maintenant. Entre ses bras je me sens comme une petite chose fragile mais protégée. Je savoure cette sensation.

Il me faut une sacrée dose de volonté pour parvenir à m'écarter de lui, et lorsque je le fais, je lis la panique dans ses yeux. Je comprends qu'il s'interroge, qu'il ne sait pas si je vais me laisser convaincre de lui laisser cette chance qu'il me supplie de lui donner… de NOUS donner… et je n'ai pas la force de le laisser se poser davantage de questions. Je fais fi de toutes mes lois. Mon cœur bat si vite et si fort dans ma poitrine lorsque je lui murmure doucement alors que de nouvelles larmes roulent le long de mes yeux :

— Alors si tu y crois, je veux bien y croire avec toi… Je veux bien essayer…

Pourtant je reste lucide. Je laisse la *happy end* de Vivian et Edward aux rêves des petites filles — bien que là je divague. Les aspirations d'une enfant ne peuvent pas être de débuter sa vie en se prostituant et en espérant qu'un milliardaire la sorte du trottoir. — Mais même si je cède ce soir aux suppliques d'Arya et aux élans de mon cœur, je crains au fond de ne jamais pouvoir aspirer à une vie normale…

Mon passé, ma vie actuelle ont laissé des cicatrices bien trop visibles pour les oublier. Je demeure une péripatéticienne. La douceur de ce mot sur les lèvres n'en efface pas moins la réalité de ce que je suis. Version luxe, certes, mais si j'en suis arrivée là c'est bien parce que je remplis pratiquement tous les critères qui font des femmes comme moi un stéréotype. Mes problèmes relationnels avec mes parents et une histoire plus que glauque qui a mal tourné m'ont conduite très exactement là où je suis aujourd'hui. Je pourrais faire les choux gras d'un collègue et faire tourner son fonds de commerce à moi seule. Et c'est uniquement parce que je suis psy moi-même que je considère que je n'ai pas besoin d'en voir un.

Arya n'attend pas davantage. Maintenant que je lui ai donné l'accord qu'il attendait si patiemment, il vient réclamer ce qu'il désirait ardemment et m'embrasse encore tendrement en réponse. Le soupir de soulagement qui lui soulève la poitrine m'émeut, me faisant presque à moi aussi du bien car au final tout ce dont je rêve c'est qu'il soit heureux, avec ou sans moi. Trouvant enfin la force de le repousser légèrement, je cherche à me relever et il m'y aide. À peine remise debout, il m'enserre dans ses bras comme s'il n'y tenait plus et lorsque je réponds à son étreinte ma gorge se serre sous le poids des émotions. Je n'ai tellement jamais connu le bonheur que je ne sais plus le différencier des autres sentiments, j'ignore presque si ce qui soulève ma poitrine à cet instant est quelque chose de positif ou non :

— J'ai besoin de toi… osé-je lui avouer.

— Moi aussi, si tu savais…

Ses bras se resserrent davantage autour de moi.

— Viens… murmuré-je tout contre lui.

Relevant la tête nos regards se trouvent encore, se promettent plus ardemment que les mots, je le prends alors par la main pour l'attirer dans ma chambre, serrant si fort ses phalanges que je vais finir par lui faire mal et je l'entraîne derrière moi le cœur battant. Je réalise que c'est la première fois qu'un homme pénètre dans mon appartement, dans ma chambre. L'instant est particulier, presque solennel puisqu'il marque un tournant dans ma vie. Et ce changement, à aucun moment je ne l'avais envisagé mais aussi bouleversée que je puisse l'être je ne veux pas le gâcher en me torturant l'esprit. Je choisis de chasser toutes ces pensées qui se bousculent et de les remettre à plus tard pour me concentrer uniquement sur l'instant présent, en savourer chaque seconde.

Nous marchons lentement jusqu'à mon lit, nos regards ancrés, le désir pulsant dans chaque recoin de nos corps déjà enfiévrés. Nous nous déshabillons l'un l'autre dans une douceur infinie, nos gestes contenus. Même si nous nous désirons ardemment je le sais, je crois que nous ressentons tous les deux ce besoin d'aller lentement pour apprécier chaque caresse, chaque étreinte.

Lorsque je me retrouve nue allongée sur le lit et qu'il me recouvre de son corps musclé, je sais que plus jamais je n'aurai envie d'être ailleurs qu'avec lui. Ses lèvres se posent sur chaque parcelle de ma peau, l'explorent avec une langueur exquise, et moi je retrouve le goût de la sienne comme on se remémore celui d'un paradis perdu, une saveur oubliée. Chaque souffle, chaque murmure, chaque va-et-vient, chaque baiser, chaque coup de reins me rapprochent un peu plus du nirvana et nos yeux rivés ne parviennent plus à se quitter alors que nos corps fébriles glissent l'un contre l'autre. À l'instant où nous basculons ensemble, j'ai comme le sentiment que nos âmes sont connectées et qu'Arya peut lire ce que j'y cache de plus secret. Pour moi, ce moment est si particulier que je ne veux plus jamais me dérober à son regard, je veux qu'il me voie. Je crois que plus jamais je ne fermerai les yeux sous l'effet du plaisir. À présent, je veux tout lui donner, le laisser scruter chaque parcelle, même les plus sombres et les plus désolées, les moindres recoins de mon esprit, les zones les plus retranchées, celles où jusqu'à présent je cherchais où me cacher. Et je sais maintenant que jamais personne ne pourra s'immiscer dans mon cœur aussi profondément qu'il ne l'a fait et je ne veux plus ni avoir honte ni me dissimuler.

Je le garde en moi encore un long moment. Je ne veux pas qu'il parte, je ne veux plus qu'il me quitte, je ne veux plus que nos corps se séparent. Et alors que nous nous apaisons et que je lui caresse le dos, il quémande dans un soupir :

— Raconte-moi…

Chapitre 27

Best of me – Corey Harper

Je lui explique mon enfance, si différente de la sienne, lui parle de mes relations douloureuses avec mes parents, lui raconte le chantage de mon père… Mais pour le moment je ne vais pas plus loin. Et j'espère déjà que cette nuit à ses côtés sera sereine, je m'imagine que peut-être grâce aux bienfaits de sa présence mes cauchemars cesseront.

Nous évoquons mon activité, Arya m'écoutant silencieusement lui promettre de parler à Ekaterina sans chercher à m'influencer, même si je sais de quoi il rêve secrètement. À plusieurs reprises il a déjà abordé le sujet pourtant, alors que nous devenons un couple à part entière je comprends qu'il ne me forcera pas à quitter le monde de la prostitution si ce n'est pas vraiment mon souhait. Quelque part le fait qu'il me laisse garder mon libre arbitre me touche et me donne foi en notre avenir commun, même s'il est évident que j'ai déjà cessé tout ça sans même le réaliser. Et par-dessus tout à défaut de partir sur des bases qui à mes yeux seraient saines compte tenu du contexte de notre rencontre, je me sens obligée de lui avouer qu'aucun homme ne m'a plus touchée depuis le jour où nos yeux se sont croisés. À l'instant où je lui révèle ce qui pourrait sembler n'être qu'un détail je lis dans ses prunelles autant de surprise que de soulagement…

Contre toute attente, Ekaterina n'est aucunement déconcertée par ma décision de tout arrêter. Pas plus que Juliette d'ailleurs. Toutes deux me connaissent parfaitement, et dès lors que j'avais accepté de rencontrer Arya pour la deuxième fois elles avaient compris. Envisageant l'évidence bien avant moi à mesure que les mois passaient sans que je ne prenne plus aucun client. Ma patronne avait même fini par ne plus m'en soumettre aucun, envoyant mon refus systématiquement sans même m'en parler... Jusqu'à il y a quelques jours où j'étais venue réclamer pensant pouvoir coller un pansement sur le souvenir d'Arya en me perdant dans les bras d'un riche homme d'affaires qui m'aurait versé des milliers d'euros.

— C'est toi qui as toujours eu raison sur le principe..., me glisse-t-elle secrètement alors que je mets fin à notre collaboration. On ne peut pas te reprocher d'avoir voulu mettre en place cette règle. Avoir des clients réguliers c'est prendre le risque de s'attacher. Le fait que tu décides toi aussi de t'y laisser embarquer ne pouvait pas être anodin et sans conséquences...

Pourtant j'ai le sentiment de me bercer d'illusions en pensant pouvoir fermer cette parenthèse de ma vie qui aura duré six ans comme on referme simplement un livre, capable d'y repenser en me disant seulement que c'est terminé...

Tous ces changements au quotidien s'avèrent complexes. Je n'ai jamais vécu avec personne, je n'ai même jamais vraiment eu de petit ami et je comprends qu'Arya cherche à me préserver et surtout à ne pas me brusquer, s'inventant parfois des voyages d'affaires pour me laisser respirer lorsqu'il devine que j'ai le sentiment d'étouffer, que tout va trop vite ou même de ne pas être à la hauteur de ce qu'il attend de moi. Bien qu'il n'attende rien de moi en réalité, son regard m'idolâtrant, son sourire aussi rêveur, ses gestes toujours prévenants. Voyant clair dans son jeu, j'apprécie la démarche qui se veut discrète et vise à ne pas m'imposer sa présence quotidiennement. Même si j'ai besoin de lui je viens de franchir un cap énorme. J'ai toujours été seule, indépendante et aujourd'hui j'ai parfois l'impression d'être si inexpérimentée en vie à deux que je pourrais commettre toutes sortes de faux pas juste en voulant bien faire. Même le sexe est devenu différent, perturbant... Un comble !

Arya avait raison, les sentiments changent tout. Je me révèle parfois hésitante, maladroite. Donner du plaisir à un homme dont je me fichais faisait finalement appel à des gestes mécaniques. Chercher à ce qu'Arya comprenne qu'il est désormais tout pour moi est tout autre chose… Les tests sanguins, la prise de contraception… Tous ces détails revêtent un aspect tellement différent. Ne plus baiser. Désormais faire l'amour. Se donner à l'autre sans plus aucune barrière. Donner à cet acte une toute autre signification.

Les semaines s'enchaînent et mon cœur s'allège, nous semblons trouver un rythme de croisière. À la fac mes amis notent le changement qui s'opère. Je tente de renouer le dialogue avec Raphaël sans succès, toute relation d'ordre amical définitivement rompue entre nous mais bizarrement je m'en moque. Dans ma parenthèse de bonheur plus rien ne m'atteint. Ces dernières semaines je me sens si bien que même mes cauchemars se calment même s'ils ne disparaissent pas pour autant totalement. Arya s'en inquiète, cherchant à les comprendre, j'élude en rejetant la faute sur ma relation compliquée avec mes parents. Pourtant je devine qu'il se doute qu'il y a autre chose mais comme s'il avait affaire à un petit animal craintif, il ne cherche pas à me forcer, attendant que je sois prête à tout lui révéler sans concessions.

Mon père semble avoir bizarrement totalement disparu de la circulation. Mais un soir alors que j'évoque ses menaces restées latentes, Arya se fige, puis m'avoue pour couper court à la conversation :

— C'est réglé, j'ai fait le nécessaire pour qu'il ne vienne plus jamais t'ennuyer. Je ne veux plus que tu t'en soucies…

Devant mon air soupçonneux et interrogatif, il concède la vérité : aucun mal ne lui a été fait mais une somme plus que conséquente lui a été remise par un homme chargé de le dissuader d'en réclamer davantage. Je m'imagine la scène mais j'en veux malgré tout à Arya d'avoir cédé à son chantage, même si c'était pour me protéger… Quant à l'histoire avec les journaux, elle s'est semble-t-il réglée plutôt facilement à grand renfort d'avocats qui se sont assuré qu'aucun propos diffamatoire n'apparaîtrait nous concernant. Les photos parues, elles, n'avaient en soi rien de choquant.

Nous retournons à Hallstatt pour Noël. Comme me l'avait prédit Arya, ses parents m'accueillent les bras aussi ouverts que la première fois, Rora ravie de notre retour et de nous savoir heureux ensemble. L'article de journal ayant eu des répercussions bien au-delà des frontières Arya avait jugé bon de tout leur expliquer lui-même avant que notre histoire ne soit exposée, bien plus laide que ce qu'elle n'était en réalité. Et bien qu'au courant de mon activité et de la véritable nature de nos relations de départ, sa famille se révèle un modèle de tolérance. Je passe le plus beau Noël de toute ma vie dans une famille aimante qui m'offre autant de respect qu'à n'importe quel être humain, malgré l'indécence de ma vie, et me donne une affection plus que réciproque. Quelques jours plus tard, nous partons pour Vienne où Arya se montre désireux de me faire visiter la capitale. La semaine que nous passons en Autriche m'emplit de bonheur à un tel point que j'ai parfois l'impression que mon cœur est au bord de l'implosion. Les mois défilant à présent sans cette inertie qui grevait ma vie avant lui.

Arrive février, Arya doit se rendre en Italie et je l'y accompagne bien que ma thèse m'accapare. Souffler un peu et m'aérer l'esprit me fera le plus grand bien, je n'ai jamais vu l'Italie et j'ai surtout de plus en plus de mal à me séparer de mon bel Autrichien. Je réalise que les choses changent et surtout à quel point j'ai pu évoluer à son contact…

Rome, Florence, Venise… Je jure déjà que je meurs d'envie d'y retourner, que je n'en ai pas assez vu. Nous passons pratiquement trois jours enfermés dans notre chambre, la pluie et les températures ne nous motivant que peu à quitter l'hôtel en dehors des moments où Arya travaille. Pourtant je dois concéder que même si j'apprécie la découverte de ce pays et de ses lieux emblématiques, les gondoles n'ont pas raison de mon amour pour Paris, la capitale française restant toujours un cran au-dessus au niveau des symboles du romantisme. Je manque peut-être d'objectivité ou me laisse déborder par un accès de chauvinisme. Nous devrons sans doute y retourner, histoire de totalement me convaincre et j'ai encore tant de choses à voir...

Ce soir encore j'admire la vue depuis notre balcon, Arya se tenant dans mon dos comme il aime tant le faire. La tête nichée sur mon épaule, il m'enserre de ses bras puissants, son souffle chaud dans mon cou effleurant ma peau, me faisant frémir alors qu'il murmure :

— Je suis complètement envoûté…

— Oui c'est une ville superbe…, réponds-je doucement.

— Je ne parlais pas de la ville…, avoue-t-il tout en traçant une ligne de baisers derrière mon oreille, invitant de doux frissons à me parcourir l'échine.

Je me tourne alors vers lui, plongeant mes pupilles dans les siennes, en proie à une émotion toujours plus intense à chaque déclaration qu'il me fait à demi-mots. Mon estomac se soulève comme si c'était la première fois qu'il me regardait, jamais je ne me lasserai de cette sensation, de l'effet qu'elle me fait, j'aimerais qu'elle dure toute la vie et je me laisse emporter le cœur léger, cherchant à l'apprivoiser.

— Rentrons, tu vas prendre froid.

Et quand, quelques minutes plus tard, je me retrouve nue à gémir, sa tête entre mes jambes, le bassin ondulant contre sa bouche, basculant chaque seconde un peu plus vers cet abîme où il m'emmène chaque fois, je sais que plus jamais je n'aurai envie d'un autre homme que lui.

Il me fait toujours l'amour avec une lenteur exquise, prenant soin de chaque parcelle qu'il s'évertue à découvrir encore et encore. Un râle de plaisir lui échappe, se confond à mes gémissements et je ne parviens pas à détacher mon regard du sien alors que sa langue s'applique à me prodiguer tant de plaisir. Chaque fois c'est presque comme si je découvrais ces sensations pour la première fois. Avant Arya il y avait la baise. Avec Arya il y a tout autre chose. Cette chose dont j'ai encore peur de citer le nom de peur qu'elle ne s'évapore.

Mes ongles s'enfoncent dans son épiderme, mes doigts accrochent ses cheveux alors que mon corps tremble, que mes muscles se contractent tandis qu'il me dévore sans aucune retenue. Je suis déjà prête à exploser, chaque particule de mon être prête à se répandre aux confins de l'infini tant ses yeux me transpercent et m'excitent à la fois. Je sais qu'il aime par-dessus tout voir mon visage lorsque je bascule, et mon plus grand bonheur à moi, c'est de lui permettre de pouvoir plonger dans mes yeux à l'instant précis où mon corps cède sous l'intensité de ses assauts. Il tatoue ses lèvres sur mon corps, les imprime sur ma peau et je me sens inexorablement monter vers le septième ciel, gémissant sous le plaisir qu'elles me procurent, ses doigts agrippés à ma chair.

Quelques instants plus tard, alors que je redescends doucement, il embrasse tendrement l'intérieur de mes cuisses et mes mains encore crispées sur les siennes libèrent enfin la tension contenue dans tous mes membres. Je réalise qu'il n'y a plus pour moi de plus bel endroit sur terre que celui où il parvient à me guider à chaque fois.

Je ne lui ai encore jamais dit ce que je ressentais pour lui, pourtant j'aimerais pouvoir le faire. Comme suspendue à un fil au-dessus du vide, c'est presque comme si j'avais peur que le lui avouer puisse tout faire s'effondrer, comme si une petite voix me soufflait que tout cela est trop beau pour durer, qu'il y a toujours un moment où même les plus belles choses doivent cesser. Je sais que lui aussi en meurt d'envie mais tout comme moi il se retient, sans doute par crainte de me voir me replier sur moi-même. J'ai parfois l'impression qu'il s'imagine que si les mots franchissent la barrière de nos lèvres je paniquerais, que je pourrais retourner à ma vie d'avant. Et cette idée me fend le cœur mais je la repousse un peu plus loin…

Jour du départ, toutes les bonnes choses ont une fin, aujourd'hui nous devons rentrer. Prêts à partir nous attendons le taxi dans le hall de l'hôtel quand une voix nous interpelle :

— Leiner ! Vous ici, ravi de vous voir !

Je connais ce timbre, je l'ai déjà entendu.

— Manson, comment allez-vous ? le salue à son tour Arya.

Pourtant je n'analyse pas vraiment et lorsque je me retourne, me retrouvant nez à nez avec un de mes anciens clients, je tressaille et mon sang se glace, je reste paralysée.

— Alors c'est vrai ce que l'on raconte…

D'un signe de tête Stan Manson me salue :

— Jewel…

Sa voix résonne, bourdonnant à mes oreilles et j'ai soudain l'impression que mes jambes veulent se dérober. Le fait qu'il emploie ce nom me rejette à la figure ce que j'étais et que visiblement je resterai aux yeux de tous pour toujours. Puis ignorant tout à coup ma présence, le riche homme d'affaires se tourne vers Arya, un sourire empli d'ironie sur les lèvres alors que ce dernier semble se tendre subrepticement :

— Vous avez des couilles je dois dire… Vous m'impressionnez ! Vous moquer, comme ça, du qu'en-dira-t-on ! Tout ça pour vivre une pseudo-romance avec une pute !

Le terme fait horriblement mal et la bile remonte jusque dans ma gorge. Mais j'ai à peine le temps de réaliser ce qu'il vient de dire que déjà le poing d'Arya s'abat sur sa mâchoire et que l'homme se retrouve à terre. Le type rit doucement alors qu'il se redresse et provoque d'Arya, sans doute vexé par le coup qu'il vient de recevoir :

— Il va falloir vous y habituer, Leiner… La moitié des hommes que vous croiserez en société se sont déjà tapé votre femme dans toutes les positions possibles et imaginables, alors si vous ne supportez pas de l'entendre, mieux vaut vous en trouver une un peu plus respectable…

Les larmes me montent déjà aux yeux, mais je les réprime, je ne veux surtout pas montrer à cet enfoiré que ses paroles me touchent. Et que puis-je dire ou faire, alors qu'il ne fait que nous exposer l'horrible vérité à laquelle nous avons cru pouvoir nous soustraire ?

Dans la voiture qui nous mène à l'aéroport, nous nous disputons. Arya se sent obligé de s'excuser :

— Je suis désolé…, souffle-t-il.

— Ne sois pas désolé ! m'insurgé-je. Tu ne peux pas être désolé pour quelque chose dont tu n'es pas responsable !

Le corps tendu, tournée vers lui je ne peux pas m'empêcher de m'emporter, de passer mes nerfs sur lui alors qu'il n'a rien fait de mal. Je crois que je lui fais payer toute la rage que je contiens depuis tant d'années que je ne parviens plus à la retenir. Et je préfère être en colère que m'effondrer :

— Qu'est-ce que tu croyais, Arya ? Ce sera toujours comme ça ! Ce qui vient de se passer se reproduira ! Nous avons voulu ignorer la réalité, faire comme si ce que j'avais fait avant toi n'avait jamais existé mais ça nous rattrapera toujours ! Où que l'on aille, quoi que l'on fasse, il y aura toujours quelqu'un qui me connaît, quelqu'un qui sera là pour nous rappeler ce que j'étais !

— Je m'en fiche ! crache-t-il. J'ai simplement été surpris, je n'ai pas su comment réagir.

Ma colère redouble, empêchant mes larmes de couler à mesure qu'Arya tente d'amenuiser la difficulté de ce qu'il aura à endurer s'il reste avec moi :

— Mais qu'est-ce que tu crois ? Comment vois-tu ta vie avec moi ? Tu penses que tu vas pouvoir tabasser tous les mecs qui te balanceront qu'ils ont couché avec moi ? Que tu vas pouvoir casser la gueule de tous ceux qui te rappelleront que j'étais une prostituée ? Que tu peux m'arracher à cette vie en un claquement de doigts et que tout le monde va oublier ? Que toi et moi nous allons pouvoir vivre heureux ensemble et que tout ça va disparaître comme si ça n'avait jamais existé ?

Je ne parviens plus à m'arrêter, je vide ce sac que je tenais là, rempli, attendant dans un petit coin replié de mon cœur, prêt à exploser :

— Mais laisse-moi t'ouvrir les yeux, il a raison ! continué-je. Dans le monde dans lequel tu évolues, je me suis tapé la moitié des types que tu vas croiser et ils m'ont payée pour ça. Alors c'est vraiment ça que tu veux ? Passer ton temps à voir le regard moqueur, le sourire de ces mecs chaque fois qu'ils te croiseront, parce que ça les fera bien marrer qu'ils me soient tous passés dessus avant toi ?!

Mes mots sont volontairement durs mais je veux qu'il comprenne à quoi s'attendre, parce qu'à cet instant j'ai l'impression qu'il élude volontairement ce que sera notre vie à l'avenir. Notre histoire est impossible, quoi qu'il en pense.

—Tu sais très bien que je me moque de tout ça ! Ce n'est pas ça le problème ! Ce sont les termes qu'il a employés. Il voulait te salir volontairement, t'insulter ! Il voulait te faire du mal gratuitement et ça je ne pouvais pas l'accepter !

— Mais tu ne comprends pas que ce sera toujours comme ça ? Après lui un autre le fera.

— Alors qu'est-ce que tu veux, toi, Janelle ? Tu veux que je fasse comme tous les autres ? Que moi aussi je continue à te traiter comme une pute ?

Je sursaute à la violence de ses mots, lui d'ordinaire si doux me surprend à s'emporter. Peut-être parce qu'il saisit que j'ai raison, même s'il ne veut pas l'admettre.

— Je suis sincèrement désolé, s'excuse-t-il immédiatement, regrettant la rudesse de son langage. Je ne voulais pas dire ça…

Pourtant curieusement je ne sens pas insultée, comme par les paroles de ce type quelques minutes plus tôt ou celles de Raphaël il y a quelques mois. Et tandis que je devine la culpabilité l'assaillir, je mesure une fois encore à quel point cet homme est merveilleux et je m'en veux d'être une nouvelle fois une source d'anxiété pour lui. Arya est le seul qui m'ait toujours défendu, allant même jusqu'à accepter que mon passé puisse lui porter préjudice. Alors à cet instant, je donnerais tout pour pouvoir rembobiner le fil de ma vie, je rêve que nous puissions nous être rencontrés autrement, même si sans ce pan de ma vie nous ne nous serions jamais croisés et je craque finalement, portant une main à mes lèvres pour contenir mes sanglots.

— Excuse-moi, je t'en prie, me conjure-t-il encore d'une voix sourde. Rien de tout ça n'était délicat de ma part, mes paroles, mes actes… J'avoue parfois ne plus savoir comment me comporter. Je te promets qu'à l'avenir j'apprendrai à me maîtriser.

Et tout aussi bouleversé que moi il me caresse la joue, effaçant avec douceur les sillons creusés par mes larmes et lovant mon visage dans sa paume, couvrant sa main de la mienne je le supplie à mon tour :

— Tu n'as rien dit ou fait de mal, ne t'excuse pas. C'est moi qui suis désolée... On peut toujours essayer de mettre tous les mots que l'on veut pour essayer d'atténuer les choses, ça reste de la prostitution ! Ça me tue de le prononcer à voix haute, avoué-je enfin, mais je resterai une prostituée aux yeux de tous ! Ni plus ni moins une pute ! De luxe, certes, mais une pute reste une pute.

Je réalise qu'Arya et moi avons vécu dans une bulle ces derniers mois et qu'elle vient de nous éclater à la figure. Nous avons cru pouvoir échapper à tout ça, mais nous avons fait fausse route.

Plus aucun de nous n'ajoute un mot, laissant en suspens la suite comme si on pouvait encore ignorer que l'issue de tout cela soit inévitable.

Le voyage du retour est silencieux, nous tenant simplement la main comme pour nous raccrocher l'un à l'autre, presque comme si nous pouvions nous suffire à nous-mêmes, oublier le monde extérieur pour toujours, le mal qu'il pourrait nous faire. Pourtant, mon cerveau est en ébullition. La scène que nous venons de vivre rouvre les plaies que j'ai cru pouvoir refermer et m'amène à tout remettre en question, alors que j'avais naïvement cru ces derniers mois qu'une vie normale était possible.

À peine nous passons la porte de mon appartement que nous nous jetons littéralement l'un sur l'autre, nos corps, nos âmes, avides de se retrouver dans une urgence brute pour trouver du réconfort l'un en l'autre. Je sais qu'à ce moment précis, Arya cherche plus à panser mes blessures qu'à éprouver lui-même du plaisir. Et je ressens d'autant plus ce besoin de lui et l'envie dévorante de lui montrer à quel point moi aussi j'ai besoin de faire son bonheur.

J'ai toujours pensé ne jamais pouvoir lui donner autant qu'il me donne. Je n'en ai jamais été aussi persuadée qu'à cet instant, alors que mon cœur tambourine comme jamais sous le poids des émotions que je cherche à faire taire.

Je m'agrippe à lui, le plaque contre moi, j'ai désespérément besoin de le sentir, tout de suite. Entre deux respirations haletantes, je libère ses lèvres et le supplie d'une voix éraillée :

— Fais-moi l'amour, maintenant, je t'en prie... Fais-moi me sentir normale, juste un instant...

Juste une dernière fois...

Son regard me sonde pourtant il n'ajoute rien. Je sais qu'à ses yeux je suis exceptionnelle, bien loin de la normalité à laquelle j'aspire. Tout ce qu'il ressent s'exprime au plus profond de ses yeux noirs et je jure que je pourrais mourir maintenant, parce que je sais qu'au moins une fois dans ma vie j'aurais été aimée profondément, même si les mots n'ont jamais franchi la barrière de ses lèvres.

Je mords sa lèvre inférieure, un râle s'échappe de sa gorge, attisant encore plus mes sens et mon désir :

— Prends-moi... Maintenant...

Nous avons à peine retiré nos vêtements. Pour la première fois nous nous précipitons, cédons à la pulsion du manque, à ce désir de combler le vide qui nous aspire l'un avec l'autre. Je n'ai pas le temps de l'implorer davantage. Il me plaque contre le mur et me soulève comme une plume tout en s'insinuant entre mes cuisses d'une seule poussée, me soulevant du sol alors que j'enserre sa taille de mes jambes. Il me pilonne jusqu'à la garde encore et encore avec rage, colère, désespoir, et déjà l'intensité de mes gémissements redouble alors que lui ne parvient plus non plus à contrôler les siens. Ses doigts s'enfoncent dans la chair de mes hanches, il me fait glisser de plus en plus rapidement sur son membre. Je me délite à mesure que le plaisir monte en moi et me parcourt la colonne, chacun de mes membres s'engourdissant.

Je sais que s'il ne me tenait pas dans ses bras à cet instant, mes jambes ne seraient déjà plus capables de me porter. Je gémis contre sa bouche, me sentant déjà emportée ailleurs, et lorsque le feu s'embrase au creux de mon ventre, envoyant des décharges jusque dans mes reins, nos regards désespérés se plantent l'un dans l'autre. Je sens les soubresauts de son plaisir m'envahir et mes muscles se serrent autour de lui. Je fonds littéralement sous la puissance des endorphines qui se répandent en moi, élisant domicile dans chaque cellule de mon être. Et à cet instant, une nouvelle fois submergée par l'intensité du plaisir et par l'émotion, j'éclate en sanglot.

Arya me scrute alors avec tristesse et sans s'écarter, il me conduit dans la chambre où je pleure pendant de longues minutes, lovée au creux de ses bras protecteurs.

Chapitre 28

Bad reputation – Shawn Mendes

Nous ne reparlons pas de la scène que nous avons vécue ce matin. Mais c'est le moment que choisit Arya pour m'inciter à me dévoiler un peu plus, sentant certainement que la brèche est ouverte et que l'instant s'y prête. Je sais que je ne peux plus reculer davantage. Il mérite de savoir, il a besoin de me connaître complètement, et je ne peux plus le priver de ça alors que je m'étais promis de tout lui donner mais qu'aujourd'hui tout semble secrètement remis en question pour moi :

— Tu sais que tu peux te confier à moi… Je peux tout entendre.

— J'en ai conscience…, murmuré-je le cœur battant.

— N'aie plus peur, libère-toi. Je sais que ce que tu gardes sur tes frêles épaules est devenu trop lourd à porter alors raconte-moi. Que t'est-il arrivé pour que tu te refuses à toute relation pendant si longtemps et que tu en arrives à vendre ton corps pour protéger ton cœur ?

J'ai l'impression qu'il a toujours lu en moi comme dans un livre ouvert. Pourtant je ne me suis pas plus dévoilée à lui qu'à d'autres. Peut-être est-ce que c'est pour ça que dès le début j'ai su que je lui laisserais sa chance, que peut-être il était celui qui était fait pour moi ? Parce qu'il me voyait, même alors que je me cachais ? Mes larmes coulent d'elles-mêmes et je ne parviens plus à les retenir à mesure que les souvenirs ressurgissent. Je sais que c'est le moment où je dois tout lui dire, alors je me replonge dix années auparavant, là où tout a basculé.

Je pose mes yeux sur un point au loin, le regard dans le vague et je commence à lui raconter :

— D'aussi loin que je me souvienne, j'avais toujours été amoureuse de lui… commencé-je la gorge nouée. Mais lui, il se moquait éperdument de moi. C'est à peine si j'existais, je faisais juste partie du décor. Je souffrais en silence de son manque d'intérêt jusqu'à ce fameux soir où, pour une raison qui m'avait échappé à ce moment-là, il m'avait enfin regardée.

Je fuis les yeux d'Arya, continuant à fixer ce point. Je ne veux pas voir le dégoût dans ses yeux comme dans ceux des autres dès l'instant où il saura.

— J'avais quinze ans seulement, lui déjà dix-huit, c'était le fils de mes voisins. Je le connaissais depuis toujours et je n'avais toujours eu d'yeux que pour lui, admirative comme on aurait pu l'être du grand frère de sa meilleure amie…

Je marque une pause avant de reprendre avec difficulté. Déjà la boule dans ma gorge m'empêche de m'exprimer et mon estomac vrille tant que j'ai presque envie de vomir :

— Un jour où ses parents étaient absents, il m'a conduite dans sa chambre et c'est arrivé. Je ne peux pas dire que cette fois-là j'ai adoré, ce serait mentir… La première fois est rarement la plus mémorable au niveau du plaisir mais pour moi l'important n'était pas là, bien sûr… Malheureusement pour moi, ce qui venait de se passer entre nous, évidemment, avait une toute autre signification pour lui…

Je soupire mais je prends sur moi pour continuer mon récit, portant mes pupilles sur mes doigts tremblants sans parvenir à les en empêcher :

— Après le sexe je lui ai demandé pleine d'espoir, de candeur : pourquoi ? Pourquoi maintenant ? Et ce qu'il m'a répondu m'a glacée d'effroi…

Je frissonne, me remémorant pratiquement ses paroles mot pour mot :

« Je t'ai toujours trouvée bonne ! T'es sacrément bandante, t'as même pas idée ! Déjà quand t'étais petite je crevais d'envie de te faire des trucs dégueulasses. J'attendais juste que t'aies l'âge pour essayer avec toi toutes ces choses auxquelles je rêvais quand je te regardais. Je savais que ce serait facile, que tu te laisserais faire... Je voyais bien comment tu me regardais depuis toujours ! »

Je m'arrête, ma respiration difficile. Je revis la scène comme si c'était hier, les souvenirs aussi clairs et limpides que si je l'avais vécue la veille. Je n'ose toujours pas regarder Arya et je reprends mon histoire :

— Il avait conscience de me blesser mais il s'en moquait. Pire, il se délectait du mal qu'il me faisait, je crois que ça le faisait bander encore davantage… Tous les termes qu'il employait me faisaient frissonner à mesure qu'il piétinait mes sentiments, qu'il marchait sur mon cœur comme on écrase un vulgaire insecte. J'étais amoureuse d'un connard sans cœur qui ne pensait qu'à me manipuler pour me prendre dans toutes les positions.

Arya me prend la main et je sais que je ne dois pas le regarder, sinon je pourrais m'effondrer et je dois continuer. Continuer pour lâcher enfin ce qui me hante depuis des années alors que de nouvelles larmes coulent le long de mes joues :

— J'ai cru qu'il allait s'arrêter là et me laisser tranquille, il avait obtenu ce qu'il voulait, je lui avais tout offert jusqu'à ma virginité, à cet enfoiré ! craché-je avec rage. Mais ce que je n'avais pas mesuré, c'était son envie de mettre en pratique tous ses fantasmes et le fait qu'il avait vu en moi une jeune fille ébranlée, en mal d'amour facilement manipulable et influençable. Quand il est revenu à la charge, quelques mois plus tard, moi, jeune, innocente et encore surtout amoureuse malgré la dureté de ses paroles et de la situation, je n'ai rien vu venir. J'ai cru qu'il pourrait changer, finir par tomber amoureux de moi à la longue si je le satisfaisais. Je l'ai espéré si fort. J'ai continué à rêver comme l'adolescente que j'étais, je me suis bercée d'illusions, je me suis projetée dans un conte de fées moderne qui n'existait que pour moi. Mais moderne ou pas, tout le monde sait bien que les contes de fées, ça n'existe pas, non ?

Je laisse échapper un rire sans joie alors qu'Arya m'écoute toujours attentivement :

— Il a fait mine de s'excuser de la rudesse de ses propos, m'a fait croire qu'il avait beaucoup réfléchi, mûri, qu'il regrettait ce qu'il m'avait fait, qu'il me trouvait différente, qu'il pourrait envisager autre chose pour moi, pourquoi pas une relation sérieuse… Mais tout ça c'était juste pour mieux me m'endormir, et moi j'ai gobé son baratin. Je confondais sexe et sentiments amoureux, j'étais tellement naïve ! J'ai commencé à coucher avec lui régulièrement, me faisant salir chaque fois un peu plus par tout ce qu'il avait envie de me faire. Il me disait vouloir garder notre relation secrète encore quelque temps, il était majeur, moi pas, il me disait qu'il ne voulait pas d'ennuis, que mes parents pourraient lui en faire s'ils apprenaient ce qu'on faisait ensemble, et face à la teneur de mes relations avec eux, je pensais qu'il avait raison. En réalité, ce que j'ignorais c'est qu'il avait une petite amie, officielle, celle-là… Moi je n'étais que son défouloir sexuel, son objet. Quand j'ai appris qu'il voyait quelqu'un d'autre, il m'a servi un nouveau mensonge, et j'ai eu beau lui dire que tout était terminé, il ne lui a pas fallu beaucoup d'efforts pour me convaincre de replonger dans ses draps, me disant que cette autre fille ne comptait pas à ses yeux. Quelle idiote, quand j'y repense ! Chacun de ses bobards agissait comme un baume sur mon cœur toujours plus meurtri et à l'agonie. J'étais tellement aveuglée par l'amour que j'étais incapable de voir que lui ne m'en donnerait jamais ! Puis un jour, il m'a dit qu'il voulait me présenter à ses potes, il m'a amenée à une soirée…

Je déglutis avec peine.

— Encore une fois, je n'ai rien vu venir, pauvre conne que j'étais ! expulsé-je avec rage, amère. Ce soir-là il m'a fait boire… J'ai bu jusqu'à ce que je ne me rappelle même plus de mon propre nom…

Mes larmes coulent encore et j'ai soudain si froid que j'en tremble, pourtant je poursuis mon récit, la main d'Arya serrant davantage la mienne :

— Il m'a conduite dans une chambre et comme à chaque fois il a souillé mon corps. Je ne me rappelle même plus ce qu'il m'a fait exactement, tellement j'étais bourrée…

J'entends la voix d'Arya, comme lointaine :

— C'est pour ça que tu ne bois jamais d'alcool…

Je continue, comme s'il n'avait rien dit :

— Mais ce soir-là il ne s'est pas contenté de me salir encore… Non, ça il le faisait déjà régulièrement, alors il avait prévu un truc en plus, histoire de s'amuser…

Je lève mes yeux emplis de larmes une fraction de seconde vers Arya et je vois ses mâchoires se crisper mais je me détourne rapidement, je sais que sinon je ne pourrai pas continuer :

— J'étais tellement défaite que je n'ai même pas vu que plusieurs de ses potes étaient là à nous mater. Un véritable porno gratuit ! Mais le pire c'est qu'ils attendaient simplement leur tour… Quand le deuxième m'a prise, sous les yeux de tous les autres, j'ai été incapable de dire ou faire quoi que ce soit. Pour cause, je n'avais même pas réalisé que j'avais changé de partenaire, je planais à quinze mille, même la notion de plaisir me semblait inexplorée jusqu'alors, je n'étais plus qu'un corps, avide de sensations… Et j'ai laissé faire !

Un grognement s'échappe de la gorge d'Arya tandis qu'un nouveau sanglot m'étreint :

— Mais tu étais ivre… ils ont abusé de toi ! hurle-t-il.

— J'étais ivre, oui, mais tu ne comprends pas ! Je l'ai laissé faire, lui, puis l'autre après lui ! Je les ai laissés me souiller sans rien dire, sans même réagir…

— Peut-être qu'ils t'avaient droguée ?! cherche-t-il encore.

— Non, affirmé-je sûre de moi. Je suis restée dans un certain état de conscience pendant tout ce temps, j'étais juste suffisamment défoncée pour ne plus avoir la notion de limites, de ce dont j'avais envie ou non…

— Mais ce n'était pas ta faute ! Tu ne peux pas te punir toute ta vie pour ce qu'ils t'ont fait !

Et je crie en lui avouant :

— Sauf que j'ai aimé ça ! Les deux fois ! J'ai pris mon pied, même avec ce type que je ne connaissais même pas et dont j'ignore toujours le nom aujourd'hui ! Est-ce tu te rends compte de ce que je les ai laissés me faire ?! Crié-je à mon tour essoufflée.

Je me sens tout à coup si épuisée, si lasse que je pourrais m'effondrer. Pourtant je poursuis :

— Mais ce qui m'a frappée le plus, c'était son rire à lui… À mesure que je dégrisais et que je réalisais que j'allais devenir le centre de la plus grande tournante de toute l'histoire de l'humanité, il s'est gorgé de toute l'horreur qu'il pouvait lire sur mon visage…

Les poings d'Arya se serrent, son teint est livide, la main enserrant la mienne à la limite de l'écraser et ses mâchoires restent serrée d'horreur. Mais ce qui me marque davantage, c'est le dégoût que je peux lire dans ses yeux. Je savais que ça arriverait.

— Comment est-ce que ça s'est terminé ? me questionne-t-il avec inquiétude, le visage exsangue.

Je tressaille à ce nouveau souvenir :

— Quand un troisième qui n'en pouvait plus d'attendre s'est approché pour prendre son tour, j'ai complètement dessaoulé sous le choc, happée par la réalité. Je me suis mise à pleurer, même si je n'avais toujours pas la force de le repousser et j'ai dit « non »… Par chance, ce mec n'était pas un violeur. Et malgré l'insistance du maître de cérémonie, ce type a su convaincre les autres de laisser tomber. Ils avaient beau avoir des envies et des délires sexuels un peu particuliers, ils me voulaient consentante… Ce que je n'étais plus, finalement, une fois que l'alcool avait eu cessé son effet. Le mec m'a même raccompagnée chez moi alors que je titubais encore… Mais malheureusement pour moi, ça ne s'est pas arrêté là… Évidemment l'histoire a fait le tour de la ville, elle s'est répandue comme une traînée de poudre jusqu'à revenir aux oreilles de mes parents. Des mecs qui finalement n'étaient même pas à cette soirée se vantaient de m'être passés dessus. Quand j'y repense, je me dis que j'ai presque eu de la chance, si c'était arrivé aujourd'hui, il y aurait peut-être même eu des vidéos de tout ça. Je te laisse imaginer la réputation que j'aie eue après ça. Je me suis empressée d'aller au planning familial pour faire tous les tests possibles et imaginables ! J'avais tellement peur d'avoir chopé une MST ! Mais l'apothéose, ça a été le moment où j'ai découvert que j'étais enceinte… Je ne savais même pas de qui… J'ignorais complètement qui était le deuxième type et de toute façon le père pouvait être n'importe lequel des deux, alors…

Je tremble nerveusement et Arya semble sous le choc lorsqu'il me demande la voix tremblante :

— Est-ce que tu as eu cet enfant ?

— Non… Heureusement j'ai pu faire ce qu'il fallait… Jamais je n'aurais pu vivre en le regardant dans les yeux… Déjà que je me dégoûtais moi-même ! C'est terrible à dire mais je crois que je n'aurais jamais pu l'aimer… Moi qui souffrais tant de ne pas être aimée par mes propres parents je serais peut-être devenue pire qu'eux !

— Que s'est-il passé avec tes parents ? Est-ce qu'ils ont tout su ? s'inquiète-t-il.

— Ça aurait été tellement facile si j'avais pu le leur cacher… Mais en entendant les rumeurs, ma mère s'était mise à me suivre. Et un jour alors que je sortais de la thérapie que j'avais tout juste entamée, je l'ai trouvée à la sortie du planning familial, j'ai craqué et je lui ai tout balancé. Sauf que là où j'ai espéré que peut-être mes parents pourraient enfin jouer leur rôle et m'épauler, je n'ai trouvé que plus de mépris et d'aversion…

— Et ces types ? As-tu porté plainte ? Ont-ils été retrouvés ?

— La psychologue a tenté de me convaincre pendant des semaines, pour elle de telles pratiques ne devaient pas rester impunies, je ne serais peut-être pas la seule à vivre ça… Mais je ne suis jamais parvenue à m'y résoudre. Quand j'essayais d'en parler à ma mère, elle me crachait que j'étais responsable, que j'avais récolté ce que j'avais semé. Je me voyais déjà au tribunal à parler d'abus, d'une autre forme de viol, à expliquer pourquoi il n'y avait pas eu de trace de violence parce qu'avec tout cet alcool que j'avais ingéré, j'étais passée pour consentante alors qu'on ne m'avait même pas demandé mon avis ! J'avais déjà suffisamment honte, je me sentais incapable d'affronter un truc pareil, et s'ils avaient fini par être retrouvés ils auraient nié en bloc. Ça aurait été ma parole contre la leur. Je savais que personne ne me soutiendrait, surtout pas mes parents, alors j'ai abandonné.

— Alors la prostitution… C'est pour ça ? Tu voulais te punir ? tente Arya.

— Je me suis dégoûtée pendant tellement longtemps après ça. Je me dégoûte même encore aujourd'hui quand j'y repense, tout comme je te dégoûte sans doute maintenant…, murmuré-je.

Sa main se serre davantage autour de la mienne pour me dissuader du contraire, mais tout à coup, je me soustrais à son contact, comme si je pouvais lui transmettre toute cette crasse. Je me refuse à le voir simuler la tendresse pour me réconforter alors qu'il a probablement envie de partir en courant.

— Tout le monde me traitait déjà de pute, soufflé-je, acerbe. Je me suis simplement persuadée que j'en étais vraiment une…

Je marque une pause, j'hésite avant de reprendre alors qu'Arya reste silencieux, comme paralysé par mes mots :

— Je sais ce que tu te dis probablement ! Que je reproche à ces mecs leur immoralité mais que ce que j'ai fait pendant des années ne l'était pas plus ! Que je ne me suis pas davantage respectée pour en arriver à vendre mon corps ! Mais crois-moi, aujourd'hui en faisant cela je me respecte bien plus que je n'ai pu le faire auparavant. C'est vrai que j'ai longtemps perdu tout respect pour moi-même mais j'ai su le regagner en retrouvant la maîtrise de tout. La prostitution m'a permis de me réapproprier mon corps. De nouveau j'étais libre… Libre de choisir, libre de diriger, de dicter mes règles, mes limites, de décider avec qui j'éprouverais du plaisir, qui je laisserais me toucher, ce que j'accepterais ou non que l'on me fasse… C'était aussi quelque part un moyen pour moi de dominer les hommes à mon tour, comme eux m'avaient dominée par le passé. Et surtout, la prostitution me permettait d'éprouver du plaisir physique mais de me fermer à tous les sentiments que je pourrais éprouver un jour pour quelqu'un.

À cet instant, comme un aveu je ne peux m'empêcher de lui révéler :

— C'est à cause de ça que j'ai toujours refusé de voir un client deux fois… Jusqu'à toi.

Je lève les yeux et nos regards se croisent, s'ancrent l'un à l'autre :

— Je voulais juste me protéger d'aimer de nouveau un jour. Je voulais pouvoir m'en empêcher, tu comprends ? Ça fait trop mal ! Mes parents, lui… Les seules personnes que j'aie jamais aimées m'ont fait tellement de mal !

Sans trop savoir si je vais le laisser me toucher, Arya s'approche alors de moi et tente de me prendre dans ses bras tandis que je tremble toujours. Et dans un geste de réconfort, il me caresse doucement les cheveux en me demandant :

— Et les études de psycho ?

Je m'écarte de nouveau de lui et baisse les yeux pour échapper à son regard, encore une fois :

— J'ai ressenti ce besoin profond de comprendre. Me comprendre moi, comprendre mes parents, le comprendre lui… C'est devenu plus fort que moi, je devais chercher à savoir comment on pouvait faire ça, comment on pouvait ne penser qu'à son propre plaisir, comment on pouvait en éprouver en faisant sciemment du mal à autrui… Et par-dessus-tout j'avais besoin de comprendre comment des parents peuvent ne pas aimer leur enfant au point d'être incapables de l'épauler dans un moment pareil…

Harassée, vidée par mes révélations je me tais enfin, certaine que maintenant il ne me verra plus jamais comme avant et l'air me semble alors si lourd que je pourrais suffoquer. Mais alors que je me mure brusquement dans le silence, tentant de murer mon âme elle aussi, je sens une de ses mains se poser sous mon menton pour m'obliger à le relever, Arya cherchant à planter ses yeux dans les miens et je me laisse convaincre d'ancrer nos pupilles. Je dois certainement être une peu maso car à cet instant je ressens finalement le besoin de lire dans ses iris ce qu'il pense.

Mais contrairement à ce que j'ai pu m'imaginer, ce que j'y vois est encore et toujours cette même douceur infinie et les sentiments puissants qu'il éprouve pour moi sans jamais les avoir exprimés clairement depuis le début. Mon cœur s'envolerait presque en comprenant que ma confession n'a en rien entaché l'image qu'il a de moi mais je le bride, reprenant mes bonnes vieilles habitudes. Parce que je sais que malheureusement tout cela ne suffira pas. Je me refuse à gâcher la vie de cet homme si merveilleux qui m'a déjà tant donné en lui imposant une vie où chaque pas lui rappellera que celle qu'il a choisie n'est pas digne de lui.

Mais ce soir, même si je suis désormais résolue à opter pour une solution radicale qui le protégera de moi, j'ai besoin de lui plus que jamais et portée par mes afflictions je le supplie encore et encore, j'ai besoin de sentir qu'il me désire toujours malgré ce qu'il vient d'apprendre de mon passé… Je me donne à lui corps et âme comme je sais que jamais plus je ne m'offrirai à personne. La nuit étoilée berce notre amour. Le seul que j'aie jamais connu jusqu'à aujourd'hui. Pourtant mon cœur meurt chaque seconde un peu plus tandis que les lueurs de l'aube se dessinent, chassant les ultimes faveurs de la nuit. Car j'ai compris à présent qu'une fois refermée cette parenthèse idyllique, malgré ces moments qui ont su m'insuffler un espoir totalement perdu, la vie qui se profile pour moi à l'horizon en sera totalement dénuée. Le crépuscule disparu je devrais le quitter…

Et je savoure autant que possible les derniers instants que je partage avec Arya en me retenant de lui hurler ce que j'aimerais tant pouvoir lui dire. Ces derniers mois, il m'a fait ressentir ce que je pensais ne plus jamais être capable d'éprouver et que je me refusais à vivre à nouveau et même plus encore. Grâce à lui j'ai su à quoi pouvait ressembler l'amour véritable, celui qui est partagé. Avec lui j'ai connu un bonheur intense, indicible. Et si aujourd'hui il n'est plus pour nous dans cette vie, alors j'espère le retrouver un jour dans une autre.

Chapitre 29

Forever – Lewis Capaldi

Je passe la nuit blottie dans les bras d'Arya et même si son contact me réconforte, il est aussi ce qui me fait le plus souffrir. Le sommeil me défie de lui résister mais je gagne la partie haut la main.

J'observe l'homme de ma vie dans la magie des lumières de Paris, le halo des réverbères parvenant à se projeter dans ma chambre et à franchir la distance depuis la rue, malgré la petite cour qui sépare les fenêtres de mon appartement des ruelles alentour. Je caresse pensivement son torse alors qu'il se soulève lentement pendant qu'il dort, et j'essaie d'en mémoriser chaque ligne, traçant de mes doigts la moindre courbe. Je suis désormais certaine que mes rêves seront hantés par le souvenir de son corps recouvrant et aimant le mien comme personne avant lui, et mon cœur se soulève à cette idée.

J'ai presque une impression de déjà-vu, remontant quelques mois en arrière quand j'avais décidé de ne plus le revoir parce que je savais que nous finirions par souffrir tous les deux. Sauf qu'à cette période, je n'avais pas encore entrevu ce que pouvait être une vie de bonheur avec un homme tel que lui, qui me chérit chaque jour, m'offre chaque parcelle de son être sans compter. Jamais je n'aurais pu rêver homme plus dévoué et je sais maintenant que si le ciel m'a privée d'amour pendant les vingt-six premières années de ma vie, c'est parce qu'il devait estimer que lorsque je le rencontrerais, je serais remboursée au centuple. Je n'avais alors pas su écouter cette petite voix qui me disait de continuer à maîtriser mes sentiments et j'avais basculé du côté le plus obscur à mon cœur, n'écoutant que ses battements. J'avais brusquement cessé de me protéger pour vivre la plus belle aventure qui soit. Mais aujourd'hui, alors que je sais ce que je perds réellement en l'abandonnant, les sentiments et la douleur qui m'assaillent sont exacerbés.

Arya doit se rendre à une réunion de travail ce matin et lorsque je sens ses bras me délaisser pour quitter le lit, j'envisage de continuer à faire semblant de dormir pour ne pas avoir à affronter le moment de son départ. Car si pour lui ils sonneront simplement comme des « au revoir », pensant me retrouver en rentrant, pour moi ce seront des adieux et finalement je ne parviens pas à me faire à cette idée. J'ai besoin de le regarder encore et encore, d'étudier les lignes de son visage une dernière fois, d'imprimer ses traits dans ma mémoire pour pouvoir me les remémorer lorsque je vivrai dans ce monde où il ne sera plus.

Alors à l'instant où je sens qu'il me lâche, l'accablement prenant le contrôle je l'embrasse, m'agrippant à ses bras que j'aimerais ne plus jamais quitter. De doux à tendre, notre baiser se fait plus profond, plus passionné. Et tandis qu'il cède à ce feu ardent qui le dévore tout autant que moi, que nos souffles erratiques se mêlent, que sa langue possessive caresse la mienne avec langueur, il me fait l'amour avec dévotion. Je lui fais l'amour avec l'énergie du désespoir, nos iris ne se quittant à aucun moment comme pour nous connecter une dernière fois. Je m'agrippe à lui comme si cela pouvait me sauver, lui s'accroche à moi comme s'il sentait que je lui échappais. Si mon regard parle pour moi et dit les mots que je n'ai jamais dits, alors je veux qu'il sache avant que je parte.

Lorsqu'il m'embrasse une dernière fois avant de quitter l'appartement, je ne peux retenir mes larmes mais je sais qu'il les met sur le compte de l'émotion de ces deux derniers jours. L'altercation à Venise et mes révélations d'hier l'ont lui aussi ébranlé, et s'il ne se doute peut-être pas de la profondeur de l'impact que tout cela a pu avoir sur moi, il a tout à fait conscience de ma souffrance, me voir pleurer ne le surprend probablement pas. Je viens tout juste de lui confier ce qui me hante depuis plus de dix longues années…

Alors qu'il passe le seuil, j'aimerais tant pouvoir tout lui dire : lui dire ce que je ressens, que je regrette que nous ne puissions continuer à avancer ensemble, que ce que nous avons vécu restera gravé, que jamais je ne l'oublierai… Lui demander de me pardonner, lui dire que je lui appartiens pour toujours et à jamais. Mais je ne peux pas le faire.

Et au moment où Arya m'embrasse pour me souhaiter une bonne journée, un véritable tumulte s'élève dans ma poitrine, rudoyant mon cœur. Je suis presque certaine qu'il peut l'entendre battre tant il se débat contre l'ordre que je viens d'établir. Lorsqu'il franchit la porte, je recrache la boule qui entravait ma gorge et j'éclate en sanglots, courant jusqu'à la fenêtre pour l'observer traverser la cour, retenant cette image comme la dernière que j'aurais de lui…

Je prends une douche rapide, prépare ma valise, prenant le maximum, je sais que je ne reviendrai pas de sitôt. J'appelle un taxi pour me conduire jusqu'à l'aéroport, en chemin j'appelle ma petite voisine, Madame Garnier, pour la prévenir que je serai absente un certain temps. J'appelle également Juliette, la plongeant dans l'incompréhension la plus totale. Hier encore je semblais si heureuse…

Elle devine immédiatement au son de ma voix que quelque chose de grave me tourmente et sans détour je lui explique ce qui m'agite, ce qui s'est produit à Venise. Ma meilleure amie est la plus à même de comprendre, ayant elle aussi vécu les affres de l'amour avec un client. Elle sait ce que l'on peut ressentir lorsque l'on prend conscience que l'on ne pourra jamais avoir une relation normale avec un homme quand on a choisi délibérément de se faire posséder, souiller par d'autres. Même si ce n'est que pour quelques heures ou juste l'espace d'une nuit.

Nul besoin d'argumenter auprès de Juliette sur le fait que je quitte tout. Bien que tentée de me convaincre de ne pas abandonner, de me battre pour cette relation qui la faisait tellement rêver, elle n'essaie pas de me dissuader, me conseille simplement de prendre du recul, de laisser le temps au temps afin de prendre la bonne décision — sous-entendant malgré tout que ma fuite ne soit pas la meilleure des solutions, mais je ne suis pas encore prête à l'entendre — Elle qui espérait tant que pour moi l'histoire se terminerait mieux que pour elle-même m'épaule dans mes choix telle une véritable amie.

Tout comme Arya et moi, Juliette a voulu croire qu'une *happy end* était possible, pourtant elle sait que ce genre de relation est utopique, vouée à l'échec avant même d'avoir vu le jour, aucune condition n'étant réunie pour que l'histoire fonctionne. Il est un personnage public, connu dans le monde des affaires. Je le suis moi aussi, pour d'autres raisons, connue et reconnue dans son milieu bien plus que je ne le souhaiterais à présent.

Je prends conscience que le succès que j'ai eu toutes ces années est ce qui me dessert aujourd'hui et nous empêchera toujours d'avoir une vie normale ensemble. Dans la sphère des millionnaires de ce monde, les plus grands sont tous un jour passés entre mes jambes. Et ça, je ne veux pas que ce soit la seule chose qu'Arya finisse par voir en moi lorsque le temps passera. Je préfère le quitter maintenant, pendant qu'il en est encore temps. Il est encore jeune, il pourra refaire sa vie, rencontrer quelqu'un d'honorable qui n'aura pas couché avec la moitié des types à qui il devra serrer la main et sourire. J'espère seulement qu'un jour il comprendra que cette décision m'a fait souffrir à en crever mais que je l'ai prise pour lui.

Je ne cesse de m'imaginer sa réaction lorsqu'il rentrera ce soir pour découvrir que je suis partie, que je l'ai quitté en le prévenant d'une simple lettre. Presque froide et détachée. Parce que si ce matin encore j'ai voulu lui montrer la force de mes sentiments pour lui faire mes adieux, je veux qu'il n'ait aucun regret. Désormais j'ai comme du mal à respirer et moi qui n'avais plus versé une larme depuis plusieurs années, je ne cesse de pleurer. Comment ai-je pu être aussi stupide, penser que peut-être lui et moi, ça pourrait être pour toujours ?

À l'aéroport, je me fonds dans la masse, anonyme, une jeune femme parmi tant d'autres voyageurs, observant les gens autour de moi, ceux qui me frappent étant incontestablement les couples. Certains se quittent, d'autres se retrouvent. Les voir me rappelle une fois encore ce que j'ai tenu du bout des doigts mais que je n'ai pas su garder.

Tout me fait penser à Arya, jusqu'à ce lieu. La première et la dernière fois que j'ai pris l'avion, c'était avec lui, pour aller dans sa famille. Comment vais-je faire pour avancer en me remémorant chaque jour nos moments heureux ? Le souvenir de son visage s'effacera-t-il complètement un matin ? Ou parviendrai-je à le garder en mémoire pour toujours ? Mon cœur se rappellera-t-il seulement les sensations qu'il m'a fait découvrir ? Parce qu'à présent je sais que sans lui plus jamais mon estomac ne pourra virevolter.

En fin d'après-midi, alors qu'il rentre probablement tout juste et trouve ma lettre dans l'appartement, mon téléphone se met à sonner et lorsque son nom s'affiche, mon cœur manque un battement. S'ensuit une série d'appels auxquels je ne réponds pas, fixant mon écran en pleurant. Je ne tarde pas à contacter mon opérateur pour changer de numéro d'appel et j'envoie mes nouvelles coordonnées à Juliette. J'ai beau avoir pris la fuite, ma meilleure amie reste un soutien indispensable, ma planche de salut pour pouvoir avancer alors que tout s'effondre.

Je pars pour Barcelone, j'ai besoin de soleil pour réchauffer mon cœur et je sais qu'Arya aime beaucoup cette ville. Je me rends dans chacun des endroits qu'il m'a confié adorer par-dessus tout comme on ferait un pèlerinage, presque persuadée que je pourrais le croiser au détour d'une rue, cherchant à me convaincre que le ciel m'enverrait un signe, voudrait me faire comprendre que je me suis trompée, que mon chemin doit se poursuivre avec lui. J'ai le sentiment d'essayer inconsciemment de me faire changer d'avis. Ou de me torturer pour me punir du mal que je lui fais.

Je remonte vers la France, traversant Collioure, le Cap d'Agde ainsi que les plus belles villes de la Côte d'Azur, Cassis, Cannes, Antibes, Nice, Menton, Monaco … Les semaines passent à une vitesse folle mais paradoxalement à la fois si lentement. Je compte les heures qui me séparent de la dernière fois que je l'ai vu. Les jours défilent et la douleur qui me traverse les côtes me conforte dans l'idée qu'une fois guérie de ce mal qui me ronge, je dois recommencer à vivre comme je le faisais avant. Me contenter de sexe sans lendemain, sans sentiments, sans attaches lorsque l'occasion se présentera. Et surtout lorsque j'en aurais de nouveau envie car pour le moment je ne me sens pas encore capable d'envisager qu'un autre puisse poser ses mains sur moi. Je ne parviens même pas à concevoir que ce sera possible un jour. Peut-être même que lorsque je sauterai enfin le pas, je ne penserai qu'à lui mais je sais que Juliette a raison. Je dois laisser faire le temps. Tout est encore trop frais, mes sentiments encore trop puissants pour me projeter réellement dans un avenir sans lui. Pourtant je sais que si je veux survivre je n'ai pas le choix. Je dois de nouveau fermer mon cœur encore si violemment ébranlé aujourd'hui malgré les jours, les semaines.

Je me tourne vers la colère comme on cherche une issue, en éprouver sera peut-être ce qui m'aidera à me relever. J'ai lancé un défi au destin mais aussi à mon cœur. Je me suis imaginé pouvoir lui faire un doigt d'honneur, je m'en veux de ne pas avoir vu que cette fois je ne parviendrais pas à tout maîtriser. Je me suis mise en danger dès la seconde où j'ai accepté de le revoir. Tout aurait été si simple si je n'avais plus jamais plongé mon regard dans ses yeux si profondément envoûtants, si je n'avais pas imaginé ses mains et ses lèvres posées sur moi…

Je visite tout ce que je peux, l'occupation m'aidant à ne pas trop réfléchir, mais le soir venu seule dans mon grand lit froid je ne sais pas si demain je parviendrai encore à me lever et à vivre une nouvelle journée sans lui. J'ai encore si mal sans lui, je ne sais pas comment supporter son absence, faire taire cette douleur qui m'accompagne au quotidien pourtant je suis celle qui m'inflige cette punition. Je sais qu'il a plusieurs fois appelé Ekaterina. Il me cherche, il n'abandonne pas. De ville en ville, je pense à lui encore et toujours, essayant de m'imaginer ce que cela aurait pu être si nous étions encore tous les deux. Je vogue au gré du vent, pas de mes humeurs toujours maussades.

Je parviens à me faire remplacer non sans mal pour mes quelques heures de consultation et j'entame des démarches pour me trouver un nouveau maître de thèse dans le Sud mais finalement, je conviens avec mon professeur de communiquer par visioconférence et de me déplacer à Paris dès que le besoin s'en fera sentir. J'avance si peu dans mon travail que je finis par envisager de rentrer à un moment ou à un autre, peut-être dans quelques semaines, dans quelques mois, lorsque je serai certaine d'être assez forte pour ça…

Rongée par la solitude j'échange régulièrement avec Juliette, Ekaterina, ou même Emma par téléphone. Comme nous l'avions supposé avec Juju, notre amie Manon est tombée amoureuse de son

Sugar Daddy. Ils doivent prochainement se marier. Je suis heureuse qu'elle ait trouvé le bonheur, j'espère pour elle que les choses seront plus faciles que pour Juliette ou moi.

Je décide de me trouver un job. Rester isolée ne m'aide pas, j'ai besoin de voir des gens même si ce n'est pas pour lier connaissances. Il faut que je me focalise sur autre chose que sur moi et mes problèmes existentiels. Observer, côtoyer les autres est un bon moyen de le faire, la vie, les êtres humains dans leur environnement sont un véritable laboratoire de distractions. Alors quoi de mieux que serveuse ? Je parviens à me faire engager dans un restaurant sans prétention d'une petite ville de l'arrière-pays niçois en mentant sur mon CV. Mon manque d'expérience est évident mais mon patron est indulgent et je comprends qu'il me fait autant une faveur qu'à lui en me gardant. En mal de personnel, les jeunes préférant travailler dans les villes où toute la jet-set se côtoie et s'exhibe, il éprouve des difficultés à recruter. Plus fréquentée que les terres, la French Riviera offre une population estivale plus fortunée, plus généreuse en pourboires. Moi qui fuis presque tous ces endroits où j'ai trop peur de croiser mon bel Autrichien suis presque le pigeon idéal pour bosser dans ce genre d'endroit.

Je change de nouveau de couleur de cheveux pour virer sur un blond méché qui je l'espère m'éclaire un peu le visage. J'ai bien conscience d'avoir une sale mine, j'ai l'impression de n'être plus que l'ombre de moi-même.

Ce lundi midi, une journée parmi tant d'autres, le resto est peu fréquenté, c'est en général le service le plus calme de la semaine, les vacanciers arrosant bien souvent le week-end. Théo mon collègue, installe un client en terrasse pendant que je m'affaire à réapprovisionner le stock de boissons au bar.

— Janelle ? m'interpelle-t-il. J'ai encore quelques tables à finir de dresser, est-ce que ça te dérangerait de prendre le relais jusqu'à ce que j'aie terminé ?

— Pas du tout, c'est pas la cohue, je devrais m'en sortir ! lui affirmé-je avec autant d'entrain que possible.

Ma tâche terminée, je sors prendre la commande et lorsque je repère le type de dos, mon cœur s'emballe. Le destin semble vouloir me poursuivre et me jouer de mauvais tours en mettant sur ma route tout un tas d'hommes qui lui ressemblent. Cheveux bruns bouclés, chemise de lin bleu, chino de coton beige. Une tenue classique, décontractée. La même que celle qu'il portait le jour de notre première rencontre…

Je m'avance vers le client d'un pas décidé, vissant à mes lèvres mon sourire commercial. D'après mon patron, un client qui se sent bien est un client qui a envie de consommer et son bien-être passe par mon sourire. Ici mon côté mystérieux et taciturne n'a pas sa place.

J'arrive à hauteur de l'homme, lui lançant déjà mon discours bien rodé :

— Bonjour monsieur, avez-vous déjà fait votre choix ? l'interrogé-je sans perdre de temps.

Pourtant lorsque je relève la tête vers lui je vacille, mon cœur sur le point de s'arrêter alors que le mouvement de ma cage thoracique devient simplement mécanique, laborieux.

— Je n'ai pas très faim, j'avoue…, me répond-il très sérieusement. Ou plutôt si, en fait… Mais pas de quelque chose que vous vendez.

Je déraille. Assis face à moi, c'est bien Arya qui se tient là et déjà les larmes pointent, se collent à ma rétine. Lui aussi a l'air d'avoir souffert ces derniers temps. La mine éteinte, il n'a pas dû croiser un rasoir depuis un bon moment et ses traits sont tirés, épuisés. Le voir ainsi me porte un coup au cœur, il bat tellement fort qu'il détonne jusque dans mes oreilles mais j'essaie de masquer mon malaise :

— Vous êtes bien placé pour savoir que tout peut se vendre, argué-je volontairement glaciale.

— Et moi je pense que vous devriez savoir que non, bien au contraire… Par exemple l'amour, ça ne s'achète pas…, continue-t-il. Tout comme vous devriez savoir que lorsque l'on éprouve quelque chose pour quelqu'un, il ne suffit pas de vouloir que ça s'arrête pour que cela arrive…

Un sourire triste s'esquisse sur ses lèvres, j'essaie de ne pas réagir à ses paroles et cherche à savoir :

— Qu'est-ce que tu fais ici ? Comment tu…

Sur le point de lui demander comment il m'a retrouvée, je me ravise, glissant tout bas comme pour moi-même :

— Laisse tomber…

— J'ai besoin de te parler, me glisse-t-il sans attendre.

Je me doute qu'il n'a pas atterri ici par un simple fait du hasard, qu'il n'est pas venu me parler de la pluie et du beau temps. Pourtant je tente une échappatoire :

— Que pourrais-tu bien me dire que tu ne m'aies déjà dit ? jeté-je avec acidité comme si être désagréable pouvait suffire à le repousser.

Mais je reste convaincue que si je fais preuve de trop de douceur il ne partira jamais.

— Devine… murmure-t-il, ses yeux plantés dans les miens.

Moi aussi si tu savais à quel point. Je ne suis pas certaine que tu pourras un jour te l'imaginer…

Les battements dans ma poitrine percutent violemment mes côtes, mon corps réagissant à sa présence, au manque. Il n'attendait que lui, j'aimerais tellement pouvoir lui dire tout ce que j'ai sur le cœur. Pourtant la gorge serrée je parviens seulement à lui demander :

— Et qu'est-ce que ça changerait ? tenté-je.

— Tout j'espère..., souffle-t-il de façon à peine audible, ses yeux toujours plongés dans les miens.

— Je ne crois pas, malheureusement...

Ses mâchoires se crispent mais il n'abandonne pas :

— Mais libre à moi de le dire encore et encore dans l'espoir que ça finisse par payer, tu ne crois pas ?

— À quoi ça sert de persévérer, de s'évertuer lorsque l'on sait que nos actions sont vaines ?

— Je pense différemment et je suis un homme patient et entêté...

Je serre les dents, mais tente tout ce que je peux :

— Je l'ai constaté mais tu perds simplement ton temps... Tu passes peut-être à côté de ta vie, à côté de quelque chose d'important, de quelqu'un d'autre... osé-je comme pour provoquer en lui un électrochoc.

Alors que nous nous faisons face il me sourit toujours mais à présent de façon moins triste. Quoi qu'il arrive, il parvient à rester positif et confiant, l'espoir se lisant sur son visage :

— Une fois encore je reste libre d'en juger, de commettre des erreurs, moi aussi, d'en tirer les leçons... Tout comme je ne peux pas t'empêcher de tenter de me convaincre d'abandonner. Nous avons chacun notre libre arbitre, nous sommes libres de nos choix et d'avancer dans la direction que nous souhaitons. La vie est parsemée d'embûches, on s'égare tous parfois, je crois. Il ne me semble pas avoir déjà rencontré quelqu'un qui n'ait jamais éprouvé de regrets ou le sentiment d'avoir fait fausse route... Mais la vie c'est justement ça. Savoir se remettre en question pour continuer à avancer...

Mais moi je ne peux m'empêcher de tout détruire, je ne peux malheureusement plus lui laisser d'espoir. Je l'ai déjà fait, j'y ai cru moi aussi, et c'est ça qui m'a détruite encore davantage :

— Tu as raison et apprendre de ses erreurs c'est aussi savoir changer de direction lorsque l'on réalise que l'on s'est trompés et que l'on ne va pas dans la bonne…

Arya baisse le regard quelques secondes à peine puis reprend plein d'appréhension :

— Accorde-moi juste quelques minutes, s'il te plaît. C'est tout ce que je te demande.

— Pour le moment je travaille, je ne peux pas, tranché-je en imaginant qu'il finira par renoncer.

— Ce n'est pas un problème, je vais attendre que tu aies terminé ton service.

Quand il quitte le restaurant après pratiquement deux heures devant sa salade niçoise je pense qu'il a jeté l'éponge. Je ne sais plus quoi ressentir entre soulagement et déception. Sa venue me replonge dans des montagnes russes émotionnelles. J'aimerais tout plaquer pour repartir avec lui, laisser mes sentiments prendre le dessus, faire taire ma raison. Je sais que je suis repartie pour des semaines de déprime. Inutile de me mentir à moi-même. Depuis que je l'ai quitté, je ne vis pas, je survis. Mes nuits sont hantées par lui. Mes cauchemars habituels remplacés par ceux où je le retrouve pour que le destin me l'arrache ensuite. Il accapare mes pensées chaque seconde et quand je parle à Juliette ou à Ekaterina, je ne pense qu'à leur demander s'il me cherche toujours, me retenant sans cesse de composer son numéro. Et tous les matins je n'ai qu'une envie c'est de refaire ma valise pour le rejoindre.

Pourtant lorsque je quitte le restaurant, il me faut peu de temps pour le repérer, assis sur le rebord d'une petite fontaine, le regard plongé dans le vide. Et sans que je le décide véritablement, mes pas me guident dans sa direction, ses yeux sombres s'éclairant de nouveau alors que je me plante face à lui.

— Ta nouvelle couleur te va bien, tu es magnifique..., note-t-il feignant le détachement d'une conversation banale et sans importance. Mais je préfère tes cheveux au naturel.

— Marchons, tu veux bien ? lui proposé-je.

Aller droit devant nous me permettra d'éviter ses prunelles inquisitrices. S'il parvient à plonger ses yeux dans les miens je suis perdue... Nous avançons lentement, son corps si près du mien que déjà ma respiration s'accélère, pourtant il ne me touche pas.

— Je t'écoute, que voulais-tu me dire ?

Mais tout à coup il cesse de marcher, ses mains se posant sur moi pour m'intimer d'en faire de même, son contact me faisant frissonner telle une brûlure tandis que je détourne immédiatement les yeux, observant la foule des badauds autour de nous :

— Reviens avec moi, Janelle, je t'en supplie !

La douleur derrière mes côtes, devenue lancinante ces derniers temps, redouble de nouveau en intensité, comme une lame plongeant dans ma poitrine. Je cherche à me dérober à ses bras, alors que pourtant je m'y sens si bien et me décide à lui avouer, comme étouffée par ces sentiments qui ne demandent qu'à s'exprimer :

— Tu sais très bien que même si j'en meurs d'envie, je ne le ferai pas.

— J'ai besoin de toi ! s'écrie-t-il.

Je cligne des yeux, me retenant de hurler :

Moi aussi, si tu savais ! Sans toi je meurs chaque jour un peu plus. Je souffre le martyre, ton absence me tue, même respirer devient difficile...

Mais au lieu de ça, gardant les yeux baissés je lui rappelle une nouvelle fois ce que serait notre vie ensemble :

— Arya… Ce qui s'est passé à Venise, tu sais très bien que ça arrivera encore ! Quelle compagne serais-je pour toi si je me moquais de ce que tu pourras ressentir quand tous ces hommes te provoqueront pour leur bon plaisir, juste pour s'amuser à te voir souffrir de la situation ?

Ses mains se resserrent avec douceur autour de mes bras, pourtant la colère danse dans ses prunelles, je la sens monter, s'emparer de lui :

— Tu t'inquiètes pour moi et pour ma réputation quand moi, je me moque de tous ces connards, de la même façon que j'élude ce qui a pu se passer avec eux avant que l'on ne se connaisse ! Ils ont eu ton corps… Mais seulement ton corps. Sans le reste, ça n'a d'importance que si TOI tu choisis d'en accorder à ce qu'ils ont pu te faire alors. C'est juste le mal qu'ils peuvent te faire avec leurs paroles acerbes et leur autosuffisance à ton égard qui me donne la rage. Parce que je vois bien que tout ce que tu as subi toutes ces années a fini par avoir raison de ta force. C'est toi qui avais le pouvoir sur eux, et ça, tu ne dois jamais l'oublier. Ne les laisse pas penser qu'ils peuvent le reprendre ! Je sais que c'est dur mais je suis là pour toi, et je le serai à chaque fois que tu en auras besoin. Si tu tombes, je t'aiderai à te relever. Tu es forte, tu l'as prouvé à maintes reprises, et si tu décides de te battre encore pour ne laisser personne te nuire, tu gagneras. Et je serai à tes côtés pour t'y aider, je te le promets. S'il le faut, je mettrai mon poing sur la gueule de chacun de ceux qui essaieront de te déprécier.

Je lève le regard vers lui et je comprends que si j'ai pu penser qu'il tentait de plaisanter pour détendre l'atmosphère, la flamme dans ses yeux et ses mâchoires serrées ne mentent pas :

— Mais tu sais très bien que tu finirais par t'attirer des ennuis ! continué-je, la boule d'anxiété toujours plus présente dans ma gorge.

Tu ne peux pas faire ça à chaque fois qu'une situation de ce genre se produira !

— C'est vrai, concède-t-il. En revanche ce que je peux faire, c'est m'arranger pour que plus jamais nous ne croisions un de ces types. Reviens-moi, Janelle. Je te promets que si tu décides de me donner une seconde chance, je ferais tout ce qu'il faut pour que plus jamais tu ne te trouves dans une situation qui te mette mal à l'aise.

— Une seconde chance ? m'égosillé-je. Mais tu n'as rien fait de mal, Arya !

— Si ! Bien sûr que si ! Je ne t'ai pas suffisamment protégée ! J'ai bêtement cru que tout irait bien puisque nous étions ensemble… Mais ce monde est un monde de requins, je le sais pourtant je l'ai presque oublié ! J'ai sous-estimé mes adversaires ! Tous les coups sont permis pour atteindre quelqu'un dont les affaires sont trop florissantes. La vie privée est peut-être même la chose la plus facile à viser, le coup le plus bas que l'on puisse porter à quelqu'un que l'on veut abattre, j'ai mis trop longtemps à le comprendre…

Il pince alors les lèvres et m'avoue :

— J'ai parlé à Saskia il y a quelques jours, m'avoue-t-il. Et elle m'a raconté les attaques auxquelles elle a dû faire face lorsque nous étions ensemble. Je n'en avais soupçonné aucune. Et pourtant, tu vois, Saskia ne connaissait aucun de ces hommes…

Je n'ai même pas réalisé qu'il s'était collé à moi, que ses mains s'étaient posées sur mon visage, tant son contact m'est naturel, apaisant, que mon corps le réclame et alors que ses lèvres s'approchent dangereusement des miennes, une décharge se diffuse dans ma colonne vertébrale :

— Rentre avec moi, s'il te plaît…, murmure-t-il doucement, je t'en supplie. Je ne veux plus vivre sans toi, je t'ai…

— Désolée, je ne peux pas…, le coupé-je pour couvrir ses paroles, m'écartant vivement avant qu'il ne prononce ces mots, comme si les taire pouvait en effacer la réalité ou gommer la force de nos sentiments.

Et le cœur submergé par les remords, étouffée par les sanglots alors que je l'entends crier mon nom je fuis. Je fuis encore, courant le plus vite et le plus loin possible de lui, tournant une nouvelle fois le dos à tout ce que j'aimerais pouvoir vivre à ses côtés.

Chapitre 30

11 minutes – Yungblud/Halsey

Depuis que j'ai revu Arya, je reçois chaque jour de doux messages de sa part. Visiblement, même se procurer mon nouveau numéro de téléphone n'a pas été difficile pour lui. Nul doute que maintenant qu'il a retrouvé ma trace, il ne va pas laisser tomber. À maintes reprises il a déjà su me prouver qu'il était effectivement un homme obstiné et acharné.

J'ignore s'il est reparti et si c'est le cas, à quel endroit. Tout ce que je sais c'est qu'il demeure présent chaque jour malgré son absence physique. Mon petit studio est envahi de fleurs qui n'ont pas le temps de faner alors que d'autres me sont livrées, chaque bouquet étant accompagné de petits mots signés de sa main… Je souris presque, l'imaginant passer une demi-journée chez le fleuriste à préparer à l'avance une multitude de cartes à m'adresser chaque jour avec une nouvelle composition. J'ai comme l'impression de reprendre goût à la vie peu à peu, guettant le livreur, même si la lecture de chacune des notes me ronge l'estomac.

Subrepticement, lentement l'idée de le retrouver refait surface, pour si peu qu'elle m'ait véritablement quittée un jour. Alors qu'elle s'insinue dans mon esprit, s'infiltrant dans mes veines, y coulant chaque jour davantage je réalise qu'elle a toujours été là, tapie dans l'ombre, qu'elle attendait le moment opportun pour me rappeler elle aussi l'évidence et je replonge dans une spirale de souvenirs aussi puissants que bouleversants, mes rêves peuplés de son corps caressant, embrasant le mien. Ils sont si intenses qu'il m'arrive de me réveiller en proie à des envies que je ne saurais satisfaire sans lui.

Sujette à une mélancolie de nouveau omniprésente, je n'ai plus du tout la tête ni à mon travail au restaurant, ni à ma thèse que je n'ai plus touchée depuis que j'ai quitté Paris. Lors de mes services, je me perds dans mes pensées, je fais boulette sur boulette, me trompant dans les commandes, renversant des verres sur les clients et mon patron menace de me renvoyer. J'ai juste envie de lui crier de le faire, comme pour me chercher une excuse et me précipiter, me décider enfin à faire ce que je retiens depuis que j'ai élu domicile dans cette petite commune varoise. Jusqu'à ce qu'un matin je comprenne que je ne devais plus lutter…

Cherchant une revue spécialisée, je traîne au kiosque à journaux quand mon oreille s'attarde sur une conversation en apparence anodine entre deux jeunes femmes. Et de toute évidence je n'y prêterais pas attention si seulement elles ne prononçaient pas un nom qui m'interpelle contre ma volonté :

— Regarde qui fait la couverture de Forbes ! s'exclame la première.

— Décidément, il est partout ce Leiner en ce moment ! constate la seconde.

— Oh la la ! Ce mec c'est carrément le genre qui me fait rêver…

— C'est pas trop mon style, relève son amie, s'il faut je te le laisse, plaisante-t-elle.

— Il avait quelqu'un, je crois il y a encore peu de temps…

— Ça doit déjà être fini, tu parles ! conclut l'autre dans un haussement d'épaules. Ça ne doit pas être évident de parvenir à garder un homme tel que lui ! Ce genre de mec doit collectionner les conquêtes !

— Tu m'étonnes… Il aurait tort de s'en priver !

Les deux jeunes femmes soupirent :

— Ah… Markus Leiner, est-ce que ce nom ne sonne pas doux à l'oreille ?

Et alors qu'elles s'éloignent, continuant à spéculer sur tout un tas de choses le concernant, j'étudie de plus près certaines revues et journaux financiers. Effectivement Arya fait la couverture de nombreux magazines qui titrent :

« Le choc : Markus Leiner annonce qu'il se retire des affaires ! »

« Leiner se sépare de la moitié de ses sociétés. »

Ou encore : « Markus Leiner confie la gestion de ce qu'il reste de son groupe. »

« Un important nombre d'actions du groupe Leiner mises en vente. »

« Le jeune millionnaire autrichien, tout juste parvenu à se faire une place dans le monde des affaires se retire sans raison apparente… »

Je suis pétrifiée. L'air soucieux, préoccupé les journaux montrent Arya quittant les bureaux de ses nombreuses sociétés établies un peu partout dans le monde. New York, Londres, Madrid… Des jours, des semaines qu'il parcourt le monde pour démembrer son empire. Je l'ai trouvé fatigué, je comprends mieux ses traits tirés, il enchaîne les voyages, enquillant les jet-lags. Mais pourquoi tout ça ? Et je me remémore ses dernières paroles : « Je ne t'ai pas suffisamment protégée… Je ferais tout ce qu'il faut pour que plus jamais tu ne te trouves dans une situation qui te mette mal à l'aise… »

Comme prise de panique, en proie à une soudaine et violente crise de larmes, je ne parviens plus à respirer tant l'émotion me submerge et je quitte le kiosque en courant. Je réalise que Arya est en train de se séparer de pratiquement tout ce qu'il possède, de ce qui lui a demandé tant d'efforts, ce pour quoi il a fait tant de sacrifices et il le fait pour moi…

Et moi, qu'ai-je fait, si ce n'est le rejeter une fois de plus, ne pas lui offrir cette chance qu'il me suppliait de lui laisser de pouvoir prouver qu'il était prêt à tout pour moi ? Mon cœur bat, il saigne même. J'ai passé tellement de temps à ériger des murs autour de mon cœur abîmé, accablée par la honte, habitée par le chagrin, que la carapace que je me suis forgée m'a rendue hermétique, presque insensible. Lorsque Arya a brisé mes remparts j'ai perdu tous mes repères. Tournée vers ma propre souffrance, enfermée dans ma citadelle de solitude depuis bien trop longtemps, j'en ai perdu de vue ce que j'avais juste sous les yeux. Mais aujourd'hui Arya me montre de la plus belle des façons à quel point je me suis fourvoyée. Je ne peux pas tout maîtriser, surtout pas ce que je ressens pour lui, et si en ce moment je souffre, je dois bien m'avouer que c'est uniquement à cause des choix que je m'évertue à faire encore et encore. Et je ne peux m'empêcher de m'interroger : « Ai-je vraiment fait les bons ? Pour lui, pour moi, pour nous ? Peut-il y avoir encore un « nous » ?

On m'a volé mon innocence, mes rêves de jeune fille, j'ai porté seule pendant des années le poids de l'humiliation pour tenter de me frayer tant bien que mal un chemin vers une vie où j'ai cherché à minimiser la douleur en contrôlant tout ce qu'il pouvait m'arriver, le mauvais comme le bon. Mais suis-je encore obligée de continuer seule alors qu'il me tend la main et qu'il m'offre sans compter la seule chose dont j'ai toujours rêvé ?

Je craque, je m'effondre sous le poids des regrets, ce mélange de honte, de tristesse alors que de l'autre côté de la rue, je distingue à travers mes larmes les titres de la presse people :

« Markus Leiner seul et triste dans les rues de Paris… »

« Rupture difficile pour le millionnaire autrichien. Y-a t-il un lien avec sa décision de quitter le monde des affaires ? »

Chapitre 31

I know you – Skylar Grey

Arya

Je sais que c'est elle que j'attends. C'est une évidence. Qui d'autre ? Et surtout à cet endroit ? La symbolique des lieux ne m'échappe pas. Et bien au-delà du fait que ce mur m'envoie un message il est important dans notre histoire, nous retrouver ici n'est pas anodin. Si elle l'a voulu c'est certainement pour fermer la boucle de ce que nous avons vécu de façon emblématique.

Un homme de l'agence d'Ekaterina Kitaëv m'a fixé ce rendez-vous il y a deux jours, venant me trouver à mon hôtel. L'entrevue fut brève, je n'ai même pas eu envie de poser la moindre question. Le type, impressionnant, n'a pas paru me laisser un quelconque choix sur la date et l'heure. J'ai immédiatement compris de quel endroit il s'agissait et depuis je ne dors plus. L'espoir domine mais le doute subsiste, elle m'a repoussé tant de fois. Parce que je ne sais vraiment pas à quoi je dois m'attendre, j'avoue me poser beaucoup de questions. Si elle veut me parler, je ne comprends pas pourquoi elle ne m'a pas tout simplement appelé ou fixé rendez-vous elle-même. Je serais venu dans l'instant si elle l'avait fait, même pour lui parler seulement quelques secondes, parce qu'aujourd'hui j'ai tout fait pour que ma vie puisse ne plus tourner qu'autour d'elle.

Je le lui devais mais surtout j'en mourrais d'envie, tout comme je mourrais pour elle… Tout comme je meurs à petit feu sans elle. Je lui avais promis que je la protégerais et j'ai failli. Mais désormais j'ai compris et je suis prêt. Prêt à tout pour qu'elle soit heureuse et que plus jamais une scène comme celle de Venise ne se reproduise. J'ai même abandonné ce que j'ai mis des années à construire, cet empire qui finalement a ruiné ma vie, par deux fois déjà, alors que paradoxalement il a fait ma fortune.

La presse a beaucoup parlé de moi ces derniers jours, ma décision ayant fait grand bruit dans le monde des affaires, suscité énormément de questions. Mais peu importe. Qu'ils s'amusent tous à spéculer sur les raisons qui m'ont poussé à m'écarter de ce monde de chiens, ça m'est égal. Pendant ce temps, sans faire plus de bruit que cela, pendant qu'ils rongeront leur os et se jetteront sur les morceaux que j'ai volontairement éparpillés, je disparaîtrai, et je pourrai désormais consacrer mon temps à convaincre la femme de ma vie de revenir avec moi. J'espère seulement qu'elle est au courant, j'ai tout fait pour qu'elle ne puisse pas passer à côté de l'info. Et alors que j'attends le cœur battant je croise les doigts pour qu'elle ait compris le message que j'ai cherché à lui envoyer, même si dans un coin de ma tête je ne peux m'empêcher de songer que peut-être, rien ne va se passer comme je l'espère. Peut-être a-t-elle seulement souhaité me rencontrer pour me dire de vive voix que malgré tout, elle ne changera pas d'avis ? Peut-être me suppliera-t-elle de la laisser tranquille désormais, en mélangeant le céruléen de ses iris à l'ébène des miens ?

J'ai réalisé beaucoup trop tard que j'aurais dû faire tout ça avant. Mais entêté comme je suis j'ai pensé pouvoir nous isoler et vivre dans cette bulle de bonheur sans que le monde extérieur ne s'occupe de nous. C'était sans compter sur la nature profonde de l'être humain qui jalouse et convoite ce qu'autrui possède.

Lorsque j'ai parlé à Saskia la semaine dernière, ça m'a sauté au visage. J'avais pourtant ouvert les yeux une première fois lorsqu'elle m'avait quitté mais j'étais retombé dans mes travers, me jetant de nouveau corps et âme dans le travail pour l'oublier.

Puis lorsque j'ai rencontré Janelle, une étincelle s'est ravivée en moi, retrouvant un chemin que je m'imaginais perdu, j'ai compris que je pourrais de nouveau être heureux si je me battais. Car elle ne déposerait pas les armes aussi facilement… Elle semblait si forte, si indépendante, si différente de Saskia. Je n'aspirais plus qu'à la découvrir davantage, à suivre ce que mon cœur me criait si fort.

Et lorsque j'ai découvert son étonnante fragilité, ses blessures sous la carapace, non seulement j'ai compris que je devais la sortir de tout ça mais je suis tombé fou amoureux. Je l'étais même bien avant qu'elle ne cède elle-même à ses propres sentiments. Je rêvais pour elle d'une vie meilleure où elle serait enfin libérée de ses chaînes. Et lorsqu'elle a finalement abandonné le combat, se laissant enfin aller à ses sentiments, je me suis senti si fort que j'ai éprouvé cette certitude de pouvoir tout conjuguer, de parvenir à mieux gérer cette fois ma vie professionnelle et ma vie privée.

Mais ce que je n'ai pas su mesurer ce fut les impacts et les conséquences d'un changement de vie si radical pour elle mais pire, l'ampleur du mal qui la rongeait et toutes ces choses qu'elle me cachait encore. Aujourd'hui je sais, j'ai compris. Et si elle me revient, je peux jurer que plus jamais elle n'aura à souffrir du regard de quelqu'un, et je suis prêt à lui promettre encore et encore que plus jamais elle ne croisera l'un de ces hommes. Ma fortune nous permet aujourd'hui de changer de vie sans avoir à nous soucier du lendemain. Et tout ce dont je rêve, c'est que notre existence soit simple. Parce que du moment qu'elle est à mes côtés, je n'ai besoin de rien d'autre.

J'ai pensé acheter une île ou quelque chose dans le genre. Une vraie folie de riche que cette fois je m'autoriserai, juste pour que désormais elle puisse être tranquille, si ce genre de vie la tente. Et si ça ne lui convient pas, si elle n'en a pas envie, je lui proposerai autre chose. Je lui laisserai le choix. Tout un tas de possibilités s'offre à nous et j'ai les moyens de faire ce que je veux. Je compte bien en profiter. À présent, j'ai assez d'argent pour vivre plusieurs vies sans me poser de questions, et les sociétés que j'ai gardées, tout en en confiant la gestion, vont continuer de m'en rapporter sans que je lève le petit doigt.

Tout ce que je souhaite maintenant, c'est qu'elle revienne et si elle le fait, je ferai tout ce qu'elle voudra. Car si j'ai pris conscience que l'argent ne faisait pas le bonheur, je compte bien tout du moins m'en servir pour réparer mes erreurs. Et si aujourd'hui tout ce que j'ai amassé jusqu'alors ne m'a pas rendu service ni rendu plus heureux, alors peut-être pourra-t-il au moins nous aider à bâtir notre vie comme nous le souhaitons, à l'abri des regards… Tout du moins jusqu'à ce qu'on nous ait complètement oubliés. Car je sais que cela finira bien par arriver. Lorsqu'un nouveau millionnaire et ses frasques ou conquêtes seront au centre de toutes les préoccupations.

Mais n'est-il pas déjà trop tard ? N'a-t-elle pas tellement souffert dans sa vie qu'elle ne saura plus s'offrir la possibilité de s'ouvrir au bonheur et de vivre en le savourant, alors que pourtant elle y a droit ? Elle mérite tellement, et moi je ne rêve que de lui offrir bien plus encore…

Alors je suis là, sur le lieu de rendez-vous, debout fixant le mur face à moi et j'attends, mon cœur défonçant mes côtes. J'espère qu'elle sera bientôt là.

Épilogue

Heaven – Julia Michaels

Nous y sommes. Ça y est. C'est aujourd'hui que tout se joue. L'heure approche et j'ai peur. J'ai terriblement peur…

Peur de mes réactions, peur de ne plus pouvoir me faire confiance, peur qu'à force d'avoir lutté contre mes propres sentiments je n'aie fini par tout détruire... Pire, à ce stade j'ai presque peur de tout. Peur d'être encore et toujours hantée par ce que j'ai vécu, de ce que je pourrais un jour encore vivre, peur de ce que je pourrais ressentir, peur de l'avenir. J'ai peur des autres mais surtout peur de moi-même. Mais c'est aussi cette peur qui m'a filé la rage depuis toujours et encore aujourd'hui. La rage de lui survivre, coûte que coûte, envers et contre tous, envers et contre moi.

Pourtant même si ma foi en l'avenir domine je demeure inquiète. Non, l'adjectif "terrorisée" serait plus juste. J'ai repoussé Arya tant de fois, s'il n'était à présent plus prêt, plus capable de me le pardonner ? Cette boule qui me grève la poitrine depuis des semaines et qui ne veut pas me quitter va finir par m'étouffer définitivement. Mon cœur est comme comprimé dans un étau et je sais que je n'ai plus le choix, que cette douleur lancinante et insoutenable dans ma poitrine va me mener à ma perte si je ne fais rien. Je ne veux plus reculer. J'ai perdu un temps bien trop précieux, je ne veux plus le gâcher. Car maintenant je sais que cette décision est la bonne. Je n'ai fait que repousser l'inévitable, je dois juste prendre mon courage à deux mains pour lui dire les choses en face. Un vulgaire appel téléphonique aurait été tellement plat, tellement indigne de lui, de nous et de ce que nous avons vécu ensemble.

Mais au moment où j'approche des lieux, le pas lourd et hésitant, mes chaussures foulant les pavés de ce quartier que j'aime tant et qui aujourd'hui représente à mes yeux bien plus encore, le doute s'empare de moi à nouveau. Mes résistances semblant vouloir m'abandonner sur l'autel du dénouement de notre histoire et je m'interroge : Sera-t-il venu ? Le trouverai-je plein d'espoir ou résolu ? Vais-je parvenir à trouver les mots justes pour qu'il me pardonne tout le mal que je n'ai cessé de lui faire, encore et encore ? N'est-il pas déjà trop tard ? Cet homme n'a eu de cesse de vouloir m'offrir tout ce qu'il avait, et je n'ai fait que le repousser, alors qu'il promettait d'être pour moi ce que la vie peut offrir de plus beau.

Je suis si angoissée à l'idée que rien ne se déroule comme je l'ai imaginé que ces deux derniers jours je n'ai cessé de me réveiller en pleine crise de panique, en proie aux cauchemars, la douleur greffée à ma peau. Si intense qu'elle me prend aux tripes même une fois éveillée, me tordant les boyaux, et aujourd'hui, je me sens comme lacérée, cette lame fourbe toujours entre mes côtes. Tout ce que je suis capable d'espérer c'est qu'avant la fin de cette journée cette peine me quitte enfin.

Lorsque j'arrive à l'endroit du rendez-vous que je lui ai fixé, je suis immédiatement soulagée. Il est là. Pourtant le poids que je porte sur mes frêles épaules ne me quitte pas. Pas encore…

Igor lui a seulement communiqué la date, l'heure et l'adresse il y a deux jours. Square Jehan Rictus. Quartier Montmartre. J'ignore s'il a vraiment réagi à l'évocation du lieu au départ, s'il s'est rappelé où c'était, s'il avait seulement vu ou retenu le nom de la rue lorsque nous y étions passés ce jour-là. J'imagine que oui, il est si attentif à chaque détail, il laisse rarement place au hasard.

Il me tourne le dos, faisant face au mur, l'observant comme la toute première fois, admirant l'œuvre d'art dont la symbolique est si particulière et ne doit pas lui échapper. Le mur des « Je t'aime » parle pour moi pourtant cela ne peut pas se terminer ainsi, je ne peux pas me défiler, c'est à moi de parler aujourd'hui.

Lui donner rendez-vous ici n'a pas été un choix anodin. Je voulais boucler la boucle. C'est dans ce quartier que nous nous sommes rencontrés pour la première fois il y a pratiquement un an. Il avait aimé cet endroit, sa signification était immense, pour lui ces mots avaient déjà connu un sens et déjà il aspirait à retrouver l'amour sans refaire de nouveau les erreurs qu'il avait pu commettre par le passé. Alors que pour moi cet endroit n'inspirait rien de positif, parce que j'enfouissais mes souffrances. L'an dernier, la seule chose que j'ai pu ressentir ici avait été du dégoût, de la haine, de la colère, de la tristesse même. J'avais feint l'indifférence, à défaut de pouvoir montrer mes véritables sentiments.

Pourtant aujourd'hui, grâce à l'homme qui se trouve ici et qui m'attend, je ne suis plus la même. Je ne suis pas certaine d'être tout à fait guérie, je sais que la route sera encore longue avant que je n'aille parfaitement bien, mais je suis sur la bonne voie, je le sais. Et si Arya veut bien poursuivre son chemin avec moi, je sais que tout ira de mieux en mieux.

Au moment où je m'approche silencieusement, lentement derrière lui, je distingue ses épaules affaissées se soulever légèrement. Je devine chaque respiration douloureuse. A-t-il seulement idée que chacune des miennes l'est tout autant, vibrant à l'unisson en réponse aux battements de son cœur dont j'ai mémorisé la douce musique dans son sommeil ?

Je l'observe, sa carrure athlétique cachée sous sa veste, se protégeant du froid qui saisit encore Paris à cette époque de l'année, le climat étant bien moins clément que dans le Sud, marchant toujours lentement vers lui le cœur battant, les mains moites remuant nerveusement dans les poches de ma veste en jean. Et je m'arme de courage, le brandissant fièrement comme un étendard comme jamais je n'ai été capable de le faire jusqu'ici, parce que tout ce dont j'ai été capable jusqu'alors, c'est uniquement de fuir. Et lorsque j'entonne comme une chanson que j'aurais apprise par cœur ces mots que je rêve d'entendre mais aussi de lui dire depuis si longtemps, ma voix n'est qu'un souffle, un murmure :

— Ek et jou lief, Unë të dua, Mən Səni sevirəm… *[3]

Il tressaille mais ne se retourne pas.

— Maite zaitut, Volim te, Jeg elsker dig… *[4] enchaîné-je en avançant encore vers lui.

J'ai passé des heures, des jours à chercher, apprendre comment le dire dans autant de langues que j'étais capable d'en lire et d'en prononcer à peu près correctement, la diction étant pratiquement impossible dans certaines. Et je continue ma litanie, alors qu'il n'a pratiquement pas bougé :

— Mi amas vin, ma armastan sind, Rakastan sinua… *[5]

Mais il me coupe soudain, sans se retourner pour autant :

— Tha gaol agam ort, Rwy'n dy garu di, Aloha au iā 'oe, Aku cinta kamu, Ez ji te hez dikim, Tiako ianao, Ik houd van je, e aroha ana ahau ki a koe… [6]*

Je suis à présent juste derrière lui, et sans cesser de réciter à son tour les plus belles paroles qu'un être humain puisse offrir à un autre il se retourne enfin, plantant ses yeux droit dans les miens. Et c'est à cet instant que je reconnais les trois langues de son enfance, pour les avoir apprises en premier :

---

[3] * Je t'aime en : afrikaans/albanais/azéri

[4] * Je t'aime en basque/bosniaque-croate/danois

[5] * Je t'aime en espéranto/estonien/finnois

[6] * Je t'aime en gaélique/gallois/hawaïen/indonésien/kurde/malgache/néerlandais/maori

— Ljubim te *[7]

Le slovène.

— Szeretlek *[8]

Le hongrois.

— Ich liebe dich *[9]

L'allemand.

Je tremble comme une feuille tandis qu'il s'approche au plus près, se saisissant de mon visage avec douceur et brusquement, tout ce que j'avais préparé, toutes les paroles que je m'étais imaginées lui dire, tous les mots que j'avais répétés s'envolent, m'apparaissant tout à coup futiles, inutiles et je l'interroge seulement :

— Cela suffira-t-il seulement ?

— Ça suffira si on le décide, me répond-il confiant dans une douceur infinie, ses pouces caressant mes joues.

Déjà les larmes qui me montent aux yeux. Encore elles. Moi qui avais cru ces dix dernières années qu'elles étaient taries pour toujours ne fais que pleurer depuis que j'ai croisé le regard de cet homme. Pourtant celles-ci ont comme une saveur particulière, différente. Elle m'insuffle de l'espoir même si à cet instant mon cœur s'affole alors que je lui expose mes peurs :

— Mais si tu te trompais ? m'angoissé-je. Tellement de gens pensent y arriver et échouent alors qu'ils y croyaient… Comment peux-tu être aussi sûr que nous allons réussir ?

— Tu as raison, on ne peut jamais être certain à cent pour cent… Tout ce que je sais et que je peux te promettre aujourd'hui pour avoir déjà essayé, c'est que j'ai tiré des leçons de mes erreurs et que je ferai tout ce qui est en mon pouvoir pour ne plus jamais les commettre.

---

[7] Je t'aime en slovène

[8] Je t'aime en hongrois

[9] Je t'aime en allemand

— Mais moi… je… Je ne sais pas comment faire…

— Je t'aiderai…, me promet-il dans un murmure, ses lèvres frôlant les miennes. Laisse-moi te guider…

La chaleur de son souffle voudrait me rassurer, effacer toute trace d'angoisse et je me laisse enfin guider, lui offrant à présent ma vie, mon âme, tout ce que j'ai à accorder sans contrainte. Et lorsqu'il me prend dans ses bras je lui rends la force de son étreinte, leur douceur m'avait tant manqué, je me sens protégée comme nulle autre, même si je sais qu'il n'est pas un surhomme et qu'il ne pourra pas me préserver de tout.

— Laisse-moi te le dire chaque jour encore et encore, dans toutes les langues, reprend-il. Mais par-dessus tout, laisse-moi une chance de pouvoir te le prouver.

Je ne parviens pas davantage à retenir mes larmes et libérant un sanglot salvateur, je lui glisse encore, cette fois en français :

— Je vous aime, Monsieur Leiner…

Un sourire naît sur ses lèvres alors que certains souvenirs ressurgissent.

— Je t'aime aussi…, me répond-il dans un souffle, ses orbes sombres restant verrouillés aux miens.

Tandis que ces paroles franchissent ses lèvres, ma gorge se serre sous le coup de l'émotion qui semble le gagner lui aussi, ses yeux désormais presque aussi humides que les miens quand il ajoute :

— Je te promets que je passerai chaque jour à tout faire pour te rendre heureuse, pour voir chaque jour ton magnifique sourire éclairer ton visage. Tu n'es plus seule maintenant… Et quoi qu'il advienne entre nous, je peux te jurer que je serai toujours là pour toi. J'espère que tu ne l'oublieras jamais.

Je hoche doucement la tête et parviens à lui avouer :

— Je suis tellement désolée de t'avoir repoussé si fort, si loin… J'espère que tu sauras me pardonner tout le mal que je t'ai fait.

— Je le ferai à condition que tu me jures que désormais tu me confieras tes peurs et que plus jamais tu ne renfermeras sur toi-même.

— Et si mon passé ressurgit et vient entacher le nom de ta famille ? crains-je. Mon père a abandonné mais si quelqu'un d'autre cherche à te nuire en se servant de mon ancienne activité ?

— Alors nous ferons bloc. C'est ça être une famille. Laisse-nous te le montrer, m'affirme-t-il sûr de lui. Tu crois que je n'ai pas déjà pensé à tout ce qui pourrait encore se produire, que je n'en ai pas discuté avec eux ? Aie confiance en l'affection qu'ils sauront tous te prouver. Je sais que c'est difficile pour toi qui n'as jamais connu ce schéma mais quand je te dis qu'ils t'aiment tous et qu'ils seront derrière nous, tu peux en être convaincue.

Ma tête remue lentement une nouvelle fois en signe d'acquiescement, même si j'ai encore des difficultés à me projeter dans un monde où des gens auraient envie de prendre soin de moi. Ses lèvres prennent alors possession des miennes comme pour me convaincre, les accaparant sans aucune douceur comme pour exprimer aussi le manque dont elles ont souffert tout ce temps, quémandant rudement et je ferme simplement les yeux pour m'y abandonner, savourant ce baiser si différent des autres.

J'éprouve soudain tellement de choses que j'ai le sentiment que mes émotions débordent. Submergée par une immense vague de bonheur, je coulerais presque, noyée sous un flot de sentiments indescriptibles et je reste là dans ses bras, incapable de prononcer le moindre mot tant ma gorge est nouée. Déjà la chair de poule s'empare de mon corps, me parcourant l'échine de la tête aux pieds.

Qu'est-ce qui a changé depuis notre dernière rencontre ? Depuis ses dernières paroles qui semblaient si semblables à celles qu'il vient de prononcer ?

Rien. Tout.

Le fait que nous avons prononcé les trois mots n'est pour nous presque pas ce qui est le plus synonyme de magie. Sans les dire nous savions déjà les éprouver l'un et l'autre, la force de nos étreintes parlant pour nous, les regards s'exprimant bien au-delà des discours, le langage corporel suffisamment explicite. Pourtant à cet instant mon cœur se remplit d'étoiles à mesure que je ressens son amour m'envahir, toucher mon cœur, se répandre au plus profond de mon être jusque dans les endroits les plus désolés de mon âme.

Parce que j'ai confiance en lui. Mais par-dessus tout aujourd'hui je veux me faire confiance, NOUS faire confiance tout comme lui a foi en notre avenir. Comme lui et surtout avec lui je veux croire en la vie et en ce qu'elle a à nous offrir, en ce qu'on peut accomplir à deux. Je veux croire que nous parviendrons à franchir tous les obstacles, à briser tous les murs. Mon corps se languit déjà de l'effluve de ce que le destin nous promet.

Alors c'est tout ? C'est comme ça que ça se termine ? Aussi vite ? Aussi facilement ? Nos retrouvailles sonneraient presque comme la fin trop abrupte d'un roman que l'on aurait aimé et qu'on ne voudrait pas quitter. Mais ce n'est pas une fin, bien au contraire, c'est ici que tout commence, ce n'est que le début d'une existence qui nous offre un dédale de possibilités mais surtout beaucoup d'amour à donner, à recevoir. Et à cet instant, notre baiser scelle avec ardeur et passion la promesse de lendemains où nous nous lèverons main dans la main et regarderons l'avenir, tournés vers une vie que nous espérons radieuse.

Peut-être ne le sera-t-elle pas toujours mais nous essaierons de toutes nos forces, ensemble. Avec lui, je goûte enfin au bonheur d'être aimée purement et simplement, sans condition, et je compte désormais savourer chaque instant, me délecter de chaque seconde pour rattraper celles que j'ai perdues. Aujourd'hui notre amour est devenu tout ce qui compte.

FIN

Vous avez aimé *Envers et contre moi* ?

Laissez 5 étoiles et un joli commentaire pour motiver d'autres lecteurs !

Vous n'avez pas aimé ?

♠

Écrivez-nous pour nous proposer le scénario que vous rêveriez de lire !
https://cherry-publishing.com/contact

Pour recevoir une nouvelle gratuite et toutes nos parutions, inscrivez-vous à notre Newsletter !
https://mailchi.mp/cherry-publishing/newsletter